Anne Sanders

Das Glück auf Gleis 7

ANNE SANDERS

Das Glück auf Gleis 7

Roman

blanvalet

Sollte diese Publikation Links auf Webseiten Dritter enthalten, so übernehmen wir für deren Inhalte keine Haftung, da wir uns diese nicht zu eigen machen, sondern lediglich auf deren Stand zum Zeitpunkt der Erstveröffentlichung verweisen.

MIX
Papier aus verantwortungsvollen Quellen
FSC® C014496
www.fsc.org

Klimaneutral
Druckprodukt
ClimatePartner.com/14044-1912-1001

Penguin Random House Verlagsgruppe FSC® N001967

1. Auflage

Redaktion: Gisela Klem
Umschlaggestaltung und -motiv: www.buerosued.de
DK · Herstellung: sam
Satz: Vornehm Mediengestaltung GmbH, München
Druck und Bindung: GGP Media GmbH, Pößneck
Printed in Germany
ISBN 978-3-7645-0766-4

www.blanvalet.de

Für alle, denen der Sinn
nach einem Neuanfang steht

1

Emma

Kennen Sie Brighton? Dieses quirlige Städtchen an der Südküste Englands? Mit seinen bunten Häuserfassaden, den angesagten Shops, mit seinem ewig feuchten Kiesstrand? Es ist das bekannteste Seebad des Landes, heißt es. Es gibt eine Seebrücke, das Gerippe einer Seebrücke und einen Aussichtsturm, der es ermöglicht, beides aus einer hundertdreiundsiebzig Meter hohen Vogelperspektive zu betrachten.

Fragen Sie den Reiseführer, ist Brighton das London am Meer. Fragen Sie meine Mutter, ist es der Ort all derer, die gern etwas ausgefallener leben – und nicht zu genau dabei beobachtet werden wollen. Für mich bedeutet Brighton Heimat. Aufwachen zum Geschnatter der Seevögel. Nachmittage mit Freundinnen am Pier. Es bedeutet Sonnenuntergänge am Strand und erste Küsse auf dem Riesenrad. Es bedeutet, die Bäckerin im Viertel zu kennen und den Mann hinter dem Postschalter, und auf dem Weg zum Bahnhof der alten Mrs. Granton über die Straße zu helfen, weil das mit dem Laufen in jüngster Zeit immer schwieriger geworden ist. Es bedeutet, die Liebe seines Lebens bereits in der Schule zu finden.

Vor sechsundzwanzig Jahren wurde ich, Emma Brook, in Brighton geboren und kann mir nicht vorstellen, woanders zu leben. Weshalb das mit dem Pendeln kein Problem für mich darstellt. Ehrlich nicht. Ich habe mich wissentlich, freiwillig und gern darauf eingelassen, jeden Morgen an jedem Werktag der Woche in den Zug zu steigen, um nach London zu fahren und meiner Arbeit nachzugehen, weil ich es nicht übers Herz bringe, mein beschauliches Leben in meiner Lieblingsküstenstadt aufzugeben. Es macht mir nichts aus. Ich stehe gern früh auf. Bevor der Zug um fünf Uhr achtzehn aus dem Bahnhof in Richtung Norden rollt, habe ich mir bereits eine Stunde Yoga einverleibt sowie den Podcast zum Thema *Wie bringe ich mehr Effizienz in meinen Alltag*.

Das war natürlich ein Scherz. Alles andere aber ist wahr.

Ich arbeite seit viereinhalb Jahren bei *Ten to Twelve* im Westen von London und schaffe es nach wie vor nur knapp, den Zug zu erwischen, einen Kaffee in der einen, ein Croissant in der anderen Hand. Damit lasse ich mich in den Sitz fallen, bevorzugt in den mit der Nummer 86, gleich rechts hinter dem Einstieg in den letzten Wagen, unmittelbar vor der Kofferablage. Eine Platzreservierung ist in der Regel nicht notwendig, zumindest nicht so früh am Morgen, und eben weil es so früh ist, habe ich den Doppelsitz in vier von zehn Fällen sogar für mich allein. Ich hoffe sehr, heute ist auch so ein Tag. Bitte, lieber Gott des Zugverkehrs, mach, dass ich mich einfach in diesen freien Sitz fallen lassen, die Lider schließen und für einen Moment vergessen kann, was diese Augen gestern Abend sehen mussten.

Es fing auffallend harmlos an. Meine Schwester Amy und ich kamen wie immer ausgehungert von einem Abendessen bei den Eltern zurück, als Amys Freundin Carly uns beim Kühlschrankplündern erwischte. Carly ist klein, burschikos, forsch, aber herzlich, sie studiert Sozialpädagogik und arbeitet nebenher für einen Verein, der mit einem mobilen Spielbus Kinder auf Veranstaltungen bespaßt. Weil dieser Job allerdings nur halb so viel Geld abwirft, wie er Carly Vergnügen bereitet, jobbt sie die restliche Zeit in einem Pub namens *Crab Shack,* das folglich für uns alle zu so etwas wie einem zweiten Wohnzimmer geworden ist – ein reichlich abgewracktes, aber was soll's. Carly ist außerdem nie glücklicher über ihre Schichten im *Crab,* als an den Tagen, an denen meine Eltern zum Essen einladen.

»Was gab es diesmal?«, fragte sie also.

»Gefüllte Aubergine.«

»Möchte ich wissen, womit die gefüllt war?«

»Möchtest du nicht.« Amy griff sich den Käse, während ich in der Schublade nach Crackern suchte, und anschließend versammelten wir uns um den runden Küchentisch, auf dem Carly bereits Schnapsgläser verteilt hatte. Sie reihten sich um eine Flasche Gin, die so kalt war, dass das Kondenswasser an ihr perlte, und ich dachte: *Bravo, Carly! Du kennst unsere Mutter beinah genauso gut wie Amy und ich.*

Womit ich vollkommen falschlag. Also, nicht mit Carlys Wissen um unsere Familie, zu der sie längst gehört, Amy und sie sind immerhin seit fast zwei Jahren ein Paar. Doch die Annahme, sie könnte uns den Schnaps wegen des zuverlässig ungenießbaren Essens meiner Eltern hingestellt haben, die traf zumindest an diesem Abend nicht zu. Was Carly antrieb, hatte nichts mit Verdauungsproblemen zu tun, das würde ich wenige Minuten später erfahren.

Ich bestrich einen Cracker mit Frischkäse. »Rose dachte, es sei eine gute Idee, die Hafergrütze mit Biss zu servieren«, erklärte ich Carly.

»Und Ben«, fuhr Amy fort, »ist inzwischen dazu übergegangen, alles in einen Saft zu pressen, was sich in seinem Garten tollt – heute war es der Kohlrabi.«

Tatsächlich. Kohlrabi. Lassen wir das kurz mal sacken.

In der Zwischenzeit möchte ich gern erklären, weshalb sich meine Eltern – Rose und Ben Brook – von ihren Töchtern mit Vornamen ansprechen lassen. Die beiden sind, sagen wir, speziell. Und ziemlich biegsam. Meine Mutter ist im April achtundsechzig geworden und ein Abbild von Patti Smith, die alternde, hagere Version. Mein Vater, vierundsechzig Jahre, verfügt über deutlich mehr Rundungen, aber er ist auch einen halben Kopf kleiner als meine Mum. Gemeinsam betreiben sie eines der ältesten Yoga-Studios in Brighton, in dem sie nach wie vor selbst unterrichten. Sie sind gechillt, gelassen, gütig, äußerst esoterisch versiert, der gelegentlichen Verwendung von Cannabis nicht abgeneigt. Sie sind das wandelnde Hippie-Klischee und beneidenswert unkompliziert. Ist es nicht tragisch, wie anstrengend *unkompliziert* manchmal sein kann? Anstrengend, aber auch sehr, sehr liebenswert?

Vor achtundzwanzig Jahren, meine Mutter war vierzig, mein Vater sechsunddreißig Jahre alt, kam ihr bester Freund und Trauzeuge bei einem Autounfall ums Leben. Seine Frau starb ebenfalls. Meine Eltern waren Paten der kleinen Amy, ein Adoptivkind aus Äthiopien, damals vier, und selbstverständlich nahmen sie sie bei sich auf. Sie war das Kind, das meinen Eltern bis dahin verwehrt geblieben war – was sie nicht daran hinderte, es weiterhin zu versuchen. Hier möchte ich bitte nicht ins Detail gehen müssen, sagen wir einfach: Es gibt einen Grund, weshalb es mich gibt.

Ich bin also ein absolutes Wunschkind. Mehr noch, ich wurde von meinen Eltern heiß ersehnt, was sie mich in jedem Augenblick ihres verrückten Lebens spüren lassen. Das heißt selbstverständlich nicht, dass sie Amy weniger lieben. Womöglich ist sogar das Gegenteil der Fall, nachdem meine große, schöne, exotische Schwester sich liebend gern bereit erklärt hat, mit ins Yoga-Studio-Business einzusteigen, im Gegensatz zu mir. Man mag es kaum glauben, aber wenn ich mich vorbeuge, schaffe ich es nicht einmal, mit den Fingerspitzen meine Zehen zu berühren. Mit herabschauenden Hunden, nicht wackelnden Bäumen oder fließenden Sonnengrüßen sollte man mich also besser verschonen.

Wie bin ich noch mal darauf gekommen? Ach ja, Rose und Ben. Amy nannte unsere Eltern immer schon beim Vornamen, und ich habe diese Tradition fortgeführt. So einfach ist es manchmal.

Womit wir wieder beim Kohlrabi wären.

»Vielleicht«, sagte Carly, während sie nacheinander die Schnapsgläser mit Gin füllte, »solltet ihr dort erst wieder auftauchen, wenn die Tomaten reif sind.«

»Da sagst du was.« Amy hob eins der Gläser, prostete uns zu und kippte den Schnaps weg.

Ich tat es ihr gleich, mit der überwältigenden Ahnung, dass ein Glas nicht ausreichen würde, um den Klumpen Getreide in meinem Magen in seine Bestandteile zu zersetzen.

Unsere Eltern sind vielerlei Dinge, gute Köche sind sie nicht. Was schon an sich ein Drama ist, wenn man bedenkt, welch nicht gerade unbeträchtliche Rolle die Ernährung neben dem Sport in ihrem Leben spielt. Erst ging es nur darum, auf Fleisch zu verzichten, dann auf sämtliche tierischen Produkte. Nach diesem Vorsatz lebten Rose und Ben eine Zeit lang ayurvedisch und zurzeit eben makrobiotisch – was auch immer es damit auf sich hat.

»Was kommt als Nächstes?«, fragte Amy. »Rohkost?«

»Dann fallen zumindest diese pampigen Eintöpfe weg, die immer aussahen, als seien sie schon verdaut.« Ich schüttelte mich.

»Schnaps?« Carly hielt mir die Flasche hin.

»Du bist der Teufel, weißt du das? Sich erst mit vorgeschobener Arbeit drücken und uns hinterher abfüllen.«

Ich betrachtete sie aus schmalen Augen, die zerzausten, halblangen Haare, den unschuldigen Rehblick. Und natürlich griff ich trotzdem nach der Flasche. »Morgen ist Montag. Ich muss früh raus.«

»Klar. Du musst immer früh raus. Trotzdem denke ich, du solltest noch einen Schnaps trinken.«

»Das kann auch nur eine Studentin Schrägstrich Kellnerin sagen. Unsereins … ach, was soll's.« Ich trank also den Schnaps. Und erst als ich das leere Glas absetzte, fiel mir auf, dass Carly gar nicht mehr grinste und auch nichts mehr sagte und stattdessen seltsame Blicke mit meiner Schwester tauschte.

»Was?« Ich sah von einer zur anderen. »Was hab ich jetzt wieder verpasst?«

»Ähm«, begann Carly zögerlich, »was hat eigentlich Tyler an diesem Wochenende gemacht?«

»Tyler?«

Und so nahm das Drama seinen Lauf.

»Er hat Besuch von einem Freund aus Glasgow«, sagte ich. »Ted oder Greg oder Fred. Ich kenne ihn nicht. Er ist bei irgendeiner Konferenz in London gewesen und hat für die zwei Tage einen Abstecher nach Brighton gemacht.«

»Ach, wirklich?«, fragte Carly.

Wiederum tauschte sie einen Blick mit meiner Schwester, und ich sah von einer zur anderen. »Hey, ihr zwei. Ich bin euch irrsinnig dankbar, dass ich bei euch wohnen darf. Und ich kann nachvollziehen, dass ihr Tyler nicht gerade vorurteilsfrei begegnet. Aber wir sind nun mal immer noch zusammen. Doch das heißt nicht, dass wir nicht auch mal getrennte Wege gehen können, selbst am Wochenende. Und das heißt auch, dass ich keine Lust habe, Tyler dauernd und ständig und immer wieder aufs Neue verteidigen zu müssen.« Ich schenkte nach, wider besseren Wissens. »Dauernd und ständig ist dasselbe. Da. Der Gin wirkt schon.«

»Emma …«

»Hm?«

Und dann öffnete Carly die Foto-App auf ihrem Handy.

Für den Bruchteil einer Sekunde rufe ich mir das Bild ins Gedächtnis, dann schiebe ich es genauso schnell von mir weg. Tyler mit einer fremden Frau beim Verlassen eines Clubs. *Mein* Tyler, wie er mit einer jungen, attraktiven Frau durch Kemptown spaziert, als liefe man dort nicht Gefahr, irgendjemanden zu treffen, den man kennt, zumal am Wochenende. *Mein* Tyler, wie er lachend auf diese Fremde hinunterblickt, die Hände in den Hosentaschen vergraben, als könnte er sich nur gerade so davon abhalten, einen Arm um sie zu legen. Das, selbstredend, ist reine Spekulation. Doch wenn du mit zwei Frauen, die deinem Freund ohnehin nicht wohlgesonnen sind, eine Flasche Gin auf den Kopf stellst, fangen eben irgendwann auch die Gedanken an, sich im Kreis zu drehen.

Sie tun es noch, irgendwie. Und auch mein Magen scheint nach zu viel Alkohol und zu wenig Schlaf noch nicht in Bestform zu sein. Sitzen, denke ich, das wird helfen. Dieses Rasen bis zum Bahnsteig hat meiner gesamten Verfassung nicht gerade gutgetan. Ein Glück, dass der Zug seine Reise in Brighton beginnt, er rollt also leer hier ein. Und ebenfalls zum Glück sind es überwiegend dieselben pendelnden Menschen, die sich zu dieser derart unchristlichen Stunde in die Bahn drängen, man kennt sich im Laufe der Zeit. Die Frau mit den roten Locken, den Typ mit der runden Brille, die ältere Dame mit der Aktentasche. Natürlich kennt man niemanden *persönlich*, geschweige denn gut, nur so vom Zunicken, vom wortlosen *Hey, du auch hier?*, doch man ist sich wohlgesonnen und würde nie auf die Idee kommen, dem anderen den Platz streitig zu machen, auf dem er aus irgendwelchen Gründen immer schon saß. Beinah verhält es sich im Zug so wie am ersten Schultag. Oder bei der Auftaktveranstaltung zu einem Wochenendseminar. Hast du erst mal einen Platz gefunden, bleibt er für die restliche Zeit der deine, so lautet das unausgesprochene Gesetz.

Doch natürlich steigt immer mal wieder jemand Neues zu. Und natürlich hat dieser Jemand zunächst keine Ahnung von den ungeschriebenen Gesetzen, die das Pendeln mit sich bringt.

2

Jamie

Oh, Sch… Verzeihung.«

»Ja. Schon gut. Nichts passiert.«

»Ich bin Ihnen auf den Fuß gestiegen.«

»Habe ich bemerkt.« Ich ziehe mein Jackett aus und hänge es an den Haken neben dem Fenster, bevor ich mich auf den Sitz am Gang fallen lasse, die Tasche mit dem Laptop auf dem Platz neben mir. Kein Grund, anzunehmen, dass sich hier noch jemand reinquetschen sollte. Der Zug startet in Brighton, freie Sitze gibt es demnach genug, erst recht um diese gottverlassene Uhrzeit.

»Es ist nur …«

Ich sehe auf. Das Trampeltier steht nach wie vor neben mir, auch wenn die Frau weit weniger schwer wirkt, als sich das Gewicht auf meinen Zehen angefühlt hat. Sie hält eine fettige Bäckereitüte in der einen, einen Mitnahmebecher in der anderen Hand. Der neigt sich gefährlich in Richtung meiner Schulter. Als mein Blick darauf fällt, rückt sie ihn gerade und sich selbst irgendwie auch. Sie ist leicht grün im Gesicht. Automatisch lehne ich mich ein Stück von ihr weg.

»Nichts«, sagt sie. Dann geht sie weiter.

3

Emma

Vom Bahnhof in Brighton braucht der Zug nicht ganz eine Stunde bis zur Victoria Station in London, und von dort fahre ich mit der U-Bahn weiter bis Wood Lane. Das Studio liegt inmitten der sogenannten White City, es ist verkehrstechnisch sehr gut zu erreichen, doch wenn ich etwas benennen müsste, mich an meinem Arbeitsweg stört, dann das letzte Stück im überfüllten Untergrund. Üblicherweise ist das so. Heute lässt leider auch die Zugfahrt ihre übliche, herrliche Monotonie vermissen, denn wegen dieser übereifrigen Knalltüte sitze ich nun nicht nur nicht an meinem angestammten Platz, sondern auch noch entgegen der Fahrtrichtung, wo ich auf keinen Fall sitzen sollte, denn dann wird mir übel. Ich sehe mich nach einem anderen, freien Platz um, doch als habe der Pendlergott meinen vorherigen inneren Monolog mit angehört, nur um ihn ad absurdum zu führen, ist der Zug ausgerechnet heute voll wie nie. Es ist Montag, der 4. Juli. Vielleicht fangen viele heute einen neuen Job an. Vielleicht ist es nur Zufall. Wie auch immer, ich hätte auf den Fensterplatz bestehen sollen, denke ich. Den, den der Typ so subtil mit seiner Aktentasche blockiert hat. Doch im ersten Moment war ich zu verblüfft, im zweiten hatte ich mich schon auf den nächstbesten Sitz fallen lassen. Ich schenke der Croissant-Tüte einen wehmütigen Blick, bevor ich sie in meine Handtasche stecke. Wenn ich jetzt esse, verbringe ich den Rest der Fahrt auf der Zugtoilette.

Ich habe gesagt, das Pendeln macht mir nichts, und das entspricht der Wahrheit, allerdings: Würde ich meinen Job nicht in gleichem Maße lieben wie meine Heimatstadt, würde es mir vermutlich ein kleines bisschen schwerer fallen. Ich arbeite bei *Ten to Twelve,* einer der bekanntesten Morningshows des Landes. Ich bin dort Make-up-Artist. Und irgendwie auch Lebenskünstlerin. Weil mein Job nur zu vierzig Prozent mit Puder und Lidschatten zu tun hat, die restlichen sechzig Prozent sind reine Psychologie. Ich schminke die Gäste, mein Kollege Navin frisiert sie, bevor sie auf dem Talksofa Platz nehmen, doch unsere Fürsorge gilt nicht nur dem äußeren Erscheinen. Navin und ich kredenzen Tee oder Kaffee und ein offenes Ohr, beantworten Fragen (»Ist es wahr, dass man durch die Kamera fünf Kilo schwerer wirkt?«), beruhigen (»Nicht doch, unsere Kameraleute sind darauf trainiert, Sie im besten Licht erscheinen zu lassen.«), geben Tipps (»Frontal wirkt generell schmeichelhafter als im Profil.«).

Die Stunde, die die Gäste auf unseren Zauberstühlen sitzen, habe ich schon mit Flirten, Lachen, Trösten und Weinen verbracht – man weiß nie, was einen erwartet. Und das liebe ich an diesem Job. Tom und Kit, die zwei Moderatoren, halten uns für die guten Seelen der Redaktion, und das ist absolut etwas, womit ich leben kann.

Womit ich nicht leben kann, ist, dass Tyler mich womöglich betrügt.

»Morgen, Emma.«

»Guten Morgen, John.«

»Oh, ich weiß nicht, ob dieser Morgen wirklich gut ist. Du jedenfalls siehst nicht danach aus.«

Über die Schulter werfe ich unserem Portier einen gespielt verständnislosen Blick zu, während ich meine Mitarbeiterkarte aus der Handtasche krame, um damit den Sicherheitseingang zu passieren. »Ich weiß nicht, wovon du redest«, singe ich, obwohl ich ganz genau weiß, wovon er spricht und mir gar nicht nach singen zumute ist.

John ruft: »Am besten verwendest du dein Make-up heute mal für dein eigenes Gesicht!«, und ich winke, ohne mich noch mal umzudrehen, mit einer Hand und höchst prominentem Mittelfinger.

John lacht, ich grinse. Es fühlt sich bitter an, sobald ich außer Sichtweite bin.

Wieso ich Tyler nicht angerufen, ihn nicht zur Rede gestellt habe? Warum ich stattdessen mit Amy, Carly und einer Flasche Gin darüber diskutierte, was die Frau auf jenem ominösen Foto mit meinem Lebensgefährten zu tun haben könnte?

Nun.

Weil es nicht das erste Mal wäre, dass Tyler mich betrügt.

Es wäre nicht das erste Mal.

Als Tyler mir gestand, dass er mit seiner Kollegin Violet geschlafen hatte, lag *die Tat* bereits vier Monate zurück. Es war in Manchester passiert, wo Tylers Werbeagentur eine Dependance unterhält, und in dieser arbeitet Violet. Eins hatte zum anderen geführt, nämlich zu – nach seinen Worten – einem einzigen, alkoholbefeuerten, bedauernswerten Ausrutscher, von dem ich nie erfahren hätte, hätte Tyler mir den Betrug nicht selbst gestanden. Das hielt mich nicht davon ab, aus unserer gemeinsamen Wohnung aus- und bei meiner Schwester und ihrer Freundin einzuziehen, doch es bewirkte sehr wohl, dass ich mich in der Lage sah, Tyler zu verzeihen, es zumindest zu versuchen. Ich meine – er machte einen Fehler, doch er bereute ihn zutiefst, und er war ehrlich genug, ihn sich selbst und mir einzugestehen. Abgesehen davon wirft man neun Jahre nicht einfach so weg, weil der Mensch, den du liebst, *einmal* in all der Zeit eine falsche Entscheidung getroffen hat.

Richtig?

Das war vor sieben Monaten, und seither hat sich unsere Beziehung ausnahmslos zum Guten gewendet. Die Tatsache, dass wir nicht mehr zusammen wohnen und uns entsprechend nicht automatisch jeden Tag sehen, hat eine Sehnsucht geweckt, die lange unter einem Berg

Alltag begraben lag. Diese Sehnsucht wiederum stachelte eine Leidenschaft an – mit einem Mal drücken wir uns wie Teenager in Hauseingängen herum, küssend, tastend, stöhnend; mit einem Mal sind wir das Paar, das von seinen Freunden dazu aufgefordert wird, sich ein Zimmer zu suchen. Und der Sex, der in besagtem Zimmer vollzogen wird, ist so viel besser, o Gott, er ist gut! Jede Routine, die wir je hatten: aus dem Fenster geworfen. Jeder Zweifel gleich hinterher. Tyler gab sich solche Mühe. Er tut es noch. Wenn ich dieses dumme Foto nicht mit eigenen Augen gesehen hätte, würde ich nicht glauben, dass mein Freund, Tyler Natt, eine andere Frau auch nur ansehen möchte, erst recht nicht auf diese Weise.

Obwohl ich es wirklich nicht tun will, ziehe ich mein Handy aus der Tasche und öffne das Fotoverzeichnis. Der Aufzug hält, doch ich blicke kaum auf, den Weg zu den Garderoben finde ich im Schlaf.

»Morgen, Emma.«

»Morgen, Daisy.«

»Lange Nacht gehabt?«

»Eher eine kurze.«

»Ein Glück, dass du nicht vor der Kamera stehst.«

»Oh, ja. Danke. Wie reizend.«

Schon ist sie an mir vorbei, die Nase wie üblich dicht über ihrem Klemmbrett, viel zu beschäftigt für Small Talk auf dem Gang. Daisy ist Produzentin der Show. Sie ist es gewöhnt, Entscheidungen im Bruchteil einer Sekunde zu treffen, und dies gilt auch für ihre Unterhaltungen.

»Hey, Emma.«

»Hi, Luke.«

»Harte Na…«

»Ah, entschuldige mich kurz, ich muss mal eben …« Bevor mich noch ein weiterer Kollege nach meiner Nacht fragen kann, biege ich auf die Damentoilette ab, die glücklicherweise leer ist. Ich beuge mich über eins der Waschbecken zum Spiegel.

Okay.

Zeit für mein Notfallmäppchen. Ein wenig Concealer, um die Augenringe aufzuhellen. Einen Hauch Puder gegen die roten Flecken auf den Wangen. Lidstrich und Wimperntusche, um die Augen größer wirken zu lassen und gleichzeitig von meiner Blässe abzulenken. Aus der schieren Notwendigkeit heraus lege ich zudem Lippenstift auf – ein unauffälliger Beerenton, der gut zu meinem dunkelbraunen Haar passt.

So.

Dafür, dass ich beruflich damit zu tun habe, trage ich privat extrem wenig Make-up, doch selbst zu dem wenigen hat heute Morgen die Zeit nicht gereicht. Womöglich liegt es gar nicht am Gin, dass mich jeder nach meinem Befinden fragt, denke ich zerknirscht. Womöglich liegt es daran, dass ich ungeschminkt durch die Gegend laufe wie Gwyneth Paltrow. Nein, ich habe keine Ähnlichkeit mit Gwyneth Paltrow. Bis auf die sparsame Verwendung von Schminke womöglich.

Bis ich vom Damenklo in die Garderobe gelaufen bin, habe ich das Bild von Tyler und der Fremden vorübergehend vergessen.

Als ich den Raum betrete, ist Navin bereits mit den Vorbereitungen beschäftigt. Ursprünglich stammt er aus Indien, lebt aber schon seit bestimmt zwanzig Jahren in London, obwohl er felsenfest behauptet, nicht älter als neunundzwanzig zu sein. Wir wissen beide, dass das gelogen ist. Mit dieser ebenmäßigen Haut und den verdammt langen Wimpern sieht Navin jünger aus, als er ist, doch er ist sicher schon an die vierzig. Sein Geheimnis: Geh nie ins Bett, ohne dich abzuschminken. Und so, wie er mich über den Spiegel hinweg betrachtet, unterstellt er mir gerade, genau das getan zu haben.

»Ich habe versucht, es zu kaschieren«, verteidige ich mich vorschnell.

»Ist nicht wirklich gelungen«, gibt Navin zurück. »Was Bände spricht, wenn man bedenkt, dass du das Ganze beruflich machst.«

Er ist dabei, unseren Arbeitsplatz auf Hochglanz zu polieren – den mit Glühbirnen umrahmten Spiegel, der eine gesamte Breitseite des Raums einnimmt, die Ablage davor, die in der Regel mit Zeitschriften, Kaffeetassen und Wassergläsern übersät ist, seinen kleinen Beistellwagen, auf dem er Haarprodukte und sämtliche Geräte aufbewahrt, die er fürs Frisurenstyling benötigt.

Ich verfrachte Jacke und Tasche in die angrenzende Abstellkammer und ziehe mein eigenes Arbeitswägelchen hervor: ein mit jeder nur erdenklichen Schminkutensilie ausgestatteter Rollwagen, an dem Picasso seine Freude gehabt hätte (wäre er Visagist und nicht Maler gewesen, versteht sich).

»Also«, beginnt Navin, während er sich in einen

der beiden Drehstühle fallen lässt, »was hat deinen Teint über Nacht derart ergrauen lassen? Erzähl's Onkel Navin.«

Ich bringe die Lippenstifte in eine Farbordnung von hell nach dunkel und bin auf der Suche nach einer fehlenden Kappe, während ich überlege, was ich Navin antworten soll. Wir arbeiten hier seit gut anderthalb Jahren nebeneinander, wir verstehen uns bestens, haben aber über die Show hinaus nur wenig miteinander zu tun, was vor allem daran liegt, dass er in London lebt und ich in Brighton. Dennoch hat er das Drama um Tyler mitbekommen, denn ich bin nun mal nicht sehr gut darin, meine Gefühle zu verbergen, und Navin ist ein umso besserer Menschenleser, das bringt unser Job so mit sich. Er ist außerdem in psychologischer Betreuung ähnlich begabt wie ich. Auch das, wie bereits erwähnt, eine Begleiterscheinung des Berufes.

»Tyler«, sage ich am Ende meines inneren Monologs, und Navin reißt die Augen auf.

»Nicht schon wieder!«

»Nein. Nichts dergleichen. Zumindest – ich weiß nicht. Es ist ... Carly hat ihn Sonntagmorgen aus einem Club kommen sehen. Mit einer Frau. Sie hat ein Foto davon gemacht.«

»Wow.« Navin verschränkt die Arme vor dem Körper. »Mein erster Gedanke hierzu: So dumm kann Tyler gar nicht sein, dass er sich in diesem Dorf von Brighton mit einer Frau sehen lässt, die nicht seine Freundin ist. Ich meine, es war doch zu erwarten, dass er dort jemandem über den Weg läuft, den er kennt, oder? Dass es ausgerechnet die Freundin deiner Schwester ist … tja. *Karma is a bitch,* richtig? Zeig mir das Foto.«

Ich ziehe mein Handy aus der Hosentasche und rufe die Foto-App auf.

Navin betrachtet das Bild. Ich lasse mich in den zweiten Stuhl fallen und warte.

»Man sieht gar nichts«, sagt er schließlich. »Nur, dass er mit einer Frau aus dem Club kommt, aber das ist schon alles.«

»Hm.«

»Könnte sein, da ist was. Kann genauso gut sein, da ist gar nichts.«

»Vermutlich. Ja.«

»Was soll ich sagen: Ich bin kein großer Fan von deinem Freund, nach dem, was er getan hat. Aber Lachen ist noch kein Verbrechen.«

»Ich weiß. Ich weiß das. Aber Amy. Und Carly …« Ich zucke mit den Schultern. »Ich schätze, es könnte was dran sein. Oder eben auch nicht.«

»Egal was, es hat eine Flasche Gin gerechtfertigt, nehme ich an?«

»Du kennst uns zu gut. Wieso kennst du uns so gut?«

»Glaub es oder glaub es nicht, aber ich bin nun mal ein Frauenkenner.«

»*Das* glaube ich wirklich nicht.«

Er hält nach wie vor mein Telefon fest, und ich strecke die Hand danach aus.

»Hast du Tyler schon gefragt, was es damit auf sich hat?« Navin gibt mir das Handy zurück.

»Nein«, gestehe ich.

»Dann weißt du ja, was du als Nächstes mit diesem Telefon anstellst. Statt Schnappschüsse zu analysieren, die alles Mögliche und nichts bedeuten können.«

»Wo warst du nur gestern Abend, du Stimme der Vernunft? Eventuell hättest du mir einen Kater erspart.«

»Ich war dort, wo ich hingehöre, in Soho, auf einer Party. Auch wenn man *mir* das nicht ansieht.«

Er grinst. Und wie so oft habe ich das Gefühl, ich würde gern mehr Zeit mit Navin verbringen.

»Komm mal nach Brighton«, schlage ich deshalb vor. »Wir haben ein Gästezimmer.«

»Mit drei Verrückten unter einem Dach ... Ich weiß nicht.«

»Du darfst in meinem Bett schlafen.«

»Das lockt mich natürlich sehr«, sagt Navin spöttisch. »Nicht.« Womit er mir einen vielsagenden Blick zuwirft – den letzten für die nächsten Stunden. Denn just in diesem Moment wird die Tür aufgerissen, das Moderatorenduo stürmt unsere Garderobe, und mit der Ruhe ist es vorerst vorbei.

Unsere Sendung ist nicht so populär wie *Good Morning, Britain,* sie ist eher die kleine Schwester der großen Show: die Themen nicht ganz so politisch, die Promis nicht ganz so berühmt, die Gespräche nicht ganz so ernst zu nehmend. Nichtsdestoweniger gibt es *Ten to Twelve* bereits seit zwei Jahrzehnten, und es sind die Details, die uns zu etwas ganz Besonderem machen, eben ganz besonders liebenswert. Rubriken wie *Schöner mit Shauna* zum Beispiel, in der Shauna, eine Lifestyle-Expertin, jeden

Tag eine andere Zuschauerin mit Vorher-Nachher-Styles glücklich macht. Wir haben Teddy, das Orakel, das Anrufenden aus den Karten liest, und einen echten Wetterfrosch, der in seinem Terrarium Leitern rauf- und runterklettert. Und dann sind da natürlich Kit und Tom, die Moderatoren. Seit mehr als zwanzig Jahren sind die zwei verheiratet und vor wie hinter der Kamera unermüdlich dabei, einander aufzuziehen. Dennoch sind sie die einfühlsamsten Menschen, die ich kenne. Die jedem Gast – sei es der blonden Barbie aus dem neuesten TV-Trash oder der geplagten Mutter von Fünflingen – Interesse und Respekt entgegenbringen.

Tom ist so etwas wie die Vaterfigur der Nation. Groß, breitschultrig, graue Schläfen, entwaffnendes Lächeln. Ein unschlagbarer Optimist. Er ist der Typ, dem man sich anvertraut, wenn einen der Freund verlässt. Zu dem man rennt, wenn man etwas gewonnen, etwas verloren, etwas erlebt oder etwas verbockt hat. Solange ich ihn kenne, hatte er immer ein offenes Ohr, einen gut gemeinten Rat, Verständnis oder Mitgefühl. Kit, seine Frau, ist deutlich jünger und minimal distanzierter. Sie ist nicht weniger nett, nur etwas zurückhaltender eben. Manchmal denke ich, sie ist der Fels, an den Tom sich klammert, nachdem alle anderen sich an ihm festgehalten haben. Als seien die beiden eine unverrückbare Einheit. Als ergäben die zwei nur zusammen einen Sinn. Ja, das klingt abgrundtief kitschig, ich weiß. Das macht es nicht weniger wahr. Tom und Kit, sie sind so etwas wie eine Wahl-Familie für mich.

Ich fing als Praktikantin bei *Ten to Twelve* an und bin überzeugt davon, dass ich allein wegen der beiden dabeigeblieben bin. Tom und Kit gaben mir von Anfang an das Gefühl, nicht zur Arbeit, sondern nach Hause zu kommen. Nach Hause in diese große, glückliche TV-Familie.

Die zweistündige Show an sich bedeutet für Navin und mich allerdings hundertzwanzigminütige Anspannung, in deren Werbepausen Nasen gepudert, Locken zurechtgerückt und Kleider gerade gezupft werden. Sie bedeutet Small Talk mit Gästen und Moderatoren und vor allem, dass die eigenen Befindlichkeiten in den Hintergrund rücken, bis sie sich nach Ende der Sendung, Instandsetzung unseres Arbeitsmaterials und einer abschließenden Besprechung zum darauffolgenden Tag wieder ins Bewusstsein schleichen. Und so bin ich bereits auf dem Weg zur U-Bahn, als mir das Gespräch mit Navin wieder einfällt – der Teil, in dem es darum ging, mit Tyler zu sprechen, um genau zu sein. Bis zum Bahnhof Victoria Station denke ich darüber nach, wie ich es am besten anstelle, meinen Freund nach dieser unheilvollen Aufnahme zu fragen.

Hey, du hast dich am Wochenende gar nicht gemeldet. War es schön mit Fred (Greg oder Ted)? Habt ihr viel unternommen? Wart ihr, ich weiß nicht, in einem Club? Bis in die frühen Morgenstunden? Und … ihr wart … allein?

Ist dir klar, dass Carly dich mit einer Frau fotografiert hat?

Ich steige in den Zug nach Brighton, der weit weniger voll ist als am Morgen, da die meisten Pendler erst am Abend zurückfahren.

Ich ziehe mein Handy aus der Tasche, um Tyler zu schreiben.

Ich halte es unverrichteter Dinge in der Hand, als der Zug eine Stunde später in Brighton einfährt, wo ich aufs Gleis trete, auf dem Tyler mir freudestrahlend entgegenläuft. Für eine Sekunde bin ich sprachlos. Dann hat er seine Arme um meine Taille geschlungen, mich hochgehoben und sich mit mir im Kreis gedreht.

Ich lache, es geht gar nicht anders. Tyler grinst mich an – diese Grübchen, diese Lachfalten –, und von einer Sekunde zur nächsten habe ich vergessen, worüber ich die vergangene Stunde nachgegrübelt habe.

Wobei. Nicht ganz. Mein Lächeln flackert ein wenig.

Tyler, der das nicht sehen kann, lässt mich an seinem Körper heruntergleiten und küsst mich. Er macht das wirklich gut – küssen. Mit genau dem nötigen Druck. Mit exakt der richtigen Mischung aus sanft und bestimmt. Ich liebe es, mich in Tylers Küsse hineinfallen zu lassen. Nur dann nicht, wenn ich vermuten muss, dass seine Lippen vor nicht allzu langer Zeit noch an einem ganz anderen Mund genagt haben.

»Was machst du hier?«, frage ich, nachdem ich mich von ihm gelöst habe.

Mein Noch-Wieder-Freund legt mir den Arm um die Schultern, und wir gehen auf den Ausgang zu. »Ich dachte, ich überrasche dich. Kommt mir vor, als hätten wir uns ewig nicht gesehen.«

Er bleibt stehen, küsst mich noch mal. Auf die Wange, dann auf den Hals. Wenn ich es nicht besser wüsste …

»Wenn ich es nicht besser wüsste«, sage ich, und selbst in meinen Ohren klingt mein Lachen unecht, »würde ich denken, du hast ein schlechtes Gewissen.«

»Wieso? Weil ich die Liebe meines Lebens vom Bahnhof abhole, nachdem ich sie drei Tage nicht gesehen habe?«

Ich habe ihn gekränkt, das ist ihm deutlich anzusehen. Seit dieser Sache mit Violet, der Arbeitskollegin, wird er nicht müde, mir zu erklären, wie wichtig ich ihm bin, wie sehr er mich liebt, in welchem Maße er mich braucht, dass ich die Liebe seines Lebens bin. Ich strenge mich an, ihm zu glauben, ich bemühe mich wirklich sehr. Aber ich kann nichts gegen den nagenden Zweifel in meinem Inneren machen, immer dann, wenn er nicht ans Telefon geht, sich länger nicht meldet, er auf Geschäftsreise ist – oder jemand mir ein Foto zeigt, auf dem er sich breit grinsend mit einer fremden Frau amüsiert.

Ich ziehe mein Handy aus der Tasche und zeige Tyler das Bild.

Er wird nicht blass, wie ich vermutet hätte, stattdessen aber ein kleines bisschen rot.

»Woher hast du das?«, fragt er, die Stimme hörbar kälter, allerdings auch reichlich verwirrt.

»Carly hat das Bild gemacht. Sie war auf dem Heimweg, als du ihr mit dieser Frau entgegenkamst.«

»Mein Gott, diese …« Er hält sich gerade noch zurück. »Carly«, sagt er nur. Ist ja nicht so, dass die Abneigung meiner Familie meinem Freund gegenüber seit *der Tat* einseitig wäre.

Er gibt mir das Handy zurück. »Ich weiß nicht mehr, wie die hieß. Brad hat sie in dem Pub aufgegabelt, in dem wir Dart-Spielen waren. Wir sind danach noch in den Club, und von da haben wir sie zu ihrem Auto gebracht. Hätte Carly nur fünf Sekunden gewartet mit ihrem Schnappschuss, hätte sie Brad mit draufgehabt. Er war nur noch auf dem Klo.«

»Brad.«

»Ja. Ich hab dir doch gesagt, dass er mich am Wochenende besucht.«

»Ich weiß. Ich erinnere mich.«

Ich blicke zu Tyler auf, und für eine Sekunde frage ich mich, was er sieht. Die Skepsis in meinem Blick? Die Fragen, die mir auf der Zunge liegen? *Brad hat diese Frau aufgegabelt, nicht du? Du hast sie angesehen, als wärt ihr alte Freunde, aber du weißt nicht mal mehr ihren Namen?*

Tyler steckt die Hände in die Taschen seiner Jeans, ganz so, wie er es auf dem Foto getan hat. Nur lacht er nicht. »Emma«, sagt er. Es klingt enttäuscht. Und wie ein Flehen. Ich weiß, dass er sich wünschte, ich könnte das Ganze vergessen, darüber hinwegsehen, dass es je passiert ist, ihm wieder vorbehaltlos vertrauen, so, wie ich es vorher getan habe. Ich weiß, dass er sich nichts mehr wünscht als das. Ich wünsche es mir auch. Weil ich es hasse, ihn anzuzweifeln, beinah genauso sehr, wie er es hasst.

»Okay?« Es klingt wie eine Frage, und trotzdem stelle ich mich auf die Zehenspitzen und umfasse mit den Händen seinen Nacken. »Es tut mir leid, dass ich unsicher war.«

»Du traust mir nicht.«

Da dies keine Frage war, antworte ich auch nicht.

Tyler seufzt, doch schließlich erwidert er die Umarmung, drückt mich fest an sich, bevor er sein Gesicht in meinen Haaren vergräbt. »Ich wünschte, ich könnte es ungeschehen machen.«

»Ich weiß.«

»Aber es geht nicht. Es geht nun mal nicht.«

»Hm.«

»Ich liebe dich.«

Ich lehne meinen Kopf an seine Brust, sauge seinen Duft ein, ganz, ganz tief.

»Emma?«

»Ja. Ich liebe dich auch.«

Es klingt vermutlich nicht sehr überzeugend, aber ich meine es so. Ich liebe Tyler wirklich sehr.

Und heute Abend gehe ich nicht zu meiner Schwester, ich bleibe bei ihm.

4

Jamie

Das einzig Gute an dieser Pendelei ist, dass der Zug in Brighton noch leer ist, einen Platz zu bekommen also kein größeres Problem darstellt. Ich sage bewusst, das *einzig* Gute, denn das ist es. Eine Stunde lang mit einer Horde Fremder in einem stickigen Zugabteil festzustecken, schlechten Atem einzusaugen und noch schlechteres After Shave, ist kaum die angenehmste Art, in den Tag zu starten. Die Bahn ist heute nicht überfüllt, aber leer ist sie auch nicht. Man kann froh sein, wenn der Sitz neben einem nicht beansprucht wird. Über den Tisch wäre ich beinah in Jubel ausgebrochen.

Ich lege mein MacBook darauf, verbinde mich mit dem WLAN und öffne dann die Seite mit dem Wohnungsmarkt. Ich will sobald wie möglich nach London ziehen, egal, wie sehr mir Brighton gefällt. Kann sein, dass ich zu all meinen anderen Neurosen in diesem Zug auch noch eine Klaustrophobie entwickle. Oder eine Angststörung gegen schlechte Gerüche. Wieso ich mir das überhaupt antue? Weil ich mich, wie offensichtlich viele andere auch, schlecht dabei fühle, jeden Tag mehr als hundertdreißig Meilen mit dem Wagen zurückzulegen und die Umwelt damit noch mehr zu belasten, als ich es ohnehin schon tue.

In diesem Netz wird das nichts. Es dauert ewig, bis sich die Seite öffnet, da kann ich gleich zu Fuß durch die Stadt latschen, auf der Suche nach freiem Wohnraum. Ich schließe den Internet-Explorer und öffne stattdessen einen der Ordner, die mein Vater mir gestern auf den Rechner gespielt hat. Es sind die Exposés zu den verschiedenen Zeitschriften, die unser Verlag herausgibt. Ich öffne die Übersicht, während die Worte sich in meinem Hirn zum Rhythmus der Räder wiederholen.

Unser Verlag.

Unser Verlag.

Unser Verlag.

Es ist der Verlag meiner Familie, von dem ich hier spreche, zu dem ich bis gestern ein eher ambivalentes Verhältnis pflegte. Heute dagegen … Heute sieht es so aus, als sei ich auf dem besten Wege, Leiter von *unserem Verlag* zu werden.

Ich spüre, wie mich dieser Gedanke beunruhigt. Es fühlt sich an, als würde sich Kälte in mir ausbreiten, sie kriecht von meiner Kehle hinunter, verteilt sich im Brustraum, sickert in den Magen. Meine Stirn beginnt zu pochen. Meine Fingerspitzen zucken. Ich wünschte, ich könnte sagen, ich weiß nicht, was hier los ist, doch die Wahrheit ist – ich kenne diese Empfindungen nur zu gut, sie sind mein ständiger Begleiter. Und weil ich weiß, ich werde nicht dagegen ankommen, es niemals allein schaffen, diese aufkeimende Panik zu überwinden, weil ich das weiß, denn ich habe es schon hundertmal versucht, greife ich in die Innenfalte meiner Aktentasche und ziehe das Päckchen mit den Pillen hervor.

Mittlerweile zittern meine Hände.

Gott, James Carlton, du bist erbärmlich.

Ich beuge mich tief über den Sitz und die Tasche, niemand braucht dabei zuzusehen, wie ich diese Tablette schlucke. Als ich mich aufrichte, um sie mit einem Schluck Wasser hinunterzuspülen, fällt mein Blick auf eine der Mitfahrenden auf der anderen Seite des Gangs, ein paar Sitze von mir entfernt. Es ist das Trampeltier. Auf dem Platz, auf dem sie mir gestern den Fuß plattgetreten hat.

Ebenfalls wie gestern hält sie eine fettige Tüte in der Hand, aus der ein Stück Croissant herauslugt – etliches davon hat sie bereits auf ihrer Bluse verteilt. Ich beobachte, wie sie gedankenverloren hineinbeißt, während sie mit der anderen Hand in einer Zeitschrift blättert, und diesmal tropft ein Klecks Schokolade auf ihre Brust. Ich starre drauf. Ich würde ihr gern etwas Gesundes in die Hand drücken, denke ich. Einen Apfel oder eine Karotte. Weil es einfach keine gute Idee ist, dem Körper als Erstes am Morgen diese fatale Mischung aus Fett und Zucker zuzuführen.

Als sich unsere Blicke treffen, werden ihre Augen schmal, im selben Moment, in dem ich die Brauen hebe, und … Ich weiß nicht, weshalb ich mich so lange mit diesem Anblick aufhalte, ich schüttle über mich selbst den Kopf.

Wasser. Die Tablette löst sich schon in meinem Mund auf. Ich würge den bitteren Geschmack hinunter und wende mich wieder dem Laptop zu.

Ich bin Koch.

Nein, das ist Blödsinn. Eigentlich habe ich Verlagswirtschaft studiert, um im Grunde schon viel früher ins Familienunternehmen einzusteigen, doch dann konnte ich meinem Vater glaubhaft versichern, dass es, um einen Verlag zu führen, der auf Kochzeitschriften spezialisiert ist, womöglich gar nicht dumm wäre, wenn wenigstens einer aus der Familie auch die Praxis verstünde. Gute Idee, fand Dad. Ich denke nicht, dass er eine dreijährige Kochausbildung im Sinn hatte, doch er hielt mich auch nicht davon ab. Er hinterfragte nicht, weshalb ich lieber über heißen Pfannen und unter der Fuchtel von cholerischen Küchenchefs schwitzte, anstatt neben ihm meine Position als Firmenerbe anzutreten. Er drängte mich nicht, schneller zu machen, er fragte nicht einmal, wann ich endlich so weit sei. In allem, was ich in meinen bisherigen siebenundzwanzig Lebensjahren getan oder nicht getan habe, hat mein Vater mich bedingungslos unterstützt.

Das macht es so schwer, ihm die Wahrheit zu sagen.

Das macht es geradezu unmöglich, ihm zu beichten, dass ich lieber nicht die Leitung eines Verlags übernehmen möchte, der Angestellte im vierstelligen Bereich hat und zu den traditionsreichsten Häusern der ganzen Stadt zählt. Dass ich es nicht deshalb nicht möchte, weil ich es nicht will.

Sondern weil ich es nicht kann.

Nicht kann.

Nicht kann.

Nicht kann.

Dieses Rattern. Es wirkt beinah beruhigend.

Ich lehne mich zurück.

Kann nicht.

Kann nicht.

Kann nicht.

»Hey, Sie. Hey. Hallo? Sie müssen aufwachen. Hallo?«

»Was?« Mit einem Ruck öffne ich die Augen. Das Herz schlägt mir bis zum Hals.

»Prima, ich dachte schon, ich kriege Sie nie wach. Wir sind da. Victoria Station. Sie müssen aussteigen.«

Mit gerunzelter Stirn mustere ich die Croissant-Frau. Aus der Nähe betrachtet, sieht sie sehr hübsch aus. Ein ebenmäßiges Gesicht, dunkelbraune Augen. Klare Haut. Der Mund nur ein Stück zu breit. Dunkle Haare. Schulterlang. Pony.

»Hallo?«

Ist das eine Lücke zwischen ihren Schneidezähnen?

Ich schüttle den Kopf. »Ja.« Meine Stimme klingt rau und voller Schlaf – Schlaf, der mir nachts fehlt und der mich ausgerechnet hier ereilt, mitten in einem Zug.

»Danke«, sage ich, da ist sie bereits ausgestiegen.

Vom Bahnhof Victoria Station aus sind es zwanzig Minuten zu Fuß in den Verlag – zum Glück fährt keine U-Bahn in diese Richtung. Zu viele Menschen auf zu engem Raum, das ist nichts für mich. Überhaupt zu viele Menschen, egal wie eng der Raum ist. Manchmal reichen zwei oder drei, um mich zu beunruhigen. Ich bin nicht schüchtern, das ist es nicht. Ich bin nervös. Ja, das trifft es vermutlich am besten. Ich bin nervös, und ich habe panische Angst davor, vor Menschen zu sprechen.

So, jetzt ist es raus.

Ich habe eine Angststörung, eine soziale Phobie, wie auch immer wir das nennen wollen, ich habe es. Angeblich betrifft die Angst davor, vor anderen Menschen zu sprechen, fünfundsiebzig Prozent der Bevölkerung, doch ich könnte wetten, nur wenige leiden in dem Ausmaß darunter, in dem ich darunter leide. Die innere Kälte, die zitternden Hände, Nerven, die flirren, wenn ich mich abends ins Bett lege, um dann doch nur ein paar Stunden zu schlafen – all das ist Teil meines Lebens, solange ich denken kann. Aber es ist nichts, was ich herumerzählen würde. Und nichts, was ich nicht im Griff hätte. Ich wünschte manchmal, ich bräuchte die Tabletten nicht, doch dann mache ich mir klar, dass nicht wirklich etwas dabei ist, sie zu nehmen. Sie machen nicht abhängig. Es sind ganz normale Betablocker. Verschreibungspflichtig, ja. Gefährlich, sicher nicht. Sie haben mich durchs Studium getragen. Durch Prüfungen und Ausbildungen. Sie haben mir schon öfter den Arsch gerettet, als ich denken kann.

Was mich daran erinnert, dass ich Mike eine Nachricht

schicken sollte. Die Schachtel ist bald leer, und Mike ist mein Freund, der Arzt, der sie mir verschreiben kann.

Ob ich es mit einer Therapie versucht habe?

Nein.

Ich habe die Sache im Griff, das sagte ich doch bereits.

»Guten Morgen, Mr. Carlton.«

»Guten Morgen, Stanley.«

Tag zwei meines Daseins als Verlagsmensch, und ich bin weit entfernt davon, Mr. Carlton zu sein. Weiter als je zuvor.

Mr. Carlton.

Himmel, das ist mein Vater. Carlton ist der Verlag. Ich bin James, Jamie, was auch immer, alles andere macht mir Angst.

Da.

Da ist es wieder.

Ich muss aufhören, vor allem und jedem Angst zu haben, ist es nicht so? Bloß wie? Wie stelle ich das an? Zumal ich es in meinen bisherigen siebenundzwanzig Jahren nicht geschafft habe?

Wobei siebenundzwanzig Jahre natürlich nicht ganz der Wahrheit entsprechen. Ich erinnere mich an eine Zeit, in der ich noch weniger ängstlich war – nicht ganz so unbedarft und souverän wie andere, aber auch nicht der Paniker, den ich heute abgebe. Ich weiß, dass ich mich nie gern im Unterricht gemeldet habe, aber wenn ich aufgerufen wurde, brachte ich zumindest Antworten zustande. Es ging um die Aufmerksamkeit, um das im Mittelpunkt stehen, der Moment, in dem sich alle Augen auf dich richten und all die Ohren auf das, was du zu erzählen hast. Es war mir immer unangenehm, doch es gelang mir, wenn ich Blickkontakt mied, mir einen Punkt in der Ferne suchte, auf den ich mich konzentrieren konnte. Es half, das Herzklopfen zu ignorieren und die schweißnassen Hände. Erst mit den Jahren, in denen immer klarer wurde, dass sich keine Besserung abzeichnete, dass es, im Gegenteil, immer schwieriger wurde, vor Menschen zu sprechen, sich Prüfungen zu unterziehen, Vorstellungsgespräche zu meistern, den Führerschein zu machen oder sich einer Konfrontation mit einem Fremden zu stellen, wurde mir bewusst, dass diese Ängste zu meinem Leben gehörten, dass sie blieben, dass sie nicht von einem Tag auf den anderen von mir ablassen und woanders hinziehen würden. Dass ich etwas dagegen unternehmen musste. Und dann kam mir der Zufall zu Hilfe.

Mike ist ein ehemaliger Klassenkamerad, mit dem ich mich erst in der Uni richtig anfreundete. Er studierte Medizin, experimentierte in seiner Freizeit mit Drogen und war trotz all seiner Oberflächlichkeit, mit der er Frauen und das Leben generell zu behandeln pflegte, erstaunlich aufmerksam, wenn es drauf ankam. Er merkte ziemlich schnell, dass immer dann etwas nicht mit mir zu stimmen schien, wenn Prüfungen anstanden. Und wie beiläufig erzählte er mir dann, dass er einen Artikel gelesen habe, in dem es um Betablocker ging und ihre Vorzüge für Menschen, die keine Herz- und Blutdruckprobleme plagten, sondern Lampenfieber. »Das nehmen Operndiven genauso wie Anwälte«, erklärte Mike, »es funktioniert für jeden, der in gewissen Situationen seinen Herzschlag beruhigen möchte. Alles ganz harmlos, die Dinger machen körperlich nicht abhängig.« Und: »Wenn ich dir welche besorgen soll, sag Bescheid.«

So fing es an. So ging es weiter. Die Betablocker helfen mir, das Zittern der Hände zu unterbinden und den Nebel im Kopf zu vertreiben. Ich funktioniere besser mit den Pillen, auch wenn ich mich manchmal fühle, als wäre ich nicht mehr ich, als wäre ich eine Mogelpackung, ein Fake. Dann tröste ich mich mit dem, was Mike mir versicherte: »Es gibt Länder, da werden Betablocker offiziell bei der Behandlung gegen Angststörungen eingesetzt.« Ich tröste mich auch damit, dass die Tabletten nicht körperlich abhängig machen.

Über eine psychische Abhängigkeit denke ich gar nicht erst nach.

Der Carlton-Verlag hat seinen Sitz in Westminster. Nicht gerade die traditionelle Fleet Street, aber trotzdem nahe der Themse, in jedem Fall nicht die schlechteste Gegend. Er befindet sich in einem alten Backsteinkarree, in dem mein Großvater vor beinah sechzig Jahren die erste Zeitschrift herausbrachte; die *Marktlücke,* ein Magazin, in dem sich alles ums Geld drehte.

Das Heft war keine große Nummer, es dümpelte am Kiosk vor sich hin. Doch mein Großvater war ein zäher, ehrgeiziger Mann, und als es mit dem Thema Finanzen nicht lief, versuchte er es eben mit den Bereichen *Mutter sein, Erholung im Garten* und *Gesund durch Bewegung.* Insbesondere die Themen Gesundheit und Sport bescherten dem Verlag solide Bilanzen, doch als mein Vater einstieg, begann die eigentliche Erfolgsgeschichte. Er war es, der die Idee hatte, auf Kochthemen umzuschwenken, und der aus dem Carlton-Verlag *das* Vorzeige-Imperium für Kochzeitschriften machte. Wie sich herausstellte, hatte mein Vater den absolut richtigen Riecher, wo auch immer er den hernahm. Manchmal denke ich, er verfügt schlicht über den siebten Sinn bei solchen Sachen. Erkennt einen Trend, lange bevor er Trend wird. Wir hatten den *Grillmeister,* bevor sich jeder Zweite einen Gasgrill auf die Terrasse stellte. *Vegamania* ging an den Start, als es noch nicht an jeder Ecke Tofu-Sandwiches zu kaufen gab.

Wenn man sich die Erfolgsgeschichte meines Vaters ansieht, müsste man meinen, einen knallharten Hierarchen dahinter zu entdecken, doch dann kommt die eigentliche Überraschung: Will Carlton ist der aufopferungsvollste Mann, den ich kenne. Loyal bis zum bitteren Ende. Ein liebevoller Ehemann. Ein großzügiger, verständnisvoller Vater. Ein Mensch, den du nicht enttäuschen möchtest, denn das kostet dich nicht nur ein paar Punkte, sondern das komplette Karma-Konto.

Habe ich schon erwähnt, dass ich am Arsch bin?

Ich nehme die Treppen, nicht den Aufzug. Jeder, der mir hier begegnen würde, müsste glauben, ich tue es, um mich fit zu halten, aber nicht doch. Menschen. Engster Raum. Ich erwähnte es schon. Mein Büro befindet sich im obersten, dem fünften Stock, doch bis ich dort ankomme, ist mir niemand begegnet, nicht um diese Uhrzeit. Um kurz vor sieben ist so gut wie keiner im Verlag, was einer der Gründe ist, weshalb ich den Tag so früh beginne.

Es ist die Zeit von sieben bis neun, in der ich am

meisten mit mir anzufangen weiß. In der ich nicht ständig daran erinnert werde, dass Konferenzen drohen, bei denen ich Reden schwingen soll, oder Besprechungen, bei denen meine eloquent vorgetragene Meinung verlangt wird. Von sieben bis neun ist die Zeit, in der ich mich wappne, in der ich mir einzureden versuche, dass ich all das werde sein können, was die anderen von mir erwarten. Was sich mein Vater von mir erhofft.

5

Emma

Es ist das zweite Mal in dieser Woche, dass mein Stammplatz bei der Kofferablage besetzt ist, und das fünfte Mal, dass ich dem knurrigen Anzugträger hier begegne. Scheint, als habe der Pendlerzug einen neuen Stammgast dazugewonnen, einen, der vehement dafür sorgt, dass sich bloß niemand neben ihn setzen kann, nur um dann eine Stunde lang in sein Laptop zu starren und so unglücklich dabei dreinzublicken, dass man ihm am liebsten ein Stück Schokocroissant anbieten würde.

Aus Mangel an Alternativen sitze ich ihm heute gegenüber. Er wählt mit Vorliebe diesen Viererplatz, ist mir aufgefallen, wegen des Tisches vermutlich, doch dann, selbst wenn es gar nicht sein müsste, setzt er sich entgegen der Fahrtrichtung hin. Wer, bitte schön, tut so was? Nun.

Dieser Typ offenbar, in etwa so alt wie ich, hellbraune Haare mit ordentlich frisierter Naturwelle, graue Augen, schmale Lippen, kantiges Gesicht. Dunkler, reichlich konservativ wirkender Designer-Anzug. Er sieht gut aus, auf eine aalige, glatt gebügelte Art, die mir nicht sonderlich gefällt. Ich muss an Tyler denken, wieder einmal. Daran, wie attraktiv er auf mich wirkt, nach all den Jahren und von Anfang an. Er ist nicht muskulös oder breitschultrig oder tätowiert oder weiß der Himmel was. Er hat diesen Jungen-Charme, der mich schon entwaffnen konnte, als er tatsächlich noch ein Junge war. Diese blonden, wirren Locken. Blaue Augen, ein breites Grinsen. Ich muss daran denken, wie er sich in den vergangenen Tagen ins Zeug gelegt hat, um meine Zweifel wegen dieses bescheuerten Fotos zu zerstreuen. Sehr liebevoll, sehr süß. Und dann, auf der anderen Seite, bringt mich auch niemand leichter auf die Palme als Tyler.

Oder zum Orgasmus.

Nicht, dass ich sonderlich viele Vergleichsmöglichkeiten hätte, denn ja, völlig richtig, Tyler Natt war mein erster Freund und erster Liebhaber, mein erstes Ein, mein erstes Alles, und er ist es bis heute geblieben.

Wir waren Nachbarn, bevor wir Freunde wurden, habe ich das erwähnt? Und wir gingen in dieselbe Klasse, unsere gesamte Schulzeit lang. Das ist ungewöhnlich, nicht? Ich bin sechsundzwanzig, und Tyler gehört zu meinem Leben wie der alte Teddy, den meine Eltern damals in meine Schultüte packten, und der heute noch in meinem Kinderzimmer auf der Lehne des Bettes hockt, ausgebleicht und plattgeliebt.

Wir verbrachten viel Zeit zusammen, mehr als andere Kinder: Da war der gemeinsame Schulweg und dann die Tatsache, dass Tylers Eltern ihn öfter zu uns schickten, damit entweder meine Mutter oder Amy auf uns aufpassten. Rose mochte ihn, wenngleich sie ihm später, als wir Teenager waren, mehr oder weniger den Namen Süßholzraspler verpasste, Windbeutel, wenn es ganz schlimm wurde. Amy, sechs Jahre älter und womöglich deshalb außen vor, was den geschlossenen Kreis anging, den Tyler und ich abgaben, war schon weniger bereit, die zweifelhaften Talente meines Freundes nachsichtig anzuerkennen. Ihr gefiel nicht, dass er sich aus egal welcher Geschichte herausreden konnte wie der Vorsitzende des Debattierclubs, und das schon mit sechs. Dass er dazu jedem einfach alles zu verkaufen wusste, allein mit seinem breiten Lächeln, den Grübchen, dem unerschütterlichen Selbstvertrauen, bei dem man sich fragen musste, woher er das in diesem Alter schon bezog.

Selbstverständlich stellte ich mir diese Fragen mit sechs noch nicht, im Gegensatz zum Rest meiner Familie. Und im Gegensatz zum Rest meiner Familie, wirkte Tylers Charme auf mich zielsicher wie ein Sportschütze – ich war verliebt in ihn, noch bevor ich in die Pubertät eingetreten war.

Tyler allerdings bemerkte davon nichts. Er küsste Angela, Klassensprecherin der parallelen 6c, die sich mit dreizehn schon schminkte wie Lady Gaga und offenbar ihrer kleinen Schwester Röcke aus dem Schrank klaute, so jedenfalls erklärten meine Freundinnen und ich uns die fehlende Länge. Danach war er mit Jessica zusammen, später mit Sophie, eine Olivia gab es auch noch, soweit ich weiß, und das alles, bevor Tyler sechzehn wurde. Später scherzte er oft darüber, dass er sich sehr früh ausgetobt habe und ich mich deshalb nicht zu sorgen bräuchte, er wäre absolut davon überzeugt, letztendlich die richtige Wahl getroffen zu haben.

Nun ja. Ich hatte eigentlich nicht vor, jetzt ausgerechnet *daran* zu denken und wie schief das augenscheinlich gelaufen war. Woran ich mich viel lieber erinnere, ist der Zeitpunkt, an dem Tyler aufging, dass er sich ebenfalls wünschte, es könnte mehr werden aus unserer Freundschaft – viel mehr. Denn wie sich herausstellte, bedurfte es nur einer gehörigen Portion Konkurrenz, um den nichtsahnenden Sonnyboy ordentlich wachzurütteln.

Diese Konkurrenz trug den Namen Kevin, war aus Devon hergezogen und zu Beginn der zehnten Klasse an unsere Schule gewechselt. Kevin war ein stiller Junge mit schwarzen, mittellangen Haaren, die so glatt waren, dass sie ihm regelmäßig in die Stirn fielen. Der Augenaufschlag darunter war so ungewollt sexy, dass er sich ebenso ungewollt auf die Libido einer ganzen Reihe von Mitschülerinnen auswirkte, nicht nur auf meine.

Doch Kevin wollte mich, das Mädchen mit dem herzförmigen Gesicht und der Lücke zwischen den Schneidezähnen, und ich, die ich zu diesem Zeitpunkt des ewigen Liebeskummers schon reichlich überdrüssig war, beschloss, die Sache mit Tyler ein für alle Mal zu vergessen und mich etwas Neuem zu widmen. *Jemand* Neuem. Kevin.

Wir wissen, wie die Sache ausging. Noch bevor Kevin mich das erste Mal küssen konnte, hatte Tyler es getan –

bei einer Fahrt auf dem Riesenrad, das in unserer Jugend für ein paar Jahre an der Uferpromenade aufgebaut worden war. Es war … seltsam, ihn zu küssen. Gelinde gesagt. Oder ich will es mal so formulieren: Nachdem wir eine Menge Arbeit in Fertigkeiten dieser Art gesteckt haben, kann sich heute niemand mehr beschweren.

Ich drücke die Lippen an meinen Mitnahmebecher, um ein zweifelsohne anzügliches Grinsen zu verbergen. Mr. Gutgekämmt wirft mir Blicke zu, ich spüre es, obwohl ich gar nicht hinsehe.

Na gut, womöglich tue ich es doch. Und ich muss sagen, *er* sah schon mal besser aus. Als habe die Woche an ihm gezehrt und Tag für Tag ein bisschen mehr Farbe aus seinem Gesicht gewaschen. Meine Fingerspitzen zucken geradezu vor Verlangen, ihm eine Ladung Make-up ins Gesicht zu klatschen. Und irgendwie kommt es mir so vor, als würde er minütlich bleicher. Und jetzt bildet sich auch noch Schweiß auf seiner Stirn. Ich setze den Becher ab.

»Alles in Ordnung mit Ihnen?«

Er schließt die Augen. Öffnet sie wieder. »Kopfschmerzen.«

Das klang gar nicht gut. Gepresst wie eine Saftorange.

Ich krame die Wasserflasche aus meiner Handtasche, eine mintgrüne Chilly's, aus der ich heute noch nicht getrunken habe. Ich sage ihm das, während ich sie ihm hinhalte, doch er schüttelt den Kopf. Dann wühlt er in seiner eigenen Aktentasche und zieht eine Tablette und eine Flasche stilles Wasser hervor.

Er seufzt.

»Ist bestimmt die schlechte Luft«, kommentiere ich.

»Die Klimaanlage in diesen Zügen ist furchtbar. Wenn sie ausfällt, ist es allerdings noch viel schlimmer.« Ich lächle, und er verzieht keine Miene.

Na gut. Dann nicht.

Ich wende mich ab, sehe aus dem Fenster. Ich überlege gerade, ob es eine schlechte Idee war, mich zu diesem Knurrhahn zu setzen, da sagt er: »Pendeln Sie schon länger?«

»Ja«, antworte ich überrascht. »Fünf Jahre fast.«

»Fünf Jahre?«

Beinah muss ich lachen über den entsetzten Ausdruck auf seinem Gesicht.

»Wieso machen Sie so etwas?«

»Weil ich in Brighton lebe und in London arbeite. Was sollte ich sonst tun, wenn nicht pendeln?«

»Nach London ziehen?«

Nun bin ich es, die schockiert ist. »Nach London? In diesen riesigen Moloch?«

Er lacht. Tatsächlich. Es klingt nicht sonderlich freundlich, doch es reicht aus, um festzustellen, dass auch er über ein Grübchen verfügt (auf der linken Seite, und tatsächlich nur eines, das selbstverständlich längst nicht so charmant ist wie die von Tyler).

Und wann, frage ich mich, bin ich dazu übergegangen, alle Männer, denen ich begegne, mit Tyler zu vergleichen? Und wozu?

»Sind Sie nicht froh«, frage ich, »wenn Sie abends aus London zurück in unser beschauliches Brighton kommen? Mit all den kleinen, bunten Sträßchen, dem Pier, dem Strand? Der wunderbar salzigen Seeluft?«

»Es ist stockfinster, wenn ich abends nach Brighton zurückkehre«, erwidert er, abermals die perfektionierte Mürrischkeit. »Da ist nichts mehr bunt.«

»Und die Luft?«

Er zuckt mit den Schultern.

Ich seufze. Mehr gibt es nicht zu sagen. Also widmet er sich erneut seinem Computer und ich mich der Zeitschrift, die ich schon die ganze Woche mit mir herumschleppe und immer noch nicht ausgelesen habe.

Es scheint, heute ist der Tag der schwitzigen Männerstirnen. Ich habe gerade Toms Gesicht mattiert, da bilden sich schon die nächsten Tropfen kurz unter dem Haaransatz, und ich werfe meinem Lieblingsmoderator einen fragenden Blick zu.

»Mach weiter.« Er unterstreicht seine Worte mit einer wegwerfenden Handbewegung. »Ich musste mich tierisch beeilen heute Morgen, komm aus dem Schwitzen gar nicht mehr raus.«

»Selbst schuld«, erklärt Kit, die auf dem Nachbarstuhl von Navin frisiert wird, »wenn du es morgens nicht rechtzeitig aus den Federn schaffst.«

»Hat die senile Bettflucht noch nicht eingesetzt?«, fragt Navin.

Ich starre ihn entsetzt an, doch Tom lacht nur. »Komm du erst mal in mein Alter und hab dann noch Haare, die du frisieren kannst«, gibt er zurück.

Kit greift über den Stuhl nach dem Knie ihres Mannes und tätschelt es.

Und ich denke an Tyler und hoffe, dass wir auch einmal so liebevoll miteinander umgehen, wenn wir erst zwanzig Jahre verheiratet sind.

Wow.

Wo kam das jetzt wieder her?

Ich krame in meinen Schminkutensilien nach einem Concealer, um die dunklen Schatten unter Toms Augen zu kaschieren, während ich mich bemühe, meine Gedanken in eine andere Richtung zu lenken. Tyler und ich haben gerade erst wieder einen vernünftigen Weg eingeschlagen. An Hochzeit ist derzeit also eher nicht zu denken. Wir können froh sein, wenn wir es ohne weitere Anfälle von Misstrauen übers Wochenende schaffen.

Als habe er meine Gedanken telepathisch empfangen, klingelt in diesem Augenblick mein Handy, das unter dem Spiegel auf der Ablage liegt. Tylers Bild leuchtet auf. Ich drehe das Telefon mit dem Display nach unten, bis die Musik endet.

Die kommenden sechs Stunden sind das übliche *Ten-to-Twelve*-Chaos: Die Moderatoren werden zurechtgemacht, dann die Gäste geschminkt. Diesmal unter anderem ein D-Promi, der an der aktuellen Staffel einer Tanzshow mitwirkt und angeblich ein intimes Verhältnis mit seiner Profi-Tanzpartnerin pflegt. Die beiden leugnen die Geschichte, klar. Die Show ist noch nicht zu Ende, und vermutlich will man die Popularität durch die Geheimniskrämerei am Köcheln halten. Ich brauche nur einen Blick auf die beiden zu werfen und bin mir sicher, da läuft was. Navin scheint es ebenso zu gehen, denn über das freundliche Geplänkel hinweg erfreut er mich mit obszönen Zungenspielchen.

Teddy ist der Nächste. Er ist mit seiner Kartenlese-Rubrik *Frag Teddy* schon seit Jahren fester Bestandteil der Sendung. Dann noch Greta, die Bastelexpertin, die heute offenbar einen Blumenkranz bindet, und Shauna natürlich. Sind alle erst hübsch gemacht, warten Navin und ich hinter den Kulissen auf Werbepausen, in denen wir dafür sorgen, dass das auch so bleibt.

Die Tage vergehen hier wie im Flug. Die Wochen eigentlich auch. Weshalb es kaum jemanden wundern dürfte, dass schon Freitag ist und mir erst auf dem Weg zur U-Bahn Tyler wieder einfällt, und das auch erst in dem Augenblick, in dem mein Handy klingelt.

»Hey! Tut mir leid, dass ich mich nicht eher gemeldet habe, es ging mal wieder völlig verrückt zu. Henry Meiler, der aus dieser seltsamen Internet-Soap, weißt du, wen ich meine? Der macht doch jetzt mit bei dieser Tanzshow …«

»Emma? Warte kurz, ich muss in eine Besprechung, tut mir leid. Ich wollte mich nur eben melden, um dir zu sagen, dass ich es heute doch nicht zu dieser Party ins *Shack* schaffe, mir ist was dazwischengekommen.«

Ich bleibe stehen. Der Fußgänger hinter mir rumpelt in mich hinein und wirft mir einen giftigen Blick zu, weshalb ich schnell in einen Hauseingang trete. »Das ist nicht irgendeine Party. Carly feiert ihre bestandene Zwischenprüfung.« Ich klinge kühl. Tyler ungeduldig.

»Es tut mir leid, in Ordnung? Allerdings ist so eine Zwischenprüfung ja noch kein Abschluss, und – ganz ehrlich? Sie hängt doch sowieso jeden Freitag im *Crack Shack* ab, Prüfung hin, Prüfung her.«

»Was daran liegen könnte, dass sie dort arbeitet, oder etwa nicht? Außerdem geht es doch nicht nur um Carly.« Von einem Moment auf den nächsten bin ich nicht nur sauer geworden – ich fühle, da ist noch was, etwas, das sich aus der Tiefe in mein Bewusstsein nagt, und Tyler bemerkt es. Wir setzen gemeinsam an.

»*Was* ist dir dazwischengekommen?«

»Es geht um einen Kunden, okay? Er ist extra aus Oslo hergeflogen, und jetzt muss ich nach Manchester, um die Verhandlungen mit ihm zu führen.«

»Am Wochenende?«

»Er will uns heute Abend in so einen schicken Schuppen zum Essen einladen. Ich konnte nicht Nein sagen. Der Typ ist wichtig.«

»Klar. Verstehe.«

»Emma, komm schon.«

»Wirklich, alles gut, Ty, ich muss zur U-Bahn, sonst verpasse ich meinen Zug. Wir sehen uns.«

Und damit drücke ich ihn weg.

Bin ich eine zickige, uneinsichtige, schmollende Lebensabschnittsgefährtin? Womöglich.

Vielleicht bin ich aber auch nur ein gebranntes Kind. Vielleicht reagiere ich auf Absagen, die mit Tylers Firma zu tun haben und die ihn nach Manchester locken, wo Violet sich nach wie vor befindet, schlicht sensibler als auf alles andere, weil er mich immerhin mit dieser Kuh betrogen hat.

»Ich finde, du solltest dir auch jemanden suchen.« Mit dem Zeigefinger fischt Amy nach der Kirsche in ihrem

Cocktail, bevor sie sie triumphierend in ihren Mund ploppen lässt.

»Hör auf damit, ja? Ich dachte, das hätten wir hinter uns.« Ich muss beinahe schreien, so immens ist die Geräuschkulisse, die uns umgibt. Der Pub ist gerammelt voll, kaum ein freier Fleck weit und breit, und die Musik ist laut, weshalb alle noch ein kleines bisschen mehr brüllen als sonst.

Es ist erst kurz nach acht, doch die Party ist in vollem Gange. Neben ein paar Stammkunden sind es überwiegend Carlys Gäste, Studentinnen oder Mitschüler von früher, was bei Carly noch nicht allzu lange her ist. Weshalb der größte Teil der Leute hier ziemlich jung ist, um die zwanzig, würde ich schätzen. Selbst ich fühle mich alt, und ich denke, meiner Schwester wird es nicht unbedingt anders gehen. Sie ist zweiunddreißig. Sechs Jahre älter als ich, elf Jahre älter als ihre Freundin. Als die beiden zusammenkamen, war Amy dreißig und Carly neunzehn, und die meisten dachten wohl, das könnte nicht lange gut gehen, doch siehe da – die zwei sind nach wie vor glücklich miteinander, mehr als das, sie leben zusammen, respektieren sich, planen eine gemeinsame Zukunft.

Ich schätze, Carly ist von den beiden die alte, reife Seele. Meine Schwester ist es sicher nicht.

»Siehst du den da drüben? Der an der Säule lehnt? Ein hübscher Kerl. Ein bisschen klein vielleicht, aber womöglich wächst er noch. Gegen glatte Haut ist ja auch erst mal nichts einzuwenden. Kratzt weniger an gewissen Stellen.«

Ich verschlucke mich beinah an meinem Mojito. »Würdest du das bitte lassen, Amy? Tyler ist wegen eines

Geschäftskunden in Manchester. Ich habe keinen Grund, das anzuzweifeln, und ebenfalls keinen, mich von einem Neunzehnjährigen …« Ich suche nach Worten. Alle, die mir einfallen, möchte ich lieber nicht laut aussprechen. Ein paar Sekunden noch sieht Amy mich erwartungsvoll an, dann zuckt sie mit den Schultern.

»Carly war neunzehn, als wir uns kennengelernt haben.«

»Ich weiß, wie alt Carly war.«

»Okay. Ich meine es nur gut mir dir.«

Ich verdrehe die Augen. Der Cocktail, denke ich, ist der Einzige, der es gerade wirklich gut mit mir meint. Ich nehme einen tiefen Zug durch den Strohhalm, so lange, bis nur noch kleine Eisbrocken in meiner Kehle bitzeln, dann winke ich Barny zu, mir einen neuen zu bringen. Es ist das eine, wenn ich selbst Tyler gegenüber Zweifel hege, und etwas völlig anderes, wenn Amy und Carly es tun. Dann ist es so, als müsste ich meinen Freund verteidigen, automatisch, ob ich will oder nicht, doch dies kostet ungeheuer viel Kraft.

Als hätte Amy meine Gedanken gehört, sagt sie: »Tut mir leid, dass ich mich so schwer damit tue, Tyler zu mögen. Wenn ich mir vorstelle, du wärst Carly gegenüber so abweisend, würde mich das ziemlich verletzen, glaube ich.«

»Ich kann mich nicht daran erinnern, dass du Tyler jemals sonderlich gern mochtest, auch damals nicht, als ich noch zu Hause gewohnt habe.«

»Das liegt daran, dass ich gehofft hatte, es käme irgendwann noch mal ein Märchenprinz vorbei, der dich aus deinen Schuhen hebt.«

»Offensichtlich ist Tyler in deinen Augen kein Märchenprinz.«

Meine Schwester zuckt mit den Schultern.

»Wieso eigentlich nicht?«, frage ich.

»Ich weiß nicht. Früher hatte ich den Eindruck, er nimmt einfach nichts ernst – dich nicht, die Schule nicht, das Leben nicht, er driftet so vor sich hin und macht Charakterschwächen, die er definitiv hat, mit seinem Charme wett. Erinnerst du dich daran, dass er vor dir ungefähr siebzehn andere hatte, und zwar noch vor seinem zwölften Geburtstag?«

»Es waren nicht siebzehn, und er war nicht zwölf.«

»Und sobald er Konkurrenz witterte, war er auf einmal der liebende, treusorgende Freund. Das habe ich schon damals nicht geglaubt, Emma.«

»Aber es war so! Beinah neun Jahre lang war es so. Und dieses eine Mal …«

»Ja«, sagt Amy. »Das ist genau der Punkt. Nach wie vor ist Tyler Natt ein Meister darin, den Leuten einfach alles zu verkaufen. Er hat es sogar zu seinem Beruf gemacht, als zwielichtiger Werbefuzzi …«

»Was ist an seiner Firma zwielichtig?«, werfe ich ein. »Das ist eine sehr renommierte Agentur, mit seriösen, wichtigen Kunden.«

Doch Amy stört sich nicht an meinem Einwand. »Und seiner Freundin erzählt er eben, dass ein einmaliges Fremdgehen nichts zu bedeuten hat. Einmal ist keinmal, richtig?«

Ich brauche einen Moment, um Amys Ärger an mir abperlen zu lassen, dann erwidere ich ruhig: »Nein. Einmal ist nicht keinmal. Aber eine so langjährige Beziehung, wie wir sie haben, gibt man auch nicht einfach auf.«

»Mag sein. Doch auf der anderen Seite, Emma, denke ich wirklich, du hast etwas Besseres verdient.«

Ich schweige.

»Ich gehe tanzen«, sagt Amy.

»Mach das.«

Sie küsst mich auf die Wange, und ich drücke im Gegenzug ihren Arm. Wenn ich etwas nicht möchte, dann wegen Tyler mit meiner Schwester streiten, weil ich weiß, sie meint es gut. Und weil ich durchaus den Kern Wahrheit in ihrer Wutrede erkennen kann.

Ich sehe ihr nach, während sie sich durch die Menge in Richtung der kleinen Tanzfläche schiebt, die sich vor der alten Jukebox gebildet hat. Carly ist dort. Sie breitet die Arme aus, als Amy sich ihr nähert, ein strahlendes Lächeln auf dem Gesicht. Amy, sie schlängelt sich wie eine Python an ihrem Körper nach oben, bevor sie ihre Freundin mit einer dramatischen Geste nach hinten beugt, um sie zu küssen.

Ich trinke.

Tyler ist ebenfalls toll darin, öffentliche Kuss-Szenen zu inszenieren, oh ja. Tanzen allerdings würde er niemals mit mir. Nicht, dass das nach dem zweiten oder dritten Mojito noch irgendwie von Bedeutung wäre. Nach dem vierten ist es mir sogar gleichgültig, dass Tyler immer nur das zu tun scheint, was sich für ihn gut anfühlt, ohne Kompromisse. Ich kann mich zum Beispiel nicht mehr an unseren letzten, gemeinsamen Urlaub erinnern. Oder Moment: Es war ein Städtetrip nach Helsinki, vor drei oder vier Jahren. Bereits auf dem Hinflug, als ich ihm voller Vorfreude aus dem Reiseführer vorgelesen habe, hat Tyler für sich beschlossen, dass ihm diese Art des Verreisens viel zu langweilig ist. Er geht gern klettern, Kajak fahren, surfen. All das, was mir viel zu anstrengend wäre, wäre ich nicht ohnehin zu unsportlich dafür. Also unternimmt er diese Dinge eben mit seinen Kumpels, während ich schon mehrmals mit Amy in einem All-Inclusive-Club im Süden abgestiegen bin.

Tja.

Niemand kann aus seiner Haut, richtig? Lieben heißt auch, jemanden nicht verändern zu wollen.

Ich denke nicht, dass mir ein weiterer Mojito in derart kurzer Zeit guttun würde, also schlängle ich mich ebenfalls durch die Massen, auf dem Weg nach draußen allerdings.

Das *Crab Shack* liegt in einer ruhigen Gasse ganz in der Nähe der Uferpromenade und gehört zu den ältesten Pubs der Stadt. Eigentlich ist es gar kein richtiger Pub, eher ein Schuppen, wie der Name schon sagt: ein relativ kleiner Raum in einem steinalten Cottage, ausgekleidet mit morschen Dielen und dunkler Holzvertäfelung, niedrigen runden Tischen mit Hockern davor, und einer Bar, hinter der Barny erstaunlich gute Drinks kreiert. Barny ist Eigentümer der *Shack*. Ein an die sechzig Jahre alter Seebär mit haufenweise Tattoos und einem Bandana in den lichten Haaren sowie einem Faible fürs Spartanische, nicht nur, was die Einrichtung angeht. Carly und ein schlaksiger Kerl namens Samson sind die einzigen Mitarbeiter, die er duldet, wobei die zwei, beides Studenten, sich üblicherweise abwechseln. Kulinarische Genüsse sind im *Crab Shack* meist flüssig, bis auf die täglich frischen Krabben-Sandwiches, die Barny höchstpersönlich zubereitet.

Das Cottage, in dem Amy, Carly und ich leben, ist keine zehn Minuten Fußweg entfernt – es ist das Haus, das unsere Großeltern uns überließen, als sie sich vor vier Jahren entschlossen, ihren Lebensabend in Cornwall zu verbringen. Es ist nicht gerade groß, doch als ich Amy damals sagte, sie könne dort leben, da ich mit Tyler zusammenziehen wollte, bestand sie darauf, mir trotzdem eines der Zimmer zu überlassen, für alle Fälle, wie sie damals erklärte. Stellt sich heraus, meine Schwester verfügt über den siebten Sinn, etwas, das ich von mir nicht behaupten kann.

Ich laufe die Western Road entlang in Richtung zu Hause, als …

»Oh, Verzeihung.«

»Können Sie nicht aufpassen?«

»Ich war in Gedanken, es tut mir ehrlich leid. Ich …« Und dann bleibt mir die Erklärung im Hals stecken, als mir aufgeht, wen ich da gerade versehentlich angerempelt habe.

»Scheint ein Hobby von Ihnen zu sein, Fremden auf den Fuß zu trampeln«, erklärt er. Es ist der Typ aus dem Zug, bloß ohne Anzug. Stattdessen trägt er Stoffhosen und einen Pullover, der schwer nach Kaschmir aussieht, und ich frage mich: Wer trägt so was im Sommer? Er hat die Ärmel nach oben geschoben und einen sehnigen Unterarm entblößt, was ihn um einiges attraktiver aussehen lässt, als er eigentlich ist.

Nicht, dass mir das auffallen würde.

»Von trampeln kann kaum die Rede sein«, erwidere ich schließlich, »aber es tut mir trotzdem leid.«

»Okay. Nicht schlimm. Schon vergessen.«

Er nickt. Ich ebenfalls. Ein, zwei Sekunden stehen wir unschlüssig herum, anstatt einfach weiterzugehen, ich weiß selbst nicht, weshalb. Brighton ist ehrlich ein Dorf. Oder wieso musste ich ausgerechnet ihm heute Abend über den Weg laufen?

»Geht es Ihnen besser?«, frage ich schließlich.

»Besser?«

»Na ja, die Kopfschmerzen. Sie sahen nicht gut aus, heute Morgen im Zug.«

»Oh. Ah. Mir geht es bestens, danke.«

»Okay.«

»Gut.«

»Also, war nett, mal wieder über Sie zu stolpern.«

Das bringt ihn kurz aus dem Tritt, aber nicht wirklich. Was ihn tatsächlich zu verunsichern scheint, ist die Tatsache, dass ihm in diesem Augenblick ein Typ auf die Schultern klopft.

»Hey, hier steckst du. Wollten wir uns nicht vorm Pub treffen?«

»Was? Oh. Klar. Sicher.«

Und mit einem Mal ist alle Selbstsicherheit von meiner neuen Zugbekanntschaft gewichen, ganz im Gegenteil, von jetzt auf gleich wirkt er furchtbar nervös.

Der andere, ein ziemlich großer, ziemlich hagerer Mann um die dreißig, mustert mich neugierig, doch selbstverständlich stellt hier niemand irgendjemanden vor, wir kennen uns ja selbst nicht. Was die ganze Situation ein klein wenig unangenehm werden lässt, zumindest empfinde ich es so.

»Also, dann … äh … Ich war … Ich bin verabredet. Mit einem Freund.«

Und nun hat er mich gänzlich irritiert. »Okay, gut, also …«, beginne ich, aber da sind die zwei schon von dannen gezogen, mit einem letzten, interessierten Blick des *Freundes* über dessen Schulter.

Ich frage mich, was das war.

Ich bin verabredet. Mit einem Freund.

Weshalb betont er etwas, das ich eindeutig selbst erkennen kann? Will er mir zeigen, dass er noch zu haben ist? Oder schwul? Wäre es angebracht, ihm mitzuteilen, dass ich ebenfalls einen Freund habe? Bin ich nicht mehr ganz normal, dass ich einen einfachen Satz aus allen nur erdenklichen Richtungen hinterfragen muss? Ich kenne den Mann überhaupt nicht. Trotzdem sehe ich den beiden nach, bis sie um die nächste Straßenecke gebogen sind.

Später, im Bett, versuche ich es bei Tyler. Der Anruf wird zu Voicemail weitergeleitet.

6

Jamie

Es heißt, man schläft besser ein, wenn man getrunken hat, doch das trifft auf mich nicht zu. Ich schlafe generell schlecht ein, nicht durch, nur wenige Stunden, egal, ob ich trinke oder nicht, vorm Schlafengehen meditiere oder jogge. Ich weiß nicht genau, wann es anfing, aber ich erinnere mich, dass ich bereits zu Studienzeiten darunter litt, womit sich vermutlich die Katze in den Schwanz beißt. Prüfungsängste, Versagensängste. Das Gefühl, von innen heraus ausgespült zu werden von einer eiskalten, beißenden Kraft … Warum bekommt ein Mensch Panikattacken, warum ein anderer nicht? Darauf habe ich keine Antwort. Und mit jemandem zu sprechen, der die Antwort womöglich kennt, davor wiederum habe ich Panik. Man muss wahrlich nicht allzu genau hinsehen, um hier ein System zu erkennen, oder?

Das Treffen mit Mike gestern Abend war in Ordnung und dennoch nichts, was mich besser einschlafen ließe. Mike ist der Meinung, die Abstände zwischen unseren Verabredungen werden kürzer, als ihm lieb ist – gemessen daran, dass wir uns in der Regel nur dann treffen, wenn ich ein Rezept von ihm brauche.

»Der neue Job«, sagte ich ihm. »Sicher nur die üblichen Anfangsschwierigkeiten. Die Dinger helfen mir einfach, ein bisschen weniger nervös zu sein.«

»Klar.« Mikes Standardantwort, wohingegen sein Blick alles ausdrückt, was er sich zu sagen verkneift, beispielsweise: »Versuch einfach, sie nicht wegzuessen wie Chips.«

Und das versuche ich auch. Ganz im Ernst. Aber es gibt eben Zeiten, wo das leichter fällt, und andere, da gelingt das weniger gut. In Letzteren rede ich mir ein, dass so viel doch nicht dabei ist. Diese Betablocker sind geradezu ein Segen für Leute, die performen sollen, aber nicht können: Musiker, Schauspieler, Manager, Ärzte. Menschen wie mich. Man nimmt sie, solange man unter Strom steht, solange man denkt, man könnte etwas Gelassenheit vertragen. Sollte das nicht mehr der Fall sein, hört man einfach auf damit.

Bäm.

Ich denke, ich habe über dieses Thema nachgegrübelt, bevor ich doch endlich einschlief, Stunden, nachdem ich ins Bett gegangen war. Dass Mike bei mir übernachtet hat, kam erschwerend hinzu. Er lebt in London, und obwohl wir uns auch dort treffen könnten, nutzt er im Grunde jede Gelegenheit, »raus aus dem Moloch und ans Meer zu kommen«, ein paar Ale im Pub zu trinken und anschließend auf meiner Couch zu schlafen. Was er lautstark getan hat. Ich muss es wissen, ich lag ja wach. Und entsprechend gerädert und unausgeruht bin ich, als nach gefühlten zwei Minuten Schlaf der Wecker klingelt – beziehungsweise ist es gar nicht der Wecker, es ist mein Handy, das sich mit nervtötender Ausdauer in mein Bewusstsein fräst.

»Hm?« Zu erledigt, um zu sprechen.

»Jamie? Hi, Lauren hier. Wir ... Ich weiß nicht, wir waren zum Frühstück verabredet, oder? Ich bin mir nicht sicher, ob ich die Uhrzeit richtig im Gedächtnis habe, aber ... Es war doch zehn?«

Shit. »Lauren, hey.« Von einer Sekunde zur anderen bin ich hellwach. »Wie spät ist es?«

»Gleich halb elf.«

Oh, Scheiße. Mist. »Gib mir zehn Minuten. Ich bin gleich da.«

Auf dem Weg ins Bad stoße ich beinah mit Mike zusammen, der sich ebenfalls verschlafen aufgerappelt hat.

»Wer war das?«

»Ich hab eine Verabredung vergessen.« Ich haste an ihm vorbei und rufe: »Sorry, aus einem Frühstück wird heute nichts. Ein andermal?«

»Kein Thema. Ich wollte ohnehin früher zurück. Ich zieh einfach die Tür hinter mir zu.«

»Cool.«

»Cool.«

Männer, stimmt's?

Ich schaffe es in zwanzig Minuten, weil Brighton ein Dorf ist, abgehetzt und mit noch nassen Haaren vom Duschen. Ich habe keine Ahnung, wie ich das vergessen konnte, es ist erst unser drittes Date, und … Scheiße. Wäre ich sie, wär ich vermutlich längst wieder gegangen. Ich meine, gibt es etwas Respektloseres, als jemanden gleich zu Beginn einer Beziehung zu versetzen? Ich überlege, was ich sagen soll: *Es war eine lange Nacht, habe einen Freund getroffen, hatte zu viel Alkohol.* Oder die ungeschönte Version? *Ich schlafe schlecht, seit ich denken kann, und noch schlechter, wenn ich neue Jobs antreten soll, die mich komplett überfordern?*

Ich stürme ins Café und auf Lauren zu, die mich ansieht, als hätte sie die vergangenen zwanzig Minuten auf die Tür gestarrt.

»Es tut mir wahnsinnig leid«, beginne ich. Ich will noch etwas hinzufügen, irgendeine Erklärung, eine Ausflucht eher, doch Lauren lächelt mich an und sagt, das könne doch mal vorkommen, das sei ihr, in der Tat, auch schon mal passiert, und nicht weiter schlimm, und ob ich erst mal einen Kaffee trinken wollte? Ich glaube ihr kein Wort. Umso höher rechne ich ihr ihren Schwindel an.

Bis mir unglücklicherweise noch etwas anderes einfällt. »Ah, verdammt, ich muss kurz was erledigen. Bestellst du mir einen doppelten Espresso? Bin sofort wieder da.«

Shit. Schon wieder.

Ich raufe mir die Haare, während ich in die Apotheke stürme, und noch mehr, als mir die Apothekerin einen merkwürdigen Blick zuwirft. Erinnert sie sich daran, dass ich erst vergangene Woche ein Rezept bei ihr eingelöst habe? Hat sie durchschaut, dass ich die Betablocker für etwas anderes verwende als zu dem Zweck, dem sie ursprünglich dienen?

Wie dem auch sei. Ich beschließe, das nächste Päckchen in London zu kaufen.

Lauren und ich frühstücken im *Breakfast Club*. Es ist, wie schon bei unseren ersten beiden Treffen, keine unangenehme Begegnung, im Gegenteil: Lauren macht es einem leicht, sie lässt keine peinlichen Gesprächspausen entstehen, fragt nach, erzählt viel von sich, sie macht das hundertmal besser als ich. Lauren ist Physiotherapeutin und die Schwester eines ehemaligen Mitstudenten, der mich anschrieb, als sie nach Brighton zog, weil ich offenbar der Einzige aus seinem früheren Dunstkreis bin, den es von London in eine Kleinstadt an die Küste verschlagen hat. Er bat mich, sie auf einen Pint oder ein Glas Wein zu treffen, da sie sonst niemanden in Brighton kenne.

Ich weiß, wie sich das anfühlt. Als ich von London herkam, um im *Mirage* kochen zu lernen, kannte ich auch niemanden. Doch im Gegensatz zu Lauren hat mir das nichts ausgemacht, im Gegenteil. Je weniger Menschen dir nah sind, desto weniger musst du dich verstellen.

Ich betrachte Lauren, während sie mir von einer Kollegin erzählt.

»Sie wollte dem Patienten eigentlich nur die Übung vormachen, ist ausgerutscht und hat sich die Bänder im Knie überdehnt.« Sie zieht ein Gesicht, und gleichzeitig muss sie lachen und sie wirkt wirklich süß dabei. Nett und unkompliziert. Vielleicht wäre es an der Zeit, eine nette, unkomplizierte Beziehung mit jemandem einzugehen, der nicht so ungeheuer verkorkst ist wie ich selbst.

Es ist nach vierzehn Uhr, als wir das Café verlassen. Wir haben ewig geredet. Über Leon, Laurens Bruder, über die Studienzeit, darüber, was einem alles wehtut, selbst wenn man erst siebenundzwanzig ist. Der untere Rücken, der Nacken, die Schultern. Lauren gefällt es, dass ich kochen kann, sie sagt, sie würde gern mal testen, was ich während meiner Ausbildung gelernt habe, und ich verspreche ihr, das ja, ich könne beispielsweise mal Coq au Vin für sie machen.

»Coq au Vin, ja?«

Ich werfe ihr einen Blick zu, während wir Richtung Pier schlendern. Ich kenne diesen Tonfall, und ich kenne diese Art Lächeln, auch wenn ich beides schon länger nicht mehr gesehen und gehört habe. Sie schaut mich auffordernd an. Und noch während ich denke, dass es vermutlich wirklich an der Zeit ist, dieser Aufforderung nachzukommen, spüre ich, wie sich Kälte in mir ausbreitet, durch die Kehle in den Brustraum, hinab in den Magen.

Wir betreten den Pier, der wie ein gigantischer Schiffsrumpf ins Meer hineinragt. Es ist sonnig, aber nicht allzu warm, und der Wind bläst uns entgegen, er wirbelt Laurens lange, blonde Mähne durcheinander. Ich lege einen Arm um sie, und das Gefühl in meinem Inneren verstärkt sich. Also greife ich mit der anderen Hand in meine Jackentasche und pfriemele heimlich eine Tablette aus der neuen Packung. Ich stecke sie mir unauffällig in den

Mund, während ich vorgebe, in die andere Richtung zu sehen, und würge sie ohne Wasser runter.

Und ich denke nicht darüber nach, wie es mir damit geht.

Brighton ist Englands bekanntestes Seebad. Wenn man noch nie hier war, stellt man sich den Pier sicher wahnsinnig romantisch vor; ein maroder, verschnörkelter Holzsteg, der einen direkt in den Sonnenuntergang geleitet. Die Wahrheit ist ein bisschen weniger verklärt, fürchte ich. Brighton Pier ist ein in den Ozean gebauter Rummelplatz, inklusive Achter- und Geisterbahn, Autoscooter, Fish-'n'-Chips-Buden sowie einer gigantischen Spielhölle auf dem Weg dorthin. Es ist nicht der Ort, an dem Rentnerpärchen Hand in Hand spazieren gehen, sondern der, an dem sich die Kleinstadtjugend trifft, um ihr Taschengeld zu verplempern.

Wir lassen uns dennoch nicht davon abhalten, Arm in Arm über die Planken zu flanieren, weder wie Teenager noch wie Pensionäre, aber auch nicht wie zwei Fremde, die sich gerade erst annähern und womöglich heute das erste Mal Sex haben werden.

Ich überlege, ob es sinnvoll wäre, Lauren zu küssen – ich meine jetzt, hier, an diesem Ort, zum Geballer der Spielautomaten, dem Kreischen der Möwen, dem Rumpeln des Turbo Coaster. Als wir am Ende des Stegs ankommen, tue ich es. Lauern lehnt sich gegen das rostige Geländer, sie lächelt, und ich streiche ihr mit den Fingerspitzen Haare aus dem Gesicht. Ich denke nicht darüber nach. Auch nicht, als ich mich vorbeuge, um meine Lippen auf ihre zu pressen. Sie schmeckt nach Cappuccino und nach Seeluft und nach der Möglichkeit, heute Nacht nicht allein zu sein.

Hinterher liege ich wach. Es ist dasselbe Gefühl wie immer. Und ich weiß, ich werde nicht schlafen können, und es hat nichts mit Lauren zu tun, nichts damit, dass ich ihre Wärme nicht mögen oder mich der Duft ihres Haars stören würde. Es liegt an mir. Und ich frage mich, wie lange es dauern wird, bis sie es auch merkt.

7

Jamie

Sie springt in den Zug, kurz bevor sich die Türen schließen, was ich nur deshalb mitbekomme, weil sie reichlich Wirbel dabei veranstaltet: Einmal mehr tritt sie jemandem auf den Fuß, während sie einer anderen Frau ihre unförmige Umhängetasche in den Nacken rammt auf ihrem Weg durch den schmalen Gang. Sie ist sehr spät dran, beinah alle Plätze sind besetzt. Weshalb ich mich, als sich unsere Blicke treffen, dazu genötigt fühle, den Sitz neben mir freizumachen und ans Fenster zu rutschen.

Sie zögert einen Moment.

»Möchten Sie lieber ans Fenster?«

»Nein, nein, das ist es nicht.«

Umständlich lässt sie sich auf den Sitz fallen, mitsamt ihres obligatorischen Proviants (Gebäcktüte und Mitnahmebecher), bevor sie beides auf dem Tisch abstellt, die vollbepackte Tasche zwischen ihre Beine stopft und sich aus ihrer Jacke schält. Natürlich schlägt sie mir dabei den Arm ins Gesicht. Nicht, dass ihr das auffallen würde.

»Es ist das Rückwärtsfahren, wissen Sie? Dabei wird mir übel.«

Sie trägt ein Wonderwoman-T-Shirt unter ihrer Jeansjacke, einen kurzen, karierten Rock über einer blickdichten Strumpfhose, die Haare hat sie zu einem halben Zopf hochgebunden. Sie sieht jung aus. Mindestens zwanzig Jahre jünger als ich, schießt es mir durch den Kopf, doch dann müsste sie sieben sein, und eigentlich gehe ich davon aus, dass wir in etwa gleichaltrig sind. Zumindest auf dem Papier. Gefühlt … wie schon gesagt. Mindestens zwanzig Jahre.

»Ich könnte mir vorstellen, dass Ihre Übelkeit auch damit zu tun hat.« Mit dem Kinn deute ich in Richtung der fetttriefenden Papiertüte.

»Mein Frühstück, meinen Sie?«

Ich sehe sie vielsagend an.

»Ach herrje, sind Sie so ein Gesundheitsapostel?« Sie dreht sich ein Stück zu mir, während sie an ihrem Kaffeebecher nippt, ganz so, als wäre die Gesprächsrunde jetzt eröffnet.

»Man muss kein Gesundheitsapostel sein, um zu wissen, dass ein hochkalorisches Gebäckstück auf nüchternen Magen den Stoffwechsel eher beeinträchtigt als ihm nützt.«

»Aha.« Sie betrachtet das Corpus Delicti, bevor sie es seufzend ein Stück von sich wegschiebt. »Ich würde

Ihnen nur zu gern das Gegenteil beweisen. Aber, wie ich schon sagte, beim Rückwärtsfahren wird mir viel zu leicht übel.«

Der Mann ihr gegenüber räuspert sich. »Wollen wir tauschen?«

»Oh. Nein danke, es geht schon.« Sie winkt ab.

Und warum auch immer bin ich erleichtert.

»Aber sehr freundlich von Ihnen.«

Ist ja nicht so, dass ich die Frau neben mir kenne, ich weiß nicht einmal ihren Namen. Doch ich denke nicht, dass ich freiwillig für eine andere Person Platz gemacht hätte. Und ja, manchmal empfinde ich mich selbst als eigenartig. Eigenartig, kompliziert und auf eine Weise reichlich gestört. Bis zu einem gewissen Grad lässt sich das kaschieren, nehme ich an. Mit einem dunklen Anzug, einem gestärkten Hemd, der passenden Krawatte. Nackt, nach einer unruhigen Nacht, mit einem Anflug von Panik in den Augen, eher weniger.

Lauren fällt mir ein. Die Tatsache, wie mein Wecker sie um acht Uhr aus dem Schlaf riss. Wie ich ihr vormachte, leider nicht den Tag mit ihr verbringen zu können, weil eine Menge Arbeit auf mich warte. Ja, an einem Sonntag. Erst eine Runde joggen, dann an den Rechner. Das mit dem gemeinsamen Frühstück würden wir nachholen, wenn mehr Ruhe war. In Ordnung? Okay?

Ich denke nicht, dass es okay war. Diese Verabschiedung, sie war steif und distanziert und völlig unangebracht, auch wenn ich mich noch so bemühte, dem Ganzen einen völlig normalen Anstrich zu verpassen. Es war nicht normal, sich nach einer ersten Nacht derart bedrängt zu fühlen, dass man den anderen am liebsten mit einem Blinzeln in Luft aufgelöst hätte. Es war weder normal noch sonderlich liebenswert noch zu verzeihen. Ich würde mich nicht wundern, wenn Lauren beschließen würde mich nach dieser Aktion nie wieder sehen zu wollen. Ich kann nur hoffen, dass sie mir eine zweite Chance gibt. Wie ich mich kenne, vielleicht sogar eine dritte.

»Wissen Sie, vielleicht sollten *Sie* etwas frühstücken.«

»Bitte?«

Meine Nachbarin greift nach der Tüte und hält sie mir hin. »Sie sehen schon wieder ganz grün aus. Sind die Kopfschmerzen zurück?«

»Nein.« Ich erinnere mich. Auch daran, dass sie mich am Freitagabend, als sie mich ein weiteres Mal umrannte, bereits auf meine vorgeblichen Kopfschmerzen angesprochen hat.

»Nein zu den Kopfschmerzen und nein zu meinem Croissant?«

»Genau. Zweimal nein.«

Sie zieht die Hand mit der Tüte zurück. »Was frühstücken Sie denn in der Regel, wenn ich fragen darf?«

»Um diese Uhrzeit noch gar nichts.«

»Und dann? Später?«

»Das möchten Sie nicht wirklich wissen.«

»Sonst hätte ich wohl kaum gefragt.«

Ich sehe auf den Laptop, der ungeöffnet vor mir auf dem Tisch liegt. Ich klappe ihn auf. Es mag unhöflich aussehen … nun, ganz sicher sieht es nicht nur so aus, aber ich will die Stunde im Zug nutzen, und ich habe ihr den Sitz nicht angeboten, um mich sechzig Minuten lang über

Frühstücksgewohnheiten zu unterhalten. »In der Regel kaufe ich mir in London auf dem Weg ins Büro einen grünen Smoothie.«

»Einen ...«

»... grünen Smoothie.«

»Okay. Das passt.«

Ich werfe ihr einen Blick zu, bevor ich eine Datei auf dem Rechner öffne. »Inwiefern passt das?«

»Na, zur Gesichtsfarbe und so weiter.«

Diesmal wende ich mich ihr zu, und einige Sekunden lang sieht sie mich ernst an, bevor sie in Gelächter ausbricht.

»Ach, kommen Sie schon!«

Es ist beinah ansteckend.

»Das war komisch!«

»Ja«, gebe ich trocken zurück. »War es.«

Sie grinst immer noch, als ich mich in einem weiteren Anlauf dem Redaktionsplan widme.

»Und dann?«, fragt sie. »Irgendwann müssen Sie doch etwas anderes zu sich nehmen als pürierten Spinat?«

»Grünkohl«, erkläre ich meinem Rechner. »Apfel, Sellerie, Ingwer.«

»Sie sind auf Flüssignahrung angewiesen?«

Meine Lippen zucken, und aus dem Augenwinkel sehe ich sie grinsen.

»Wissen Sie, meine Eltern hätten ihre wahre Freude an Ihnen.«

»Hätten sie das?«

»Unbedingt.« Sie beugt sich vor, sodass sie mir noch ein Stück näher kommt. Ich weiß nicht, ob sie es tut, um es den übrigen Passagieren schwerer zu machen, mitzuhören, oder um mir das eindeutige Signal zu geben, dass das mit dem Arbeiten auf dieser Fahrt nichts mehr wird.

Ich sehe sie an.

»Sie ernähren sich makrobiotisch. Meine Eltern.«

»Ja?«

»Ja. Und es schmeckt ganz fürchterlich.« Mit dem Zeigefinger versetzt sie ihrer Croissant-Tüte einen Stups. »Womöglich stammt daher meine Vorliebe für zuckrige Teigwaren. Weil es so etwas bei uns zu Hause nie gab.«

»Hm.«

»Was ist mit Ihnen?«

»Mit mir?«

»Gab es bei Ihnen zu Hause Cornpops zum Frühstück und Sahnepudding zum Nachtisch? Sind Sie deshalb so versessen darauf, sich gesund zu ernähren?«

»Wie kommen Sie zu der Annahme, dass ich versessen darauf bin, mich gesund zu ernähren?«

»Ja, also, zum einen erklärten Sie vor gar nicht allzu langer Zeit einer völlig Fremden, dass ein Croissant auf nüchternen Magen den Stoffwechsel negativ beeinflusst. Das klingt sehr danach, als würden Sie sich auf diesem Gebiet auskennen, wenn Sie mich fragen. Zum anderen wirken Sie … ich weiß nicht. Durchtrainiert.«

Sie sieht auf meinen Unterarm, und ich folge ihrem Blick. Durch den grauen Anzugstoff ist ganz sicher kein einziger Muskel zu erkennen. Ich klappe den Computer zu.

»Ich bin Koch.«

»Nie im Leben.«

»Wie bitte?« Und jetzt muss ich endgültig lachen, vornehmlich über den fassungslosen Ausdruck auf ihrem Gesicht. »Ich bin sehr wohl Koch«, erkläre ich, »auch wenn ich gerade nicht praktiziere. Ich habe meine Ausbildung im *Mirage* abgeschlossen. Aber seit vergangener Woche arbeite ich ...« Ich stocke. Mit »im Verlag meiner Familie« müsste der Satz zu Ende gehen, doch ich bringe die Worte nicht über die Lippen. »In einem Büro.«

»In einem Büro.«

»Ein Verlag. Für Kochzeitschriften.«

Sie sieht mich an, und zum ersten Mal fällt mir auf, dass ihre Augen ein kleines bisschen zu weit auseinanderstehen.

»Was machen Sie in diesem Büro? In dem Verlag? Für Kochzeitschriften?«

»Ich arbeite in der Redaktion.«

»Und um in dieser Redaktion mitzuarbeiten, haben Sie zuerst eine Kochausbildung absolviert? Wow.«

»Na ja. Es kann nicht schaden, das Thema von allen Seiten beleuchtet zu haben. Mir jedenfalls schadet es nicht.«

»Hm.«

»Was – hm?«

»Gar nichts. Ich denke nur, das ist ein sehr interessanter Ansatz. Zumal es so unterschiedliche Dinge sind, oder? Kochen und schreiben. Ich meine, beides sind kreative Tätigkeiten, irgendwie, stimmt's? Bloß für das eine schaltet man den Kopf vielleicht besser aus, und für das andere braucht man ihn ganz dringend.«

Ich starre sie an.

»Hab ich das ungefähr richtig erklärt?«

»Für welche der beiden Tätigkeiten würden Sie denn den Kopf ausschalten, wenn ich fragen darf?«

»Na, fürs Kochen muss man nicht wirklich sein Gehirn anstrengen, oder?«

»Jetzt wundert mich wirklich nichts mehr.«

»Was wundert Sie nicht mehr?«

»Das mit dem Croissant. Wenn man in Sachen Ernährung den Kopf ausschaltet, passiert genau so was.«

Jetzt ist sie diejenige, die starrt. Und ich bin der, dem einfällt, dass er eigentlich arbeiten wollte. Ich versuche es erneut.

»Ich schreibe aber gar nicht«, sage ich, während ich den Laptop wieder aufklappe, entschiedener diesmal, falls so etwas möglich ist. »Ich bin eher für die Planung zuständig.«

»Aha.«

Ich rufe den Redaktionsplan auf, ein zweites Mal, dann wechsle ich in meinen Terminkalender, um nachzusehen, was für heute ansteht, denn das ist vermutlich die sinnvollere Reihenfolge. In diesen ersten Wochen der Einarbeitung ist es hauptsächlich mein Vater, der von extern auf meinen Kalender zugreift, um dort Dinge einzutragen, Dinge wie: Meetings (mit der Chefetage), Konferenzen (mit Redaktionsmitarbeitern), Mittagessen (um nach und nach die Entscheider im Haus kennenzulernen). Für heute steht neben der Wochenkonferenz offenbar ein Monatsmeeting der Chefredakteure an, bei dem über den Absatz der jüngsten Ausgaben gesprochen wird. Ich habe die Zeile noch nicht zu Ende gelesen, da spüre ich die vertraute Kälte in mir aufsteigen.

»Und was macht Ihnen mehr Spaß?«

Ich zucke zusammen. »Bitte?«

»Was macht Ihnen mehr Spaß – die Arbeit als Koch oder die in der Redaktion?«

Ich brauche einige Sekunden, um den Frust abzuschütteln, den die Aussicht auf den heutigen Arbeitstag in mir hervorgerufen hat, schließlich klappe ich den Computer ein weiteres Mal zu. Sie folgt der Bewegung mit ihren Augen.

»Die Arbeit als Koch kann ziemlich anstrengend sein«, beginne ich. »Kennen Sie das *Mirage*?«

»Vom Hörensagen.« Sie verkneift sich ein Grinsen, das sehe ich genau.

»Nun, die Küche dort ist ziemlich anspruchsvoll.«

»Ach?«

»Klassisch französisch, aber doch sehr modern.«

»Haute Cuisine.«

»Richtig. Was ist daran so komisch?«

»Gar nichts. Ich ...« Sie beißt sich auf die Unterlippe, und ich runzle die Stirn. Ich bin kurz vor einem weiteren Versuch, mich meiner Arbeit zu widmen, doch das wäre dann das dritte Mal, und irgendwann wird es wohl lächerlich.

»Was machen Sie denn, wenn ich fragen darf?«

»Ich? Ich arbeite bei *Ten to Twelve* als Visagistin.«

»Ah. Interessant. Also beschäftigen Sie sich mit ...«

»Make-up. Schminke. Wie auch immer Sie das nennen wollen.«

»Hm.«

»Was – hm?«

»Gar nichts. Ich hätte bloß nicht unbedingt vermutet, dass Sie …« Ich klappe den Mund zu. Besser das, als sich um Kopf und Kragen zu reden, doch die Wahrheit ist: Ich hätte nicht angenommen, dass ausgerechnet sie etwas mit Make-up zu tun hat. Sie trägt so gut wie keines. Soweit ich das mit meinem Laienverständnis, was diese Themen betrifft, beurteilen kann.

»Ich stelle mir gerade vor«, sagt sie, »wie Sie kleine Blumen aus Karotten säbeln und winzige Tröpfchen irgendeiner feinen Sauce auf den Teller tupfen. Mit einer Pinzette, versteht sich. Ist das eigentlich ein ungeschriebenes Gesetz zwischen gehobenen Restaurants, dass man immer nur eine Mini-Portion aufgetischt bekommt, sodass man gerade mal feststellen kann, ob es schmeckt oder nicht – schon ist es weg?«

»Ich dachte, Sie waren noch nicht im *Mirage*. Dafür kennen Sie sich aber gut aus.«

»Ich sagte doch, Hörensagen.«

»Hm.«

»Also?«

»Also?«

»Was kochen Sie am liebsten?«

»Privat, meinen Sie? Ich arbeite nicht mehr als Koch.«

»Ich weiß, das sagten Sie bereits. Also, ja. Privat.«

Ich überlege einen Moment. Erstens, was ich am liebsten koche, denn das ist eine schwer zu beantwortende Frage. Zweitens, warum ich es überhaupt in Erwägung ziehe, dieser wildfremden Frau, von der ich noch nicht einmal den Namen kenne, von meinen Kochvorlieben zu erzählen. Mit einem Mal kommt mir die Frage intim vor, ich weiß selbst nicht, weshalb. Und dann fällt es mir ein: Kochen ist etwas, das ich tatsächlich liebe, vor allem, weil es mich ganz und gar beansprucht, mit all meinen Sinnen. Es entspannt mich. Das Kochen schafft es, die nervöse Kälte in meinem Innern in Schach zu halten. Insofern ist das mit dem Kopf ausschalten vielleicht doch nicht so falsch.

»Wieso sehen Sie mich so überrascht an? Ist die Frage so schwer zu beantworten?«

»Nein. Und Lasagne. Ich mache am liebsten Lasagne.«

»Huch!«

»Huch?«

»Wieso Lasagne? Sicher gibt es keine Lasagne im *Mirage*?«

»Es gibt immer mal wieder Lasagne im *Mirage*. Lasagne mit Mangold anstelle der Nudelblätter zum Beispiel, oder mit Jakobsmuschel. Mit Lachs, Spinat. Kartoffeln.«

»Mit Kartoffeln?«

»Sicher. Es gibt Dutzende Möglichkeiten. Und das Ergebnis ist immer befriedigend.«

»Wirklich?«

»Ja, absolut. Lasagne ist Soulfood. Wie auch immer man sie zubereitet.«

Einige Sekunden lang sehen wir uns schweigend an, dann wird die Stille von der Durchsage unterbrochen, dass der Zug in wenigen Minuten Victoria Station erreichen wird.

»Oh. Das ging fix.« Sie beginnt damit, ihre Zeitschrift und die Tüte mit dem unangetasteten Croissant einzupacken, ihre Jacke hinter dem Rücken hervorzuziehen.

Das ging wirklich schnell. Erstaunlich schnell für eine Fahrt, die mir sonst ewig vorkommt. Also schiebe ich den Laptop zurück in meine Tasche, unverrichteter Dinge.

Sie steht auf. »Danke für die interessante Unterhaltung.«

»Ja. Sicher.«

»Nein, wirklich. Ich kann überhaupt nicht kochen, deshalb fasziniert mich das Thema. Ich brauche schon so etwas wie eine Anleitung für Dummies, um mir Rühreier zu braten.«

»Eier?«

»Oder was der Kühlschrank sonst so hergibt. Bei Ihnen schmeckt es sicherlich sehr viel besser als bei mir.«

»Also, zumindest kann ich kochen.«

»Tja. So was.« Sie schüttelt den Kopf.

Der Zug hält an. Meine Gesprächspartnerin, von der ich nach wie vor nicht weiß, wie sie heißt, wird mit dem Strom der Aussteigenden weggespült. Sie winkt, und ich winke zurück. Und dann atme ich aus, als hätte ich eine Stunde lang die Luft angehalten.

8

Jamie

Es ist kurz vor neun, als mein Vater an meine Bürotür klopft. Ich bin dabei, durch die Ergebnisse meiner Suchanfrage *Kochen für Dummies* zu scrollen, schließe die Seite aber, als Carlton senior den Kopf hereinsteckt.

»Wollen wir kurz durchgehen, was in dieser Woche ansteht?«, fragt er.

»Sicher, ja.«

Für eine Sekunde überlege ich, den Platz hinterm Schreibtisch zu räumen und meinem Vater den Sessel zu überlassen, doch das ist natürlich Blödsinn. Er setzt sich auf den Stuhl davor und schlägt die Beine übereinander. Es ist, als würde ich in einen Spiegel sehen, der mich in dreißig Jahren zeigt: einen gepflegten, schlanken Mann mit gewellter, grau melierter Kurzhaarfrisur, tiefliegenden Augen, schmalen Lippen, kantigem Kinn. Es ist umwerfend, wie ähnlich ich meinem Vater sehe, wo wir zwei doch unterschiedlicher nicht sein könnten. Er, der knallharte Geschäftsmann mit dem gütigen Blick. Ich, der eingeschüchterte Psycho, der sich hinter einer Maske aus kühler Ablehnung versteckt. Es ist kein Wunder, dass mein Vater völlig überzogene Erwartungen an mich hegt; Wünsche, die ich nie werde erfüllen können. Mein Leben lang habe ich ihm keine Möglichkeit gegeben, hinter die Fassade zu blicken. Und jetzt ... Jetzt weiß ich nicht, wie ich es anstellen soll, ohne eine Katastrophe ins Rollen zu bringen. Ich, James Carlton, bin nichts Halbes und nichts Ganzes, eine imperfekte Version des Machers, der da vor mir sitzt. Es würde ihm nicht gefallen, das zu wissen, so viel steht fest. Nicht zuletzt deshalb gebe ich mir so unendlich Mühe, die Wahrheit zu verbergen. *Mich* zu verbergen. Offenbar erfolgreich.

»Wie war deine erste Woche, Jamie? Fühlst du dich wohl in deinem Büro? Sind Fragen aufgetaucht? Speziell zu dem, was wir in den vergangenen Tagen durchgegangen sind? Den einzelnen Heften? Den Teamstrukturen?« Er sieht mich an und lächelt, und sofort beginnt mein Herz zu rasen. Ich habe solche Angst, ihn zu enttäuschen; sein Lächeln macht alles hundertfach schlimmer.

Ich überlege, was ich ihm antworten soll. Die Wahrheit? Dass nein, bisher war alles, was er mir zum Ablauf des Redaktionsgeschehens erklärt hat, einleuchtend, die Meetings, an denen ich teilhaben durfte, selbsterklärend, die Dokumente, die er auf meinen Rechner spielen ließ, klar verständlich. Oder die Lüge – dass sich eine Menge

Fragen angehäuft haben und es sicher besser wäre, sich noch einige weitere Wochen hinter ihm oder einem anderen Mitglied der Führungsriege zu verstecken, um sicherzugehen, dass mir nicht der Schweiß ausbricht? Dass ich am besten eine Zeit lang nur zusehe, die Strukturen von Grund auf kennenlerne, bevor ich dazu übergehe, einzugreifen?

»Es ist alles in Ordnung, Dad«, sage ich schließlich. »Es dauert sicher noch eine Weile, bis sich jedes Detail bei mir festgesetzt hat, aber der grobe Überblick ist zumindest schon mal da.«

»Ein paar der Redaktionsleiter haben mir schon positives Feedback gegeben, was deine Person betrifft.«

»Wirklich?«

Er lächelt breiter. Ich widerstehe dem Drang, meinen Krawattenknoten zu lockern.

»Ja, wirklich. Es heißt, du bist der mit Abstand Ausgeglichenere von uns beiden. So wie es aussieht, freut sich das Team auf eine Zeit ohne cholerische An- und Ausfälle, sobald du die Chefredaktion von mir übernommen hast.«

Von meinem Vater ungesehen, ballt sich meine rechte Hand unter dem Schreibtisch zur Faust. Ich weiß, darauf läuft es am Ende hinaus. Allein, hören tue ich es nicht so gern.

»Ich glaube nicht, dass du ein derart monströser Chef für sie bist«, bringe ich unter einigen Mühen hervor, doch mein Vater lacht nur. »Außerdem ist es längst noch nicht so weit.«

»Oh, die Zeit vergeht schneller, als du denkst, mein Sohn. Das kannst du deinem alten Herrn ruhig glauben.«

Und ich?

Ich sehe wieder in diesen Spiegel und wünschte mir mehr als alles andere, dass es wirklich einer wäre. Dass ich die Person sein könnte, die ich darin sehe. Die mit der kraftvollen Ausstrahlung, trotz all der Wärme im Blick und der Lachfältchen um die Augen. Ich muss daran denken, wie Lauren mich nach unserer Nacht angesehen hat, als ich ihr eröffnete, dass es nun für uns beide an der Zeit wäre aufzustehen. Der Moment, in dem ihr klar wurde, dass es keinen gemeinsamen Morgen geben würde. Ich bin nicht sicher, wen sie in diesem Augenblick sah, aber bestimmt nicht den Mann, der ich gerne wäre.

9

Emma

Die Show läuft gerade mal dreißig Minuten, und ich stehe das vierte Mal neben Tom, um sein Gesicht abzupudern. Er schwitzt, ist dabei aber eiskalt und blass und kann mir nicht länger erzählen, dass es daher kommt, weil er es heute Morgen eilig hatte.

»Was ist bloß los mit ihm?«, frage ich Navin, weil Tom sich weigert, mir zu antworten; alles, was er tut, ist, abzuwinken.

Navin zuckt mit den Schultern.

»Er ist … Ich weiß nicht. Fiebrig. Oder eher, als hätte er Schüttelfrost.«

»Lassen wir ihn die Show durchziehen. Je mehr Wirbel du um ihn machst, desto nervöser wird er. Und Kit auch.«

Ich werfe Kit einen Blick zu, und tatsächlich sieht

sie ebenfalls nicht wirklich entspannt aus, eher im Gegenteil.

»Ehrlich, dass sie beunruhigt ist, beunruhigt mich noch mehr.«

»Lass die zwei doch einfach erst mal die Show hinter sich bringen, okay?«

»Wie lange bis zur nächsten Pause?«

Navin sieht auf sein Handy. »Schätzungsweise sieben Minuten?«

»Okay. Komme gleich wieder.« Und bevor Navin mich davon abhalten kann, bin ich einmal quer durch die Halle gelaufen und nach draußen zu dem Wagen mit den Sanitätern, die wie immer auf dem Gelände im Einsatz sind.

»Ach Emma, komm schon, das kann unmöglich dein Ernst sein.«

»Und ob das mein Ernst ist! Es ist schon das zweite Mal, dass du in diesem seltsamen Zustand deine Show absolvierst, und diesmal lass ich dich es nicht einfach mit einer Handbewegung wegwischen. Was, wenn es irgendein Stresssymptom ist, das du übersiehst? Du könntest einen Schlaganfall bekommen oder einen Herzinfarkt!«

»Ich bekomme keinen Herzinfarkt, Himmel noch mal.«

»Und woher weißt du das so genau? Hast du dich schon mal untersuchen lassen?«

»Emma …«

Die Tür fliegt auf, und Kit steht im Rahmen. Lewis, einer der beiden Sanitäter, der draußen auf dem Gang gewartet hatte, wirft mir über ihren Kopf hinweg einen gequälten Blick zu. »Vielleicht macht ihr das erst mal unter euch aus«, sagt er, und während ich »Auf keinen Fall, bleib hier!« rufe, dreht sich Kit zu ihm um. »Das machen wir, Lewis. Danke, dass du gewartet hast.«

Ich starre Lewis an, der mit den Schultern zuckt, bevor er den Gang geradezu hinunterrennt, und dann Kit, die sich an mir vorbei in den Raum schiebt. Sie geht auf das Sofa zu, auf dem Tom sitzt, und kniet sich vor ihn.

»Wie geht es dir?«

»Mir geht es gut. Emma soll bitte aufhören, so zu tun, als würde ich im nächsten Moment tot umfallen.«

Niemand lacht, niemand kommentiert, stattdessen tätschelt Kit Toms Hand, während sie mich über die Schulter mit einem absolut nichtssagenden Blick bedenkt.

»Ja, natürlich.« In einer zugegebenermaßen dramatischen Geste werfe ich die Arme in die Luft. »Dann ignoriert ihr eben beide, dass es Tom offensichtlich *nicht* gut geht. Was kümmert es mich. Ich bin mit keinem von euch verheiratet.« Wobei ich dachte, wir wären wenigstens befreundet, füge ich in Gedanken hinzu, während ich mich umdrehe und zurück zum Set laufe.

Bis wir den Rest der Show hinter uns gebracht haben, hat sich meine Laune nicht deutlich verbessert. Navin ist gerade dabei, seine Seite unseres gemeinsamen Arbeitsplatzes nach einem chaotischen Vormittag wieder in Ordnung zu bringen.

»Sie sind beide so stur«, schimpfe ich. Nacheinander werfe ich Lippenstifthüllen, Wimperntuschen, Puder und Make-up auf meinen Schminkwagen. Mit hochgezogenen Brauen sieht Navin mir dabei zu, wie ich auf diese Weise mehr Chaos stifte, als welches zu beseitigen. »Na, gut«, fahre ich fort, während ich einige Desinfektionstücher aus der Schachtel rupfe und damit beginne, Stuhl, Spiegel und Arbeitsfläche zu reinigen. »Vielleicht ist es nur eine schnöde Erkältung. Und Tom ist einfach zu stur, um das zuzugeben. Das mit dem Sanitäter war übertrieben.« Ich wische über den Beistellwagen mit dem Schminkzeug, als mir mit einem Mal ein Gedanke durch den Kopf schießt.

Ich sehe Navin an.

»Ich reagiere doch nicht über, oder? Ich meine, Tom ist gerade sechzig geworden, das ist im Grunde kein Alter, und ... Es ist nur ... Ich habe so ein seltsames Gefühl.« Ich weiß nicht, woher es kommt. Oder was es bedeutet. Aber ich sehe es in Navins Augen, als er den Blick senkt, für den Bruchteil einer Sekunde nur – ich habe dieses eigenartige Gefühl, und ich habe recht damit.

»Was?«, frage ich.

Navin schüttelt den Kopf.

Ich laufe zur Tür, reiße sie auf und pralle gegen Toms Brust, der gerade im Begriff war anzuklopfen.

Ich taumle zurück.

Tom sieht mich an. In seinem Lächeln schwingt etwas mit, was mir überhaupt nicht gefällt.

»Emma«, sagt Kit, während sie sich an Tom vorbeischiebt. »Wir müssen etwas mit dir besprechen.«

»Emma? Hey, Gott sei Dank, ich bin froh, dass du anrufst. Ich dachte schon, du hast mich blockiert oder schlimmer noch, deine Nummer geändert.« Tyler lacht, und ich muss achtgeben, nicht zu ersticken. »Ich weiß, du bist immer noch sauer, dass ich Carlys Party abgesagt habe, aber hey –

du solltest mir schon die Möglichkeit geben, es wiedergutzumachen, mich zu ghosten ist keine …«

»Tyler …«, unterbreche ich ihn schließlich mühsam.

»Emma?« Alle Verspieltheit ist aus Tylers Stimme gewichen. »Was ist los? Wo bist du? Stimmt was nicht?«

»Ich bin in London. Ich …«

»Weinst du? Was ist denn passiert, um Himmels willen? Emma?«

»Ich bin in einem Pub in Holland Park. Kannst du mich holen?«

Es ist nicht die Tatsache, dass sie es mir verschwiegen haben, das ist es wirklich nicht. Es ist die Tatsache, dass sie es *nur* mir verschwiegen haben, die mir das Herz bricht.

Als Tyler anderthalb Stunden später die Tür des *Castle* aufstößt, sitze ich über meinem zweiten Glas Wein und habe mich einigermaßen beruhigt.

»Baby.« Er kniet neben meinem Stuhl nieder. »Was ist denn bloß los?«

»Sorry.« Ich küsse ihn auf die Wange, bevor ich ein Stück weiter in die Nische hineingleite, damit er sich neben mich setzen kann. »Ich hätte dich nicht bitten sollen, extra herzukommen, du musst schließlich arbeiten. Das war blöd von mir. Es ist nur … ich wollte mich nicht so aufgelöst in den Zug setzen. Aber jetzt geht es mir schon besser.«

»Was um Himmels willen ist denn passiert? Ich dachte, du bist überfallen worden oder weiß der Teufel!«

»Nein.« Ich schüttele den Kopf. »Nichts dergleichen.«

Tyler sieht mich abwartend an, und ich hole tief Luft. »Es ist Tom. Er hat Krebs.«

»Oh, Emma.«

»Die Ärzte geben ihm noch ein paar Jahre. Mehr nicht.« Ich spüre, wie die Worte mir erneut die Kehle zuschnüren, wie die Tränen, die ich gerade einigermaßen unter Kontrolle bekommen hatte, hinter meinen Lidern brennen.

Tyler nimmt mich in den Arm und drückt meinen Kopf an seine Schulter. Ich sauge den vertrauten Geruch ein, atme gegen das Stechen in meinem Herzen an. »Maximal zehn«, flüstere ich. »Vielleicht acht.«

»Scheiße.« Ich spüre Tylers Lippen in meinem Haar und seine Hände, die meinen Rücken rauf- und runterstreichen. Es ist genau das, was ich mir für den Augenblick gewünscht habe, doch den Schmerz kann es nicht lindern.

Ich hebe den Kopf. »Sie haben es mir nur gesagt, weil ich einen Sanitäter gebeten hatte, nach Tom zu sehen. Er hat in letzter Zeit öfter so geschwitzt, dass ich dachte, er bekommt einen Herzinfarkt.«

»Sie wollen sicher nicht, dass es jeder weiß«, sagt Tyler, und als er meinen verletzten Blick wahrnimmt, fügt er hinzu: »So meinte ich das nicht. Aber das ist vermutlich eine Sache, über die sie nicht gern sprechen.«

»Navin wusste es.«

»Ehrlich?« Tyler klingt überrascht. Weiter nichts. Nicht verärgert, nicht wütend. Sollte er nicht wütend darüber sein? So wie ich?

Ich rücke ein Stück von ihm ab. Ich weiß nicht, wieso

er es manchmal schafft, mir mit nur einem einzigen Wort, einem einzigen Blick, der Nuance einer Betonung, einen Stich zu versetzen.

»›Ehrlich?‹ Das ist alles, was dir dazu einfällt?«

»Wieso? Was sollte mir denn sonst …«

»Sie haben es Navin gesagt, schon vor Monaten, und wer weiß, wem noch, nur vor mir haben sie es offenbar geheim halten wollen!«

»Vielleicht war ihnen klar, wie du darauf reagieren würdest. Emma!«

Ich bin aufgesprungen. Tyler zieht mich am Handgelenk zurück auf die Bank. »Versteh doch nicht absichtlich immer alles falsch. Ich meine nur: Sie wissen doch, wie sehr du an Tom hängst und dass es dich am Boden zerstören wird, das zu erfahren. Komm her.« Ein zweites Mal schließt er mich in die Arme und beginnt damit, mir den Nacken zu massieren. Ich kenne diese Geste. Sie ist dazu gedacht, die aufgebrachte Emma zu beruhigen, wenn sie sich seiner Meinung nach wieder einmal zu emotional, zu wenig rational verhält. Wenn Tyler die Ideen ausgehen, wie er mir Vernunft einflößen kann, versucht er, mich auf andere Weise ruhigzustellen. Mit den Jahren müsste ihm eigentlich klar geworden sein, dass das längst nicht mehr funktioniert, wenn es das überhaupt jemals getan hat.

Und schon frage ich mich, weshalb ich Tyler überhaupt angerufen habe. Ja, ich war völlig neben der Spur, als Tom und Kit mir von Toms Krebs-Diagnose erzählten, als sich herausstellte, dass Navin bereits seit Monaten davon wusste, dass sie es mir verschwiegen haben, angeblich, um mich zu schonen. Ich dachte, ich könnte mich unmöglich so in den Zug setzen, und ich dachte, Tyler müsse der Mensch sein, der mir in diesem Augenblick am meisten Trost spenden kann.

Stellt sich heraus, er kann es nicht. Und im Grunde meines Herzens weiß ich das auch, ich vergesse es nur manchmal. Dass mich Tylers optimistische Naivität, die ich in manchen Situationen als unglaublich liebenswert empfinde, in anderen völlig verrückt machen kann.

Ich löse mich aus seiner Umklammerung. Dann greife ich nach meinem Weinglas, das noch zur Hälfte gefüllt ist, und leere es in einem Zug.

»Möchtest du auch etwas trinken, bevor wir zurückfahren? Etwas essen?«

»Nein, ist okay. Ich wollte eigentlich …« Er unterbricht sich.

»Du hast noch was vor?«

»Das hatte ich, klar. Ich meine, ich konnte schließlich nicht wissen, dass du anrufst und mich nach London bestellst.« Er windet sich.

»Ist schon gut. Lass uns zurückfahren, dann kannst du tun, was auch immer du ursprünglich vorhattest.«

»Emma, komm schon. Sei nicht so streng mit mir. Ich weiß manchmal ehrlich nicht, was du von mir erwartest.«

Nein, denke ich. *Manchmal weiß ich das selbst nicht.*

Die Rückfahrt nach Brighton verbringen wir in angestrengtem Schweigen. Keine Ahnung, wie dieser furchtbare Tag es schaffen konnte, immer nur noch furchtbarer zu werden.

10

Emma

Diesmal ist er derjenige, der mir wortlos eine Flasche Wasser reicht. Ich greife danach, obwohl ich selbst eine mit mir herumtrage, öffne den Plastikverschluss, trinke. Als ich heute Morgen in den Zug stieg, saß er an dem Tisch, an dem er für gewöhnlich sitzt, diesmal jedoch in Fahrtrichtung. Und er rutschte wortlos ans Fenster, als er mich sah, um mir den Platz neben sich anzubieten. Scheint, als hätte ich nach all den Jahren eine Zugbekanntschaft geschlossen.

»Emma«, sage ich und strecke ihm eine Hand hin, in die er leicht verzögert einschlägt.

»Jamie.«

Ich betrachte ihn. So hätte ich mir einen Jamie nicht vorgestellt, doch jetzt, wo ich seinen Namen kenne, kommt mir der ganze Mann irgendwie weicher vor. Verletzlicher.

Blödsinn.

Vermutlich heißt er James.

Er hält mir noch etwas hin. Einen To-go-Becher, wie man ihn in Supermärkten bekommt oder in manchen Coffee-Shops, und es befinden sich Ananasstückchen und eine Plastikgabel darin.

»Was zur Hölle?«, frage ich, doch ich muss lachen.

»Ich dachte, Sie könnten wirklich mal ein bisschen was Gesundes essen.«

»Dachten Sie das?« Ich nehme das Obst entgegen, ohne ihn aus den Augen zu lassen. »Vielen Dank.« Ich klinge derart verwundert, dass es fast schon eine Beleidigung ist, ich sehe es ihm an.

»Schlimme Nacht gehabt?«

»Ist das so offensichtlich?«

»Ehrlich gesagt – ja.«

Ich seufze. Dann stelle ich das Wasser auf den Tisch vor mir und widme mich stattdessen dem Container mit den Früchten darin. »Ich habe gestern etwas Schlimmes erfahren.«

»Oh. Das tut mir leid.«

»Es ist … Es betrifft einen guten Freund von mir. Einen Arbeitskollegen eigentlich, aber ich hänge an ihm. Er ist sehr krank. Un… ähm. Unheilbar.«

Es dauert eine Weile, bis er antwortet. »Es muss hart sein, so etwas zu erfahren.«

»Ist es.«

Und dann schweigen wir. Was sollte er dazu auch

sagen? Vielleicht hätte ich die Sache besser gar nicht erst erwähnt. Vielleicht ist es nicht nur dumm, sondern unangemessen, einen völlig Fremden mit etwas so Schwerwiegendem zu belasten.

Ich will gerade den Mund öffnen, um keine-Ahnung-was hinterherzuschieben, da sagt er: »Es muss allerdings auch ziemlich schwierig sein, einem anderen so etwas mitzuteilen. Insbesondere, wenn man demjenigen sehr nah steht. Vermutlich geht es Ihrem Freund heute genauso schlecht wie Ihnen.«

Ich starre den Mann an, eine auf die Gabel gespießte Ananas in halber Höhe auf dem Weg zu meinem Mund. Meine Nase beginnt zu prickeln, und meine Augen werden feucht. Ich hätte nicht gedacht, dass ich noch Tränen übrig haben könnte nach gestern Nachmittag und der Nacht, doch ich lag offenbar daneben.

Jamie macht ein bestürztes Gesicht. »Tut mir leid. Ich hätte das nicht sagen sollen. Das wollte ich wirklich nicht.«

»Ich auch nicht«, sage ich, während ich mir Tränen von den Wangen wische. Ich bin unglaublich, oder? Tom stirbt, und ich denke nur an mich. *Sein* Herz bricht mit jedem Mal, wenn er jemandem davon erzählen muss. Nicht meins. Und es muss ein Fremder im Zug kommen, um mich daran zu erinnern.

11

Jamie

Eier.

Ich stehe vor der geöffneten Kühlschranktür und starre auf die Schachtel. Daneben ein Rest Gruyère. Im Gemüsefach Spargel, ein paar Pilze. Es ist noch Toast da, aber irgendwie ist mir nach einer richtigen Mahlzeit. Der Tag war … nun ja. Er hätte schlimmer sein können, aber er war aufreibend genug.

Ich denke manchmal, mein Schicksal wurde schon mit meiner Geburt besiegelt, aber das ist vermutlich nicht ganz richtig. Obwohl mein Großvater den Verlag gründete und mein Vater übernahm, konnte vor fast sechzig Jahren sicherlich niemand absehen, wie lange sich das Unternehmen in der Branche würde halten können. Die Zeiten ändern sich. Die Auflagen sind rückläufig, Werbeeinnahmen werden neu verteilt. Print hat keine Hoheitsstellung mehr, das Digitale definiert sich ständig neu. Wir haben Inhalte ins Netz verlagert, sind jedoch nach wie vor dabei, herauszufinden, wie sich damit Geld verdienen lässt. Wofür sind die Nutzer bereit zu zahlen, wenn der überwiegende Teil der Artikel kostenlos ist? Ich schätze, die Zeit, in der sich die Zukunft der Printmedien entscheidet, rückt tatsächlich allmählich in Sichtweite. Doch das bedeutet noch lange nicht das Ende des Carlton-Verlags.

Nicht, dass ich mir das Ende herbeiwünschte, um Himmels willen, nein. Es ist nur so, dass ich mich an manchen Tagen frage, wie ich entschieden hätte, hätte man mir die Wahl gelassen zu entscheiden. Darüber, wie meine berufliche Zukunft aussehen soll. Danach, was mir mein Bauchgefühl rät, wo meine Interessen liegen. Hätte ich mich mit dem Kochen beschäftigt? So richtig vorstellen kann ich es mir nicht, aber wer weiß schon, ob nicht alle Wege letzten Endes in dieselbe Richtung führen? Ist ja nicht so, dass meine Eltern mich gezwungen hätten, ihren Vorstellungen zu folgen. Daran erinnern, dass sie mich vor eine Wahl gestellt hätten, kann ich mich allerdings auch nicht.

Ich greife nach dem Eierkarton. Daraus könnte selbst Emma etwas machen, denke ich. Wie war das? *Ich brauche schon eine Anleitung für Dummies, um mir Rühreier zu braten.* Ich drehe die Schachtel in der Hand. Keine Anleitung weit und breit. Ich stelle die Eier zurück und greife stattdessen nach dem Käse, dem Gemüse und dem Weißwein, von dem ich keine Ahnung habe, wie lange er schon offen ist. Ich beschließe, mir ein Risotto zu kochen … Soulfood, einmal mehr.

Während ich mir zum Kochen ein Glas Wein einschenke, fällt mir auf, dass es das erste Mal ist, dass ich außerhalb des Bahnhofs an Emma denke. Vielleicht, weil ich bis heute Morgen ihren Namen nicht wusste. Vielleicht aber auch, weil mich die Geschichte über ihren Kollegen gerührt hat. Die Geschichte an sich und die Tatsache, dass sie mir davon erzählt hat. Wir kennen uns kaum; gar nicht, im Grunde. Und dennoch hat sie sich mir auf eine Weise geöffnet …

Ich greife nach den Zwiebeln. Beginne damit, zu schälen und zu hacken. Ich bin nicht sicher, ob ich mich ihr auf die gleiche Weise hätte öffnen können. Ihr oder sonst jemandem. Allein die Vorstellung lässt die Kälte herankriechen, ich fühle es. Doch es zwingt mich schließlich niemand, keiner verlangt das von mir. Weshalb es mir leichtfällt, den Gedanken wegzuschieben.

Risotto also.

Butter zerlassen, Zwiebeln anschwitzen, Reis anbraten. Eine gute Brühe ansetzen. Weißwein.

Ich richte mir mein *Mise en Place,* als mir etwas einfällt: Erzählte Emma nicht, sie arbeite als Make-up-Artist bei dieser Show, dieser Morgensendung … *Ten to Twelve*? Ja, ich denke, das war's. Und ich frage mich, was genau sie da wohl tut – nun, vermutlich die Gäste schminken, was sollte sie sonst tun? Ich hole den Laptop aus meiner Tasche und stelle ihn neben die Spüle. Auf der Homepage der Show lassen sich ganze Folgen abrufen, oder aber Videos über einzelne Teile: Irgendjemand gibt Styling-Tipps für den Herbst, eine Autorin erzählt über ihr neues Kinderbuch, ein kleiner Junge führt offenbar seine Beinprothese vor.

Ich frage mich, ob es jemanden gibt, der Schminktipps erteilt, und ob dieser Jemand wohl Emma ist – hat sie eine eigene Rubrik? Oder agiert sie allein im Hintergrund, bereitet die Interview-Partner vor etc.? Ich beschließe, mir ein umfassendes Bild zu machen, und klicke die Folge von heute Morgen an, die ich laufen lasse, während ich das Gemüse bearbeite.

Welcher ihrer Kollegen wohl so krank ist, dass es sie zum Weinen bringt? Allein darüber nachzudenken, kommt mir wie Stalking vor, also lasse ich es bleiben.

Die Show läuft, ich kann Emma nirgendwo entdecken. Stattdessen höre ich mir Vorträge über A-linienförmig geschnittene Jacketts an (was immer das sein soll) und sehe Ausschnitte aus einer TV-Sendung, in der sich halb nackte Teilnehmer auf einer mutmaßlich einsamen Insel das Überleben streitig machen. Ich überlege, an wen sich diese Show richtet. Wer hat schon montags bis freitags zwischen zehn und zwölf Uhr Zeit, um fernzusehen?

Die Themen klingen eher, als würden sie sich an ein weibliches Publikum richten: Mode, Promis, Essen. In der Tat ist ein Koch im Studio, der ein Gemüsestew mit vegetarischen Teigtaschen zubereitet. Ich höre mit halber Aufmerksamkeit zu, während ich mein eigenes fleischloses Risotto koche. Ich zerlasse Butter im Topf, bevor ich mich noch mehr verspannen kann. Sie zerrinnt und bräunt und duftet nach flüssigem Gold. Ich gebe die Zwiebeln hinein, eine perfekte Symbiose. Nichts schafft es besser, mich runterzubringen, als eine Pfanne voll in Butter knisternder Zwiebeln und ein schöner Schluck Riesling dazu.

Das Risotto ist köstlich. Eine warme, wohlige Masse, aber mit Biss; der erdige Geschmack der Pilze, gepaart mit der Leichtigkeit des Spargels, in Kombination mit dem Wein – es haut mich immer wieder um, wie viel Tiefe so ein einfach zusammengewürfeltes Gericht entwickeln kann.

Nun ja, so einfach auch wieder nicht. Noch einmal muss ich an Emma denken, daran, wie sie behauptete, in Sachen Kochen gänzlich unbegabt zu sein. Das ist traurig, aber womöglich gar nicht so abwegig. Bevor ich mich für die Ausbildung entschied, hatte ich vom Kochen auch keine Ahnung. Eier habe ich hinbekommen, meine ich, aber so etwas wie ein Risotto – niemals.

Das Handy brummt. Ich ziehe es aus meiner Hosentasche. Beim Anblick des Namens verspüre ich augenblicklich ein schlechtes Gewissen. Das scheint ein Automatismus zu sein. Man kann sich gar nicht so oft bei seiner Mutter melden, als dass das schlechte Gewissen ausbliebe.

BETH: Hallo, Unbekannter, hier ist deine alte Mutter. Du erinnerst dich? Die Frau, die dir unter größten Schmerzen auf die Welt verholfen hat?

Was habe ich gesagt? Ich lege die Gabel beiseite.

BETH: Nie hätte ich für möglich gehalten, dass dein Vater mal mehr von dir zu Gesicht bekommt als ich. Doch was soll ich sagen? Nun sind die Zeiten wohl angebrochen …

Ich starre aufs Display und schüttle den Kopf, als könnte das Telefon etwas für den fragwürdigen Humor von Beth Carlton. Manipulativ, das würde es treffen, wäre sie nicht so verflixt liebenswert dabei.

Ich rufe ihren Kontakt auf und drücke auf den Hörer. Sie lässt es läuten. Dann, im sicherlich letzten Augenblick: »Ja? Beth Carlton hier. Womit kann ich Ihnen helfen?«

»Hi, Mum, ich bin's.«

»Aaah! James, mein Bester, was für eine zauberhafte Überraschung. Was bringt mich in den göttlichen Genuss deines Anrufs?«

Ich seufze. Ich bin nicht wirklich genervt, denn meine Mutter verfügt über außerordentlichen Charme – so außerordentlich, dass sie damit sogar ihren eigenen Sohn lahmlegen kann. »Du wusstest, dass ich es bin. Mein Name steht auf dem Display.«

»Und nicht nur das, mein Lieber. Neuerdings habe ich deine Nummer mit dieser Aufnahme verknüpft, die du nicht leiden kannst. Dieses schnuckelige Babyfoto von dir, du erinnerst dich? Das, auf dem du nackt auf dem Topf sitzt und schreist wie eine Operndiva?«

»O mein Gott.« Ich lache. »Soll mich das tatsächlich dazu animieren, öfter anzurufen? Am Ende sieht das noch jemand, der zufällig neben dir steht.«

»Ich überlege, auch noch den Klingelton anzupassen. Was meinst du?«

Wir müssen beide lachen. Sie ist nicht wirklich sauer auf mich, selbst wenn sie manchmal so tut, als hätte ich sie gekränkt. Wir haben ein gutes Verhältnis, ein inniges. Was nicht heißt, dass ich ihr alles anvertrauen kann; dass ich *mich* ihr anvertrauen kann. Denn das Einzige, was meine Mutter unglücklich macht, ist das Unglück ihres Sohnes. Und genau deshalb muss ich sie davor verschonen.

»Also, sag schon, Jamie, wie geht es dir? Wie war die erste Woche? Dein Vater tut so, als sei diese Frage das Dümmste, was er je gehört hat, weil natürlich alles rundum brillant gelaufen ist.«

Da haben wir's.

»Mir geht's gut, Mum. Es waren nur wirklich lange Tage, ich bin nicht dazu gekommen, anzurufen. Sorry.«

»Das ist in Ordnung. So oft rufst du ja sonst auch nicht an.«

Ich stöhne, und sie lacht darüber hinweg.

»Und nun raus damit: Gibt er überall mit dir an? Stellt er dich als künftigen Verlagsleiter vor, macht aber keine Anstalten, seinen Platz zu räumen? Du kannst mir die Wahrheit sagen, ich bin deine Mutter. Wenn er dich zu sehr fordert, kann ich ihn für dich zurückpfeifen.«

Für einen sehr kurzen Augenblick frage ich mich, ob meine Mutter ahnt, wie viel Wahrheit in ihrem kleinen Scherz steckt, und dann, ob ich ihr Angebot nicht annehmen sollte. Doch schließlich sage ich: »Er lässt es langsam angehen, in jeder Beziehung.«

»Ah, du bist beinah so diplomatisch wie er.«

Ich gebe einen Laut von mir, halb Zustimmung, halb nicht. Ich bin kein bisschen wie mein Vater, das weiß eigentlich jeder. Bisher schien das niemanden zu stören, doch ich fürchte, das wird sich in nicht allzu ferner Zukunft ändern.

»Wir haben erst mal damit angefangen, mir einen Überblick zu verschaffen«, erkläre ich ihr. »Die einzelnen Zeitschriften kennenlernen, deren Redaktionsleiter und Mitarbeiter. Ich schaue, was mir als Außenstehender auffällt – solange ich noch außenstehend bin. Wie es dann weitergeht, werden wir sehen. Dad will die digitalen Auftritte optimieren, das wird also ein Feld sein, auf dem ich mich einarbeite. Der Verlag muss mit der Zeit gehen, sonst hat er keine Chance, in der Zukunft mitzuhalten.«

»Und jetzt sprichst du ganz wie deines Vaters Sohn. Ich bin so stolz auf dich, Jamie.«

»Das war nicht gerade eine nobelpreisverdächtige Weisheit, nur ganz normaler Menschenverstand, Mum.«

»Nimm es einfach hin: Ich bin stolz auf dich. So ist es einfach. Und dass meine zwei liebsten Männer nun zusammenarbeiten, macht mich im besonderen Maße glücklich.«

Ich atme tief ein. Dann schiebe ich den Teller mit dem inzwischen kalten Risotto von mir weg.

»Oh, aber bevor ich es vergesse: Hast du dir inzwischen überlegt, ob du jemanden mitbringst zum Sommerfest? Wir sind dabei, die Sitzpläne anzufertigen.«

»Aaah, ich …« *Shit.* Das obligatorische Sommerfest meiner Mutter, sie veranstaltet es zuverlässig am letzten Samstag im Juli, und das schon seit zwanzig Jahren. Sie lädt alles ein, was in und um London Rang und Namen hat, und sammelt Geld für eine immer andere wohltätige Organisation.

»Ich verzeihe dir, dass dir der Termin vorübergehend entwischt ist«, sagt sie. »Das ändert nichts daran, dass du kommen wirst. Nur neben wem du sitzt, darfst du selbst entscheiden.«

»Ich habe den Termin nicht vergessen«, lüge ich. »Und …« Ich überlege einen Augenblick. Keine Ahnung, warum das Bild von Emma vor meinem inneren Auge auftaucht, aber ich denke natürlich an Lauren. Natürlich. »Ich muss das mit der Begleitung erst abklären. Ich sag dir so schnell wie möglich Bescheid.«

»Ha! Na, jetzt hast du mich kalt erwischt. Dass du tatsächlich in Begleitung kommst, habe ich überhaupt nicht zu hoffen gewagt. Die letzten Jahre waren eher … Nun ja, seit Gabrielle …«

»Ach, Mum!« Gabrielle und ich sind seit fast drei Jahren nicht mehr zusammen. Seither gab es einige andere Frauen in meinem Leben, auch wenn meine Mutter keine von ihnen kennengelernt hat. »Also, ich bringe eventuell jemanden mit. Aber ich muss erst fragen, ob sie Zeit hat.«

Stille. Doch ich kann das Lächeln meiner Mutter hören, so laut ist es.

»Das war's, Mum? Du wolltest bloß ausspionieren, ob es irgendeine Frau in meinem Leben gibt?«

»Exakt, mein Sohn. Das war's.«

»Na dann. Ich freue mich, deine Laune gehoben zu haben.«

»Das hast du.« Sie lacht. »Und ich freue mich, dich zu sehen, Jamie. Aber es sind noch drei Wochen bis dahin. Vielleicht schaffst du es ja vorher mal, bei deiner alten Mutter vorbeizuschauen, was meinst du?«

»Ich hab keine Ahnung, von wem du eigentlich sprichst«, sage ich.

»Du Charmeur.«

»Eher bist du auf der zweifelhaften Suche nach Komplimenten.«

»Sieh einfach zu, dass ich dich noch erkenne, wenn wir uns das nächste Mal treffen, in Ordnung?«

Ich verspreche es ihr.

Dann lege ich auf und räume die Reste meines Essens in den Kühlschrank.

Ich schreibe Lauren eine Textnachricht und erhalte die Antwort fast unmittelbar.

LAUREN: Ja. Schrecklich gern. Ich würde mich unglaublich freuen, deine Familie kennenzulernen.

Ich starre auf die Zeilen. Sie klingen in einem Maße unkompliziert, die unserer Beziehung in keinster Weise gerecht wird. Denn obwohl wir seit dem zweifelhaften *Morgen danach* schon einige Nachrichten ausgetauscht haben, und obwohl Lauren mir sehr überzeugend das Gefühl gegeben hat, mir nichts nachzutragen, klingen *schrecklich gern* und *unglaublich freuen* irgendwie schrill in meinen Ohren.

Wenn ich wirklich will, dass das mit uns beiden funktioniert, werde ich mir mehr Mühe geben müssen, so viel steht fest.

12

Jamie

Guten Morgen.«

»Hallo.«

Ich bin nicht sicher, wie es passiert ist, aber ich sitze auf dem Platz vor der Kofferablage – dem, an dem mir an meinem allerersten Morgen im Zug Emma, das Trampeltier, auf den Fuß gestiegen ist, und von dem ich weiß, dass sie dort bevorzugt sitzt, wenn es die Belegung erlaubt.

Ich habe ihr einen Platz freigehalten.

Ich weiß, wie schon erwähnt, nicht genau, weshalb.

»Danke, dass Sie mir den Platz freigehalten haben. Hier sitze ich tatsächlich am liebsten.«

»Woher kommt das? Ich meine, eingepfercht zwischen Rück- und Trennwand zur Kofferablage – es gibt Sitzmöglichkeiten, die bieten ein bisschen mehr Luft zum Atmen, meinen Sie nicht?«

»Ich weiß nicht, ich fühle mich ganz wohl hier. Man hat den Eindruck, relativ allein zu sein, und vergisst die vielen Menschen um einen herum. Ich meine, es ist ja nicht unbedingt die sauerstoffreichste Luft, die man auf den anderen Sitzen zu atmen bekommt. Und die Aussicht auf halb gare Hinterköpfe ist auch nicht gerade berauschend, oder?«

»Halb gar?«

»Genau. Schütter. Schuppig. Suchen Sie sich was aus. Warum sitzen *Sie* hier, wenn ich fragen darf? Wo Sie den Platz nicht einmal mögen?«

Ich öffne den Mund und schließe ihn wieder. Und dann fällt mir doch noch eine Ausrede ein: »Die anderen Sitze waren alle belegt.« Sie lächelt freundlich über meine Lüge hinweg, was ich ihr hoch anrechne.

Was tue ich hier? Ich hoffe nicht, dass sie denkt, ich würde mich für sie interessieren, also über die gemeinsame Zugfahrt hinaus, denn das tue ich nicht. Ich denke an die Portion Risotto, die ich ihr zu Hause eingeschweißt habe und die sich nun in meiner Tasche befindet. Heute Morgen bin ich mit der Idee aufgewacht, ihr den Rest meines Abendessens mitzubringen, nur um ihr zu zeigen, was sich aus wahllosen Kühlschrankzutaten alles zubereiten lässt, fernab von Rühreiern. Wollte ich ein bisschen angeben? Eventuell. Heißt das, dass ich Interesse an der Frau habe? Um Himmels willen, nein.

Ich denke an Lauren. Vielleicht sollte ich sie ins Spiel bringen. Sie einfach mal erwähnen, meine … ja, meine … was? Bekannte? Freundin? Lebensabschnittsgefährtin?

»Möchten Sie?« Emma hält mir die Tüte vom Bäcker hin. »Heute mal kein Croissant, sondern Quarkbällchen. Ich finde sie etwas trocken, aber sie sind bestimmt gesünder, habe ich recht?«

»Wegen des Quarks, meinen Sie?«

Sie nickt und raschelt gleichzeitig mit der Tüte.

»Nein, danke.«

Und nun macht sie ein derart enttäuschtes Gesicht, dass ich augenblicklich ein schlechtes Gewissen bekomme. »Ich meine, ich esse einfach nicht gern süß zum Frühstück.«

»Sie haben mir ja immer noch nicht verraten, *was* Sie frühstücken.«

»Ich habe das ernst gemeint mit dem Smoothie.«

»Ein Smoothie ist aber doch kein Frühstück.«

»Manche Menschen halten es dafür.«

»Es ist nichts zu essen.«

»Weshalb einem dazu geraten wird, auch die Flüssigkeit so gut es geht zu kauen, um dem Gehirn zu signalisieren, dass es Nahrung bekommt.«

Sie selbst kaut gerade auf einem Bissen ihres Quarkbällchens herum und hält in der Bewegung inne, um mich anzustarren.

»Verschlucken Sie sich nicht«, empfehle ich, woraufhin sie einen erstickten Ton von sich gibt.

»Wasser?«

Sie hebt ihren Kaffeebecher an und nimmt einen Schluck. Ich betrachte sie einige Augenblicke. Ich kann mich sehr gut daran erinnern, in welchem Zustand sie sich gestern befunden hat, und nun suche ich nach Spuren. Sie sieht heute besser aus. Nicht so, als hätte sie die halbe Nacht durchgeweint oder wach gelegen oder sich Sorgen gemacht. Ich frage mich, wer ihr zu Hause beisteht. Ob es jemanden gibt, mit dem sie darüber gesprochen hat, wie sehr sie die Nachricht über die Krankheit ihres Kollegen bedrückt. Also gut. Ich frage mich, ob sie einen Freund hat, obwohl es mich nicht das kleinste bisschen interessieren sollte.

»Wieso starren Sie mich an?«

»Ich, ähm …« *Shit.* »Es geht Ihnen heute schon besser, oder?«

»Ah.« Sie nickt, als wäre das die einzig sinnvolle Erklärung dafür, dass ich sie, in der Tat, angestarrt habe. »Ja, danke. Ich meine, es geht mir nicht herausragend, aber …« Sie sieht mich an, prüfend irgendwie. Ich kann diesen Blick nicht deuten.

»Ich denke, das, was Sie zu mir gesagt haben, hat mir geholfen.«

»Wirklich? Was genau?«

»Die Tatsache, dass es für ihn selbst furchtbar schwer sein muss, den Menschen, denen er nahesteht, diese schreckliche Sache zu erzählen. Das hat mir noch mal eine andere Sicht auf die Situation gegeben.«

»Okay.« Ich klinge verwundert. Vermutlich deshalb, weil es eher selten vorkommt, dass ich Mitmenschen gute Ratschläge erteile, die tatsächlich etwas helfen. »Das freut mich.«

Emma lächelt mich an. Sie hat ein schönes Lächeln, warm und breit, und diese Zahnlücke …

Ihr Telefon klingelt.

»Oh, Entschuldigung.« Sie dreht das Gesicht von mir weg, während sie das Gespräch entgegennimmt, und ich klappe den Tisch herunter und meinen Laptop auf. Gut. Was haben wir da …

»Ich sitze im Zug. Wo soll ich sonst sein? Ja. Ja, danke. Tyler, wirklich, wenn du … Nein, heute Abend geht es nicht. Ich habe Amy versprochen, ihr zu helfen, sie und Carly basteln an einem Kostüm für den Brighton Pride. Könnten sie eventuell, aber ich habe schon zugesagt. Mein Gott! Vielleicht solltest du auch mal etwas längerfristig planen, zumindest, wenn es um mich geht. Ich denke manchmal, mit Hinz und Kunz kannst du sehr gut langfristige Termine ausmachen, nur mit mir nicht.«

Ich versuche, mich auf meinen eigenen Kram zu konzentrieren, versage aber kläglich. Emma wird lauter mit jedem Wort, das sie spricht, und ich bin kurz davor, sie darauf aufmerksam zu machen, dass mittlerweile womöglich der halbe Zug mithört.

»Okay, Tyler, weißt du … Nein. Ja. Lass uns heute Abend noch mal telefonieren. Ich weiß. Ich weiß. Bye.«

»Das war …« Sie steckt das Handy weg. Seufzt. Verschränkt die Arme vor der Brust. »… mein Freund.«

»Hm.« Wäre das also geklärt.

Sie fischt eine zerfledderte Zeitschrift aus ihrer Tasche und beginnt, darin zu blättern. Ich widme mich endlich meiner Arbeit. Scheint, das war's mit Small Talk für heute.

Wir stehen im Gang, kurz davor, auszusteigen, als mir das Risotto wieder einfällt. Ich wäge meine Möglichkeiten ab. Es ist total bescheuert, ihr etwas Selbstgekochtes in die Hand zu drücken, stimmt's? Völlig verrückt. Überaus seltsam. Übergriffig.

Nein, ich tu's nicht.

Das ist … Womöglich ekelt sie sich davor. Auf der anderen Seite habe ich es vakuumiert. Anders machen die das in Feinkostgeschäften auch nicht.

Ach, was soll's. Oder, ich weiß nicht …

»Auf Wiedersehen, Jamie. Bis morgen?«

»Ich hab was gekocht.«

»Bitte?«

Ich Idiot.

Wir steigen aus. Emma bleibt auf dem Bahnsteig stehen und sieht fragend zu mir hoch. Sie ist nicht sehr groß, fällt mir auf, als wäre das eine neue, überraschende Erkenntnis, die ich über Emma sammle. Bisher haben wir offensichtlich noch nicht voreinander gestanden.

»Ich habe gestern Abend etwas gekocht, und ich dachte, das könnte Ihnen womöglich auch schmecken.«

Sie öffnet die Lippen, legt die Stirn in Falten, sagen tut sie nichts. Ich kann es ihr nicht verdenken.

»Das war womöglich eine blöde Idee. Aber Sie meinten, es würde Sie interessieren, wie ich koche, und …«

»Ja! Ja, ja, das tut es. Her damit.« Es wirkt, als würde sie sich kurz schütteln, dann streckt sie die Hand aus. Ich greife in meine Tasche und übergebe ihr die Papiertüte, in die ich das eingeschweißte Risotto gepackt habe.

»Danke.« Diesmal ist ihr Lächeln derart unergründlich, dass es mir Unbehagen bereitet. Also nicke ich nur. Und dann gehen wir schweigend nebeneinanderher zum Ausgang und durch die Kontrollabsperrungen. Dort trennen sich unsere Wege. Wir verabschieden uns, nur mit einem Lächeln, ohne ein weiteres Wort.

13

Emma

Wieso haben Sie mir das Risotto mitgebracht?«
»Wieso?«

Er klappt sein Laptop zu. Der Zug rollt bereits, und ich bin wie so oft in allerletzter Sekunde hineingesprungen, womit er offenbar nicht gerechnet hat. Der Sitz neben ihm ist mit seinen Sachen belegt, er räumt ihn umständlich, und ich warte geduldig.

Dass mir ein Fremder, ein flüchtiger Bekannter, nahezu Dahergelaufener, nur mäßig gut aussehender, ansonsten reichlich merkwürdiger Mann in einem teuren Anzug gestern am frühen Morgen eine selbst gekochte Mahlzeit schenkte, hat in meiner provisorischen Wohngemeinschaft am selben Abend zu hitzigen Diskussionen geführt, die man sich in etwa so vorstellen darf:

Amy: »Das ist nicht dein Ernst. Er hat *was*? Das kannst du unmöglich essen!«

Carly: »Schlechter als das makrobiotische Zeugs eurer Eltern wird es kaum sein.«

Amy: »Carly! Emma kennt den Kerl überhaupt nicht! Dieses Risotto könnte vergiftet sein und das Letzte, das Emma je zu schmecken bekommt.«

Carly: »Weißt du, ich steh auf deine Melodramatik. Abgesehen davon bin ich sicher, dass es einfachere Wege für ihn geben würde, Emma zu vergiften.«

Amy: »Zum Beispiel?«

Carly: »Zum Beispiel mit Kaffee. Weiß er, dass du jeden Morgen mit deinem Mitnahmebecher Cappuccino in den Zug steigst?«

Emma: »Das weiß er, denke ich. Ja.«

Carly: »Na also. Er bringt ihr einen vergifteten Cappuccino mit.«

Emma: »Weshalb sollte er mich vergiften wollen? Und außerdem hab ich doch schon meinen eigenen.«

Amy: »Und was macht er mit der Leiche, hm? Wenn Emma dann mit starrem Blick und Schaum vor dem Mund neben ihm auf dem Sitz zusammensackt? Auffälliger geht es ja wohl kaum.«

Emma: »Warum sollte er mich vergiften wollen???«

Carly: »Okay, du hast recht. Einfacher ist es natürlich, ihr ein vergiftetes Risotto zuzustecken, damit sie im Zweifelsfall zu Hause tot umfällt.«

Emma: »Oh, also ehrlich, ihr seid … Gib mir mal das Messer.«

Amy: »Vielleicht sollten wir es den Hund probieren lassen.«

Carly: »Den Hund? Welchen Hund?«

Emma: »Riechen tut es schon mal fantastisch.«

Amy: »Wir könnten uns einen anschaffen. Speziell für Experimente dieser Art.«

Emma: »AMY!«

Carly: »AMY!«

Amy: »Ist ja schon gut, das war ein Scherz! Ich würde doch niemals Tierversuchen zustimmen, was stimmt nicht mit euch?«

Emma: »Okay, es ist warm. Machen wir es kurz und schmerzlos.«

Amy: »EMMA!«

Carly: »EMMA!«

Emma: »Oh, mein Gott, das ist …«

Amy: »Scheiße, sie hat's getan.«

Carly: »Ach herrje, Emma … Emma?«

Das Fazit dieses denkwürdigen Abends: Ich lebe noch. Und: Dieses Risotto war das mit Abstand beste, das ich je in meinem Leben gekostet habe. Es war … cremig, würzig, mild, tief, voll, leicht, alles auf einmal. Am Ende haben wir zu dritt davon gegessen und in gaumenbeseelter Einigkeit beschlossen, dass wir, würden wir nur den Nachnamen des begabten Kochs kennen, sofort aufbrechen, ihm einen Besuch abstatten und ihn zwingen würden, uns mehr davon zu kredenzen.

»Wie heißen Sie eigentlich mit Nachnamen?« Ich lasse mich in den Sitz fallen. Jamie Soundso sieht mich verblüfft an.

»Merkwürdige Fragen stellen Sie heute Morgen.«

»Kann sein. Wobei – nein, so merkwürdig ist das eigentlich gar nicht. Immerhin haben Sie mir gestern was zu essen geschenkt, da darf ich wohl nach Ihrem Nachnamen fragen.«

»Carlton.«

»Oh. Aha. Mein Name ist Brook. Emma Brook. Und Ihr Risotto war das beste, das ich in meinem ganzen Leben gegessen habe.«

Jetzt lächelt er. Und bereits zum zweiten Mal, glaube ich festzustellen, dass er das nicht sonderlich oft tut. Bloß wirkte das Lächeln bisher eher wie Zähneblecken auf mich, jetzt hingegen … Ich sehe schnell woandershin. Dass diese Zweiersitze ein derart intimer Raum sein können, ist mir bisher nie aufgefallen.

»Danke. Das ist ein großes Kompliment.«

»Nun ja, so groß auch wieder nicht. Ich bin nicht gerade ein Gourmet.«

»Woher wollen Sie das wissen? Vielleicht haben Sie einfach noch nicht oft genug wirklich gut gegessen?«

»Aha. Da lobt man Sie einmal ein kleines bisschen, und schon steigt es Ihnen mächtig zu Kopf.« Ich grinse ihn an. Er lächelt allein mit den Augen. Das ist ein ehrlich schöner Anblick.

»Warum haben Sie es mir mitgegeben?«

»Das sagte ich doch bereits: Sie waren neugierig, und ich hatte was übrig.«

»Hm.«

Einige Sekunden lang sehen wir uns schweigend an.

»Wie geht es Ihrem Kollegen?«

»Oh!« Und von jetzt auf gleich ist mir nicht mehr nach

lachen. »Also … Ich … Wir haben nicht wieder davon gesprochen.«

»Verstehe.«

Ich nicke. Vermutlich nur, um mich aus seinem Blick zu lösen. »Ich habe es ernst gemeint, als ich sagte, es hat mir geholfen, die Dinge aus einer anderen Perspektive zu betrachten. Es ist nicht meine Geschichte, sondern seine. Wenn er mit mir darüber sprechen möchte, weiß er, dass ich da bin. Ich vermute nur … Ich glaube nicht, dass dies die Nummer eins auf seiner Prioritätenliste ist. Ich nehme eher an, er will weitermachen wie bisher. Solange es eben geht.«

»Das kann ich mir vorstellen. Zumindest als eine Möglichkeit. Eine andere ist wahrscheinlich, all die Dinge zu tun, die man immer schon mal tun wollte, und von denen man nun fürchtet, sie nicht mehr erleben zu können.«

»Was wäre das? Bei Ihnen, meine ich?«

»Sie meinen, wenn jemand mir die Diagnose stellen würde, dass ich nur noch kurze Zeit zu leben habe?«

»Ja. Sehr kurze Zeit. Ein paar Jahre.« Ich schlucke. Dafür, dass ich kaum darüber nachdenken möchte, ist es überraschend erträglich, mit Jamie über dieses Thema zu sprechen.

Wieder betrachtet er mich eine Weile, ohne etwas zu erwidern, und mir fällt auf, wie sehr wir uns einander zugewandt haben. Automatisch lehne ich mich ein Stück von ihm weg. Wir führen eine Unterhaltung, zwei annähernd Fremde im Zug, und diese körperliche Nähe fühlt sich mit einem Mal unangebracht an.

»Ich weiß nicht, was ich tun würde«, sagt er schließlich. »Nicht in den Verlag gehen, schätze ich.«

»Nein?«

Er zuckt mit den Schultern und sieht dann aus dem Fenster. Aus irgendeinem Grund werde ich das Gefühl nicht los, dass mit ihm und seiner Stelle in diesem Verlag nicht alles so rundläuft, wie es sollte.

»Ich glaube, ich würde arbeiten«, sage ich. Ich kann auch verstehen, weshalb Tom es tut, selbst wenn ich Jamie das nicht erzählen kann, ohne zu verraten, dass Tom derjenige ist, der die Krebsdiagnose bekommen hat. Er ist kein Unbekannter in der TV-Branche. Seine Krankheit würde es bis in die Boulevard-Nachrichten schaffen, da bin ich sicher. Und ich möchte nicht diejenige sein, die dafür verantwortlich ist.

»Sie lieben Ihren Job so sehr, dass Sie die letzten Tage mit Arbeit verbringen würden?«

»Die letzten Tage womöglich nicht, aber …« Ich schlucke erneut. Wenn ich es mir recht überlege, ist es vielleicht doch ein bisschen zu viel, sich vorzustellen, wie es Tom gerade ergeht. Jamie scheint das zu merken, denn er schüttelt mit einem Mal den Kopf.

»Entschuldigung. Das Thema ist furchtbar und völlig daneben. Sollen wir lieber über etwas anderes sprechen?«

»Ja, vielleicht.« Ich lächle schwach. »Wieso sind Sie nicht im *Mirage* geblieben, wenn Ihnen der Job in der Redaktion des Verlags keinen Spaß macht?«

»Ah. *Dieses* Thema.« Jamie verzieht das Gesicht, als hätte ich nichts Unangenehmeres fragen können.

»Sorry. Ich wollte nicht …«

»… das Messer in die Wunde bohren?«

»Neugierig sein.«

»Tja. Es ist so, der Verlag … er gehört meiner Familie.«

Es dauert keine drei Sekunden. »Carlton. Oh, wow. Klar.« Wieso bin ich nicht gleich darauf gekommen? Carlton. Natürlich.

»Ja«, sagt Jamie trocken, »das ging schnell.«

»Es ist einer der bekanntesten Verlage landesweit! Manchmal hat man das Gefühl, die Hälfte aller Zeitschriften, die sich um Essen drehen, werden bei Carlton verlegt.«

»Hm, ja. Die Schätzung liegt nicht völlig außerhalb des Möglichen, denke ich.«

»Und Sie sind der Thronerbe, quasi?«

»Ich bin aus familiären Gründen ziemlich eingebunden, ja.«

»Das erklärt es«, platze ich heraus.

»Erklärt *was*?«

»Dass Sie so wirken, als laste ein irrsinniger Druck auf Ihren Schultern.«

»Tatsächlich?«

»Ja.« Ich kann sehen, wie er sehr langsam einatmet und dann genauso ruhig wieder aus. Ich frage mich, wie groß der Stress wirklich ist, unter dem er steht, und ob er sich Techniken angeeignet hat, um damit umzugehen. Dass ihn überhaupt etwas nervös machen könnte, hätte ich niemals für möglich gehalten, als ich Jamie Carlton das erste Mal begegnet bin. Genauso wenig hätte ich angenommen, dass dieser Mann kocht, und … voilà! So kann man sich täuschen.

»Kochen Sie täglich?«

»Es entspannt mich.«

»Egal, was der Kühlschrank hergibt? Oh, da ist es wieder, dieses arrogante, kleine Lächeln. Willkommen zurück!«

»Was soll das heißen? *Arrogantes, kleines Lächeln*?«

»Genau das, was ich gesagt habe.« Ich grinse, und er lacht.

»Was, wenn ich, sagen wir, nur noch Tomaten, Eier und Toast im Kühlschrank habe? Und sagen Sie jetzt nicht, es gibt Toast mit Ei und Tomate drauf.«

Er überlegt weniger als zwei Sekunden lang. »Das zeige ich dir morgen.«

14

Jamie

»Du kannst das unmöglich zum Frühstück essen. Emma! Es ist gerade mal halb sechs. Das ist viel zu scharf!«

»Du hast gesagt, es schmeckt auch kalt.«

»In der Theorie, ja. Aber doch nicht um fünf Uhr dreißig morgens!« Ich versuche, Emma den Container mit dem Shakshuka wegzunehmen, doch sie hält ihren Arm außer Reichweite.

»Tomaten, Eier und Toast haben wir gesagt. Was ist mit der Paprika? Gehört in Shakshuka nicht Paprika?«

»Hier ist keine drin.«

»Hm.« Sie sieht mich misstrauisch an.

Ich muss lachen. »Du kannst das hier sowieso nicht essen. Du hast keine Gabel.«

»Ach, so ein Mist.« Sie öffnet den Container, riecht am

Inhalt, seufzt genüsslich. Ich habe die Shakshuka nur mit Tomaten zubereitet, mit Chilli, Knoblauch und Paprikapulver.

»Die Eier werden normalerweise roh in die Shakshuka geschlagen und als eine Art Spiegelei mitgegart«, erkläre ich ihr, »aber weil du meintest, du lässt sogar Eier anbrennen, habe ich mich für die sichere Variante entschieden, sie hart gekocht und einfach so dazugegeben.«

»Ja. Das sehe ich. Aber mit dem Toast hast du mir schon vertraut, oder?«

»Du weißt, wie man einen Toaster bedient?«

»Yep.«

»Na, dann ...«

Schweigend sehen wir einander an, das tun wir in diesen Tagen öfter, allerdings nie zu lange. Auch das ist mir aufgefallen.

»Was, wenn ich ... Ich weiß nicht. Erdnussbutter und Lauch gesagt hätte? Und Kartoffeln?«

»Dann hätte ich dir womöglich ein Erdnuss-Massaman-Curry gemacht.«

»Du bist unglaublich.«

»Nein. Ich bin *Koch.*« Diesmal halte ich Emmas Blick nicht länger stand als zwei Sekunden, dann sehe ich zum Fenster hinaus. Ich sollte das wirklich nicht immer wieder betonen, denke ich. Ich bin kein Koch. Ich bin James Carlton, Erbe des Carlton-Verlags und künftiger Verleger. Ich bin *kein Koch.*

»Was genau machst du da eigentlich in deinem Verlag?«, fragt sie, als habe sie genau erfasst, was in diesem Augenblick in mir vorgeht. Dass da noch etwas ist, worüber ich lieber nicht allzu gründlich nachdenke, aber … Wie ist es möglich, dass es einer Fremden allem Anschein nach besser gelingt, mich zu lesen, als meiner Familie, meinen Freunden seit Jahren?

»Im Augenblick arbeite ich mich hauptsächlich ein, lerne die einzelnen Redaktionsleiter kennen und so weiter. Noch hat mein Vater keine Eile, dass ich seinen Job übernehme.« Ich lache. Es klingt gequält, selbst in meinen Ohren.

»Wie lange arbeitest du denn schon im Verlag?«

»Erst seit zwei Wochen.«

»Oh. Ehrlich?«

»Ja.«

»Und davor im *Mirage*?«

»Bis vor zwei Monaten, ja.«

»Ich bereue aufrichtig, dass ich nie dort gewesen bin in der Zeit, als du in der Küche standest.«

»Das musst du nicht. Während der Ausbildung in einer Küche ist man ein sehr kleiner Fisch, der hauptsächlich zuarbeitet, aber nichts Eigenes kreiert.«

»Und trotzdem hast du sie gemocht, die Arbeit.«

»Ja.«

»Das verstehe ich.«

»Wirklich?«

»Und ob. Manchmal kommt mir der Job bei *Ten to Twelve* nicht besonders anspruchsvoll vor, und ich frage mich, ob ich nicht doch hätte studieren sollen oder eine andere Ausbildung absolvieren – eine, die vielleicht intellektueller ist oder beeindruckender oder mehr mein Hirn beansprucht. Aber dann denke ich daran, dass mir meine

Arbeit Spaß macht. Und ich sie liebe. Ich empfinde es als überaus kreativ, Menschen zu schminken.«

Sie macht eine Pause, und ich fühle mich genötigt, etwas zu sagen. Etwas wie: »Das glaube ich sofort.«

Emma nickt. »Und dann ist es noch mehr als das. Man schult die Fähigkeit, anderen zuzuhören, sie zu lesen, ohne viel über sie zu wissen. Manche kommen ungeheuer nervös ins Studio, weil sie noch nie vor einer Kamera gestanden haben – dann gilt es, sie zu beruhigen und aufzubauen und sie zu briefen. Es ist sehr viel Psychologie mit im Spiel. Sensibilität ist gefragt.«

»Du brauchst mir gegenüber nicht zu betonen, wie wertvoll deine Arbeit ist. Ich habe das nicht angezweifelt.«

»Nein. Ich deine auch nicht.«

Sie lächelt. Ich ebenfalls. Und ich frage mich, wie es mir wohl in Redaktionskonferenzen ergehen würde, wenn ich vor jeder Sitzung die Möglichkeit hätte, mich von Emma Brook beruhigen zu lassen.

»Ich werde die Shakshuka essen, sobald ich den Sender betrete.«

»Tu das nicht.«

»Oh, doch. Und – nur zur Information: Ich liebe Erdnuss-Massaman-Curry.«

»Gut zu wissen.«

»Ich meine, ich glaube nicht, dass ich es jemals probiert habe, aber ich liebe es.«

Ich grinse breiter.

»Sag mal, gibt es in eurem Verlag eigentlich schon eine Koch-Zeitschrift für Dummies? Ich finde, diese Rezepte dürfen auf keinen Fall verloren gehen.«

Neuerdings dauert die Fahrt von Brighton nach London nurmehr gefühlte zehn Minuten. Und ich habe schon seit Tagen nicht mehr daran gedacht, mich in der City nach einer Wohnung umzusehen.

15

Emma

Als ich am Freitag der darauffolgenden Woche nach Hause komme, ist meine Laune gegenüber der Vorwoche um vieles gestiegen: Tom ist nach wie vor krank, ja, doch offensichtlich fühlt er sich besser, es scheint ihm nahezu blendend zu gehen. Mehr als einmal ertappe ich mich dabei, zu hoffen, dass seine Diagnose womöglich doch nicht so endgültig ist, wie die Ärzte meinen, dass er noch eine Chance auf Genesung hat. Nicht, dass ich mit Tom darüber reden würde. Wie ich Jamie schon erklärte, haben wir es seit jenem denkwürdigen Tag der Erkenntnisse vermieden, das Thema offen anzusprechen, und das ist völlig in Ordnung für mich.

Und Jamie … Nun. Das Massaman-Curry war köstlich, ebenso die Paella, die er aus Gemüseresten und Tiefkühlgarnelen zubereitete, und der Bread-and-Butter-Pudding, offenbar ein Geheimrezept für altbackenes Brot. Ich bin mir nicht sicher, wie es dazu kam, doch augenscheinlich sind James Carlton und Emma Brook in den vergangenen zwei Wochen zu einer Pendelzug-Einheit geworden, die einiges dazu beigetragen hat, mich abzulenken. Und aufzumuntern. Das insbesondere lässt sich nicht leugnen. Auch wenn ich gesagt habe, er möge nun bitte aufhören, mich zu mästen – ich kann ihm unmöglich zumuten, mich für den Rest meiner Tage mit Essen zu versorgen.

Oder doch?

»Wieso strahlst du wie eine Zweitausend-Watt-Glühbirne?« Meine Schwester lehnt im Türrahmen zur Küche, als ich das Haus betrete, sie trägt eines ihrer Yoga-Outfits und eine Schweißschicht auf Gesicht und Dekolleté.

»Und wieso treibst du am Freitagabend Sport, wo du ohnehin den ganzen Tag nichts anderes tust?« Gott, diese Umtriebigkeit. Manchmal denke ich, das macht sie nur, um mir ein schlechtes Gewissen aufzuzwingen. Und dann fällt mir ein, dass wir nun mal nicht dieselben Gene haben. Amy kann nicht anders, als den ganzen Tag herumzuhopsen, und ich kann nichts gegen den inneren Schweinehund, der sich mir regelmäßig auf die Füße schmeißt, sobald ich nur daran denke, Joggingschuhe zuzuschnüren.

»Ich wollte gerade duschen. Und du?«

»Ich?«

»Ja, du. Ich wiederhole: Weshalb grinst du so verdächtig?«

Verdächtig. Ich bemühe mich um ein angemessen ernsthaftes Gesicht, das mir nicht so recht gelingen will.

»Wenn ich es nicht besser wüsste«, sagt Amy, »würde ich meinen, es steckt ein Kerl dahinter.«

»Aber du weißt es besser.«

»Allerdings.« Sie stößt sich vom Türrahmen ab und lässt sich auf einen der Küchenstühle fallen, während sie mir mit Argusaugen dabei zusieht, wie ich ein Glas mit Leitungswasser fülle.

»Wolltest du nicht duschen?«

»Hast du heute wieder was zu essen dabei?«

»Ich hatte etwas, das habe ich aber schon aufgegessen.« Wie schon erwähnt, der Bread-and-Butter-Pudding war köstlich. Und er schmeckt auch kalt.

»Was ist mit dem Ratschlag unserer Mütter, nichts von Fremden anzunehmen?«

Ich verdrehe die Augen, leere das Glas und lehne mich schließlich mit dem Rücken an den Kühlschrank, um mich dem weiteren Kreuzverhör meiner Schwester zu unterziehen. Womöglich warte ich nur darauf, dass sie etwas zu mir sagt, was mir nicht gefällt – etwas, das mich dazu einlädt, das Offensichtliche klarzustellen, nämlich dass Jamie einfach jemand ist, mit dem ich mir die Reisezeit von Brighton nach London verkürze. Mit dem ich mich seltsamerweise gut verstehe, so gut, dass er sich bemüßigt fühlt, für mich zu kochen, und ich nur zu gern sein eifriges Test-Publikum darstelle. Mehr ist es nicht. Mehr wird es ganz selbstverständlich auch nie sein. Doch die Zugfahrten mit Jamie, dessen Telefonnummer ich nicht kenne und mit dem ich außerhalb unserer gemeinsamen Pendelstrecke nichts zu tun habe, schaffen es, mich abzulenken, sie sind etwas, auf das ich mich freue, und zwar auf sehr freundschaftliche, harmlose Art und Weise.

Ich sage Amy das. Genau so.

Sie macht ein skeptisches Gesicht.

»Hat er eine Freundin?«

Ich stöhne innerlich. »Was spielt das für eine Rolle?«, frage ich zurück, einfach nur, um Amy zu zeigen, dass die Antwort auf diese Frage für mich überhaupt keine Rolle spielt. Weil sie es wirklich nicht tut, denn ... Tyler. Tyler und ich erfreuen uns gerade einer Art waffenstillstandsgeschuldeter Harmonie, die ich genießen möchte, solange sie dauert.

»Vielleicht hat er einen Freund?«

»Amy.«

»Schon gut. Es ist dir egal. Ich habe verstanden.«

Sie klingt nicht wirklich verständnisvoll, weshalb ich beinah erleichtert bin, als sie aufsteht und somit das Kreuzverhör für beendet erklärt. »Carly müsste jeden Augenblick hier sein«, sagt sie. »Wir wollen zum Vietnamesen. Hast du auch Lust?«

»Was, wenn ich uns was koche?« Mist. Das ist mir so rausgerutscht. Ich hoffe, sie fängt jetzt nicht wieder mit Jamie an, also rede ich schnell weiter. »Vielleicht ein ... Massaman-Curry? Wir müssen doch irgendwo noch das Kochbuch mit den einfachen, asiatischen Gerichten haben.« Ich laufe nach nebenan in das Gemeinschaftswohnzimmer, wo sich das Regal mit den Kochbüchern befindet.

»Ernsthaft? Du willst kochen?«

»Ah, hier ist es. Warte mal ... wir brauchen Kokosmilch, Ingwer, Frühlingszwiebeln, Reisessig ... Hm. Asiatische

Fischsauce. Das klingt …« Ich blicke von dem Buch auf und zu meiner Schwester, die mich angrinst, darüber hinaus aber glücklicherweise die Klappe hält. »Eklig«, beende ich den Satz. »Wo bekommt man so etwas wie Fischsauce her?«

»Aus dem Asiamarkt.«

»Und den Reisessig?«

»Aus dem Asiamarkt.«

Ich seufze. Wenn ich ehrlich bin, habe ich gerade genauso wenig Lust zu kochen, wie ich dazu Lust habe, meine Joggingschuhe zu entstauben. Ich klappe das Buch zu. »Habt ihr was dagegen, wenn ich Tyler frage, ob er mitkommen will?«

Das wiederum verhärtet Amys Gesichtsausdruck von einer Sekunde zur nächsten. Nichtsdestotrotz sagt sie: »Natürlich nicht. Frag ihn. Er ist dein Freund.«

Tja.

Arme Amy. Niemand kann aus seiner Haut. Und lieben heißt, den anderen nicht ändern zu wollen.

Wir reservieren im *VietRoyal,* einem vegetarischen Asiaten in der Innenstadt, denn alle drei essen wir nur selten und eher ungern Fleisch. Carly und Amy geben sich bestens gelaunt, was ich den beiden hoch anrechne, denn mir ist klar, sie wären lieber nur mit mir essen gegangen. Es ist nicht allein *die Tat,* die eine Kluft zwischen Tyler, meine Schwester und ihre Freundin geschlagen hat. Amy und er haben von Anfang an nicht auf derselben Frequenz gefunkt, und Carly … Nun, sie liebt Amy. Und sie neigt dazu, relativ schonungslos auszusprechen, was sie gerade denkt – und was sie von ihrem Gegenüber hält. Und Tyler, er hat Schwächen, jede Menge, das ist mir klar. Das ändert jedoch nichts daran, dass er auf der anderen Seite überaus liebenswert ist. Ein wenig oberflächlich manchmal, doch mit dem Herz am rechten Fleck.

Ich bestelle das Massaman-Curry. Es ist nicht halb so gut wie das von Jamie. Es ist öliger, und der Geschmack von Erdnuss fehlt. Ich kaue und sinniere über das Essen, als ich den Blick meiner Schwester auf mir fühle. Vor lauter Curry-Analyse bin ich wohl aus dem Gespräch gefallen, und drei Augenpaare sehen mich fragend an.

»Entschuldigung! Was habt ihr gesagt?«

»Wir wollten wissen, wie es dir schmeckt.«

»Oh, es ist … ja, in Ordnung. Danke. Und euch?«

Amy guckt derart süffisant drein, ich würde ihr am liebsten eine kleben, Carly unterdrückt eindeutig ein Lächeln, und Tyler sagt: »Wäre da jetzt noch Ente drauf, wär's perfekt.«

Meine Schwester gibt einen abfälligen Ton von sich.

»Was?« Tyler grinst breit. »Ich bin nun mal Fleischesser. Oder sehe ich etwa aus wie ein Kaninchen?«

Zu meinem Unbehagen deutet er Hasenzähne an, während er ein mümmelndes Geräusch von sich gibt, dann bricht er in Gelächter aus. Ich lächle höflich. Die anderen beiden verziehen keine Miene.

Niemand kann aus seiner Haut.

Die Konsistenz des restlichen Abends ist mit der des Tofus zu vergleichen: stellenweise zäh, stellenweise labbrig, in jedem Fall aber nichtssagend und geschmacksneutral. Wir verzichten auf den Nachtisch und beschließen, stattdessen auf einen Absacker im *Shack* vorbeizuschauen.

Nachdem wir gezahlt haben, gehen Amy und Carly als Erste raus, um eine Zigarette zu rauchen, während ich der Toilette einen Besuch abstatte und Tyler am Nachbartisch mit einem alten Studienkollegen quatscht. Was nebensächlich ist, ich weiß. Ich erzähle es nur deshalb, weil danach etwas wirklich Ätzendes geschieht.

Ich komme vor Tyler nach draußen und höre gerade noch, wie Amy ein ungläubiges »Was hast du gesagt?« von sich gibt. Zwei Männer haben sich vor ihr aufgebaut. Groß, irgendwie düster, obwohl sie in ihren Jeans und T-Shirts eigentlich aussehen wie gewöhnliche Allerweltstypen. Amy steht einen halben Schritt vor Carly. Und ich brauche kein abgeschlossenes Studium, um zu erkennen, dass diese Konfrontation nichts Gutes in sich birgt, und auf der Stelle beginnt mein Herz zu rasen.

»Was ist denn los?«, frage ich, um einen möglichst ruhigen Tonfall bemüht, doch auf mich hört in diesem Augenblick sowieso niemand. Instinktiv greife ich in meine Handtasche, umschließe mit den Fingern das Handy.

»Komm schon, Herzchen, hab ich mich so undeutlich ausgedrückt?« Der Kerl, der Amy am nächsten steht, unternimmt einen weiteren Schritt nach vorn, aber meine Schwester weigert sich, davor zurückzuschrecken. Ich verziehe das Gesicht. Sie ist taff, sehr viel stärker als ich, was vermutlich daran liegt, dass sie zeit ihres Lebens mit mal mehr, mal weniger bewusster Diskriminierung zu tun hatte. Amy hat früh gelernt, sich zu wehren und für sich einzustehen. Ich bin nicht sicher, ob das immer klug ist. Vielleicht bin ich auch einfach nur feiger. Und allmählich bricht mir der Schweiß aus. Wo bleibt Tyler eigentlich? Dieser Typ hier ist doppelt so breit wie Amy – kleiner, ja, aber muskelbepackt –, seine Haare sind ultrakurz, und sein Lächeln jagt mir Schauer über den Rücken. Ich weiß nicht, ob er betrunken ist oder nur auf Krawall gebürstet, aber am klügsten wäre es vermutlich, Amy würde sich nicht mit ihm anlegen, einfach an ihm vorbeigehen, sich nicht auf diesen offensichtlich provozierten Streit einlassen.

»Amy …«, versuche ich es, da sagt der Bulli: »Ich hab gefragt, ob die Kleine hier sich nicht mal an einem echten Kerl zu schaffen machen will.« Er wirft Carly einen abschätzigen Blick zu. »Und wie viel das wohl kostet.«

Carly versucht, sich an Amy vorbeizudrängen, und die versucht, das zu verhindern. Der Typ lacht, während er versucht nach meiner Schwester zu greifen.

»Ihr zwei seid echt scharf. Vielleicht will ich auch nur zuschauen. Ein bisschen schwarz-weißes Lesbengerangel, wieso eigentlich nicht? Was meinst du, Ed?«

Ed hat noch nicht den Mund aufgemacht, da hat Amy den Kerl vor sich mit beiden Händen weggeschubst, und Carly stürmt wutschnaubend nach vorn. Dieser Ed beginnt zu lachen, während der andere Typ in dem Gerangel ohne Rücksicht um sich schlägt, um die Angriffe der beiden Frauen abzuwehren.

Tyler steht plötzlich neben mir. »Hey! Was ist hier los?«, ruft er, doch er macht keine Anstalten, sich aktiv in das Handgemenge zu mischen. Ich kann es ihm nicht wirklich verübeln, oder? Tyler ist kein Schläger, und diese zwei sehen nicht gerade harmlos aus. Wenn er nur nicht auch noch mein Handgelenk greifen würde, um mich ganz offensichtlich ebenfalls zurückzuhalten.

Ich sehe zu ihm auf, verwirrt mit einem Mal. Dann reiße ich mich los und presse mir das Handy ans Ohr. »Hallo?«, schreie ich hinein. »Notruf? Wir haben hier einen Angriff vor dem *VietRoyal.* Zwei Minuten? Alles klar.« Keine zwei Sekunden später sind die beiden Idioten bereits im Begriff, sich davonzumachen, genauso, wie ich es mir dachte.

»Komm schon, Stan, lass gut sein.«

Ed zieht seinen Kumpel mit sich, der es trotzdem noch schafft, über die Schulter zu rufen: »Ist das eigentlich erlaubt, da, wo du herkommst? Kann mir nicht vorstellen, dass im Kongo viele Lesben rumlaufen.«

»Ach, Scheiße.« Ich stelle mich neben meine Schwester und lege ihr einen Arm um die Schultern, einerseits um sie zu beruhigen, aber auch, damit sie den beiden nicht nachläuft. Carlys Augen lodern geradezu vor Wut. Mein Herz scheint in den Magen gerutscht zu sein.

»Diese Wichser«, knurrt Amy.

»Scheiß Rassisten«, faucht Carly.

»Wahnsinn, was für Arschlöcher«, kommentiert Tyler, doch er wird weitestgehend ignoriert. Amy hält jetzt Carly, die nach wie vor schnaubt, und ich umarme beide von hinten.

»Hast du echt die Bullen gerufen?«, fragt Tyler.

»Natürlich nicht. Hab's in der Eile nicht geschafft zu wählen.«

»Ach, echt?« Er grinst. Überlass es Tyler, in jeder noch so desolaten Situation irgendetwas Amüsantes zu finden.

Ich ziehe ihn ein Stück von den anderen weg.

»Ich glaube, wir sollten jetzt ein bisschen unter uns sein, okay? Macht es dir was aus?«

»Schon in Ordnung.« Er zuckt mit den Schultern. »Sehen wir uns morgen?«

»Ja. Sicher.«

»Vielleicht schau ich noch ins *King's Arms,* auf einen Absacker.«

King's Arms ist der Pub in seiner Straße; Pub oder Wohnzimmer, je nachdem, wie man es betrachten möchte. »Klar.«

»Bis morgen, Baby.«

»Bis morgen, Ty.«

Er küsst mich, als wäre nichts gewesen, als hätte uns nicht gerade ein Haufen Idioten in Schockstarre versetzt. Ich gebe mir alle Mühe, nicht davor zurückzuschrecken.

Er geht zu Amy und Carly, legt um jede einen Arm, sagt: »Hey, ihr zwei, lasst euch von diesen Ärschen nicht runterziehen. Die haben nur Scheiße im Hirn. Ihr zwei seid genau richtig!«

Tyler winkt, geht, und ich atme tief ein. Anschließend wechsle ich einen Blick mit meiner Schwester, der wehtut.

»Sollen wir zur Polizei, Anzeige erstatten?«, frage ich. »Wegen … keine Ahnung. Beleidigung? Nötigung?«

»Das ist es nicht wert.« Sie sieht müde aus. Carly stiert mit leerem Blick vor sich hin. Es ist nicht das erste Mal, dass Amy mit offenem Rassenhass konfrontiert wird und/oder Angriffen auf ihre sexuelle Neigung. Brighton mag eine tolerante, kleine Stadt sein, in gewissen Kreisen gilt sie sogar als Hauptstadt der Gay-Szene, nicht zuletzt wegen des Megaspektakels Brighton Pride, das einmal im Jahr veranstaltet wird. Doch wie überall anders auch gibt es hier Ausnahmen, die die Regel bestätigen. Wie überall anders auch gibt es faule Eier in einem farbenfrohen, hübschen Nest, und – formulieren wir es vorsichtig – auch hier gibt es Grenzen, wenn es darum geht, als Betroffene vor Angriffen dieser Art beschützt zu werden. Niemand weiß das besser als meine schöne, schwarze lesbische Schwester.

»Alkohol«, sagt Carly schließlich.

»Und ob. Kommst du, Emma?«

Ich weiß nicht, wie die zwei es schaffen, doch sie halten den Kopf oben, sie tun es einfach.

Also gehen wir ins *Crab Shack,* versuchen zu vergessen, was gerade passiert ist. Versuchen, uns nicht anmerken zu lassen, dass es etwas gibt, das beinah genauso schwer wiegt wie die Diskriminierung an sich: Wenn man sie nämlich herunterspielt, so wie Tyler das eben getan hat.

16

Emma

Im Augenblick fühlt sich mein Leben an, als säße ich auf einer nie anhaltenden Achterbahn. Die Höhen sind hoch, das Gefälle reißt mich umso tiefer. In einem Moment ist alles so, wie es immer war: Du wachst auf, blickst auf den Mann neben dir, zweifelst weder an der Richtigkeit, dich für ihn entschieden zu haben, noch an allen anderen Abzweigungen, die du bislang genommen hast. Du fühlst dich wohl, du fühlst dich sicher, du hast das Glück, eine Familie im Rücken zu haben, die dich stärkt und – wenn du es zulässt – wohl ernährt. Du spürst Liebe und Wärme und Geborgenheit. Aber dann ist es vermutlich so, wie ein altes Sprichwort besagt (oder sonst wer): Hast du Scheiße am Fuß, hast du Scheiße am Fuß. Gerät der Zug des Lebens an einem Punkt aus den Schienen, kann er an anderer Stelle nicht rundlaufen. Das ist Physik, habe ich recht? Also Schultern straffen, tief einatmen und der Dinge harren, die da noch kommen – etwas anderes scheint mir gerade nicht übrig zu bleiben.

Ich sehe aus dem Fenster. Bäume und Wiesen unter einem grauen Julihimmel, der heute womöglich nicht richtig hell werden wird. Im Sommer, wenn die Sonne bereits um kurz nach fünf aufgeht, kann es beflügelnd sein, mit dem Zug in einen verheißungsvollen Tag zu rauschen. An Morgen wie diesen – nicht so sehr. Wobei mir natürlich klar ist, dass es an mir liegt, an meiner trübseligen Stimmung, die heute keinen Funken in mir aufglimmen lässt. Hoch, tief. Wie ich schon sagte.

Jamie scheint mein Befinden nicht entgangen zu sein. Er sitzt neben mir und ist auf irgendein Dokument in seinem Laptop fokussiert, nachdem sein anfänglicher Small Talk bei mir auf unfruchtbaren Boden gefallen war. Ich rechne ihm hoch an, dass er auf meine Wortkargheit weder gekränkt reagierte noch nachbohrte, dass er stattdessen schweigend seinen Computer hochfuhr, sich jetzt auf die Arbeit konzentriert, mir nur ab und zu ein freundliches Lächeln zuwirft.

Nach dem verhängnisvollen Freitagabend verbrachte ich das restliche Wochenende damit, mich anzustrengen, das fragliche Ereignis bestmöglich in Vergessenheit geraten zu lassen. Neben all dem anderen Ballast, der ohnehin schon zwischen mir und Tyler steht, sollte sich das nicht auch noch negativ auf unsere Beziehung auswirken. Beziehungen sind Arbeit, heißt es immer, oder? Früher ist mir das nicht so vorgekommen, inzwischen aber weiß ich genau, was gemeint ist. Was ich nicht weiß, ist, wann es so anstrengend geworden ist, Tyler zu lieben. Das sollte leicht sein, nicht wahr? Leicht und selbstverständlich.

Ich werfe einen Blick auf Jamie. Wie er wohl reagiert hätte, wäre er am Freitag an Tylers Stelle gewesen? Hätte er ebenfalls nur »Was ist hier los?« gerufen und sich ansonsten aus der Affäre gezogen? Hätte er eingegriffen? Wäre er mutiger gewesen? Hätte er mir und meiner Familie beigestanden?

Ich stöhne innerlich, so mies fühle ich mich bei diesen Gedanken. Das ist einfach gemein. Ich weiß, ich bin unfair, und das, obwohl ich die vergangenen achtundvierzig Stunden mit meinem Freund zusammen war, auf der Suche nach dem, was von unserer Beziehung übrig ist.

»Hast du das Wochenende mit deiner Freundin verbracht?«

Das Tippen, das meine Gedanken bis dahin zuverlässig begleitete, hört abrupt auf, als Jamie mich überrascht ansieht.

Ich schätze, ich blicke ebenso verblüfft drein. Keine Ahnung, weshalb ich diese Frage gestellt habe, wir haben noch nie über Jamies Freundin gesprochen, nicht einmal darüber, ob er überhaupt eine hat. Und habe ich nicht Amy gegenüber jüngst behauptet, es spiele auch gar keine Rolle für mich? Tja. Vielleicht möchte ich einfach nur wissen, ob er dieselben Probleme hat wie ich. Die gleichen zumindest. Annähernd ähnliche?

Ich spüre, wie mir Tränen in die Augen steigen, das darf ehrlich nicht wahr sein. Ich bin eine abgrundtief dämliche Person; eine Närrin, sehr kurz vorm Nervenzusammenbruch.

Ich habe keine Ahnung, was mit mir los ist.

Jamie klappt den Laptop zu, ohne den Blick von mir abzuwenden. Er mustert mich aufmerksam, bevor er schließlich den Mund öffnet. »Alles in Ordnung mit dir?«

»Oh, ja. Alles bestens.« Innerlich zucke ich zusammen bei dieser schamlosen Lüge, doch es wird allmählich Zeit, mich aus meinem eigenen Sumpf zu ziehen, also nicke ich. Energisch. »Ich weiß wirklich nicht, weshalb diese Frage aus mir herausgeplatzt ist, sorry – keinen Schimmer, wo die herkam, es geht mich überhaupt nichts an, ob du …«

»Lauren war übers Wochenende in London.«

Ich klappe den Mund zu.

»Sie hat ihren Bruder besucht, und ich habe Samstag und Sonntag gearbeitet, um ehrlich zu sein. Ich … Mir kam da so eine Idee.«

Ich starre Jamie an.

Lauren.

Er hat also eine Freundin. Wieso auch nicht? Er ist absolut in einem Alter, in dem man eine Partnerin haben sollte. Er sieht gut aus, auch wenn mir das nicht auf den ersten Blick aufgefallen ist, und er ist außerdem Erbe eines Zeitschriftenverlags. Ein bisschen bieder vielleicht, doch er ist nett. Und er kann kochen. Allerdings sollte er das möglichst nicht für andere tun, oder? Frauen, meine ich. Er sollte möglichst nicht für andere Frauen kochen, bloß weil sie fünf Mal in der Woche im selben Zug sitzen. Noch dazu, wenn diese Frauen bereits vergeben sind, sogar ziemlich, ziemlich lange schon.

»Ist wirklich alles in Ordnung mit dir, Emma?«

»Ja. Natürlich. Alles bestens.«

»Was hast du am Wochenende gemacht?«

Und dann erzähle ich es ihm einfach. Alles. Von Amy und diesen verdammten Idioten, von meiner Familie und dass wir daran gewöhnt sind, mit neugierigen, manchmal auch skeptischen Blicken bedacht zu werden, wegen meiner Hippie-Eltern, meiner äthiopischen Schwester, dem Gesamtbild, dessen Teile irgendwie nicht zusammenzupassen scheinen.

»Brighton ist ein guter Ort für Menschen wie uns«, erkläre ich Jamie, »und für alle anderen, die ein bisschen alternativer leben. Brighton gilt nicht umsonst als London by the Sea. Es ist fortschrittlich und tolerant und … gerade, was die Gay-Szene angeht.«

Ich rede und rede. Es ist, als hätte ich Quasselwasser getrunken. Oder als hätte Jamie mit seiner schlichten Frage nach meinem Wochenende einen Propfen gelöst, und nun drängt ein Schwall unzusammenhängender, oder zumindest verwirrender Wörter nach draußen.

»Es tut mir leid.« Ich schüttle den Kopf. »Ich wollte dich nicht mit meiner Familiengeschichte zutexten, es gibt sicherlich spannendere Dinge, über die wir sprechen könnten.«

Schweigen. Dann: »Ich finde das ganz und gar nicht langweilig … leider. Ich wünschte, das wäre euch Freitagabend nicht passiert. Scheint, als gäbe es auch im toleranten, fortschrittlichen Brighton einige frei herumlaufende Idioten.«

Ein sehr kleines Lachen kommt über meine Lippen. »Ja.

Scheint fast so.« Und ich habe ihm von Tyler und seiner Rolle bei dem Ganzen noch gar nichts erzählt. Er hat mich am Arm festgehalten. So, als wollte er verhindern, dass ich mich einmische, dass ich für meine Schwester einstehe! Ich bekomme Magenschmerzen allein beim Gedanken daran, und wie von selbst lege ich die Hand auf meinen Bauch.

Jamie sieht es. Er blickt von den Fingern, die sich in den Stoff meines T-Shirts krampfen, zurück in mein Gesicht. »Ich hatte mal einen Freund«, sagt er. »Früher. Er heißt Lucas, ist in London geboren und aufgewachsen, der Rest seiner Familie stammte aus York. Er ist Brite, durch und durch – ein Dandy, wenn du so willst, er lief am liebsten in Anzügen herum, manchmal trug er einen Stock unterm Arm, wie einer dieser Upper-Class-Figuren aus irgendwelchen Vorabendserien.«

Ich blinzle Jamie an, hänge an seinen Lippen. Ich weiß nicht, ob er schon jemals so lange am Stück gesprochen hat, doch mir kommt es so vor, als hörte ich seine Stimme gerade zum ersten Mal, zumindest in dieser Erzählform. Als würde er eine Geschichte wiedergeben, ein Märchen, das mich aufmuntern und beruhigen soll. Ich merke, wie ich mich tatsächlich entspanne, und lasse mich tiefer in den Sitz sinken.

»Vom Äußeren her hätte man Lucas allerdings eher nicht für einen Engländer gehalten. Er hat dunkle Augen und schwarze Locken und einen sehr starken Bartwuchs. Zu seinem eigenen Bedauern.« Jamie lächelt traurig. Ich lächle traurig zurück. »Seine Haut ist olivfarben. Weder seine Eltern noch seine Großeltern noch sonst wer in der Familie konnte sich erklären, wieso Lucas aussieht, als wäre er irgendwo im Süden geboren – ein wie auch immer entfernter, unbekannter Strang der Familie sei die Ursache, hieß es. Und dann, eines Tages auf dem Weg zur Arbeit, wurde Lucas im Bus von einem älteren Mann angespuckt. Er rief: ›Scher dich dahin zurück, wo du hergekommen bist!‹, und fuchtelte mit einem Schirm vor Lucas' Nase rum. Es ist ihm danach immer wieder passiert. Dieser offene Fremdenhass in einer Stadt, die so sehr multikulti ist. Allein weil er aussieht, als stamme er woandersher. Obwohl Lucas britischer gar nicht sein könnte.«

Ich starre Jamie an. Ich denke, da muss jetzt noch etwas kommen, irgendeine versöhnliche Pointe, doch nein, die Geschichte ist offenbar zu Ende erzählt.

»Du solltest nicht unbedingt einen Job als Märchenonkel annehmen, das ist dir klar, oder?«

»Was?« Er blinzelt überrascht.

»Ich meine, die Geschichte ist nicht wirklich aufmunternd. Sie war doch zu meiner Aufmunterung gedacht, nehme ich an?«

»Nun ja. Ich wollte dir eigentlich nur sagen, dass … ähm, auch anderswo … also … Shit, du hast recht. Die Geschichte ist nicht sonderlich erbaulich. Tut mir leid.«

Ich muss lachen. Ich spüre es, meine Lippen zucken, und weil ich sie so vehement davon abhalte, sich zu bewegen, beginnt es, in meinen Augenwinkeln zu kribbeln.

»Du lachst.« Jamie macht ein gekränktes Gesicht. »Das ist nicht gerade politisch korrekt.«

Und das ist der Augenblick, in dem ich nicht mehr anders kann – ich fange an zu kichern und höre eine ganze Weile nicht damit auf. Jamie sieht mir lächelnd dabei zu. Und mir wird klar, dass er nicht zum ersten Mal genau der Richtige ist, um mich an einer handfesten Krise vorbeizumanövrieren.

Warum ist das so?

Nein, das nehme ich zurück, ich habe diese Frage nie gestellt.

Weil die Antwort mir schlicht zu viel Angst einjagt.

17

Jamie

Es dauerte eine ganze Weile, bis der Gedanke, den Emma in mir geschürt hat, an der richtigen Stelle meines Hirns einrastete. Nein, wir verlegen keine Kochzeitschrift für Dummies, und ich bin mir ziemlich sicher, dass wir auch in naher Zukunft nichts in dieser Art launchen werden. Aber was, denke ich, wenn die Idee an sich überhaupt nicht für Dummies ist, ganz im Gegenteil: Wenn sie großes Potenzial birgt?

Jeder Mensch muss essen. Das wusste schon mein Großvater, als er die ersten Magazine zu diesem Thema auf den Markt brachte. Aber nicht jeder Mensch kann kochen – deshalb gibt es die diversen Zeitschriften und die zigtausend Kochbücher, die pro Jahr erscheinen und die trotz aller digitalen Entwicklungen ungebrochen gut laufen. Natürlich haben nicht alle Menschen Interesse daran, sich ihre Mahlzeiten selbst zuzubereiten. Siehe Emma – sie lässt sogar Eier anbrennen, sagt sie. Und ich frage mich: Was isst sie eigentlich, wenn sie sich nicht gerade an Rührei versucht? Ich werde sie bei nächster Gelegenheit fragen, denn womöglich ist eine Frau wie Emma, oder vielmehr eine Person, denn das hat nichts mit ihrem Geschlecht zu tun – vielleicht also ist sie genau die Richtige für das, was sich gerade in meinen Gedanken manifestiert. Eine ... Hilfestellung. Etwas in der Art wie das, was Emma und ich die vergangenen Wochen im Zug gespielt haben.

Ich hätte ihr gern gleich heute von dieser Idee erzählt, doch schon als ich vorhin einstieg, war offensichtlich, dass dies nicht der richtige Tag dafür sein würde. Allein dass Emma vor mir da saß, ließ mich skeptisch werden. Sie springt normalerweise auf den letzten Drücker ins Abteil, in der einen Hand das obligatorische Fettgebäck, in der anderen den Cappuccino, aber heute: nichts von beidem. Lediglich ein müde und angeschlagen dreinblickender Schatten der Emma, die sonst mit mir pendelt.

Hast du das Wochenende mit deiner Freundin verbracht?

Mit ist nicht ganz klar, weshalb sie mich das gefragt hat. Aber ich habe beschlossen, es nicht zu analysieren, es als das hinzunehmen, was es war – eine ganz einfache Frage. Nichts weiter. Wir haben uns zufällig im Zug kennengelernt, darüber hinaus, beziehungsweise außerhalb dieses Abteils, lebt jeder sein Leben, ich meins, Emma ihres.

Es war eine ganz einfache Frage.

Weshalb ich mich jetzt zunächst auf das Wesentliche konzentriere, das die gemeinsame Fahrt offenbart hat: dass es mir offenbar gelungen ist, Emma von ihrer Traurigkeit abzulenken. Ihr in irgendeiner Weise eine Hilfe zu sein, auch wenn mir nicht ganz klar ist, wie genau ich das angestellt habe – meine kleine Abhandlung über den Alltagsrassismus, der uns überall in der Stadt begegnet, kann es eigentlich nicht gewesen sein.

Egal.

Ich bin anhaltend gut gelaunt, als ich den Weg vom Bahnhof ins Büro zurücklege. Die gute Laune bezieht sich selbstverständlich nicht auf das, was Emma mir erzählt hat, sondern auf ihr Lachen, das auch dann noch in meinen Ohren klingt, als ich nach zwanzig Minuten Fußweg das Verlagsgebäude erreiche.

Im Büro angekommen, öffne ich als Erstes das Dokument, an dem ich das ganze Wochenende gefeilt habe. Ich lese mir alles noch mal durch und öffne dann den Browser, um meine Recherche fortzusetzen. Niemand will in eine Idee investieren, die es längst gibt. Ich bin in eine App-Suche vertieft, als Wanda, die Sekretärin meines Vaters, den Kopf zur Tür hereinsteckt, um mich auf die anstehende Morgenkonferenz aufmerksam zu machen.

Ich bin nach wie vor bester Stimmung.

So sehr, dass ich in meiner Euphorie etwas Entscheidendes vergesse. Etwas, das mir schon fünf Minuten später sehr, sehr fehlen könnte.

Vor der Tür zum Meetingraum treffe ich auf meinen Vater.

»Guten Morgen, mein Sohn.« Er lässt mir den Vortritt.

»Dad.« Ich nicke ihm zu, darum bemüht, das Lächeln zu verbergen, das sich seit der Zugfahrt am Morgen so schwer wegwischen lässt.

Mein Vater nimmt an einer der Kopfseiten des Tisches Platz, ich neben ihm. Währenddessen beenden die bereits anwesenden Redaktionsleiterinnen und Redaktionsleiter ihre Gespräche und setzen sich ebenfalls an ihre angestammten Plätze. Ich weiß nicht, ob Zufall oder Anordnung von oben, doch in der Regel ist es so, dass das Team von Führungskräften bereits da ist, bevor mein Vater – der Big Boss – den Konferenzraum betritt. Oder, seit Kurzem erst, wir beide.

»Einen wunderschönen guten Morgen!« Mein Vater scheint ebenfalls bester Laune. Das ist doch prima. Ich lausche dem sonoren Klang seiner Stimme, folge dem Inhalt dessen, was er sagt, jedoch nur mit halber Aufmerksamkeit. Stattdessen sehe ich aus dem Fenster, auf die Bäume, die in vollem Grün stehen, auf die Tropfen, die auf den Glasscheiben dieser alten Kassettenfenster ihre Spuren hinterlassen haben. Es gefällt mir, dass sich unser Verlag nicht in einem der Stahl- und Hochglanzbauten befindet, sondern seinem angestammten Platz inmitten des alt-englischen, viktorianischen Flairs treu geblieben ist. Das, was wir tun, ist trotzdem nicht von gestern. Im Inneren dieses betagten Gebäudes arbeiten junge, dynamische Köpfe, die mit der Zeit gehen und keinen der Trends verpassen. Womöglich kann auch ich etwas zur Weiterentwicklung dieses Unternehmens beitragen, denke ich, und wundere mich im nächsten Augenblick selbst darüber, unsicher, wo diese Zuversicht mit einem Mal herrührt.

Ich habe da einen Verdacht. Doch ich bin noch nicht bereit dafür, ihn weiterzudenken.

»Ist das wahr?«

Obwohl Emma nachweislich großen Anteil daran hat, dass ich mit einem Mal glaube, einer wirklich guten Idee auf der Spur zu sein. Einer Idee, die sogar ein kleines bisschen bahnbrechend sein könnte, wenn es gelingt, sie zu hundert Prozent umzusetzen.

»James?«

Mit einem Stift klopft mein Vater auf die Tischplatte vor mir, und als ich aufsehe, lächelt er mich verwirrt an.

»Oh. Sorry.« *Shit.* Wie es aussieht, habe ich etwas Entscheidendes verpasst, während ich meinen eigenen Gedanken nachhing. »Ich … Ich habe gerade über etwas nachgedacht, woran ich am Wochenende gearbeitet habe.« Meine Stimme klingt zu dünn und zu leise für den großen Raum. *Noch mal Shit.* Vermutlich kann ich mich hinträumen, wo ich will, ich werde immer der Typ sein, der Probleme damit hat, vor einer großen Runde den Mund aufzumachen.

»Ja?« Die Augen meines Vaters beginnen zu leuchten. *Dreifach Shit.* Ich schätze, dies war das Falscheste, was ich sagen konnte, denn nun glaubt er, sein genialer Sohn sei endlich in die Gänge gekommen, um doch noch etwas Glorreiches zum Verlagsgeschehen beizutragen, nachdem ich die vergangenen Wochen hinter ihm hergedackelt bin wie ein ahnungsloses Hündchen. »Willst du darüber schon etwas mehr erzählen?«

Nein.

Gott.

Nein.

Scheiße.

Ich trage keine Krawatte, und dennoch drückt sich etwas in meine Kehle und schnürt mir die Luft ab. Ich öffne den obersten Knopf meines Hemdes. Mir ist heiß. Ich würde gern das Jackett ausziehen, doch ich bin mir sicher, meine Achselhöhlen würden die Anspannung, unter der ich stehe, nur allzu ersichtlich machen.

Ich überlege, wo die Pillen sind. In der Innentasche? Im Aktenkoffer?

»James?«

»Ich …« Krächze. Räuspere mich. Huste. Greife nach einer der Miniaturwasserflaschen, die vor uns aufgereiht sind, öffne sie, schenke mir ein. Trinke. Huste noch mehr. Werfe meinem Vater einen entschuldigenden Blick zu und bedeute ihm gleichzeitig mit einer Hand, dass ich vor lauter Kratzen im Hals zu sprechen nicht in der Lage bin.

Mein Vater schüttelt den Kopf, doch er lacht. »Na, du machst es aber spannend«, sagt er, bevor er sich wieder seinen Unterlagen und dem nächsten Tagesordnungspunkt widmet.

Ich stehe auf und flüchte achselzuckend aus dem Raum, haste den Flur entlang, auf die Herrentoilette.

Als ich mich eine Stunde später mit meinem Vater in seinem Büro zusammensetze, bin ich ruhig, gelassen und glücklicher Konsument einer lebensrettenden Beruhigungspille. Ich entschuldige mich für den Frosch im Hals, als den ich meinen Auftritt abtue. Dann, froh um jedes Thema, das in eine andere Richtung lenkt, erzähle ich von der Idee, die mich die ganze letzte Woche inklusive des Wochenendes beschäftigt hat. Und die auf ein paar harmlosen Nebensächlichkeiten fußt, die Emma im Zug von sich gegeben hat.

»Was, wenn wir eine App entwickeln lassen?«, frage ich ihn.

»Eine App?«

Ich nicke.

Mein Vater sieht mich verwundert an. »Du meinst, damit sich unsere Zeitschriften bequem auf dem Smartphone lesen lassen? Eine solche App gibt es schon, James.«

»Ich weiß. Und nein, das meinte ich nicht. Ich meine: Was, wenn wir eine App entwickeln, um, sagen wir, nicht so talentierten Nahrungsmittel-Zubereitern ein Hilfsmittel an die Hand zu geben?«

»Etwas deutlicher, bitte.«

Also werde ich deutlicher. Ich erkläre ihm, dass es Alltagssituationen gibt, in denen jeder von uns schon mal gesteckt hat: Wir stehen abends, nach einem harten Arbeitstag und mit kaum verhohlener Ungeduld, vor dem Kühlschrank und überlegen, was wir essen sollen – was wir noch dahaben, weil wir uns nicht auch noch zum Supermarkt schleppen wollten, und was sich daraus um Himmels willen zubereiten lässt. »Und was«, frage ich meinen Vater, »wenn ich dann einfach zu meinem Handy greifen und eine App öffnen könnte, die mir sagt, was sich aus genau den Sachen zaubern lässt, die ich noch im Kühlschrank habe. Und was, wenn diese App mir nicht nur die einfachsten Vorschläge unterbreitet – die, auf die jeder Kochanfänger kommt –, sondern tatsächlich raffiniertere Rezepte, die sich dennoch einfach herstellen lassen? Zum Beispiel«, fahre ich fort, »du hast Eier, einen Käserest, eine schrumpelige Paprika, Wurst, keine Ahnung. Und die App sagt dir nicht: Wirf alles in die Pfanne und mach ein Omelette daraus, sondern sie sagt: Verwende nur das Innere der Chorizo, brate es scharf an, gib die Paprika dazu, koch dir eine Bolognese, die sich gewaschen hat.«

Ich rede und rede, von dem erfundenen Frosch in meinem Hals ist nichts mehr zu hören. Mein Vater folgt der Ansprache aufmerksam, ich spüre, dass ich ihn mit meinen Ausführungen begeistern kann.

Am Ende sagt er: »Das klingt so einfach, wie es kompliziert klingt. Bist du sicher, dass es eine diesbezüglich App nicht längst gibt?«

»Natürlich müssen wir das noch genauer prüfen lassen, aber auf den ersten Blick konnte ich nichts in dieser Richtung finden, nein.«

»Und hast du eine Ahnung, wie kompliziert es sein wird, eine solche App zu entwickeln?«

Ich schüttle den Kopf. »Ich stelle es mir nicht sehr kompliziert vor, aber ich bin kein Experte. Vermutlich kommt es auf die Menge an Daten an, die zur Verfügung stehen, um eine solche App sinnvoll nutzen zu können. Die Rezepte befinden sich in unserem Fundus – Hunderte, vielleicht Tausende – habe ich recht? Dann geht es darum, einen sinnvollen Zugriff, eine sinnvolle Verknüpfung zu ermöglichen.« Ich denke an Emma, die Zutaten, die sie mir genannt hat, den Spaß, den es mir bereitet hat, daraus etwas zu machen. Also füge ich hinzu: »Und natürlich, *on top,* eventuell neue Rezepte zu entwickeln. Damit wir tatsächlich vorndran sind mit der kreativen Nutzung von scheinbar wahllos zusammengewürfelten Nahrungsmitteln.«

Ich kann spüren, wie mich dieser Gedanke mit freudiger Erregung erfüllt. Wie ich viel lieber wieder in einer Küche stehen würde, als meinem Vater in die Verlagsleitung zu folgen. Der Gedanke an eine Testküche kommt mir in den Sinn. Ich weiß, das ist utopisch. Doch vielleicht gibt es einen Mittelweg, einen Kompromiss. Vielleicht gelingt es mir am Ende doch noch, mich hier einzufügen, ohne mich komplett verbiegen zu müssen.

»Das ist wirklich gute Denkarbeit, Jamie.« Mein Vater nickt anerkennend, während er über die Gegensprechanlage Kontakt mit seiner Sekretärin aufnimmt. »Wanda, würden Sie bitte einen Termin für mich und meinen Sohn festzurren, mit Jackson vom Online-Marketing.« Wanda hat noch nicht geantwortet, da hat mein Vater die Nachricht schon mit einem »Danke sehr« beendet.

»Du hältst es also wirklich für eine gute Idee?«

»Das tue ich. Wie gut sie im Detail ist, werden uns sicher die Experten sagen können, aber das Ganze klingt für mich nach einem äußerst innovativen Gedanken.«

Ich versuche, die Genugtuung oder den Stolz oder wie auch immer man es bezeichnen will, aus meinem Lächeln herauszuhalten, doch ich fürchte, es gelingt mir nicht zu hundert Prozent. »Danke, Dad. Das freut mich.«

»Und mich freut, wie engagiert du dich einfügst. Ich bin sehr gespannt, was sich aus deiner Idee ergeben wird. Aber schon jetzt bin ich unglaublich stolz auf dich.«

Er steht auf. Ich tue es ihm nach. Dann geht er um den Schreibtisch herum und drückt meine Schulter, bevor er mit einer Hand auf die Tür deutet, um unser Gespräch zu beenden.

Den Rest des Tages verbringe ich mit Recherche und damit, jeden weiteren Gedanken an das Morgenmeeting zu verdrängen.

18

Jamie

Guten Morgen. Wo hast du gestern gesteckt?«

Es ist Mittwoch. Dienstag war Emma nicht im Zug. Und ich fühlte mich mit einem Mal wie ein Kind, das schon den ganzen Monat auf Weihnachten wartet, nur um dann festzustellen, dass erst November ist.

»Meine Schwester hatte einen Termin in London und hat mich mit dem Auto mitgenommen. Du hast mich doch nicht etwa vermisst?«

Sie lässt sich neben mich fallen, ein Schluck Cappuccino tropft aus ihrem Mitnahmebecher auf die Armlehne zwischen uns. »Hoppla. Tut mir leid.«

Anstelle einer Antwort wische ich mit zwei Fingern darüber, bis der Fleck eingerieben ist. Heute fehlt mir die Geduld, mich um verschütteten Kaffee zu kümmern.

»Also, hast du?« Sie klappt den Tisch herunter, setzt den Becher darauf ab, legt die Tüte mit Gebäck daneben. Stellt dann fest, dass sie so nur umständlich ihre Tasche unter den Sitz befördern kann, wurschtelt sich aber trotzdem durch. Nicht zum ersten Mal fällt mir auf, dass Emma leicht umständlich bis chaotisch handelt, dass sie ohne Make-up natürlich schön ist und ganz anders als Lauren.

Ich schiebe diese Gedanken beiseite. Das hier, das ist … Ich habe keine Ahnung. Nur eine Zug-Bekanntschaft? Eine aufkeimende Freundschaft? Eine Begegnung, die mich mehr motiviert, als es mein Studium für Verlagswesen all die Jahre geschafft hat?

Mehr ist es nicht, Jamie Carlton?

Mehr ist es auf gar keinen Fall.

»Mich vermisst, meine ich?«

Sie redet nach wie vor wie mit sich selbst, während sie immer noch dabei ist, es sich im Sitz bequem zu machen.

Der Zug rollt an.

Ich ignoriere die Frage.

Stattdessen klappe ich meinen Aktenkoffer auf, den ich auf dem Tischchen vor meinem Sitz abgelegt hatte, und hole die 0,375 Liter Champagnerflasche heraus, die in einer Kühlmanschette steckt, und zwei Sektkelche aus Kunststoff. Ich stelle alles drei vor mir ab, packe den Koffer weg, gieße ein.

Emma, die Lippen halb geöffnet, blinzelt mich ungläubig an.

»Ich soll morgens keine Shakshuka essen, aber noch vor halb sechs Alkohol in mich hineinschütten?«

»Von Hineinschütten kann nicht die Rede sein. Wir stoßen lediglich an.« Ich drücke ihr einen Kelch in die Hand. Die zwei älteren Damen auf den Plätzen neben uns werfen uns neugierige Blicke zu.

»Und worauf stoßen wir an? Was hab ich verpasst?«

Ich höre den Humor in ihrer Stimme. Ich bin erleichtert, dass es ihr besser geht; anscheinend viel besser als Montag. »Auf dich«, sage ich schließlich.

»Auf mich?« Sie lacht. »Mein Geburtstag ist doch erst …« Kopfschütteln. Dann klickt sie das stumpfe Plastik gegen meines. »Also gut, auf mich. Warum auch immer.«

Wir trinken. Sie nickt mir aufmunternd zu. »Also?«

»Aaalso«, beginne ich, und dann erzähle ich ihr von der App, zu der mir die Idee gekommen war, nachdem wir in den Wochen davor Zutaten zusammengewürfelt und Rezepte daraus entwickelt hatten.

»*Du* hast die Rezepte entwickelt«, wirft Emma ein. »Und auf einmal hast du damit aufgehört. Warum noch gleich? Ah, ich weiß.« Mit gespielter Entrüstung schlägt sie sich mit der Hand gegen die Stirn. »Meine eigene Schuld. Ich hab dich ausgebremst.«

Sie grinst, und für einen Augenblick fällt es mir schwer, mich bei diesem Lächeln zu konzentrieren, doch ich bekomme die Kurve. Ich berichte von meinen Recherchen, dem Gespräch mit meinem Vater, davon, dass der Online-Marketing-Chef des Verlags beim gestrigen Mittagessen durchsickern ließ, die Idee für ausbaufähig zu halten. Er sei nicht der Typ, der sich vor überbordendem Enthusiasmus aus dem Fenster stürzt, meinte Dad nach dem Gespräch, also sei der Kommentar als sehr gutes Zeichen zu werten.

Wie schon meinem Vater gegenüber schildere ich Emma die App in den buntesten Farben, als gäbe es keine Angststörungen in meinem Leben, als hätte ich nie auch nur eine einzige Panikattacke gehabt.

»Das ist … fabelhaft.« Emmas dunkle Augen leuchten. Ein paar Sekunden zu lange halten sich unsere Blicke aneinander fest, dann greift sie an mir vorbei nach der Champagnerflasche, um erst mir, dann sich selbst nachzuschenken.

Sie hebt das Glas. »Auf Jamie Carltons unfassbar geniale Idee und deren erfolgreiche Umsetzung.«

»Und auf Emma Brook, und dass sie künftig mehr zustande bringt als angebranntes Rührei.«

Emma verdreht die Augen, ich lache, wir trinken Champagner, das Leben ist perfekt.

Bis Emma fragt: »Fühlst du dich jetzt wohler? Im Verlag, meine ich. Bei deiner Arbeit?«

»Wie kommst du darauf, dass ich mich nicht wohl gefühlt habe?« Ich bin ehrlich verblüfft. Ich kann mich nicht erinnern, dass wir je über das Thema gesprochen hätten.

»Ich weiß nicht. Es hat einfach eine Zeit lang so gewirkt, als wäre der Job nicht das Richtige für dich. Als würde es dir viel mehr Spaß machen, in einer Küche zu stehen und weiß der Himmel was auszuprobieren, als hinter deinem Computer zu sitzen und irgendwelche Dokumente zu studieren.«

Noch einmal beugt sie sich vor, greift nach der Flache und teilt den Rest des Schaumweins unter uns auf.

Und ich? Ich starre sie an.

Weil mir auf einmal etwas klar wird.

Emma Brook, Visagistin, Croissant-Liebhaberin und möglicherweise Empathin, weiß mehr über mich als manche von den Menschen, die mich seit Jahren kennen. Weil sie aufmerksam ist? Oder weil ich mich ihr öffne, ohne es zu wollen, ohne es zu wissen? Weil ich mich aufgeräumt fühle in Emmas Gegenwart, weil sie mich – entgegen all der Dinge, die ich darüber hinaus von ihr denke – kein bisschen nervös macht, im Gegenteil. Sie vermittelt mir ein Gefühl von Sicherheit. Und darüber hinaus ein Gefühl, das ich weiß Gott lieber nicht fühlen sollte.

Emma Brook ist tabu. Sie hat einen Freund. Ich bin mit Lauren zusammen.

»Scheint, als hätte ich einfach ein bisschen Zeit gebraucht, um mich einzuleben«, sage ich, setze das Glas an und leere es in einem Zug.

19

Emma

Es ist Freitag. Es ist mein Geburtstag. Ich sitze im Zug, Jamie neben mir, und ohne Unterbrechung klingelt mein Telefon. Ich frage mich, weshalb er sich nicht darüber wundert, immerhin ist es noch keine sechs Uhr am Morgen. Doch er sitzt da, einmal mehr in sein Laptop vertieft, das so wenig Sinn ergibt, finde ich, doch mich fragt ja keiner.

»HAPPY BIRTHDAY TO YOU, HAPPY BIRTHDAY TO YOU, HAPPY BIRTHDAY, KLEINES KÜKEN, HAPPY BIRTHDAY TO YOU!«

Ich ziehe eine Grimasse in dem Versuch, den lautstarken Gesang meiner Eltern auszuhalten, ohne das Handy von meinem Ohr zu reißen – ist ja nicht nötig, dass der halbe Zug mithört.

»Ich sitze in der Bahn, Mutter.«

»Ich weiß, Darling, deshalb rufen wir ja an. Hast du den Sender erst erreicht, gehst du sicher nicht mehr an dein Telefon.«

Ja, denke ich. Und das dachten natürlich auch schon Tyler, und dessen Mutter, und meine Patentante Ruth, und …

»Und? Bist du schon aufgeregt wegen der Party heute Abend?«

»Welche Party? Tyler und ich wollten essen gehen und uns dann später eventuell mit Amy und Carly noch auf einen Absacker treffen.«

»Nun …«

»Nun? Von welcher Party sprichst du?«

Schweigen. Ich höre, wie meine Mutter die Hand über die Sprechmuschel ihres altertümlichen Festnetzapparates hält und meinem Vater etwas zuraunt. Etwas, das klingt wie …

»Wieso hat Tyler denn nicht gesagt, dass es sich um eine Überraschungsparty handelt?«

»Das hat er, Rose.«

»Hat er nicht.«

»Hat er. Vermutlich warst du mit deinen Gedanken wieder woanders.«

»Wo soll ich denn deiner Meinung nach gewesen sein mit meinen Gedanken?«

»Ich weiß nicht? Bei deinem hübschen Köpfchen ist alles möglich, ist es nicht so?«

»Ach, Liebling.«

Ich höre Kussgeräusche. Eindeutig ist die Hand nun

nicht mehr über der Sprechmuschel, sondern im T-Shirt meines Vaters vergraben.

»Hallo? Rose? Ben?«

»Ja, Darling?«

Ich schließe die Augen und zähle langsam bis fünf. »Was ist das für eine Party heute Abend?«

»Ich weiß gar nicht, wovon du redest, Schatz. Wir wissen von keiner Party im *Crab Shack*.«

»Rose!«

»Oh, nein!«

Ich gebe ein ungläubiges Geräusch von mir. Diese zwei Spaßvögel.

»Also, Liebes, wie fühlst du dich? Freust du dich auf deine Geschenke?«

»Nichts gegen eure Geschenke, aber ich bin Mitte zwanzig, keine zwölf.«

»Fast schon Ende zwanzig!«, ruft mein Vater im Hintergrund. »Aber das spielt keine Rolle, Emmy, du wirst immer unser kleines Baby bleiben.«

»Oooh, Baby, jaaa! Weißt du noch, wie du sie nach der Geburt genannt hast, Ben? Kleine, schrumpelige Chilli!«

»Hallo?«

»Es stimmt, Liebes, du warst rot wie ein Doppeldecker-Bus.«

Ich seufze schwer, und Jamie wirft mir aus dem Augenwinkel einen Blick zu. Seine Lippen zucken, ich sehe es genau. Ich wette, er versteht jedes einzelne, peinliche Wort. Ganz genauso wie der Mann gegenüber, der nur scheinbar unauffällig den Zeigefinger auf sein Ohr presst, um meinen Dauertelefonaten zu entkommen.

»Ich höre jetzt auf, okay? Bis heute Abend. Ich freue mich.«

»Wir wissen gar nichts von heute A…«

»Gib sie mir auch noch, Rose!«

»Nein! Wir sehen uns doch ohnehin …«

»Happy Birthday, meine süße, schrumpelige Chilli! Du wirst nie wissen, *wie* lieb ich dich habe, kleines Zuckermäulchen!«

Jamie gibt einen erstickten Laut von sich, der in ein Husten mündet.

Und ich beiße mir auf die Unterlippe, um nicht in Gelächter auszubrechen.

»Es reicht jetzt, ihr zwei, hört ihr? Wir sehen uns später. Danke für den Anruf. Bye.«

Ich höre einen Chor aus *Bye-byes* und Luftküssen, bevor es mir endlich gelingt, das Gespräch zu beenden.

»Happy Birthday.« Jamie schließt seinen Laptop und wendet sich stattdessen mir zu. »Wieso hast du mir nicht gesagt, dass du heute Geburtstag hast?«

»Na ja, das ist nun wirklich nichts, was ich jemandem gleich als Erstes auf die Nase binde, wenn ich ihn treffe. Aber danke.«

»Wie schade, dass du arbeiten musst und den Tag nicht schöner verbringen kannst.«

Ich zucke mit den Schultern. Die Wahrheit ist, dass Tyler nicht angeboten hat, sich den Tag für mich frei zu nehmen, worüber ich ein kleines bisschen verärgert war, gesagt habe ich ihm das allerdings nicht. Zum Glück, denke ich jetzt, nachdem ich von der Überraschungsparty erfahren habe. Ich bin mir zwar nicht sicher, ob ich tatsächlich Lust auf Überraschungen dieser Art habe, aber es ist der Gedanke, der zählt, heißt es nicht so? Tyler hat es offensichtlich gut gemeint, er hat an mich gedacht, und das ist das, was am Ende zählt.

Zu Jamie allerdings sage ich: »Ich arbeite gern, das weißt du doch.«

»Ja. Ich weiß.«

Erneut ertönt der Klingelton meines Handys. Ich werfe Jamie und dem anderen Mann einen entschuldigenden Blick zu.

»Ja?«

»Sie haben es dir verraten?« Meine Schwester. »Gott, die zwei sind wirklich unmöglich. Nicht, dass ich unbedingt mit Tyler gemeinsame Sache machen möchte, aber eine Überraschungsparty heißt nicht umsonst Überraschungsparty.«

»Na, ja. Du kennst doch Rose.«

»Und ob. Tyler offenbar nicht, sonst hätte er es nämlich nur Ben erzählt.«

Amy klingt gereizt, und ich spare mir einen Pro-Tyler-Kommentar. Allmählich bin ich es leid, mich entweder für ihn oder aber für die Tatsache, dass ich ihn liebe, entschuldigen zu müssen. »Es ist doch jetzt egal, Amy. Ich werde einfach so tun, als wüsste ich von nichts.«

»Klar. Um Tyler den Spaß nicht zu verderben. An *deinem* Geburtstag.«

»Okay. Gab es sonst noch irgendeinen Grund für deinen Anruf?«

»Nein. Ich wollte mich lediglich solidarisch zeigen, unseren unsäglichen Eltern gegenüber.«

»Nun, das ist dir fast gar nicht gelungen.«

»Hmpf. Sorry. Happy Birthday?«

»Abgemacht. Bis später, Amy.«

»Ja, bis später, Kleine.«

Ich drücke das Gespräch weg. Dann vergrabe ich das Handy im untersten Winkel meiner Tasche, lehne den Kopf zurück und schließe die Augen.

Ich höre leises Lachen vom Sitz nebenan.

»Was?«

»Ganz schön anstrengend, so ein Geburtstag, oder?«

»Bei dieser Familie? Allerdings.«

»Na, immerhin kannst du dich auf heute Abend freuen.«

Ich öffne ein Auge wieder. Das, womit ich Jamie nun betrachte. »Wie kommst du drauf, dass ich mich auf den Abend freue?«

»Wegen der Überraschungsparty?«

»Würdest du dich über eine Überraschungsparty freuen?«

»Nein.«

Ich schnaube.

»Aber nur, weil ich wirklich schlechte Erinnerungen daran habe. Die eine, mit der man mich mal beglückt hat …« Im einen Augenblick lächelt er, im anderen nicht mehr. »Sagen wir einfach, am Ende des Abends ging es mir gar nicht mehr gut.«

»Ja, das kann ich mir vorstellen«, erwidere ich mit einem sarkastischen Unterton, doch Jamie verzieht keine Miene. Warum auch immer es ihm im Laufe seiner Überraschungsparty schlecht ging, es hatte womöglich eher weniger mit seinem Alkoholkonsum zu tun.

»Hey!« Ich setze mich aufrechter hin. »Komm doch auch!«

»Was?«

»Zu der Party heute Abend, ins *Crab Shack.*«

»Oh! Nein. Nein, nein, nein. Dein Freund richtet die Party für dich aus, oder? Er sollte auch die Hoheit darüber haben, wer eingeladen wird.«

»Die Hoheit?« Ich grinse.

»Du weißt, was ich meine. Er sollte das Recht haben ...«

»Ich weiß, was du meinst. Gott, sei doch nicht immer so korrekt.«

»Ich bin nicht ... Bin ich das?«

»Und manchmal sogar ein bisschen humorlos.«

»Das ist nicht wahr!«

»Doch, leider.« Ich werfe ihm einen mitleidigen Blick zu. »Dann und wann hat man den Eindruck, du stehst auf deiner Krawatte.«

»Auf meiner Krawatte?«

Jamie blickt so verwirrt drein, dass ich laut auflachen muss. »Siehst du: Du stehst schon wieder drauf. Keine Transferleistung deinerseits im humoresken Bereich.«

»Du sprichst in absoluten Rätseln.«

»Alle Frauen machen das, hab ich recht?« Ich wackle gut gelaunt mit dem Kopf. Jamie sieht nach wie vor komplett überfordert aus, also habe ich Mitleid mit ihm. »Komm einfach vorbei. Bring deine Freundin mit.« Ich halte den Atem an. Ich weiß nicht, weshalb. Immer, wenn das Gespräch auf Jamies Freundin kommt, schlägt sich irgendetwas auf meine Atmung, beschleunigt sie oder das exakte Gegenteil, bringt sie zum Aussetzen. Ich würde zu gern wissen, was für eine Frau sie ist. Lauren, die am Wochenende zu ihrem Bruder nach London fährt. Ist sie wie er? Ein wenig steif, ein bisschen verknöchert, sehr penibel gekleidet, leicht aus der Fassung zu bringen? Oder ganz anders? Eine, die wild ist und laut und lustig und ihn aus der Reserve lockt?

Lauren.

Der Name klingt wie eine Sirene. Groß, kurvig, selbstbewusst. Keine kleine, ungeschminkte, krümelige Emma.

»Ich denke nicht. Wir wollen essen gehen. Lauren und ich. Ich bin nicht sicher, ob sie der Typ ist, der sich auf Partys wohlfühlt, bei denen sie niemanden kennt.«

»Nein?« So ein harmloses Wort, so viel Bedeutung dahinter. Am liebsten hätte ich gefragt: Wieso bist du dir nicht sicher, sie ist doch deine Freundin? Aber ich lasse es. Vielleicht sind sie noch nicht lange zusammen. Vielleicht kann er sie nur schlecht einschätzen. Vielleicht ist er einfach ein unaufmerksamer Freund. Was auch immer es ist, es geht mich nichts an.

»Okay.«

»Okay.«

Es sind nicht nur meine Eltern, denen es schwerfällt, Geheimnisse für sich zu behalten, Navin ist da auch so ein Fall. Den ganzen Morgen über kann er mir kaum in die Augen sehen, während er behauptet, fassungslos darüber zu sein, mein Geschenk vergessen zu haben. »Ehrlich, ich weiß nicht, wie das passieren konnte«, betonte er einmal zu oft. »Mal sehen, wann ich die Gelegenheit bekomme, diesen *Fauxpas* wiedergutzumachen.«

»Vielleicht heute Abend?«

Als Reaktion darauf sah es kurzzeitig so aus, als würde er einen verfrühten Herztod erleiden. Kit dagegen gab sich weit weniger Mühe als Navin, mich hinters Licht führen zu wollen. Sie nahm mich in den Arm, um zu gratulieren, und raunte mir ins Ohr: »Wir schaffen es nicht heute Abend. Aber wir denken an dich, ganz fest.«

Ich wusste, dass sie es nicht schaffen würden, weil es Tom heute wieder schlechter ging, auch das war nicht verborgen geblieben.

Womöglich ist es Toms Gesundheitszustand oder aber die Laune, die meine Schwester verbreitet, sobald Tylers Name fällt, oder die Tatsache, dass der einzige Partygast, den ich gern gesehen hätte, nicht kommen würde, jedenfalls gelingt es mir selbst am Abend nicht wirklich, Feierstimmung zu entwickeln. Ich probiere mich durch Kleidung, in nichts fühle ich mich wohl. Ich frage mich, weshalb Tyler ausgerechnet diesmal eine Überraschungsparty geplant hat – es ist nicht mal ein runder Geburtstag, sondern mein siebenundzwanzigster. Also hängt es vermutlich mit *der Tat* zusammen, mit Tylers andauerndem schlechten Gewissen und den Bemühungen, diesen Fehler wieder auszubügeln, was zur Folge hat, dass ich ihn nie werde vergessen können.

Ich öffne den Reißverschluss und streife den roten Minirock ab. Rot ist heute definitiv nicht meine Farbe. Lieblingsjeans und *Muse*-T-Shirt? Zu underdressed vielleicht. Das kleine Schwarze dagegen könnte der Tick zu weit drüber sein. Letztlich entscheide ich mich für teilweise schwarz. Ich schlüpfe in die weite Pluderhose, wähle die noch weitere, weiße Bluse dazu und gelbe Sneaker als einzigen Farbklecks.

»Ready, *Birthday-Girl*?«

»Absolut nicht.«

Meine Schwester lehnt im Türrahmen, die Arme vor der Brust verschränkt. »Was ist los mit dir? Heute ist ein Freudentag, oder etwa nicht?«

Anstelle einer Antwort krame ich den breiten Silberreif aus meinem Schmuckkästchen hervor und lasse mich dann auf den Hocker vor den schmalen Schminktisch fallen. »Oh, doch, klar.«

Amy seufzt, tritt ins Zimmer, macht die Tür hinter sich zu und setzt sich aufs Bett. »Also. Spuck's aus.«

»Was?«

»Was los ist.«

»Gar nichts ist los. Ich habe Geburtstag.«

»Letzte Woche warst du noch so aufgedreht, dass ich dachte, ich muss dich am Bettpfosten festbinden, damit du nicht abhebst.«

»Dieses Bett hat keine Pfosten.«

»Du weißt sehr gut, was ich meine.«

Ich weiß es. Entsprechend energisch bearbeite ich mein Gesicht mit mattem Puder.

»Hat es mit dem Kerl aus dem Zug zu tun? Hat er vergessen, dir einen Geburtstagskuchen zu backen?«

Ich schnaube, und eine Puderwolke legt sich auf mein weißes Oberteil. »Oh, *shit*!« Hektisch schüttle ich die Bluse aus. »Ich weiß nicht, was los ist, Amy. Ich glaube, ich bin einfach nicht in Geburtstagsstimmung. Und ich habe das Gefühl, es wird mir schwerfallen, Tyler gegenüber so zu tun, als wüsste ich von nichts.«

»Tja, er legt sich richtig ins Zeug.«

Ich erwidere nichts. Ziehe stattdessen einen Lidstrich über das linke Auge, dann das rechte, bevor ich zur Wimperntusche greife. Bei den Gästen von *Ten to Twelve* schminke ich mit der Intention, ein Gefühl von Sicherheit zu vermitteln, damit die Interviewpartner gewappnet sind für das, was kommt. Bei dem Gedanken halte ich inne, Wimpernbürste in der Hand. Weil es jetzt auch bei mir so ist: In mir nagt ein Gefühl der Unsicherheit, ich bin unruhig, irgendwas stimmt nicht. Als hätte ich eine Vorahnung. Eine Vorahnung von … wenn ich das nur wüsste.

»So sehr«, sagt Amy, »legt er sich dann aber doch nicht ins Zeug. Ich meine, würden wir sonst ins *Crab Shack* gehen? In den Pub, den er normalerweise für unter seinem Niveau erachtet? Und wo er dennoch gern von den Freundschaftskonditionen profitiert, die er einstreicht, weil Carly dort arbeitet?«

Ein weiteres Mal schnaube ich mir Puder auf die Bluse, ich lerne offenbar in keinem Bereich meines Lebens hinzu.

»Nimm das schwarze Kleid«, sagt Amy, bevor sie vom Bett aufsteht und zur Tür hinausschlüpft.

20

Emma

Ich setze ein ahnungsloses Gesicht auf. Das ist das Mindeste, was ich für Tyler tun kann, nachdem meine Familie es fertiggebracht hatte, seine Überraschung zu versauen, bevor der Tag richtig begann. Ich blicke gelassen bis gelangweilt drein, als ich die schwere Holztür des *Crab Shack* aufdrücke, Amy geht dicht hinter mir.

»Oh, hallo!«, ruft Carly uns entgegen, die hinter der Theke gerade ein Bier zapft. »Das Geburtstagskind, was für eine Überraschung!« Sie spricht so laut, dass es auf keinen Fall nur für mich gedacht sein kann, und ich widerstehe dem Drang, mit den Augen zu rollen.

»Hallo, Carly.« Ich stelle mich an die Bar. Von hier aus lässt sich der Raum gut überblicken, der verdächtig leer ist – nur zwei Tische sind mit den obligatorischen Stammgästen besetzt, darüber hinaus ist hier niemand. Dubios, würde ich meinen. Sehr, sehr merkwürdig.

»Amy wollte hier einen Drink nehmen, und ich hab noch Zeit, bevor ich mich nachher mit Tyler zum Essen treffe«, sage ich dennoch, wie ich hoffe, auffallend unverdächtig.

»Ach so?« Carly klingt eine kleine Spur zu schrill, wenn man mich fragt. »Na, dann mixe ich euch einen Pimm's-Cocktail. Bleibt einfach hier stehen, alles andere ergibt sich von selbst.«

Augenrollen, heimliches, auf meiner Seite. Dann atme ich tief ein, straffe die Schultern und mache mich bereit, so überrascht auszusehen wie nie zuvor in meinem Leben.

Zumindest das ist geglückt, würde ich mal behaupten. Auf die vielen Zurufe – »HA!« und »HAPPY BIRTHDAY« und »SURPRISE, SURPRISE!« – reagiere ich mit nur wenig gekünsteltem Gekreische und aufgesetzter Freude, die so leicht nicht von der echten zu unterscheiden ist. Ach, was rede ich da. Die ganze Sache ist superanstrengend, und ich wünschte wirklich, Tyler hätte mich gefragt, denn ein nettes Essen im kleinen Kreis wäre genau das gewesen, was mich glücklich gemacht hätte.

»Hey, Baby!« Tyler umarmt mich von hinten, während ich nach wie vor Gratulanten begrüße. Neben meiner Familie und Navin hat er einige andere meiner Arbeitskollegen eingeladen (was nett ist), und einige seiner Kollegen (die ich kaum kenne), sowie ein paar ehemalige Schulfreundinnen, die zu unserem gemeinsamen Bekanntenkreis zählen. Ich halte Small Talk und nehme Geschenke entgegen, während Tyler sein Kinn auf meine Schulter legt und mir kleine Küsse in den Nacken haucht.

»Tyler.« Ich schiebe ihn von mir weg, ein angestrengtes Lächeln auf den Lippen. »Ich bringe das kurz hinter die Bar, okay?« Ich halte einige Päckchen hoch, die mir die Gäste zuvor überreicht haben.

»Ich nehme die Sachen. Wir haben dahinten einen Geburtstagstisch für dich aufgestellt, siehst du?«

Tatsächlich. Über einem Ecktisch, der sich mittlerweile unter Blumen, Kuchen und Geschenken biegt, wiegt sich nun auch ein silberner Luftballon hin und her, auf dem eine pinke 27 prangt. Es sieht aus wie auf einem Kindergeburtstag. Und ich muss zugeben, ich bin verwirrt.

»Weißt du …«, beginne ich zögernd, während ich mich wieder zu Tyler umdrehe, »du hättest das nicht tun müssen. Ich meine, es ist kein runder Geburtstag, nichts Besonderes also, und selbst dann müsstest du für mich nicht so einen Aufwand betreiben. Das weißt du doch, oder? Egal … Ich meine, egal, was im vergangenen Jahr passiert ist.«

»Klar.« Er strahlt. Ich bin nicht sicher, ob er die Anspielung überhaupt bemerkt hat oder nur von sich überzeugt ist oder von uns oder von der Sache, aber ich kann kein ernstes Wort mit ihm reden, wenn er mich dermaßen glücklich anlacht.

Also lächle ich ebenfalls.

»Ich liebe dich, Emma.« Er küsst mich, kurz und zärtlich. »Und für mich ist jeder deiner Geburtstage ein ganz besonderer Tag, das solltest du wissen.«

Für einige Sekunden bin ich zu perplex, um zu antworten. Wenn ich all die Bemühungen, die Tyler seit *der Tat* unternommen hat, zusammenrechne, kommt es mir so vor, als habe sich mein immerwährender Liebster seit Schultagen, mein leichtlebiger, jungenhafter, sich für keinen Quatsch zu schade seiender Sonnyboy, um hundertachtzig Grad gedreht. Mindestens. Ich meine, es gab Geburtstage, an denen ist er zwei Stunden zu spät gekommen. Einmal war er gar nicht da, weil er mit seinen Fußballkumpels zu einem Spiel nach Liverpool gefahren ist.

Am Ende muss ich ihm nicht antworten, denn er küsst mich ein weiteres Mal.

Es ist nicht die schlechteste Party, das auf keinen Fall. Ben und Rose sind bestens gelaunt, sie unterhalten meinen halben Sender mit Geschichten über die Partys, denen sie in ihrer Jugend beiwohnten, Navin kriegt sich gar nicht mehr ein vor lauter Begeisterung.

»Wie konntest du so eine Langweilerin werden?«, raunt er mir gut gelaunt ins Ohr, während ich mich unter den Marihuana-geschwängerten Orgiengeschichten krümme vor Scham. »Wo deine Eltern so fantastisch coole Leute sind!«

Navin hat seinen Freund mitgebracht – einen wirklich phänomenal aussehenden Hipster mit Vollbart und mindestens zehn Jahre jünger –, und die zwei tanzen, als gierte nicht die sabbernde Meute weiblicher Anwesender permanent zu ihnen herüber. Ab einem gewissen Punkt, beziehungsweise einem gewissen Alkoholpegel, beginne ich ebenfalls, mich im Takt der Musik zu bewegen, genauso wie Amy, Carly, meine Eltern und die meisten anderen Partygäste. Nur Tyler steht stumm und unbeweglich am Rand der improvisierten Tanzfläche und schaut zu.

Ich gehe nicht zu ihm, versuche es erst gar nicht. Tyler mag für so ziemlich jeden Spaß zu haben sein, doch fürs Tanzen konnte ich ihn noch nie begeistern. Das ist schade, weil ich es liebe, aber nicht weiter tragisch, weil wir beide Individuen sind und uns nicht aneinander anpassen müssen wie genormte Puzzleteile.

»Baby?« Mit dem Zeigefinger winkt Tyler mich zu sich, das Grinsen der Cheshire Cat auf dem Gesicht.

Ich tue ihm den Gefallen und tänzle, ebenfalls grinsend, auf ihn zu. »Ja, Liebster?«

»Komm mal kurz mit mir raus.«

»Okay …« David Bowie läuft, was ich nur ungern verpasse, doch ich verstehe, dass Tyler Luft schnappen möchte, der Sauerstoff hier drin war schon vor einer Weile aufgebraucht. Also folge ich ihm nach draußen, nichtsahnend, was mich an der Straßenecke vor dem Pub erwarten wird.

21

Jamie

Wir essen im *Mirage,* weil Lauren unbedingt wissen möchte, wo ich so überragend kochen gelernt habe. »Dein *Coq au Vin* war mit Abstand das zarteste, das ich bis dahin gegessen habe«, betont sie, nicht zum ersten Mal, seit ich es vergangene Woche für sie zubereitet habe.

Lauren sagt *überragend* und *zart,* nicht *bombastisch, phänomenal* oder *O, mein Gott, Jamie,* wie Emma das tut, wann immer ich ihr etwas zu essen mitbringe. Ich sollte nicht vergleichen, ich habe überhaupt kein Recht dazu, aber ich kann es offenbar auch nicht lassen. Lauren ist zurückhaltend und kontrolliert, wo Emma aufbrausend und schusselig ist, und – was sich irgendwie als das am wenigsten Attraktive an Lauren herausstellt – sie isst nicht gern. Oder sagen wir einfach, sie tut es mit derselben Zurückhaltung wie alles andere auch. Inklusive des Sex.

Ich hab den Satz kaum zu Ende gedacht, da könnte ich mich selbst dafür verfluchen. Herrgott noch mal, wann bin ich eigentlich zu einem sexistischen Arschloch mutiert? Lauren ist eine tolle Frau. Vielleicht nicht aufbrausend, nicht leidenschaftlich, nicht voller Temperament, aber sie hat Klasse. Sie ist eine schöne Frau mit Klasse, und in diesem schwarzen Etui-Kleid sieht sie einfach umwerfend aus. Es ist nur …

»Wie ist dein Seeteufel?«

»Perfekt, danke.« Ich räuspere mich. Versuche, nicht weiter an Emma zu denken. Emma, mit ihren Band-T-Shirts unter der Jeans-Jacke, wie sie sich von ihrem Sitz zu mir herüberbeugt, die Augen halb geschlossen, die Lippen …

»Die Sauce?«

»Cremig. Senf und Salbei, vermute ich. Möchtest du probieren?«

»Oh, nein, danke, mein Steak reicht mir allemal.«

Sie hat Steak und Salat bestellt, das einfachste wie teuerste Gericht auf der Karte wegen des hochwertigen Fleisches, aber nichts Genussvolles, nichts, wonach man sich die Finger ablecken würde. Wie nach dieser Sauce beispielsweise.

»Du solltest probieren. Wirklich. Die Sauce ist fantastisch.«

»Ja?«

Sie sieht mich aufreizend an. Dann nickt sie in Richtung meines Tellers, also spieße ich ein Stück Fisch auf meine Gabel, gebe etwas Kartoffel dazu und natürlich die Sauce. Ich halte ihr den Bissen hin.

»Hm.«

Kein *Hmmm,* sondern ein Hm. Kein Seufzen. Kein …

Verflucht Jamie, jetzt reiß dich zusammen.

»Sie ist sehr gut, die Sauce. Aber sie schmeckt auch nach einem Zentner Butter und ebenso vielen Kalorien.«

»Es sind kaum zwanzig Milliliter auf dem Teller. So viele Kalorien können das gar nicht sein.«

Lauren lächelt mich an. »Glaub mir, es reicht, um es mit einer halben Stunde Joggen wiedergutmachen zu müssen. Oder …« Sie beißt sich auf die Unterlippe, und ich nehme die Serviette von meinem Schoß.

»Entschuldigst du mich für einen Augenblick?« Schon bin ich aufgesprungen und auf die Herrentoilette geflüchtet.

Ich stehe vor dem Waschbecken, das die gesamte Länge der Wand einnimmt, die Hände aufs Porzellan gestützt, und blicke in den Spiegel.

Was ist los mit dir, du Idiot?

Die stumme Frage ist mir von den Augen abzulesen. Die Antwort darauf ebenfalls: Die Frau, mit der ich mich seit einigen Wochen treffe, mit der ich seit beinah ebenso langer Zeit intim bin, und die mich – *verdammt noch mal, Jamie* – morgen zum Benefiz-Sommerfest meiner Mutter begleiten wird, ist nicht diejenige, mit der ich in diesem Augenblick gern zusammen wäre. Und auch nicht die, die ich bei dem Fest gern bei mir hätte.

Ich lasse den Kopf hängen.

Ich bin geliefert.

Schon letzte Woche, beim *Coq au Vin,* konnte Lauren kaum aufhören, von dem Event zu sprechen; was sie mitbringen könnte, ob wir unsere Garderobe in irgendeinem Detail aufeinander abstimmen sollten. Ich habe den Vorschlag belächelt, anstatt darauf zu reagieren, doch mittlerweile frage ich mich: Was, wenn Lauren schon viel weiter ist in unserer Beziehung, als ich es bin? Was, wenn sie völlig andere Erwartungen hat? Was, wenn ich die niemals werde erfüllen können und sie nur an der Nase herumführe? Sie, und mich selbst gleich mit?

Ob Emma auch nur ansatzweise ahnt, wie viel Kalorien eines dieser Croissants hat, die sie so gern zum Frühstück wegatmet? Ob sie sich mit mir beratschlagen würde, was sie anzuziehen gedenkt, wenn sie diejenige wäre, die mich zum Sommerfest meiner Eltern begleitet, nicht Lauren? Würde sie ein Einstecktuch erwarten, das zu ihrer Bluse passt?

Scheiße, Jamie.

Scheiße, scheiße, scheiße.

Ich gehe zurück zum Tisch, breite die Serviette auf meinem Schoß aus, nehme das Besteck wieder auf.

Die letzten Bissen Fisch bleiben mir beinah im Hals stecken.

22

Emma

Alles geschieht so rasend schnell, es gibt nichts, was es hätte aufhalten können. Von jetzt auf gleich gerät mein Leben aus den Fugen, gründlich, vom Fundament bis unter den Schornstein.

Hinter Tyler trete ich durch die Eingangstür auf die Straße, doch auf einmal ist er weg, nur kühle Abendluft schlägt mir entgegen.

»Ty?« Ich rufe ihn verwirrt, und in derselben Sekunde dröhnt von irgendwoher Musik auf die Straße, laut und donnernd, und bevor Tyler um die Ecke kommt – fingerschnippend, die Knie gebeugt, einen Fuß vor den anderen tippend im Takt der Musik. Er bildet die Spitze eines Dreiecks aus Leuten, die sich hinter ihm aufgestellt haben – fingerschnippend, die Knie gebeugt, einen Fuß vor den anderen tippend im Takt der Musik. Diese Gruppe *tanzt*, zu einer einstudierten Choreografie, mit einem groovenden Tyler als ihr Anführer.

Einige Sekunden lang stehe ich da, zur Salzsäule erstarrt, komplett überfordert.

Ich blicke auf die Truppe, die sich aus einigen Bekannten und Arbeitskollegen von Tyler zusammensetzt und aus ein paar Leuten mehr, die ich noch nie zuvor gesehen habe. Es sind sicher an die dreißig, sie blockieren die Straße, die zum Meer abfällt, um diese Zeit allerdings ohnehin kaum befahren ist. Für einen Augenblick schießt mir der Gedanke durch den Kopf, was wohl geschehen würde, wenn gerade jetzt ein Auto hier entlangkäme, im nächsten wundere ich mich, dass ich keine anderen Probleme habe.

Das hier ist gar nicht gut. Gar nicht gut.

Ich fühle es, meine Schwester, die mit einem Mal neben mir steht und nach meiner Hand greift, spricht es aus.

»Das ist nicht das, was ich denke, oder?«

Meine Lippen öffnen sich, kein Ton kommt heraus.

Meine Eltern stellen sich auf meine andere Seite, Rose hält sich die Hand vor den Mund. Ich bin nicht sicher, ob das Schock oder Freude darstellen soll, ganz eindeutig ist die Reaktion nicht.

Wir denken alle dasselbe, doch ich weigere mich, diesen speziellen Gedanken zuzulassen.

»Ich vermute«, beginne ich schließlich, »er hat das einstudiert, weil ich immer so enttäuscht bin, dass er nie mit mir tanzt.«

Tyler bewegt die Hüften wie ein Pornostar, während er

die Hände hinter dem Kopf verschränkt und die Ellbogen nach vorn stößt.

»O Gott, das sieht … furchtbar aus«, murmelt mein Vater, während meine Schwester fragt: »Hörst du die Musik?«

»Ich bin nicht taub, Amy.«

»Ich meine – weißt du, welcher Song das ist?«

»Ich … weiß nicht.«

Amy gibt einen abfälligen Laut von sich. »Subtil ist nicht gerade sein Gemüse, oder? Ich meine, das ist Holzhammer. Aber spiel du nur weiterhin die Ahnungslose.«

Und während Tyler und seine Gefolgschaft mittlerweile seitlich auf mich zuhopsen, gräbt sich der Songtext in mein Hirn, scharf wie eine Pfeilspitze.

Ich will mich umdrehen, zurück ins Pub laufen, doch es stehen in etwa zwei Dutzend Menschen zwischen mir und dem Eingang. Ich wende mich in die andere Richtung.

Tyler kommt hüftkreisend auf mich zu.

Bruno Mars singt »Marry You«.

Und während mein immerwährender Liebster seit Schultagen, mein leichtlebiger, jungenhafter, sich für keinen Quatsch zu schade seiender Sonnyboy vor mir auf ein Knie sinkt, hebe ich den Blick – und sehe über die Köpfe der ebenfalls knienden Tanzcrew geradewegs in das ausdruckslose Gesicht von Jamie Carlton.

23

Jamie

Über die Menge an mittlerweile knienden Tänzern sieht Emma zu mir, die Augen weit aufgerissen, der Mund halb geöffnet. Sie wirkt nicht wie eine Frau, die gerade gerührt einen Heiratsantrag entgegennimmt – sie wirkt eher wie jemand mit akuten Magenproblemen.

Sie tut mir leid. Und ich mir auch irgendwie. Als hätte ich nicht schon vorher geahnt, dass die Gedanken, die ich mir über Emma Brook gemacht habe, absurd und unangebracht sind, wird mir die absolute Gewissheit nun in Form einer vermeintlich erotischen Tanzdarbietung um die Ohren gehauen. Eine Tanzdarbietung, die ich gar nicht zu Gesicht bekommen hätte, hätte ich nicht für den Heimweg vom Restaurant diese Strecke genommen. Ich weiß nicht, warum ich unbedingt an dem Pub vorbeilaufen wollte, in dem Emmas Party stattfindet. Sicher nicht, um mit Lauren dort hineinzugehen. Auch nicht, um Emma zufällig zu begegnen und die beiden Frauen einander vorzustellen. Also frage ich mich: Was will ich hier? Mir vom Schicksal eine Ohrfeige einfangen? Das scheint mir die gerade sinnvollste Erklärung zu sein.

»Ist das ein Flashmob?« Lauren hat sich auf die Zehenspitzen gestellt, um über die Köpfe der vor uns stehenden Zuschauer hinweg etwas sehen zu können.

»Ich bin nicht sicher. Es wirkt einstudiert. Ist das dann noch ein Flashmob?« Ich klinge gereizt. Das ist nicht gut. Lauren sollte möglichst nicht mitbekommen, dass … ja, was? Ich die Frau kenne, die gerade ganz offensichtlich mit einem Heiratsantrag überrascht wird? Dass ich sie nicht nur kenne, sondern mag? Dass ich sie, Lauren, absichtlich zu dieser Straßenecke geführt habe?

Eine Rückkopplung pfeift. Irgendjemand hat Emmas knieendem Tänzer ein Mikrofon in die Hand gedrückt, und zu meinem Leidwesen fängt er jetzt auch noch an zu singen.

Lauren presst die Hände an die Wangen. Wenn mir die Straßenlaternen keinen optischen Streich spielen, schimmert da Feuchtigkeit in ihren Augen. »Bruno Mars …« Es klingt ein klein wenig ehrfürchtig. Und laut in der Stille, die dem verfrühten Ende des Songs folgt. Als hätte ganz Brighton auf einmal die Luft angehalten, hat sich eine Ruhe über die Menschentraube gelegt, die beinah gespenstig ist.

»Emma Brook.« Die Stimme von Emmas Freund durchschneidet besagte Stille überaus selbstbewusst. »Liebe meines Lebens, beste Freundin seit Krippentagen, hoffentlich Mutter meiner künftigen Kinder. Lass mich dir hier und vor dieser Ansammlung Zeugen inbrünstig versichern, dass ich dich nicht noch mehr lieben könnte, als ich es ohnehin schon tue.«

Ich kann sein Gesicht nicht erkennen, doch ich höre das selbstgefällige Grinsen in seiner Stimme. Oh, Mann, was für ein Schauspieler. Ich fasse es nicht. Ebenso wenig fasse ich, dass ich ausgerechnet in dem Augenblick hier vorbeilaufe, in dem dieser Komiker Emma einen Heiratsantrag macht.

»Es sind Fehler passiert in der Vergangenheit ... oookay, ich hab so einiges verbockt. Aber ich schwöre dir, meine wunderschöne, geliebte Emma, ich werde nie wieder auch nur irgendetwas verbocken, für den Rest unseres gemeinsamen Lebens nicht.«

Er steht jetzt vor ihr, weshalb ich ihren Gesichtsausdruck ebenso wenig erkennen kann wie seinen. Lauren neben mir hat dagegen einen anderen Blickwinkel.

»Die Braut sieht nicht gerade glücklich aus, oder?«

»Ähm. Nein?«

Lauren sieht mich überrascht an. Ich schätze, mein Nein hat ein klein wenig zu hoffnungsvoll geklungen, um als Desinteresse durchzugehen.

»Ich meine, das kann ich von hier nicht erkennen.« Ich muss es ihr sagen. Ich kann hier nicht stehen und Lauren ins Gesicht lügen. Also tue ich so, als müsste ich erst um sie herum einen Blick auf die Braut werfen, und sage dann: »Oh, das ist ... Ich kenne sie. Das ist Emma.«

»Die Braut?« Jetzt sieht Lauren noch ein bisschen verwirrter aus. »Du kennst die Braut?«

»Ja.« Ich nicke. »Flüchtig. Sie arbeitet ebenfalls in London, und wir fahren ab und zu gemeinsam im Zug. Ich … hab sie gar nicht gleich erkannt.«

»Aha.«

»Tja. Brighton ist ein Dorf, oder?«

»Hm. Scheint so.« Immer noch sind Laurens Brauen nach oben gezogen, doch sie lächelt wieder. »Möchtest du gratulieren?«

»Nicht unbedingt, nein. Ich meine – es ist ohnehin ziemlich viel los, oder? Lass uns lieber nach Hause gehen.«

»In Ordnung.«

Lauren greift nach meiner Hand. Ich werfe einen letzten Blick auf Emma. Sie liegen sich inzwischen in den Armen, sie und ihr zukünftiger Mann. Über dessen Schulter hinweg erwidert sie meinen Blick. Sie sieht tatsächlich nicht sehr glücklich aus. Doch das soll nun endgültig nicht mehr meine Sorge sein.

24

Emma

Es ist genauso, wie es die Leute sagen: Bevor man auf die andere Seite tritt, zieht das Leben an einem vorbei wie ein Film im Schnelldurchlauf – Bilder, Stimmen, Gefühle, Gerüche. Da bist du, dein Elternhaus, deine Kindheit, Schulzeit, Liebe, Job, Alltag, Stress, alles, das komplette Paket. Und auf einmal kniet dein Liebster seit ewigen Zeiten vor dir, markiert mit einer kleinen Geste und großen Worten den Übertritt in die Neue Welt, dorthin, wo nichts mehr so sein wird, wie es mal war; dorthin, wo du eigentlich niemals hinwolltest.

Ah, verdammter Mist, was rede ich denn da?

Die Stimme in meinem Inneren muss nach wie vor betrunken sein.

Ich erwache mit einem Knall, von jetzt auf gleich, peng – Augen auf. Und ich weiß auf der Stelle wieder, wo ich mich befinde: in dem Zwei-Zimmer-Appartement an der George Street, in dem ich bis vor sieben Monaten mit Tyler gelebt habe, bis *die Tat* die Grundfeste unserer Beziehung erschütterte. Vielleicht war schon damals das Leben, wie ich es kannte, vorbei. Vielleicht ist gar nicht der Antrag der Markierungspunkt, der die Wende bringt – vielleicht ist *die Tat* der eine, der Antrag der andere Einschnitt, und alles dazwischen eine Art Schwebezustand, nichts Halbes, nichts Ganzes. Nun, diese Zwischenwelt hat jetzt ein Ende. Mit einem Schlag bin ich zurück auf die Erde geknallt.

Ich setze mich auf. Genauso fühlt sich mein Kopf an, als wäre ich damit auf den Boden geschlagen. Was selbstverständlich nicht der Fall ist. Stattdessen erinnere ich mich an Gin und Tonic, jede Menge davon, in kürzester Zeit, weil ich immer dann, wenn jemand zur Gratulation ansetzte oder sich mit einer Frage an mich wandte, beispielsweise wie ich mich fühle als Braut, ob ich glücklich bin, ob ich jemals angenommen hätte, dass Tyler so etwas Verrücktes anstellen würde – immer dann, wenn jemand Neues auf mich zukam von den vielen Menschen, von denen ich nicht einmal die Hälfte kannte, steckte ich mir den Strohhalm in den Mund, um nur ja nicht antworten zu müssen.

Weite Teile des Abends sind entsprechend verschwommen. Andere dagegen klar wie ein sonniger Morgen.

Der hüftkreisende Tyler.

Der kniende Tyler.

Tyler, dessen Mund sich bewegt, obwohl die Worte nicht zu mir durchdringen.

Tyler, der mir einen Ring entgegenstreckt.

Tyler, auf dessen Lippen ich meine presse in dem ersten Ausweichmanöver des Abends, um nur ja nicht antworten zu müssen.

Ich habe ihm keine eindeutige Antwort gegeben. Das ist das, was ich mit Sicherheit weiß, weil es mir den Rest des Abends zu schaffen machte. Tyler fragte: »Emma, willst du meine Frau werden?« Und ich riss ihn am Kragen seines Hemdes nach oben und drückte meine Lippen auf seine.

Ich kippe nach links. Falle wie ein Stein auf die Seite des Bettes, auf der Tyler normalerweise schläft, die nun aber leer ist.

Das Laken ist kalt.

Ich frage mich, wo er steckt.

Ist ihm klar geworden, dass ich ihm eine Antwort verweigert habe? Gleich nach dem Aufwachen, nachdem sich der Alkoholnebel der Party gelegt hatte? Ist ihm aufgegangen, dass ich nicht in der Lage war, diese einfache Frage zu beantworten? Und dass sich niemand mehr dafür schämt als ich? Dass es niemanden unglücklicher macht? Denn: Die Frage sollte doch einfach zu beantworten sein. Oder nicht?

Hilfe, mir ist übel. Ich drücke das Gesicht tiefer ins Laken, das nach Tyler duftet, nach Vertrautheit, nach Zuhause. Aber wenn Tyler mein Zuhause ist, wieso habe ich dann nicht einfach Ja gesagt? Denn so muss die Antwort lauten, richtig? Es ist die einzig logische Antwort auf diese Frage, wieso also habe ich sie nicht gegeben?

»Emma?« Tylers Stimme ist nicht mehr als ein zartes Flüstern, doch ich sitze mit einem Mal aufrecht im Bett, erwischt, ertappt, aufgeflogen.

»Ja?« Ich starre ihn an. Meine Stimme klingt ängstlich, doch ich fürchte, ich sehe eher Furcht einflößend aus.

»Hey, du bist ja wach!« Tyler strahlt mich an, es wirkt wie ein Sonnenaufgang über dem Meer. Warum strahlt er mich an? Weshalb ist er nicht böse auf mich?

»Gott, du siehst schlimm aus.« Er grinst noch immer, während er auf mich zuschlendert, sich aufs Bett kniet, sich über mich beugt, mir die Haare aus der Stirn streicht.

»Wenn ich so schlimm aussehe, weshalb siehst *du* dann aus, als wolltest du mich zum Frühstück verschlingen?« Ich spreche in die Bettdecke, um ihn von meinem Alkoholatem zu verschonen, doch Tyler zieht sie mir aus der Hand.

»Weil ich das jederzeit tun würde, ganz egal, wie du aussiehst.« Das Oberbett landet auf dem Boden, Tyler auf mir – seine Hände schieben sich unter das Schlafshirt, das eines von seinen T-Shirts ist, streichen über meine Taille, den Bauch, zielstrebig nach oben. Er lässt seine Lippen folgen, und er murmelt etwas dabei, das ich nicht verstehe, weil das Blut derart laut in meinen Ohren rauscht.

»Was? Was hast du gesagt?« Und nun klinge ich panisch, hysterisch geradezu.

Tyler hebt den Kopf. »Ich sagte: Es ist mir egal, wie du aussiehst, denn immerhin bist du bald Mrs. Tyler Natt, wir werden zusammen alt und schrumpelig, und niemanden kümmert's. Hey. Ist alles in Ordnung mit dir? Du siehst wirklich ein bisschen sehr blass aus heute.«

Ich schüttle energisch den Kopf. »Klo«, presse ich hervor, dann schiebe ich Tyler von mir weg, renne ins Badezimmer und werfe die Tür hinter mir zu, bevor ich mich mit dem Rücken dagegen fallen lasse.

Ich atme ein, ausladend und tief.

Dann denke ich nach, so angestrengt, wie es mein lädierter Kopf an diesem Morgen zulässt.

Also ist Tyler nicht aufgefallen, dass ich auf seine Frage nichts erwidert habe. Er hat den Kuss als eindeutiges Ja verstanden, ohne dass ich es je ausgesprochen hätte. Weil er, wie vermutlich achtundneunzig Prozent der Anwesenden, davon ausgegangen ist, dass die Antwort ohnehin nicht anders hätte lauten können. Die übrigen zwei Prozent – Amy, Carly und eventuell meine Eltern – waren vermutlich zu geschockt, um genau hinzuhören.

Und dann war da noch Jamie Carlton, auf der anderen Straßenseite, neben dieser wunderschönen, großen, blonden Frau. Er sah weder verblüfft aus noch schockiert noch erfreut noch … sonst irgendetwas. Jamie Carlton sah aus, als ginge ihn das alles absolut nichts an. Womit er vollkommen richtigliegt.

»Emma?« Bei Tylers Klopfen zucke ich zusammen.

»Ja?«

»Kann ich reinkommen?«

»Äh … einen Moment.« Ich laufe zur Toilette, betätige die Spülung, drehe anschließend den Wasserhahn auf. Noch einmal atme ich tief, tief ein, dann öffne ich Tyler die Tür.

»Ich ziehe los und besorge dir in der Apotheke was

gegen den Kater, okay? Willst du noch was Besonderes zum Frühstück? Orangensaft? Ein Croissant?« Er streicht mit der Hand über meine Wange, der Blick voller Liebe, es lässt sich nicht anders beschreiben. Ich bin versucht, mich ihm an den Hals zu werfen, allein damit er mein Gesicht und den sicher weinerlichen Ausdruck darin nicht länger ertragen muss.

»Oh, Baby. Dir geht es wirklich schlecht, oder?« Er zieht mich in seine Arme und drückt mein Gesicht an seine Brust, ich brauche gar nichts weiter zu tun, als mich hineinfallen zu lassen. »Dabei hätte ich heute so gern mit dir gefeiert.« Ein Kuss auf mein Haar. »Du hast mich unendlich glücklich gemacht.«

Ich hebe die Hand, reichlich energielos, und lasse sie auf Tylers Brust fallen. Mein Blick fällt auf den Ring, den er mir geschenkt hat – ein schmales, weißgoldenes Band, auf dem ein kleiner Stein sitzt. Tyler nimmt die Hand, er küsst den Ring, doch ich sehe nicht zu ihm auf.

Was, denke ich trübe, wenn man sich nach all den vielen Jahren auf einmal nicht mehr sicher ist, ob man tatsächlich zusammengehört? Was, wenn man auf einmal merkt, dass nichts mehr von dem übrig ist, was einmal war?

»Kann ich einen grünen Smoothie bekommen, bitte?«

25

Emma

Wir frühstücken gemeinsam, und jeder ist mit seinen eigenen Gedanken beschäftigt: Tyler mit den Ergebnissen der Fußballliga, die er auf seinem Handy studiert, ich damit, mir vorzustellen, wie ich vor dem Altar stehe, in einem weißen Baiser-Kleid womöglich, und Amy aus der hinteren Reihe in letzter Sekunde ruft: »Ich! Ich habe etwas einzuwenden: Die Braut hat noch nicht mal Ja gesagt!« Wenn ich weiterhin so tue, als sei die Hochzeit beschlossene Sache, werde ich in mein Unglück rennen. Wenn ich Tyler erkläre, dass ich nicht hundertprozentig und aus tiefstem Herzen Ja zu ihm sagen kann, wird mich das ebenfalls unglücklich machen, weil es Tyler unglücklich macht.

Ich schlürfe meinen grünen Smoothie, der fürchterlich

schmeckt, und das in einer Lautstärke, die meinen Beinah-Verlobten aufblicken lässt.

»Sorry.« Ich lächle matt.

»Ich wusste gar nicht, dass du gern Spinat zum Frühstück hast.« Womit er die Zeitung weglegt, sich über den Tisch beugt und mich küsst, erst sanft, dann entschlossener.

»Hmmm. Ist das … Zwiebel?«

»Sellerie.«

»Interessant.« Tyler lehnt sich in seinen Stuhl zurück. »Also, was fangen wir mit dem Wochenende an? Worauf hast du Lust, künftige Mrs. Natt?«

Ich blinzle.

Tyler zieht die Brauen hoch. »Was hältst du von … einem Ausflug zurück ins Bett?«

»Ich … äh.« Und dann fällt es mir wieder ein. »Shit.« Ich springe auf. »Wie spät ist es?«

»Keine Ahnung. Kurz vor zwölf oder so?«

»Oh, nein, ich muss los!« Ich renne geradezu aus der Küche ins angrenzende Wohnzimmer und von dort in den Flur. »Ich hab Carly versprochen, ihr heute im Spielbus zu helfen, das hatte ich komplett vergessen.«

»Im Spielbus? Was hast du mit Carlys Kinderzirkus zu tun?«

»Sie wollen eine Schminkaktion anbieten. Ich habe Carly gesagt, dass ich helfe.«

»Ausgerechnet heute? Am Tag nach deiner Geburtstagsparty?« Tyler ist mir in den Flur gefolgt. Ich bin dabei, meine Sachen zusammenzusuchen – Handtasche, Handy, meine verstreuten Schuhe –, und Tyler schnürt bereits seine Sneaker zu.

»Als ich ihr zugesagt habe, wusste ich noch nichts von einer Überraschungsparty. Was machst du?«

»Ich fahre dich.« Tyler steht auf, drückt mir einen weiteren Kuss auf den Mund. Und ich frage mich gerade, wie ich jemals in der Lage sein soll, zu diesem Mann Nein zu sagen, da fragt er: »Dass ich nächste Woche in Manchester bin, hast du auf dem Schirm, oder?«

»Manchester?« Mit der Hand auf dem Türgriff, halte ich inne. »Die ganze Woche?«

»Ja. Morgen Abend fahre ich. Ich dachte, das hätte ich dir erzählt?«

Ich überlege einige Sekunden. »Nein, ich glaube nicht.«

Wir starren einander an, bis Tyler sich an mir vorbeischiebt und selbst die Tür öffnet. »Du hattest es doch eilig, oder?«

»Stimmt. Habe ich.«

Wir laufen zum Auto.

»Denkst du, ich sollte den Job wechseln?«

»Was?«

»Ich meine es ernst: Jedes Mal, wenn ich das Büro in Manchester erwähne, ziehst du ein Gesicht, als hättest du in eine Zitrone gebissen. Und ich frage mich, wann das aufhört. Oder ob es nicht besser wäre, die Agentur zu wechseln.«

»Als würdest du das tun.« Wir steigen in Tylers Wagen, und ich schnalle mich an. »Du liebst den Job doch. Und besonders die Zeit, die du in Manchester verbringen kannst.«

»Das ist nicht wahr. Ich finde es scheiße, von dir getrennt zu sein. Aber ich mag die Abwechslung. Und die Stadt. Und all das hat nichts mit …«

»Violet?«, souffliere ich.

»Es hat nichts mit ihr zu tun. Aber manchmal weiß ich echt nicht, was ich sonst noch anstellen könnte, um dir zu beweisen, dass das eine einmalige, völlig bescheuerte Sache war, die nie wieder vorkommen wird.«

»Das ändert nichts daran, dass Violet nach wie vor im Büro in Manchester arbeitet und du *nach wie vor* Kontakt zu ihr hast.«

»Ich kann sie schlecht bitten zu kündigen.«

Ich lasse das so stehen. Natürlich kann er sie nicht bitten zu kündigen. Meiner Meinung nach hätte er allerdings auch nicht mir ihr schlafen müssen. Schließlich sage ich: »Lass uns nicht streiten, bitte. Nicht, bevor du eine Woche lang nicht zu Hause bist.«

»Aber sonst schon?« Es schwingt ein Lächeln in seiner Stimme mit, aber mir ist gerade nicht danach.

»Emma? Bist du es? Die frohlockende Braut? Die, deren Typ mit schwingendem Penis auf sie zugelechzt kam, um sie von den Freuden der Ehe zu überzeugen?«

Ich höre Amy und Carly gackern, und bevor sie noch mehr Schaden anrichten können, rufe ich: »Tyler ist auch hier! Er hat was in meinem Zimmer vergessen. Sorry«, sage ich zu ihm, doch er verdreht nur die Augen.

»Ich lauf schnell nach oben. Bin gleich wieder da.«

Tyler steigt die Treppe in den ersten Stock hoch, ich laufe in die Küche, wo ich augenblicklich mahnende Blicke an meine Schwester und ihre Freundin verteile. »Hört sofort auf damit«, wispere ich drohend, »ihr macht alles nur noch schlimmer.«

»*Noch* schlimmer?« Amy zieht eine Braue nach oben. »Führt das die ganze Sache nicht irgendwie ad absurdum? Ich meine, sollte so ein Antrag nicht eigentlich eine positive Angelegenheit sein?«

»Woher willst du das wissen? Hast du schon mal einen gemacht?« Mit einem süffisanten Grinsen wendet sich Carly von Amy zu mir. »Wie dem auch sei, ich dachte schon, du hättest unsere Verabredung vergessen. In einer halben Stunde müssen wir los, wenn wir es rechtzeitig zu der Veranstaltung schaffen wollen.«

»Hey, Moment mal«, wirft Amy ein, »was willst du damit sagen?«

»Natürlich hab ich das nicht vergessen, was denkst du denn?«, lüge ich. »Ich bin sofort fertig. Muss nur noch meinen Schminkkoffer zusammenpacken.«

»Willst du damit sagen«, versucht Amy es noch einmal, »du möchtest, dass ich dir einen Antrag mache?«

Ich sehe von einer zur anderen.

»Das musst du schon selbst herausfinden«, erwidert Carly. »Vorher zu fragen, ob man gefragt werden möchte, ergibt irgendwie wenig Sinn, oder?«

Für einen Augenblick sieht es so aus, als wäre meine Schwester ehrlich schockiert darüber, wohin Carlys Argumentation die beiden gerade führt, dann fasst sie sich wieder.

»Du könntest mich auch fragen«, erklärt sie schnippisch.

»In der Tat. Könnte ich.« Carly streckt ihr die Zunge raus, und Amy verdreht die Augen. »Ganz abgesehen davon: Vorher zu fragen hätte Tyler auch nicht geschadet, oder? Dann hätte er zumindest eine eindeutige Antwort bekommen.«

Ich mache »Pssst« im selben Augenblick, in dem eine verschlafene Stimme fragt: »Hat sie immer noch nicht Ja gesagt?« Die Stimme gehört Barny, der offensichtlich auf dem Sofa im Wohnzimmer geschlafen hat und nun wie ein ordentlich verkatertes Abbild seiner Selbst im Türrahmen lehnt.

Und hinter ihm … schiebt sich Tyler durch die Tür.

»Hey!« Ich klinge hysterisch.

»Hallo!« Amy gibt sich alle Mühe, einen freudig-überraschten Ton anzuschlagen, doch beide sind wir zu spät.

»Was soll das heißen: ›Hat sie immer noch nicht Ja gesagt?‹« Tyler sieht fragend von einem zum anderen, dann wieder zu mir. Er wirkt ganz und gar nicht glücklich.

»Ty …«, beginne ich, doch dann kommt nur noch Luft über meine Lippen. Ich habe keine Ahnung, was ich sagen soll. Es abstreiten? So tun, als habe er sich verhört? Beschwichtigen?

»Emma?«

Mit einem Mal habe ich solche Angst, dass ich beinahe ohnmächtig werde. Ich habe nie in Erwägung gezogen, Tyler zu verlassen, weil ich genau diese Gefühle gefürchtet habe – Gefühle der Leere, des Verlassenseins, der Panik davor, das Leben, das ich bisher kannte, nicht mehr weiterführen zu können, einen großen Teil der Sicherheit zu verlieren, die bis dahin so selbstverständlich für mich war. Jetzt sehe ich Tyler an, und ich weiß, es ist der Punkt gekommen, an dem ich nicht mehr vor meiner eigenen Furcht davonrennen kann.

»Ich bin mir nicht sicher, Tyler. Was die Hochzeit angeht.«

Schweigen. Niemand rührt sich in dieser Küche, nicht einmal Barny, alle stehen wie eingefroren. Dann: »*Was?*«

Ich überlege, ob er mich nicht gehört hat, weil ich so leise gesprochen habe, oder ob er die Worte nicht begreifen kann. Sicherheitshalber wiederhole ich sie nicht. Aber er tut es.

»Was willst du damit sagen, du bist dir nicht sicher?«

»Ich … weiß nicht, ob ich schon bereit bin.« Ich hole tief Luft. Jeder Atemzug fällt gerade schwer. »Zu heiraten, meine ich.«

»Emma!« Tyler sieht mich fassungslos an. »Was meinst du damit, du … wieso …« Er rauft sich die Haare. So ernst und verwirrt habe ich ihn selten gesehen. »Und wieso sagst du das nicht sofort, wieso lässt du mich in dem Glauben, du bist genauso happy wie ich darüber, dass wir einen Schritt weitergehen? Dass wir uns endlich trauen?«

Habe ich das? Habe ich dieses Gefühl vermittelt? »Es tut mir leid, Ty. Sollen wir … Sollen wir woanders darüber sprechen? Oder vielleicht, wenn du aus Manchester wieder da bist?«

»Nein.«

Und jetzt hat sich Ärger in seine Züge gemischt, zu all der Verwirrung, Enttäuschung, Verletztheit.

»Okay.« Ich nicke. »Gut. Ty … Ich möchte nicht heiraten. Jetzt noch nicht.«

»Jetzt noch nicht? Nach neun Jahren nicht? Wann, denkst du, bist du denn bereit dafür?«

Ich habe keine Antwort darauf. Und ich wage es nicht,

meiner Schwester oder sonst jemandem in dieser Küche einen Hilfe suchenden Blick zuzuwerfen, aus Angst, eine Bombe könnte detonieren. Eine Bombe, die mal mein Ein und Alles war.

»Okay. Bitte lass uns in Ruhe darüber reden, ja? Wenn …«

»Nein.« Mit mahlendem Kiefer sieht er mich an. »Ich habe gerade gar keine Lust mehr, mit dir zu reden.«

»Wenn du wieder da bist …«

»Nein. Vergiss es. Vergiss den Antrag.« Er dreht sich um, rauscht aus der Tür, in den Gang. Ruft: »Es ist besser, wenn wir uns vorerst nicht sehen.«

Und dann ist er weg.

26

Jamie

Wie sind deine Eltern so?«

»Wie sollen sie sein? Sie sind ganz gewöhnliche Eltern.«

»Ja, sicher.«

Lauren klingt spöttisch. Vom Fahrersitz aus werfe ich ihr einen fragenden Blick zu. »Was? Sie sind wirklich ziemlich normal. Besorgt, wissen vieles besser, gehen mir manchmal auf die Nerven. Eltern eben.«

»Dein Großvater hat einen der erfolgreichsten Verlage des Landes gegründet, dein Vater leitet ihn, deine Mutter ist eine wunderschöne Frau und mit der Queen bekannt.«

All das stimmt, also spare ich mir eine Erwiderung.

»Dann ist es also wahr?«

»Was?«

»Dass deine Mutter Königin Elizabeth II kennt?«

»Sie hat sie einmal getroffen, bei einer ihrer Charity-Veranstaltungen.«

Lauren atmet ein und stößt dann die Luft geräuschvoll wieder aus. Erneut werfe ich ihr einen Blick zu, einen amüsierten diesmal. Sie wirkt tatsächlich nervös. Die sonst so coole, selbstsichere Lauren sieht unter ihrer üblichen Tagesdosis Make-up und Rouge blass aus wie nie. Ich frage mich, was dem zugrunde liegt. Ob es so etwas wie eine allgemeine Ehrfurcht ist vor allem, was mit unseren Royals zu tun hat, oder ob die Anspannung der Veranstaltung an sich gilt, der Tatsache, dass sich Reiche, Prominente, Adelige daran beteiligen. Ich erinnere mich nicht, dass Gabrielle je so nervös gewesen wäre bei offiziellen Anlässen egal welcher Art. Aber Gabrielle war auch in diese Kreise hineingeboren worden, das könnte den Unterschied ausmachen, nehme ich an.

Zu Lauren sage ich: »Du kannst wirklich ganz beruhigt sein. Stell dir einfach vor, du gehst zu einem stinknormalen Sommerfest an einem stinknormalen Sonntag im Juli, ohne …«

»Ohne die halbe britische Film- und Fernsehprominenz, meinst du?« Lauren schnaubt.

»Ich wusste, es war ein Fehler, dir vorher zu viel über das Fest zu erzählen.«

»Oh, nein, das war es überhaupt nicht! Und ich bin mir auch ziemlich sicher, du hast mir nicht *zu viel* erzählt.«

Damit liegt sie allerdings richtig. Zum Beispiel habe ich ihr nicht verraten, dass womöglich einige Verwandte von Prinzessin Diana erwartet werden. Die Beziehungen meiner Mutter zu Adel und Königshaus sind in der Tat nicht zu unterschätzen.

»Bestimmt sind auch einige Models da, oder?«

»Ein paar vielleicht.«

Einmal mehr gibt Lauren einen tiefen Seufzer von sich.

Ich unternehme nichts gegen das Lächeln, das sich auf mein Gesicht malt. Der Abend, die Nacht, der Morgen, alles war überschattet von dem, was sich vor dem *Crab Shack* abgespielt hat. Ich kann ein bisschen Ablenkung gebrauchen von dem Thema, das mich zwar nichts angeht, aber dennoch seit Stunden beschäftigt. Ein bisschen viel Ablenkung sogar.

»Worüber machst du dir denn konkret Sorgen?«

Es ist eine fast anderthalbstündige Fahrt von Brighton auf den Landsitz meiner Eltern westlich von London, und wir haben erst zwanzig Minuten davon zurückgelegt. Wenn es so weitergeht, wird sich Lauren in eine mittelschwere Panikattacke hineingegrübelt haben – ich weiß, wovon ich spreche. Ich bin allein deshalb so gechillt, weil ich bereits zum Frühstück eine Pille eingeworfen habe. Ich gebe Lauren gern etwas von meiner hart erkämpften Gelassenheit ab.

»Worüber mache ich mir *keine* Sorgen?«, fragt sie zurück. »Ich habe Angst, dass ich etwas Falsches sage, insbesondere deiner Mutter gegenüber. Dass ich stolpere und ins Büfett falle. Dass ich auf dem Rasen in sonst was trete, das mir dann am Schuh klebt. Dass ich mich bei Tisch dumm anstelle. Dass ich mich generell blamiere. Dass ich in diese feine Gesellschaft nicht hineinpasse. Dass jeder sieht, dass mein Kleid nicht 1000 Pfund gekostet hat.«

»Wow. Das sind tatsächlich ziemlich viele Bedenken.«

»Ja. Sagte ich doch.«

»Nichts dergleichen wird passieren, das weißt du aber, oder? So wie ich dich kenne, kannst du gar nichts Falsches sagen oder dich danebenbenehmen, dafür bist du viel zu perfekt.« Ich werfe Lauren einen schnellen Blick zu, sie sieht geschmeichelt aus, und ich atme erleichtert aus. Wieso nur kam es mir mit einem Mal wie eine Beleidigung vor, sie als perfekt zu bezeichnen? Vielleicht, weil ich neuerdings die Reize der nicht ganz so perfekten Frauen für mich entdeckt habe?

»Du hältst mich wirklich für perfekt?«

»Und dein Kleid ist es ebenfalls. Mach dir keine weiteren Gedanken. In Ordnung?«

»Hm.«

Ich schalte das Radio an. Eine Sekunde später entschuldige ich mich dafür. »Tut mir leid – stört es dich? Nicht, dass du denkst, ich würde unsere Unterhaltung abwürgen wollen.«

»Das dachte ich gar nicht. Nur zu. Ein bisschen klassische Musik hat noch jeden entspannt.«

Klassik. In Ordnung. Ich stelle den entsprechenden Sender ein. Womöglich hat Lauren mehr mit meiner Mutter gemeinsam, als ich dachte. Wieder ein Seitenblick. Sie hat die Hände im Schoß gefaltet, auf ihrer hellgrünen Handtasche, die perfekt zu ihrem dunkelgrünen Sommerkleid passt. Der Nagellack ist makellos, ihre Haut ist es ebenfalls. Sie hat schöne Beine. Lang. Länger als die von … Und sie sind perfekt. Ihre blonde Mähne hat sie im Nacken zu einem strengen Dutt geknotet, der grazile

Hals wirkt fast aristokratisch, sie sieht aus wie eine distinguierte, reiche Verlegergattin.

Und trotz Betablocker kriecht Kälte in meinen Magen.

Ich räuspere mich. »Warst du schon mal auf Schloss Windsor?«

»Als Kind, glaube ich. Ich bin mir nicht sicher.«

»Das Landhaus meiner Eltern ist nicht weit davon entfernt. Wir könnten nachsehen, ob es morgen geöffnet ist, und es besichtigen, bevor wir nach Brighton zurückfahren.«

»Das wäre großartig.« Eine perfekt manikürte Hand legt sich auf mein Knie.

Ich frage mich, was Emma gerade macht.

Die Fahrt durch das südenglische Land hat uns mustergültig darauf vorbereitet, was uns auf dem Grundstück meiner Familie erwartet: grüne Wiesen, die sanft abfallende Hügel bedecken, niedrige Steinmauern als gut überwindbare Grenzen, Schafe, die beim Nachbarn grasen, Bäume, die wie ein kreativer Störer für das Auge den Anblick noch mal interessanter machen. Ihr dunkles Grün hebt sich kontrastreich ab gegen den strahlend blauen Himmel – wenn meine Eltern ihr Sommerfest ausrichten, spielt in acht von zehn Fällen sogar das Wetter mit.

Das schmiedeeiserne Tor öffnet sich automatisch, als wir mit dem Wagen vorfahren, und im Schritttempo lenke ich den BMW den Kiesweg hinauf, der zum Haus führt. Er ist nicht sonderlich lang, jedoch lang genug, um Lauren zu beeindrucken: Wie groß das Grundstück sei? Ob es tatsächlich nur als Landsitz fungiere, oder ob ich dort aufgewachsen bin?

»Ich bin in London aufgewachsen«, erwidere ich, »das hier ist das Anwesen meiner Großeltern. Meine Eltern haben ein Haus in Chelsea, hier draußen waren wir höchstens mal am Wochenende, vor allem, als meine Großeltern noch lebten. Zuletzt hat mein Großvater allein hier gewohnt, bis zu seinem Tod vor zwei Jahren. Und seitdem verbringen auch meine Eltern mehr Zeit auf Mellington Manor, vier von sieben Tagen der Woche, würde ich schätzen.«

»Aber die Wohltätigkeitsveranstaltung wurde schon immer hier ausgerichtet?«

»Seit mittlerweile zweiundzwanzig Jahren, ja.« Ich lenke den Wagen um die letzte Kurve, und fürs Erste scheint das Gespräch beendet, denn jetzt gilt es, über das zugegebenermaßen ziemlich beeindruckende Gebäude zu staunen.

»Wow«, ist alles, was Lauren sagt.

Ich stelle den Motor ab. »Du hast es nicht gegoogelt?«

»Natürlich habe ich es gegoogelt. Aber die Bilder werden dem Original in keiner Weise gerecht.«

Ich betrachte die ockergelbe Fassade des Hauses. Mit seinen spitzen Giebeln, den zahllosen Kassettenfenstern und den mit Efeu bewachsenen Erkern sieht es eher aus wie drei Häuser statt einem, und ja, wenn man den Anblick nicht gewohnt ist, kann all das in der Tat überwältigend sein.

Ein junger Mann in graublauer Uniform taucht vor mir auf und öffnet mir die Tür.

»Guten Tag, Mr. Carlton, willkommen auf Mellington Manor. Darf ich Ihren Wagen parken?«

»Sicher. Einen Augenblick.« Ich ziehe den Schlüssel ab und reiche ihn dem Jungen, dann laufe ich um das Auto herum, um Lauren die Tür zu öffnen. Sie wartet geduldig. Ich könnte schwören, Emma wäre längst rausgesprungen, hätte mit offenem Mund das Gebäude bestaunt, bevor sie sich breit grinsend zu mir umgedreht hätte.

Hätte sie nicht. Idiot. Sie wird heiraten. Trottel.

Lauren streckt die Hand nach mir aus, und ich greife danach.

»Wie konntest du nur so normal bleiben?«

»Wie meinst du das?«

»Ich meine …« Sie bleibt stehen, um mich anzusehen. »Ich meine, wer *so* aufwächst …« Und dann lacht sie und schüttelt gleichzeitig den Kopf, und womöglich nicht zum ersten Mal frage ich mich, was sie in mir sieht. Und ein bisschen auch, was ich in ihr sehe.

Nur bei einem bin ich mir hundertprozentig sicher: Um normal zu bleiben, müsste ich es je gewesen sein.

Wir werden von einem Butler begrüßt. Hinter ihm wartet eine junge Frau im klassischen schwarz-weißen Outfit mit einigen Gläsern Champagner, und noch ein paar Schritte weiter steht Mrs. Laroft, die uns vermutlich durch das ausladende Foyer und den gelben Salon in den Garten führen möchte.

»Hallo, Jane.« Ich begrüße unsere langjährige Hausdame mit Luftküssen auf die Wange.

»Jamie.« Sie strahlt. Meine Kindheit und Jugend hindurch war sie mir eine treue Komplizin in dem eher akkuraten Haushalt, den mein Großvater zu führen pflegte. »Und Sie müssen Lauren sein. Kommen Sie, ich bringe Sie beide nach draußen.«

Also folgen wir Jane über steinalte Fliesen und poliertes Parkett und unter lauter werdendem Trubel auf die gepflasterte Terrasse, vor der sich eine normalerweise sehr korrekte, englische Rasenfläche erstreckt. Heute aber bietet sie Raum für ein Fest; ein großzügiges, dekadentes, gediegenes und dennoch turbulentes Stelldichein, bei dem die Londoner High Society für gewöhnlich ihren letzten Samstag im Juli verbringt.

Das diesjährige Thema scheint »Auf dem Rummel« zu sein. Dazu wurden Buden aufgebaut, aus denen es wahlweise knallt und lacht oder aufdringlich nach Mandeln und Zuckerwatte duftet. Auf der einen Seite lärmt ein Kinderkarussell in den typischen Hup- und Trötgeräuschen, am anderen Ende des improvisierten Festplatzes ragt ein Riesenrad in den Himmel – ein nicht sehr großes, und dennoch. Ein Riesenrad. Ich entdecke einen rostroten Waggon, der aussieht wie aus einem Wild-West-Film, eine Cocktail-Bar, an der sich bereits zu dieser frühen Nachmittagsstunde eine Schlange gebildet hat, und natürlich das Festzelt, das in einiger Entfernung steht, und in dem später am Abend das Büfett aufgebaut werden wird, bevor es einer improvisierten Bühne und Tanzfläche weicht.

»Du hast mich hinters Licht geführt.« Lauren klammert sich an meinen Arm mit einer Stärke, die eigentlich wehtun müsste. »Ein stinknormales Sommerfest an einem stinknormalen Juli-Wochenende?«

»Wenn man es sich kleinredet, lässt es sich viel besser ertragen, oder?«

»Das ist ... Ein paar Models, sagtest du? Ein *paar*?«

»Ich sehe auch ungeheuer viele Kinder.«

»Jamie Carlton, ich schwöre dir, wenn wir später … Oh mein Gott, ist das Colin Firth? Ich … weiß nicht. Ach, du lieber Himmel – Colin. Firth.« Sie richtet sich auf im selben Moment, in dem sie beinah die Fassung verloren hätte – aber eben nur beinah –, exakt so, wie ich es von Lauren erwartet hatte. Nicht erwartet hatte ich allerdings die Verzückung, die sie ganz offensichtlich beim Anblick der Prominenz empfindet. Sie wirkt tatsächlich leicht geblendet von den Stars und Sternchen hier auf dem Rasen, und das ist doch ein eher ungewöhnlicher Ausdruck auf Laurens Gesicht.

»James!« Mit ausgebreiteten Armen kommt meine Mutter auf uns zu; sie trägt dunkelgraue, weite Hosen, eine zitronengelbe Bluse und ein strahlendes Lächeln auf dem Gesicht.

»Mum.« Ich erwidere die Umarmung, bevor sie mich ein Stück von sich wegschiebt. »Darf ich dir Lauren vorstellen? Sie ist die Schwester eines ehemaligen Kommilitonen von mir und vor Kurzem erst nach Brighton gezogen. Lauren, das ist meine Mutter Beth.«

»Aaah.« Meine Mutter macht einen Schritt auf Lauren zu, ignoriert deren ausgestreckte Hand und drückt sie stattdessen ebenfalls an sich. Und während sie das tut, wirft sie mir über Laurens Schulter hinweg einen Blick zu, den ich nicht recht deuten kann, der jedoch irgendwie nach *Idiot* aussieht.

»Was?«, formuliere ich lautlos.

»Schwester eines Kommilitonen«, gibt meine Mutter ebenso lautlos zurück, bevor sie die Augen verdreht.

»So, ihr zwei, und nun mischt euch unter die Leute, die

Party ist schon in vollem Gange«, sagt sie, als sie sich von Lauren löst.

»Wie kann sie in vollem Gange sein, sie hat vor einer halben Stunde erst angefangen?«

»Du sagst es – vor einer halben Stunde, mein Sohn. Du bist wie immer zu spät.«

»Jamie!«

Meine Mutter lacht. »Schon gut, Lauren, ich ziehe ihn nur auf. Ich hab ihm gesagt, er soll etwas später kommen, damit sich zur Begrüßung nicht alles ballt.« Womit sie uns zuwinkt und sich den nächsten Neuankömmlingen zuwendet.

»Okay. Gut.«

Nach wie vor hält sich Lauren mit schmerzhaftem Druck an meinem Arm fest, und mir wird klar, dass dies nicht allein an ihrem Unmut mir gegenüber liegt, sondern daran, dass sie Probleme dabei hat, mit ihren hohen Absätzen auf dem Rasen zu laufen. »Wo ist die Spendenkasse?«

»Die Spendenkasse?«

»Na, das ist eine Charity-Veranstaltung, oder nicht? Wo also leiste ich meine Spende? Oder ist es so gedacht, dass ich von Stand zu Stand gehe, dort bei den Spielen mitmache oder Drinks oder was auch immer kaufe und so meinen Beitrag leiste? Oder …«

»Lauren.« In der Nähe des ersten Standes – Ringewerfen, wie es aussieht – bleibe ich stehen. »Entspann dich, okay?«

»Ich bin entspannt.«

»Und zieh gern deine Schuhe aus. Es ist Sommer. Nichts spricht dagegen, barfuß über den Rasen zu laufen. Da – siehst du? Kate Moss macht es auch.«

»Die könnte in einem Sack über die Wiese krabbeln, es wäre egal.« Lauren strafft die Schultern. »Ich komme schon klar.«

»Okay. Um die Sache mit den Spenden musst du dich jedenfalls nicht weiter kümmern. Das wurde mit den Eintrittskarten abgerechnet. Zur Genüge.« Allein beim Gedanken an die horrende Summe schüttle ich den Kopf. Meine Mutter weiß, wie man Geld zusammenbekommt, so viel steht fest.

»Ich habe keine Eintrittskarte!« Lauren sieht dermaßen entsetzt aus, beinah muss ich lachen.

»Ich hab die Karten für uns gekauft.«

»Aber … Das hättest du nicht tun müssen!«

»Es ist erledigt, okay? Entspann dich.«

Sie sieht nicht aus, als würde sie sich entspannen. Sie sieht aus wie jemand, der sich unter dem Neonlicht eines Seziertisches windet, weil er alle Augen auf sich fühlt, alle Aufmerksamkeit auf sich bezieht; wie jemand, der sich anstrengt, weil er dazugehören möchte, und dennoch davon ausgeht, dass er es nicht tut. Ich hatte vergessen, wie Furcht einflößend Geld und Macht sein können. Wie arrogant von mir. Ich bin so aufgewachsen, ich bin davon umgeben, sobald ich meine Eltern treffe. Für Lauren muss das alles überwältigend wirken: die Designer-Kleider, die top-gestylten Frisuren, das perfekte Make-up, der Maßanzug, das Selbstvertrauen, die Gönnerhaftigkeit, die sorglose Art, mit der man sich unter seinesgleichen bewegt.

Ich lege einen Arm um ihre Schultern. »Lass uns erst mal einen Aperitif besorgen.«

Ich entscheide mich für Bier, Lauren trinkt Champagner Rosé, dann noch einen. Bevor wir uns daranmachen, die Kirmesbuden näher zu betrachten, hat sich ihr Kiefer sichtlich gelockert, sie ist sogar bereit, ihre Zehn-Zentimeter-Sandalen abzustreifen, so wie es die meisten Frauen inzwischen getan haben. Wir amüsieren uns an einem Stand, an dem auf Mini-Scheiben gezielt wird, die zur Belohnung eine Art Schauspiel auslösen: einen tanzenden Affen, einen stoischen Klavierspieler, einen Kuckuck, der den Kopf aus einer Uhr steckt. Die Kulisse erinnert an eine Mischung aus Saloon und Wohnzimmer, und mit dem Vorhaben, jede Scheibe mindestens einmal getroffen zu haben, verweilen wir dort länger als jeder andere Gast. Neben uns versucht ein junger Schauspieler, dessen Namen mir entfallen ist, sein Glück. Laurens Wangen haben die Farbe ihres Champagners angenommen, doch weiter kommentiert sie den prominenten Nachbarn nicht.

Wir essen Mandeln und versuchen die Zuckerwatte, doch wie immer, wenn es um kulinarische Genüsse geht, hält Lauren sich zurück.

»Sollen wir?« Ich deute aufs Riesenrad.

»Auf jeden Fall!« Lauren lacht mich an, und mit einem Mal scheint sich auch in mir etwas zu lösen. Diese Schwere, die seit gestern Abend mein Herz umklammert, sie lockert sich ein kleines Stück. Dieser Trübsinn, der mich in dem Augenblick erfasste, in dem Emmas Verlobter vor ihr niederkniete, lichtet sich ein winziges bisschen.

Ich weiß, es ist verrückt, wie sehr mich diese vollendeten Tatsachen umgehauen haben. Die ganze Zeit über war nichts zwischen Emma und mir, nicht mehr als eine aufkeimende Freundschaft, und in dem Moment, in dem feststand, dass es mehr auch nie würde sein können, strömte ein Gefühl von Verlust durch mich hindurch, mit dem ich nicht gerechnet hatte. Es ist gut, dem nicht länger nachzuhängen. Es ist sehr gut, sich auf Lauren zu konzentrieren und nicht weiter über Emma nachzudenken.

»Ist das nicht die Braut von gestern Abend?«

»Was?«

Abrupt bleiben wir stehen. Lauren starrt auf den alten, rostroten Bauwagen, vor dem eine Horde Kinder eine Traube um einen Stuhl gebildet hat. Auf dem Stuhl sitzt ebenfalls ein Kind, und vor ihm kniet Emma, Farbpalette in der einen, Pinsel in der anderen Hand, und bemalt dem Mädchen die Wangen.

27

Jamie

»Emma?« Ich habe den Namen laut ausgesprochen. So laut, dass nicht nur die Kinder sich zu mir umdrehen, sondern auch Emma selbst – die braunen Augen weit aufgerissen in einem Gesicht, das offenkundig eine Katze darstellen soll. Ich muss zugeben, für einige sehr ausdauernde Sekunden bin ich zu perplex, um etwas zu sagen. Als würde mir mein Unterbewusstsein einen Streich spielen. Als hätte ich sie herbeigedacht.

»Jamie!« Emma fasst sich als Erste wieder. Sie schüttelt den Kopf, dann erscheinen das typische Grinsen auf ihrem Gesicht und die winzige Zahnlücke zwischen den Schneidezähnen. Mein Herz macht einen Sprung – ebenso winzig, und doch sehr, sehr spürbar. Emma bedeutet mir, einen Augenblick zu warten, und das tun wir, während sie das Mädchen zu Ende schminkt, es wird ein Schmetterling, wenn ich das richtig deute.

»Tja, also ...«, beginne ich, ohne zu wissen, was ich vorhabe, Lauren mitzuteilen. Glücklicherweise nimmt sie mir die Entscheidung ab.

»Wie sonderbar, dass sie heute hier ist, oder? Wusstest du davon?«

»Nein?« Ich weiß nicht, wieso ich es als Frage formuliere. »Ich wusste nichts davon. Meine Mutter hat es nicht erwähnt.« Wie denn auch, denke ich, sie hat schließlich keine Ahnung, dass ihr Sohn und die Frau, die sie für die Kinderbespaßung gebucht hat, miteinander bekannt sind. »Und Emma auch nicht.«

»Merkwürdig.«

»Was genau ist merkwürdig?«

»Dass eine Frau an dem Tag, nachdem sie einen Heiratsantrag bekommen hat, einen Job annimmt. Ich meine, müsste sie nicht zu Hause sein und feiern? Mit ihrem Verlobten? Den Tag im Bett verbringen, mit Kuchen und Champagner?«

Seltsamerweise ist das Erste, das mir an diesem Satz merkwürdig erscheint, die Tatsache, dass Lauren offenbar Kuchenessen in Erwägung zieht, wenn auch nur zu bestimmten Anlässen. Das Zweite ... nun ja. Müsste Emma nicht tatsächlich den Tag mit Tyler verbringen?

Blödsinn.

»Sie hat das vermutlich so nicht geplant«, sage ich. »Ich meine, ihr Verlobter hat sie gestern offensichtlich überrascht, oder? Vielleicht wollte oder konnte sie diesen Job nicht absagen.«

Mittlerweile hat Emma ihr Kunstwerk beendet und übergibt den Pinsel an eine etwas burschikose jüngere Frau, die mich und Lauren prompt neugierig mustert.

»Entschuldigt«, sagt Emma, während sie auf uns zukommt. Und dann: »Na, das ist ja eine Überraschung! Wobei, so völlig überraschend nun auch wieder nicht. Als Carly mir heute Morgen auf der Fahrt erzählte, wessen Sommerfest das ist und wer den Spielbus gebucht hat, habe ich irgendwie schon damit gerechnet, dass du womöglich auch hier sein würdest.« Sie lässt die Hände sinken und atmet tief ein, als hätte sie während ihrer kleinen Rede vergessen zu atmen. »Hallo! Und hallo … *Lauren*? Ich bin Emma.«

Die beiden Frauen schütteln einander die Hände, und ich spüre Beklommenheit in mir aufsteigen. Dieses Bild passt einfach nicht. Emma und Lauren in einem Bild passt nicht. Wieso? *Gott, Jamie, lass es einfach.*

»Herzlichen Glückwunsch!« Es wirkt nicht sonderlich herzlich, wie Lauren das sagt.

»Oh, danke! Mein Geburtstag war schon gestern, also …«

»Ich meinte gar nicht den Geburtstag, sondern Ihre Verlobung.« Laurens Blick wandert zu Emmas linker Hand, meiner ebenso, und wie ertappt lässt Emma sie hinter ihrem Rücken verschwinden. Da war kein Ring zu sehen.

»Bei der Arbeit würde er nur stören«, sagt sie, bevor sie die Stirn runzelt und die Arme vor der Brust verschränkt, als fiele ihr gerade ein, dass es keinen Grund dafür gibt, sich vor uns zu rechtfertigen. Dann löst sie die Arme wieder. Sie wirkt ein kleines bisschen durcheinander, finde ich. Und … müde?

Ich räuspere mich. »Gut, also …«

»Emma? Emma, Emma, Emma!« Ein aufgeregter Chor von Kinderstimmen unterbricht meine Stammelei. »Ich will ein Löwe werden! Ich eine Giraffe! Kannst du eine Königin? Kommst du?«

Emma dreht sich zu den Kindern um – »eine Minute!« –, dann wieder zu uns. »Tiermasken scheinen heute der Renner zu sein.« Sie zuckt entschuldigend mit den Schultern. »Wir sehen uns später noch, oder?«

»Ja.« Ich nicke. Räuspere mich – *schon wieder.* »Sicher.« Ich bin ein Idiot. »Wir fahren Riesenrad. Bis später.« Womit ich nicht Laurens Hand nehme, sondern sie stattdessen vor mir herschiebe, in Richtung des Karussells, weg von Emma.

Es fühlt sich steif an. Lauren wirft mir einen ebensolchen Blick zu. »Sie sieht nach wie vor nicht aus wie eine glückliche Braut«, ist jedoch alles, was sie sagt, bevor wir uns schweigend in die Schlange vor dem Riesenrad einreihen.

Die kommenden Stunden fühlen sich weit weniger entspannt an als der Beginn des Nachmittags. Ich stelle Lauren meinem Vater vor, mein Vater macht uns mit einigen Gästen bekannt, die er für wichtig erachtet. Ziemlich sicher potenzielle Werbekunden, auch wenn Dad peinlichst darauf bedacht ist, die Unterhaltungen privat, wenn auch oberflächlich zu halten; er versteht es wie kaum ein anderer, Arbeit von Freizeit zu trennen. Und dieses Sommerfest ist eindeutig der Kategorie Freizeit zuzuordnen – zumal Mum meinem Vater die Hölle heißmachen würde, schlösse er an einem solchen Nachmittag Geschäfte ab.

»Und, Lauren, wie gefällt Ihnen unser kleiner Rummelplatz?«

»Es ist entzückend hier! Und alle scheinen sich so wohl zu fühlen.«

»So soll es sein.« Dad sieht von mir zu Lauren und hebt die Augenbrauen wie ein Stummfilmschauspieler aus den Dreißigerjahren. *Gute Wahl* soll das heißen, da bin ich mir sicher, doch ich ignoriere die Anspielung. Stattdessen wandert mein Blick wie automatisch zu Emma, die gerade lachend dabei zusieht, wie ihre Freundin für die Kinder ein Kasperl-Theater aufführt. Sie hat ihren mit Farbe beschmierten Kittel gegen ein weißes, weites Hemd eingetauscht, zu dem sie Jeans-Shorts trägt und Sneaker. Und dennoch, und trotz der beeindruckend makellos gestalteten Kulisse und der prominenten Gäste, sieht sie nicht aus, als würde sie sich unwohl fühlen oder als wäre es ihr wichtig, was andere von ihr denken. Sie begegnet jedem – den Kindern oder deren Eltern – mit der gleichen natürlichen Offenheit und Freundlichkeit. Sie ist …

»Jamie?«

Ertappt wende ich die Augen von Emma ab, doch Lauren hat es bemerkt, es ist ihr anzusehen. »Dein Vater möchte wissen, ob wir ihm später im Festzelt zur Hand gehen können.« Ihre Stimme klingt kühl, den Blick hat sie auf Emma geheftet.

»Oh. Ähm. Sicher.« Ich öffne den obersten Knopf meines Hemdes, lockere die Krawatte. »Worum geht es?«

Lauren erwidert etwas, doch ich bin mit den Gedanken woanders. Es soll wohl eine Tombola geben. Bei den Details drifte ich ab.

Ein Umstand, den ich etwa eine Stunde später bitter bereue, doch da ist es zu spät. Für alles. Sich zu weigern. Wegzurennen. Eine Tablette einzuwerfen. Bevor ich auch nur ansatzweise ahne, wie mir geschieht, hat mich Lauren hinter sich und meinem Vater her auf die Bühne gezogen, wo uns meine Mutter bereits erwartet. Die Gäste, schätzungsweise an die zweihundert, haben an den runden Tischen unter dem Zeltdach Platz genommen, dessen Seiten offen sind und dessen Himmel mit Hunderten Lichtern geschmückt wurde. Ich habe keinen sonderlich ausgeprägten Sinn für Romantik, aber selbst mir wäre die gemütliche Atmosphäre angenehm und wohltuend erschienen, würde ich nicht gerade Schlimmstes ahnen. Die weißen Leintücher über den Tischen, passend zu den Stuhlhussen. Silberne Kerzenleuchter auf jeder Tafel, Stoffservietten, blitzendes Besteck. Ich sehe noch kein Büfett, aber jede Menge Kellner, also wird es bis zum Dinner nicht mehr lange dauern. Erwartungsvolle Spannung schwebt über dem Saal wie ein Damoklesschwert.

Ich fühle, wie der Schweiß meinen Nacken hinabrinnt, zwischen die Schulterblätter, den Rücken entlang.

Mein Vater nimmt das Mikrofon, das ein Techniker ihm reicht, und beginnt seine Rede mit der Begrüßung der Gäste. Zu dem Zeitpunkt bin ich bereits schweißgebadet. Mein Herz fühlt sich an, als hätte es einen Marathon bestritten.

Wir stehen im Scheinwerferlicht, Mum, Dad, Lauren und ich. Dennoch ist das Publikum deutlich zu erkennen, die Gesichter mindestens der Hälfte der Anwesenden; Blicke, wohlwollende, neugierige, kritische, die von einer zum anderen wandern, von Mum, zu Dad, zu Lauren, zu mir.

Ich tausche einen Blick mit Lauren. Sie wirkt angespannt, doch irgendwie entschlossen – so, als wollte sie sich meinen Eltern gegenüber auf keinen Fall die Blöße geben. Sie drückt meine Hand, die schweißnass ist. Lächelt mir aufmunternd zu. Wer weiß, vielleicht ist sie es gewöhnt, im Scheinwerferlicht zu stehen? Ich habe keine Ahnung. Sie sieht nicht so aus, als würde sie tausend Tode sterben wie ich in diesem Moment.

»Was wäre so ein Rummelplatz ohne eine anständige Tombola?«, fragt mein Vater gerade, und Applaus bricht los, bei dem ich zusammenschrecke, als hätte man mich aus dem Tiefschlaf gerissen. »Wir haben da etwas vorbereitet.«

Mit einer Geste deutet er hinter sich, meine Mutter lacht, und Lauren zieht mich ein Stück zur Seite, um besser sehen zu können. Wie mir jetzt erst auffällt, war der rückwärtige Teil der Bühne bis gerade eben hinter einem Vorhang verborgen, der nun zur Seite schwebt und den Blick auf ein Regal freigibt, das sich unter diversen Gegenständen biegt. Ich sehe einen Spiegel mit Goldrahmen, einen alten Teddy, eine Bleistiftzeichnung, ein Gläserset, einen Zylinder, ein Samtkissen, auf dem Ohrringe drapiert sind, einen Beistelltisch, vermutlich Biedermeier.

Was tue ich hier?

Ich öffne den zweiten Knopf meines Hemdkragens.

Mein Vater erklärt die Spielregeln. Ich versuche angestrengt, ihm zu folgen. Dass dies keine gewöhnliche Tombola sei. Dass man die Möglichkeit habe, Lose in unterschiedlichem Wert zu ersteigern für Preise mit ebenso vielfältigen Graden an Kostbarkeit.

Meine Mutter stellt einige der Objekte vor. Sie seien allesamt gespendet, allesamt wundervoll. Ich erkenne das Grammofon, es hat meinem Urgroßvater gehört. Es verschwimmt vor meinem Blick.

»Vor Ihnen auf den Tischen haben wir je eine Nummernkelle platziert sowie einen Katalog, in dem alle Stücke aufgelistet sind. Jedes einzelne davon hat einen gewissen Wert, der allerdings stark variiert. Sie sehen die Gegenstände auf dem unteren Regal? Die haben vergleichsweise weniger materiellen Wert als die im Fach darüber, und so weiter. Bis wir beim obersten Regalfach angelangt sind, das die wertvollsten Stücke beinhaltet. Die einzelnen Regalbretter wiederum«, fährt meine Mutter fort, »sind mit verschiedenen Farben gekennzeichnet: Möchten Sie ein Stück des untersten Fachs erwerben, kaufen Sie ein gelbes Los. Befindet sich Ihr Lieblingsobjekt ein Fach darüber, kaufen Sie ein rotes. Wie Sie sehen, gibt es auch noch blaue, grüne und schwarze Lose – diese sind für das oberste Regal die richtigen. Was Sie für Ihr Los bezahlen, bestimmen Sie selbst – je nachdem, was das Objekt der Begierde Ihnen wert ist.«

Mein Vater nickt. »Und sobald Sie sich entschieden haben, an der Tombola teilzunehmen, heben Sie die Kelle, und Lauren, die bezaubernde Freundin meines Sohnes, kommt an Ihren Tisch. Bei ihr können Sie eines der Lose erstehen. Sollten sich mehrere Personen für dasselbe Stück interessieren, entscheidet, wer bereit war, mehr für sein Los zu bezahlen – also lassen Sie sich besser nicht lumpen, meine Damen und Herren.«

Gelächter, Applaus, Geraune.

»Sie kennen meinen Sohn, James? Lauren und er werden gemeinsam die Verlosung durchführen und anschließend verkünden, welches Stück für wie viel Ihrer großzügigen Spende den Besitzer wechselt. Wollen wir loslegen?«

Und das ist mein Stichwort. Als hätte mein Körper nur darauf gewartet, Dads Schlusswort zu hören, passieren in meinem Inneren gleich mehrere Dinge auf einmal: Meine Knie beginnen zu zittern, also stütze ich mich mit einer Hand an dem mit Preisen gefüllten Regal ab, während die andere gegen meinen Magen presst. Ich muss schlucken, mehrmals. Ich fühle, dass da etwas hochkommt, dass ich nicht mehr lange …

»James?« Meine Mutter legt ihre Hand auf meinen Arm. »Alles in Ordnung mit dir?«

Ich nicke. Versuche, sie anzusehen, doch ich fürchte, wenn ich mich bewege, passiert ein Unglück. Andererseits sollte ich schleunigst hier weg. Auf dem kürzesten Weg. Geradeso bringe ich eine Entschuldigung hervor, dann bin ich von der Bühne gestolpert und aus dem Zelt, was dank der fehlenden Seitenplanen problemlos möglich ist. Niemand hält mich auf, auch Lauren nicht. Sie war in dem Moment, in dem mein Vater »loslegen« ausgesprochen hatte, bereits zu einem der Tische gewunken worden.

Ich dagegen renne über den Rasen. Ich bin ehrlich nicht sicher, ob ich es ins Haus und bis zum Klo schaffe oder mich noch hier draußen, vor ein paar Rauchern und Mitarbeitern, in die Büsche fallen lassen werde.

»Jamie?«

Drei Stufen die Terrasse hoch. Ich pralle gegen die Verandatür, mir ist übel, ich habe das Gefühl, ich sehe Sterne, wie bei einem Drogentrip. Mein Hirn scheint sich zu pulverisieren. Ich bin nicht mehr ich, nur so viel steht fest.

»Jamie?«

Es ist schon lange her, dass ich es so weit habe kommen lassen. Beinah hatte ich vergessen, wie es ist, wenn man der Panik den Raum gibt, den sie einfordert.

Ich schaffe es gerade rechtzeitig ins untere Gäste-WC. Ich hechte in Richtung der Toilette, werfe den Deckel nach oben, falle davor auf die Knie. Und dann kotze ich mir die Seele aus dem Leib, und mit jedem Würgen und jedem Röcheln und jeder Träne, die mir in die Augen schießt, verabscheue ich mich selbst ein bisschen mehr.

»James?«

Jemand klopft. Ich höre es erst, als sich nichts mehr in meinem Magen befindet, das ich hervorwürgen könnte, und ich kraftlos gegen die gekachelte Wand sinke.

»Moment«, rufe ich schwach. »Bin gleich draußen.«

Ich wasche mir die Hände, das Gesicht, spüle mir den Mund mit Seife aus, was mich beinah wieder spucken lässt. Ich öffne ein Fenster. Streiche meine Kleidung glatt. Drehe mich um nach meinem Jackett, in dessen Innentasche sich die Betablocker befinden, doch es ist nicht da. Mein Verstand braucht keine Sekunde, um zu realisieren, was das bedeutet, und einmal mehr breche ich in Schweiß aus.

»Jamie? Hier ist Emma. Kann ich reinkommen?«

»Emma?« Hilfe! »Nein, ich ... bin gleich so weit. Ich komme raus.«

Die Tür öffnet sich, und Emma steckt den Kopf herein, die Augen geschlossen. »Wenn du gerade nicht angezogen bist, sag das bitte, dann bin ich sofort wieder weg. Andernfalls ... Kann ich irgendetwas für dich tun? Brauchst du ein Glas Wasser? Ein Stück trockenes Brot? Irgendetwas? Lauren?«

Ich starre auf Emmas Gesicht, das nach wie vor eine Katze darstellt, eine reichlich besorgte Katze, starre auf ihre Lippen, die sie leicht geöffnet hat, auf die Hand ohne Ring, die die Tür hält. Ihre Nägel sind kurz und ohne Farbe, unprätentiös, wie der Rest von ihr.

Ich mag dich, denke ich. Ich mag dich sehr. Und dann, während die Worte in meinem Hirn Anlauf nehmen, um die nächste Panikattacke in Gang zu setzen, wird mir mit einem Mal wärmer, irgendetwas beruhigt sich in mir, gibt sich größte Mühe, mein eiskaltes Inneres mit Sauerstoff zu versorgen.

»Jamie?«

»Ja. Ich meine, komm rein.« Meine Stimme klingt rau.

Emma öffnet die Augen. »Hey.« Sie lächelt. Ganz automatisch lächle ich ebenfalls. Und obwohl ich der Meinung bin, dass es im Leben kaum etwas Harmloseres geben kann als ein Lächeln, sollte es aufhören. *Ich* sollte damit aufhören. Je eher, desto besser.

»Was war denn los? Hast du dir etwas eingefangen? Es hörte sich an, als hättest du halb Sussex hochgewürgt. Und du siehst auch so aus, ehrlich gesagt.«

Was los war? Mein Vater hat mich auf einer Bühne ins Rampenlicht gestellt, vor zweihundert steinreichen, überwiegend prominenten Gästen, und mich dazu verdonnert, eine Tombola zu moderieren. Was daran das Problem ist? Nun, *ich* bin das Problem. Und ein weiteres Problem ist, dass ich ein Feigling bin. Ein wirklich bedauernswerter Feigling.

»Es war …« Das Wort *nichts* liegt mir auf der Zunge, doch von dort will es nicht recht weiter. Offenbar habe ich keinerlei Probleme damit, Lauren anzulügen oder Mum oder meinen Vater, doch bei Emma bleibt mir die kleinste Unwahrheit im Hals stecken.

Einen Wimpernschlag lang wartet sie auf meine Antwort, dann betritt sie den Raum, schließt die Tür und sperrt sie hinter sich zu. Sie stellt sich ans Waschbecken, neben mich und wässert eines der kleinen Gästehandtücher, bevor sie es mir an die Stirn hält. Und an die Wangen. Sie wäscht mein Gesicht und meinen Hals und sieht dabei aus wie eine Kinderkrankenschwester – bloß, falls hier jemand auf falsche Ideen kommen sollte.

Und dann knöpft sie ihr Hemd auf.

»Uh, Emma, ich …« Ich muss wie ein Idiot aussehen, denn Emma fängt an zu lachen, leise und womöglich ein kleines bisschen spöttisch.

»Keine Sorge, ich habe noch ein Top drunter.« Damit streift sie sich das Hemd von den Schultern, schlüpft aus den Ärmeln und hält es mir hin. »Hier. Es hat meinem Vater gehört, müsste dir also passen.«

Ich bin nach wie vor verwirrt, als ich an mir hinuntersehe auf die Flecken, die sich gelb und bräunlich von meinem eigenen weißen Hemd abheben. »Oh, Scheiße.« Mir wird heiß vor Scham. Dann schnellt mein Blick zurück zu Emma, und ich schüttle den Kopf. »Das musst du nicht tun. Mein Jackett – es muss irgendwo draußen über einem Stuhl hängen. Wenn ich es habe …«

»Zieh das an, Jamie, wirklich, es ist kein Ding.« Sie wedelt mit dem Hemd vor mir. »Ich habe draußen noch eine Strickjacke. Und im Bus ist es warm.«

»Also gut.« Ich seufze. Aber ich nehme Emma das Hemd aus der Hand und ziehe es an. Und sobald ich das tue, habe ich das Gefühl, einmal mehr tausend Tode zu sterben, weil es so sehr nach ihr riecht, nach Sommerwiese und Seeluft, nach Schokoladenparfait, nach allem, was ich mag, und nach … Geborgenheit.

»James?« Meine Mutter hämmert erst gegen die Tür, versucht dann den Knauf zu drehen, und ich knöpfe in Windeseile das Hemd zu. »Was ist los mit dir, Darling, geht es dir gut? Mach bitte die Tür auf.«

»Kleinen Augenblick, Mum. Ich bin sofort so weit.«

Für einige Sekunden starren Emma und ich uns an, dann beginnen wir gleichzeitig zu handeln. Sie springt hinter die Tür, wo sie sich mit dem Rücken gegen die Wand drückt. Ich bin nicht sicher, ob es wirklich nötig ist, sich vor meiner Mutter zu verstecken, doch ich hindere sie auch nicht daran. Stattdessen greife ich nach meinem besudelten Hemd und stopfe es zu den gebrauchten Handtüchern in den Behälter für die Schmutzwäsche.

Ich trete zur Tür, fahre mir mit den Händen durch die Haare, sammle mich. Ich werfe einen letzten Blick auf Emma, die mir zusieht, nur die Andeutung eines Lächelns auf dem Gesicht. Ich lächle ähnlich zaghaft, und dann, weil ich es einfach nicht lassen kann, greife ich nach ihrer Hand und drücke sie, bevor ich die Tür öffne. Und während ich das tue, denke ich … Ich denke: War das unser Moment? War es der einzige, den wir bekommen?

Der restliche Aufenthalt auf Mellington Manor ist von den Ereignissen im Badezimmer überschattet. Meine Mutter besteht darauf, dass ich mich hinlege, selbst wenn es mir im Augenblick schon besser gehe, und ich widerspreche ihr nicht. Sie bringt mir Tee, Zwieback, mein Jackett und einen Gruß von Lauren, die ausrichten lässt, sie werde nach mir sehen, sobald die Tombola beendet ist. Ich bin nicht sicher, ob sie das tatsächlich getan hat oder nicht, denn als ich aufwache, ist es bereits sechs Uhr morgens, Lauren liegt neben mir, das Fest ist längst vorbei. Und ich frage mich zum ersten Mal, während ich eine Tablette aus der Verpackung drücke und sie im Bad mit einem Schluck Wasser hinunterspüle, wieso Emma es war, die mir am Abend ins Haus gefolgt ist, und nicht sie.

28

Emma

Guten Morgen, Jamie.«

»Guten Morgen.«

»Ich hab dir was mitgebracht.« Ich klappe den kleinen Tisch vor Jamies Sitz herunter und stelle den grünen Smoothie darauf, den ich am Bahnhof gekauft habe. »Ich dachte, das ist heute genau das Richtige für dich. Allerdings hoffe ich auch, die grüne Farbe weckt nicht allzu viele Assoziationen an Samstag. Wenn ich es recht bedenke, hatte dein Gesicht da eine ähnliche Farbe.« Ich versuche, mein Lächeln zum Strahlen zu bringen, auch wenn mir klar ist, dass mir das dieser Tage nicht wirklich gut gelingt. Der Heiratsantrag, der Streit mit Tyler, sein überstürzter Abgang und die Tatsache, dass wir seither nicht mehr miteinander gesprochen haben – ich kann nicht behaupten, dass es mir gut geht, aber es *tut* gut, sich um jemand anderen zu sorgen als um mich selbst und meinen verkorksten Beziehungsstatus.

Ich weiß nicht mal – habe ich noch eine Beziehung? Hat Tyler mit mir Schluss gemacht, oder braucht er die Woche in Manchester lediglich, um darüber hinwegzukommen, dass ich noch nicht heiraten möchte?

»Danke.« Jamie lächelt, hat aber eindeutig dieselben Probleme damit wie ich.

»Geht es dir besser?«

»Ja. Danke. Nochmals.« Ohne zu zögern, greift er nach dem Smoothie und trinkt.

Ich nippe an meinem Cappuccino. Greife in die Tüte mit dem Croissant, ziehe es halb heraus und beiße hinein. Als mir auffällt, dass wir schon mehr als ein paar Minuten schweigen, sehe ich Jamie an, und unsere Blicke treffen sich.

»Möchtest du auch?« Ich halte ihm das Croissant hin. Diesmal zögert er. Doch dann …

»Weißt du was? Ja. Möchte ich.« Er greift danach, bricht sich ein Stück ab und schiebt es sich in den Mund. Wir sehen einander weiterhin an, während er kaut und ich mich frage, um wie viel schöner ich es gefunden hätte, wenn er einfach abgebissen hätte, anstatt sich ein Stück abzubrechen; wenn wir zwei, Jamie Carlton und Emma Brook, diesen Grad an Intimität erreicht hätten, in dem man vom selben Croissant abbeißt, unser beider Lippen dasselbe Stück Teig berühren.

In dem Augenblick, als ich das denke, schießt mir das schlechte Gewissen in den Magen, als säße ich in der

Achterbahn, bereit zur letzten Talfahrt. Es ist wahr. Ich bin eine unglaublich schlechte Freundin, nicht viel besser als Tyler. Und ich bin offiziell verrückt geworden.

»Was ist mit dir?«

»Mit mir?« Keine Ahnung. Kann man sich in jemanden vergucken, obwohl man einen anderen liebt?

»Ja, mit dir. Ich meine, die ganze Aufregung am Freitagabend …«

»Du meinst, nachdem mir mein langjähriger Freund vor etwa einhundert Leuten und mit bebendem Becken einen Antrag gemacht hat?« Ich lache nicht. Jamie sieht mich ebenfalls ernst an.

Ich lege das Croissant beiseite und hole tief Luft. »Hast du dich je gefragt, ob Lauren die Richtige für dich ist?«

»Lauren? Wir … nun ja. Wir kennen uns noch nicht sehr lange. Wir sind alles in allem fünfmal miteinander ausgegangen, schätze ich. Es lässt sich also wohl nicht mit Sicherheit sagen, ob wir das perfekte Match sind. Wären. Wobei es schon Anzeichen gab, dass das wohl eher nicht der Fall sein dürfte.«

»Wirklich?« Ich kann nichts dagegen tun, dass mein Herz just diesen Augenblick wählt, um schneller zu schlagen, doch ich kann sehr wohl meine Stimme daran hindern, so hoffnungsfroh zu klingen. Ich räuspere mich. *Jetzt reiß dich mal zusammen. Du bist verlobt, Herrgott noch mal – zumindest warst du es. Kurzzeitig. O Gott, war das tatsächlich das Ende zwischen Tyler und mir?*

»Sagen wir einfach, die Heimfahrt gestern hat sich nicht sonderlich erbaulich gestaltet. Lauren war enttäuscht, dass ich nach … nach meinem kleinen Tête-à-

Tête mit der Kloschüssel nicht wieder zur Party zurückgekehrt sondern ins Zimmer gegangen bin. Obwohl ich ehrlich gesagt das Gefühl habe, dass sie sich auch ohne mich prima amüsiert hat. Meine Mutter hat etwas von einem Nachwuchsmusiker erzählt – einem Cellisten –, und dass es aussah, als habe er sich mehr als gut mit Lauren unterhalten. Was vielleicht bloß eine Unterstellung ist. Ich war nicht dabei.«

»Hm.«

»Ja.«

Erneutes Schweigen. Ich bin nicht sicher, ob ich es mir einbilde oder nicht, doch unsere Gespräche sind uns schon mal leichtergefallen, und ich kann mir nicht helfen, ich habe den Verdacht, es hat etwas mit unseren jeweiligen Partnern, mit der Verlobung und mit diesem Moment im Badezimmer zu tun, in dem er nach meiner Hand griff, bevor er seiner Mutter die Tür öffnete.

Ich sage doch, ich nähere mich dem Wahnsinn. Ich bin ganz offensichtlich kurz davor durchzudrehen.

»Was ist mit Tyler?«

Ich sehe überrascht auf.

Jamie, als habe er sich mit der Frage selbst überrumpelt, greift sich die Tüte mit dem Croissant und beißt ab.

»Tyler?« Ich starre auf Jamies Lippen, während er kaut. »Er … Er … ist für ein paar Tage weggefahren.«

»Weggefahren?«

»Hm.«

Okay.

Es reicht.

Ich bin offiziell am Arsch.

»Wir haben uns gestritten. Es ging darum, dass ich womöglich nicht eindeutig Ja gesagt habe zu seinem Antrag – nein, okay, ehrlicherweise muss ich sagen, es ging darum, dass ich mich gerade nicht in der Lage fühle zu heiraten. Also, ihn. Woraufhin es zum Streit kam. Und nun ist er nach Manchester gefahren, wo seine Werbefirma eine Zweigstelle unterhält. Und weißt du, was ich mich jedes Mal frage, wenn er dorthin fährt? Ich frage mich, ob er sich das Hotelzimmer mit einer anderen teilt. Seiner Kollegin Violet zum Beispiel. Oder aber er begegnet jemandem an der Hotelbar oder in irgendeinem Restaurant. Ich frage mich, ob er zurückkommen und mir ein paar Monate später beichten wird, dass er mich betrogen hat. Womöglich mit besagter Violet. Weil er das schon einmal so gemacht hat. Und ich ... Ich versuche, ihm zu vertrauen, ich versuche es wirklich. Aber es gelingt mir nicht so ganz. Und nun hat er mich gefragt, ob ich ihn heiraten will, und ich hab sozusagen abgelehnt. Weshalb er wütend auf mich ist, zu Recht – er ist wütend, er sagte, ich solle den Antrag vergessen und dass er mich vorerst nicht sehen möchte, und er ist nach Manchester gefahren, und er spricht nicht mehr mit mir. So. Das ist der aktuelle Stand. Jetzt weißt du alles. Mehr gibt es im Augenblick nicht zu erzählen. Wir haben gestritten, wir reden nicht miteinander, Tyler ist in Manchester, ich habe keine Ahnung, wie lange. Vermutlich die ganze Woche, vielleicht länger, und bis dahin herrscht anscheinend Schweigen. Und ob er mich danach sprechen möchte, wer weiß? Er war ziemlich aufgebracht und hat sehr deutlich gemacht, dass er mich vorerst nicht sehen will. Also –

›Was ist mit Tyler?‹ war die Frage. Ich habe ehrlich keinen blassen Schimmer.«

Jamie hat aufgehört zu kauen. Er starrt mich einige Sekunden lang an, dann greift er nach seinem Smoothie und trinkt, bevor er ihn mir hinhält.

Dieser Morgen könnte nicht merkwürdiger sein. Nichtsdestotrotz greife ich nach dem Strohhalm und nehme einen Schluck.

»Er hat dich betrogen?«

»Jep.«

Schweigen.

Ich kann sehen, wie es in Jamie arbeitet, und weil ich aus irgendeinem Grund nicht möchte, dass er schlecht von Tyler denkt, sage ich: »Dieses eine Mal. Er hat es mir von sich aus erzählt, ich hätte es sonst wohl nie erfahren. Und er versucht seither, es wiedergutzumachen. Er bemüht sich.«

Jamies Miene ist finster. Ich könnte schwören, er möchte etwas sagen – etwas vermutlich nicht sonderlich Nettes –, doch er hält sich zurück.

»Er hat extra einen Tanzkurs besucht für seinen Heiratsantrag, weißt du? Ich hatte ihn schon im Verdacht, mich wieder … wieder … du weißt schon, dabei hat er diesen Tanz einstudiert, um mir einen Antrag zu machen. Deshalb war er so oft unterwegs. All die Male, die er mir abgesagt hat, hat er dafür geübt.«

Mehr Schweigen.

Ich seufze.

»Du hast recht. Ich weiß nicht, warum ich ihn in Schutz nehme. Das tue ich ständig.«

»Ich habe nichts gesagt.«

»Nein, aber gedacht. Und es stimmt ja auch. Ich sollte nicht versuchen zu rechtfertigen, was Tyler getan hat. Es ist nur so … Entweder, ich lerne, damit zu leben und ihm wieder zu vertrauen, oder …« Ich spreche den Satz nicht zu Ende. Jamie nickt.

Via Lautsprecher ertönt die Ankündigung, dass der Zug in Kürze in London, Victoria Station, einfahren wird.

Als er es tut, steigen wir schweigend aus.

Doch als wir uns am Ende des Bahnsteigs voneinander verabschieden, sagt Jamie: »Wollen wir vielleicht heute Abend weiterreden? Beim Essen?«

Ich denke, ich war schon lange nicht mehr so nervös, und das liegt nicht nur an Jamies Einladung zum Essen oder an der Tatsache, dass ich zugesagt und seine Telefonnummer in meinem Handy gespeichert habe. Es liegt zum großen Teil daran, dass ich das Gefühl habe, Tyler zu hintergehen. Verhalte ich mich genauso schäbig wie er, allein dadurch, dass ich mit einem anderen Mann ein Restaurant besuche? Oder ist nicht eher der Gedanke dahinter das Schlimmste, das ich Tyler antun kann? Der Gedanke, dass ich mich auf den Abend freue, dass ich es im Grunde nicht erwarten kann, Jamie außerhalb des Zugs, in einer privaten Umgebung zu treffen, ihn näher kennenzulernen, mehr von ihm zu erfahren?

Ich weiß, Tylers letzte Worte an mich lauteten: »Vergiss es, vergiss den Antrag« und »es ist besser, wenn wir uns vorerst nicht mehr sehen«. Das heißt aber doch nicht, dass alles aus ist zwischen uns beiden. Das heißt nur, dass wir noch eine ganze Strecke Weg vor uns haben, bis in unsere Beziehung endlich wieder Ruhe einkehrt.

Ruhe.

Ich weiß nicht.

Seit wann sehne ich mich in einer Partnerschaft nach Ruhe?

Wo sind die Schmetterlinge geblieben, nach denen sich andere, normale Menschen sehnen?

»Ist das nicht ein bisschen viel Rouge?« Unser heutiger Interviewgast – eine Bestsellerautorin von äußerst erfolgreichen Do-it-yourself-Büchern – wirft mir im Spiegel einen skeptischen Blick zu.

»Oh, ja, sicher. Verzeihung.«

Ein Räuspern von Navin, auf das ich nicht reagiere. Er ist sensibel genug, mich auch den restlichen Vormittag über nicht zu drängen, was für alle Beteiligten das Beste ist. Ich bin nicht sicher, was aus mir herausplatzen würde, wenn mich heute jemand an der falschen Stelle pikt. Etwas wie: *Was ist nur los mit mir, ich bin so schrecklich verwirrt, wieso habe ich nicht einfach Ja gesagt, hier geht es schließlich um Tyler, meinen Tyler, wieso also habe ich mich mit jemand anderem zum Essen verabredet, wieso?*

Es pikt mich aber keiner.

Weder Navin noch Amy oder Carly, denn sie sind beide nicht zu Hause, als ich dort ankomme, um mich für den Abend fertigzumachen.

Ich versuche es bei Tyler. Er geht nicht ran.

Also versuche ich, die Sache als das zu sehen, was sie ist: ein Abendessen mit einem Freund, den ich noch nicht gut kenne, und der nichts weiter ist als das.

»Wie war dein Tag?«

Wir sprechen gleichzeitig und fangen synchron an zu lachen. Ich fühle mich nicht halb so zwanglos, wie ich es gern hätte, und Jamie scheint es ebenso zu gehen. Es ist spürbar, wie viel Mühe wir uns beide geben, so natürlich wie möglich zu erscheinen. So sehr, dass es auf jeden Fall unnatürlich wirkt.

Wir haben uns bei einem Italiener getroffen, *Il Diavolo*, wo wir eine runde Nische zugewiesen bekamen, die intimer ist, als man es sich für ein freundschaftliches Abendessen wünschen würde. Ich bemühe mich zu ignorieren, wie vertraulich wir sitzen, wie unangebracht diese ganze Szenerie ist – die weiße Tischdecke, die flackernden Kerzen, die südländische Schmachtmusik –, und mich ebenso wenig darauf zu konzentrieren, wie gut Jamie aussieht in dem dunkelblauen Henley und den schwarzen Jeans. Er sieht edel aus, wie immer, aber nicht ganz so zugeknöpft wie sonst. Und alles in allem ist das hier ein derartiger visueller Overkill, dass mir schwindlig wird.

»Wir hatten heute eine Sachbuchautorin zu Gast«, erzähle ich schließlich, »und einen der Mitveranstalter vom Brighton Pride.«

»Brighton Pride?«

»Das kennst du nicht? Das jährliche Gay-Festival mit Promenade und Festival im Park? Es findet nächstes Wochenende statt.«

»Ah. Doch, ja, natürlich. Das Straßenfest ist mir schon aufgefallen, ich wusste nur den Namen nicht.«

»Es ist ein Spektakel. Unvergleichlich in seiner Art. Das größte in England.«

»Und? Wirst du hingehen?«

»Ich lebe mit meiner Schwester und ihrer Freundin zusammen. Also ja, ich werde hingehen, denn wenn nicht, würden sie mich hinzerren.«

Er lächelt. Wie er es immer tut. Ich weiß nicht, was passieren muss, damit Jamie Carlton in spontanes, lautes Gelächter ausbricht; auf mich wirkt es manchmal so, als habe er tatsächlich schon lange keinen Grund mehr dazu gehabt.

»Was ist mit dir? Wie war dein Tag?«

»Mein Tag? Er war ... gut. Ja, tatsächlich. Eher unaufregend. Die Möglichkeiten der App werden gerade von IT und Marketing geprüft. Weshalb ich heute die meiste Zeit damit verbracht habe, die aktuellen Ausgaben unserer Hefte gegenzulesen, um meinem Vater Feedback zu geben. Er meint, solange ich noch nicht so tief vom Unternehmen verschluckt worden bin wie jeder andere dort, habe ich noch einen frischen Blick auf unsere Ausgaben und dafür, was man eventuell ändern oder verbessern könnte.«

»Dein Vater war mir sehr sympathisch. Ich könnte mir vorstellen, dass es eher selten ist, dass sich ein Mann in seiner Position höchstpersönlich bei den Leuten vorstellt, die seine Frau für ein Sommerfest angeheuert hat. Zumindest sagte Carly das, nachdem er zu uns an den Spielbus kam und genau das tat.«

»Ich glaube, für meinen Vater macht es keinen Unterschied, ob man *für* ihn arbeitet oder *mit* ihm, ob man mehr Geld hat oder weniger, mehr Einfluss, mehr Macht, was auch immer es ist. Er ist tatsächlich jemand, der Menschen mag und ihnen erst mal positiv gegenübertritt.«

»Wow. Das ist toll. Und ich nehme an, diese Einstellung hat er an seinen Sohn weitergegeben?«

»Ich bin nicht sicher. Ich bin eher der Typ, der Menschen aus dem Weg geht, schätze ich.«

Bevor ich nachfragen kann, welchen Grund Jamie haben sollte, Menschen aus dem Weg zu gehen, unterbricht ein Kellner das Gespräch, reicht uns die Speise- und Weinkarte und nimmt die Bestellung für Mineralwasser entgegen. Sobald er sich weggedreht hat, sagt Jamie: »Erzähl mir von deiner Show. Was waren die skurrilsten Gäste, die du je schminken musstest?«

Also nehme ich die Aufforderung zum Themenwechsel als das, was sie ist, und erzähle Jamie von der Katzenpsychologin, die im Studio verzweifelt und vergeblich versuchte, ihren Kater dazu zu bringen, auf ihren Schoß zu springen. Und von dem Feuerschlucker, der versehentlich einen Sessel in Brand steckte. »Zum Glück saß da niemand.« Und von einem Millionärsehepaar, das für einen Beitrag über seinen Alltag gefilmt worden war, sich zwischenzeitlich aber überworfen hatte und in der Garderobe handgreiflich geworden war. »Navin musste den Mann einsperren, während die Sicherheitsleute seine Frau in einen anderen Raum verfrachteten. Es war das reinste Chaos, die komplette Sendung musste umgeschmissen werden.«

Noch bevor die Vorspeise kommt, habe ich zu viel Wein getrunken. Und noch während wir auf das Hauptgericht warten, ist mir klar, dass es ein Fehler war, mich mit James Carlton zum Essen zu verabreden. Weil es mir viel zu gut gefällt. Viel zu gut.

»Was ist das Verrückteste, das du je getan hast?«

Jamie lässt von seinen glasierten Jakobsmuscheln ab und sieht mich an, als sei das die grauenvollste Frage, die ich ihm hätte stellen können.

Ich lache. »Was? So schlimm? Willst du damit sagen, du warst schon immer so …«

»Langweilig?«

»Ernst. Zugeknöpft. Schon als Kind?«

»Ich denke ja. Ich kann mich jedenfalls nicht an eine Situation erinnern, in der ich etwas getan hätte, was für dich verrückt klingen würde.«

»Hast du je nackt im Meer gebadet?«

»Was? Nein, natürlich nicht. Du etwa?«

»Klar.« Ich stibitze ein Rucola-Blatt von seinem Teller und kaue grinsend darauf rum. »Was man halt so macht, wenn man hier aufwächst. Du bist in London großgeworden?«

»Ja.«

»Irgendwelche verrückten Geschwister?«

»Nein. Meine Mutter hatte eine sehr schwere Geburt mit mir, sie wäre fast dabei gestorben. Deshalb haben sie und Dad beschlossen, es bei einem Kind zu belassen.«

»Oh. Das tut mir leid.«

»Es ist nichts, worüber in meiner Familie noch viel nachgedacht wird. Wie ist dein Risotto?«

»Netter Themenwechsel, Carlton. Mein Risotto ist sehr gut, danke der Nachfrage. Allerdings nicht halb so gut, wie deines mir geschmeckt hat.«

Diesmal sieht sein Lächeln beinah aus wie ein Grinsen, und ich denke, gebt mir noch ein bisschen Zeit, dann … *Okay. Hör auf damit, Emma.*

»Wie sind deine Muscheln?«

»Ganz in Ordnung, *Brook.*«

»Nur ganz in Ordnung?«

»Die Sauce hätte noch ein bisschen Fenchel vertragen können. Fenchel versteht sich sehr gut mit Orange.«

»Tut er das?«

»Allerdings.«

»Was verträgt sich denn noch gut mit Orange?«

»Nelken? Schokolade? Kaffee?«

»Kaffee?«

Jamie nickt.

»Sicher?«

»Machst du dich über mich lustig?«

»Niemals. Ich teste lediglich dein Wissen. Wenn ich deinem Vater das nächste Mal begegne, möchte ich ihm sagen können, was für eine versierte Arbeitskraft du bist.«

»Das bin ich. Allerdings.«

Er spießt ein Stück Jakobsmuschel auf die Gabel und hält sie mir hin. Alles an dieser Geste kommt mir falsch vor, aber genauso falsch wäre es, ihn darauf aufmerksam zu machen.

Du reimst dir hier was zusammen. Wir sind nur Freunde. Er hat Lauren. Du hast Tyler.

Ich schüttle den Kopf.

Jamie sagt: »Das nächste Mal koche ich für dich. Und ich bin mir ziemlich sicher, dass ich es besser hinkriege.«

Wir essen und reden, wir trinken die Flasche Wein und dann noch einen Kräuterlikör, und spätestens danach sollten wir uns wirklich auf den Heimweg machen. Stattdessen landen wir im *Crab Shack.* Dort, wo ich drei Tage zuvor einen Heiratsantrag bekommen habe, dort, wo die Hälfte der Gäste und die komplette Belegschaft Zeuge von Tylers Tanzeinlage geworden ist.

Als Erstes trifft mich der Blick von Barny, der hinter der Theke Gläser poliert. Er verzieht keine Miene, doch ich kenne ihn zu gut – ich weiß genau, zu welchen Anlässen er diese vermeintlich ausdruckslose Maske aufsetzt.

»Barny«, beginne ich also voller enthusiastischem Nachdruck, »darf ich dir Jamie vorstellen? Jamie ist ein Freund von mir. Wir waren gerade beim Italiener um die Ecke und dachten, wir kommen auf einen Absacker vorbei.«

»Aha.«

»Jamie, das ist Barny. Ihm gehört das *Crab Shack,* er ist Carlys Boss, und ab und an, wenn er zu viel von seiner eigenen Karte getrunken hat, übernachtet er bei uns auf dem Sofa.«

»Was ist das hier? Bridget Jones? Stelle die Gäste einander vor und erwähne nennenswerte Details aus ihrem Leben?«

Ich ignoriere die Ironie in Carlys Stimme. »Jamie, das hier ist Carly. Die Lebensgefährtin meiner Schwester und eine furchtbare Nervensäge.«

Carly verdreht die Augen. »Und du bist also Jamie, Emmas Mitfahrer und der Grund, warum in unserem Haus niemand mehr Fertiggerichte essen will. Vielen Dank dafür!«

Jamie sieht mich überrascht an, und ich zucke die Schultern. »Sie haben mir alles weggegessen, ich konnte sie nicht daran hindern.«

»Da kam allerdings schon lange nichts mehr«, beschwert sich Carly.

»Ähm ... nun ...«

»Lass Jamie in Ruhe. Barny, ich hätte gern ...«

Eine schauerliche Rückkopplung schlägt durch den Raum, und alle gemeinsam zucken wir zusammen.

»Mann, Gregory«, flucht Barny, dem ein Weinglas aus der Hand gerutscht ist.

»Ist heute ein Konzert?« Montags sind normalerweise keine Konzerte im *Crab Shack,* montags ist in der Regel ... »Karaoke-Nacht. Ach, du Schreck. Das hatte ich völlig vergessen.« Ich sehe Jamie schuldbewusst an. »Das wird gleich furchtbar, tut mir sehr, sehr leid. Ich hatte völlig verdrängt, dass heute Montag ist. Montags gibt es hier immer Karaoke.«

»Singst du gern?« Carly grinst Jamie an, und es sieht irgendwie hämisch aus.

»Ich? Nein!« Jamie dagegen wirkt, als würde er gleich wieder aufs Klo verschwinden wollen.

»Hast du nichts zu tun, Carly?«, frage ich.

»Ja, Carly, hast du nichts zu tun?«, echot Barny.

Carly grinst, schlüpft hinter die Bar und füllt zwei Shot-Gläser mit einer klaren Flüssigkeit, die sie uns hinschiebt. Sie grinst noch immer, als sie uns damit stehen lässt und zwischen den Tischen verschwindet.

Ich sehe Jamie an. Er schimmert leicht grünlich.

»Trink«, fordere ich ihn auf, bevor ich mein Glas gegen seines klicken lasse. »Manche Menschen sind leichter zu ertragen mit etwas Alkohol im Blut.«

»Ich dachte eigentlich, unser Blut sei schon gut mit

Alkohol versorgt. Außerdem ist Carly doch deine Freundin.«

»Sie ist die Freundin meiner Schwester. Ein himmelweiter Unterschied!«

»Das stimmt wohl.« Er greift nach seinem Glas, nickt mir zu und setzt an. »Oh, Hilfe. Was ist das für ein Zeug?«

»Raki.« Ich lache. »Vielleicht die Rache, weil wir sie loswerden wollten.«

»Verstehe. So schmeckt also Rache.«

»Nach Raki.«

Wir sehen einander an, und mir kommt es vor, als würden unsere Augen blitzen. Wie in einem dieser kitschigen Filme oder einem Roman, und dann habe ich das Gefühl, mir wird gleichzeitig schwindlig und schlecht. Und dann ... schiebe ich die Gedanken weit von mir, denn ich tue nichts Falsches und es ist nicht verwerflich, sich so zu fühlen. Vielleicht hat Tyler recht – vielleicht brauchen wir eine Pause. Und womöglich hilft es uns, mit ein bisschen Abstand und mit dem Blick für anderes, für *jemand anderen,* wieder zueinanderzufinden. Ich wollte diese Trennung nicht. Ich wollte eventuell nicht heiraten, aber trennen wollte ich mich auch nicht. Oder wollte ich? Hatte ich Angst davor, Tyler zu verlassen, und bin nur deshalb bei ihm geblieben? Weil ich ihn nicht verletzen wollte? Weil er und ich einfach immer schon zusammen waren? Wie könnten wir je getrennte Wege gehen?

»Trink aus, Baby Girl, es scheint, als könntest du noch mehr davon gebrauchen.« Barny mustert mich prüfend, während er erst mein Glas mit noch mehr Raki füllt, dann das von Jamie.

»Ich … kann nicht«, sagt der, »unmöglich«, und sein gequältes Gesicht reicht aus, um mich aus meinem düsteren Gedankenloch zu befreien.

»Oooh, armer, kleiner Jamie«, flöte ich, während ich beide Gläser aufnehme, ihm eines davon in die Hand drücke und ihn abermals zum Anstoßen nötige. »Bist dem Brightoner Nachtleben nicht gewachsen, ja?«

»Wir werden sehen, wer grinst, wenn wir uns morgen früh um kurz vor halb sechs im Zug treffen.«

»Es ist erst halb neun.«

»Und du bist auf dem besten Weg, schon vor den Zehn-Uhr-Nachrichten unter dem Tisch zu liegen.«

»Ts, ts. Nun komm schon. Genug geredet. Ist er zu stark, bist du zu schwach.«

Drei Sekunden vergehen, dann hebt Jamie das Glas an die Lippen, trinkt aber nicht. Stattdessen starrt er mich an, und diese Augen … Sie sind grau und sie sind tief. Wunderschön.

»*Cheers,* Emma.«

»*Cheers.*« Ich habe irgendetwas im Hals. Die Reste meines Verstands, vermutlich. Ich spüle sie mit gutem, alten Raki hinunter, und nein, es wird nicht der letzte bleiben an diesem Abend.

Die Karaoke-Abende im *Crab Shack* sind nichts für schwache Nerven. Barny, Herr über die Musikanlage, die normalerweise ausschließlich Independent-Musik aus den Siebzigerjahren bis in die frühen Achtziger hervorbringt, hatte sich lange geweigert, überhaupt etwas in dieser Art zu veranstalten, und dann beschlossen, wenn schon Karaoke, dann … laut. Weshalb auf seinem Mini-Ding von Bühne im hintersten Eck des Schuppens geshoutet wird, anstatt gesungen. The Cure, The Clash, die Sisters of Mercy – all die Bands, die sonst im *Crab Shack* Vorherrschaft genießen, halten sich an Montagabenden die Ohren zu.

»Es wird … was?«, fragt Jamie.

»Geshoutet. Du kennst diese Heavy-Metal-Bands, bei denen man kein Wort vom Text versteht, weil sie einfach nur ins Mikrofon brüllen?«

»Äh … ja?«

Ich muss lachen. Jamies Stimme klingt so vorsichtig, als hätte er regelrecht Angst davor, was er als nächstes zu hören bekommt. »Nun, beim Karaoke-Abend geht es genau darum: ein Heavy-Metal-Stück auszuwählen, bei dem man besonders gut brüllen kann.«

»Aber das kann doch kein Mensch ertragen?« Er sieht wirklich entgeistert aus.

»Exakt. Weshalb diese Abende meist auch sehr kurz sind. Möchtest du antreten?«

»Nein!«

»Eigentlich schreist du aber schon ganz gut.« Ich kichere. Jamie sagt: »Hilfe«, und ich schiebe ihm einen weiteren Raki hin.

»Zwei, drei Stücke, okay? Wappne dich.«

Es wird schlimm. Besser, daran teilzuhaben, als nur zuzusehen, also lasse ich mich von Carly auf die Bühne zerren, und wir performen »Kill Em All« von Metallica. Schon zur Hälfte des Songs bin ich heiser, und am Ende ist mir vom Headbangen so dermaßen schwindlig, dass ich nur noch von der Bühne stolpern kann, und zwar direkt in die Arme von Amy.

»Was machst *du* denn hier?«

»Nichts. Bin zufällig vorbeigekommen.«

»Hm.« Als wäre sie nicht von Carly herbeizitiert worden, ist klar. Besagte Verräterin schiebt sich an uns vorbei, um ihre Arbeit wieder aufzunehmen, jedoch nicht, bevor sie meiner Schwester mit einem Kopfnicken bedeutet hat, wo Jamie steht.

»Oooh«, macht die betont überrascht, und ich verdrehe die Augen.

Über Amys Schulter hinweg werfe ich einen Blick auf Jamie, der an der Bar lehnt, ein alkoholseliges Lächeln auf den Lippen. Er sieht aus, als würde er im gleichen Maße bewundern, was ich da eben auf der Bühne abgezogen habe, wie er es befremdlich findet. Er sieht irgendwie anders aus als sonst. Befreiter, nicht so steif. Er amüsiert sich, das kann man deutlich sehen. Und ...

»Er himmelt dich an.«

»Wer?«

»Dieser Jamie.«

»Quatsch.«

»Wenn ich es dir doch sage!«

»Sprich gefälligst leiser, sonst hört dich noch jemand.«

»Er ist komplett verliebt in dich.«

»Hör sofort auf damit!«

»Hingerissen.«

Ich versetze Amy mit dem Ellbogen einen Stoß, doch auf einmal sehe ich Jamie mit anderen Augen, mit denen meiner Schwester. Könnte es tatsächlich sein, dass er mich mag? Ich meine, mehr als …

Nein. Nein. Ich bin überhaupt nicht sein Typ, habe ich recht? Ich bin nicht wie Lauren, nicht elegant, nicht grazil, nicht groß, nicht blond, ich passe auf keinen Fall in die Kreise, in denen er sich bewegt. Ich bin zu sehr ich, zu *normal*.

Okay, ich bin nicht normal. Ich bin aufbrausend und tollpatschig und ich esse viel zu ungesund. Und ich trinke zu viel. Oh, ja, absolut. Keinen Raki mehr für mich.

Die Karaoke-Nacht im *Crab Shack* wird eine der schönsten, die ich seit langer Zeit erlebt habe. Was ich Jamie allerdings verschweige, als wir uns um kurz nach elf vor dem Pub voneinander verabschieden.

»Wir sind sehr vernünftig, habe ich recht?«

»Ja. Sehr.«

»Das hättest du sicher nicht von mir erwartet, oder? Ich meine, nach etwa einer halben Flasche Raki.«

»Nein, hätte ich nicht. Emma.«

Er sagt meinen Namen, und irgendwie habe ich das Gefühl, er tut es nur, um ihn auszusprechen, ohne Grund, ohne Sinn. Vielleicht war es mehr als eine halbe Flasche, wer weiß.

»Komm gut nach Hause, Jamie.«

»Okay. Du auch.«

»Werde ich. Ich wohne nicht weit von hier. Keine fünf Minuten zu Fuß.«

»Ich würde gern für dich kochen.«

»Was?«

»Ich … Vielleicht übermorgen? Bis dahin müssten wir den Restalkohol wieder abgebaut haben, richtig?«

»Okay?«

»Okay?«

»Okay.«

»Gute Nacht, Emma.«

»Gute Nacht.«

29

Jamie

Lauren und ich sind nicht mehr zusammen. Ich rede mir ein, dass das nichts mit Emma zu tun hat, aber die Wahrheit ist, es hat viel mit Emma zu tun. Sehr viel.

Ausnahmsweise bin ich früher von London zurück nach Brighton gefahren, um für den Abend einzukaufen: Kartoffeln, Knoblauch, Rosmarin, Walnüsse, Haselnüsse, Butter, Champignons, Gorgonzola, Birnen. Weißwein. Wahlweise roten. Zum Nachtisch will ich Tiramisu aus dem Glas servieren, mit Limoncello- statt Kaffeegeschmack. Ein annähernd italienischer Abend, fleischlos, weil … Emma.

Zumindest in einer Sache habe ich nicht gelogen, denke ich, während ich die Einkäufe durchs Abendlicht nach Hause trage. Ich gehe am Wasser entlang, was ich nur selten tue, aber heute scheint ein Tag der Ausnahmen zu sein. Das Meer ist ruhig, nur eine Nuance dunkler als der azurblaue Himmel. Es wirft sich in sanften Wellen an den Kiesstrand, der es prasselnd wieder freigibt, während über der Küstenlinie Möwen kreischen auf der Suche nach etwas Essbarem. Ich atme tief ein, Meerluft, Salz, Algen, Fisch, und – entfernt – den Duft von Popcorn und Zuckerwatte, der vom Pier herüberweht.

Es lässt sich hier besser atmen als in London. Und es gibt weniger Menschen, weit weniger Verkehr. Vielleicht sollte ich einen Umzug noch mal überdenken, jetzt, wo mir auch das Pendeln nicht mehr so schwerfällt. Die Luft ist besser, die Lebensqualität auch. London ist nicht weit weg. Schnell zu erreichen. Etwa nicht? Gott, ich bin ein Heuchler. Mir nach wie vor einzureden, dass nicht Emma jeden zweiten meiner Gedanken bestimmt, dass ich nicht einzig und allein ihretwegen aufgehört habe, nach Wohnungen in London zu suchen, und das schon vor Wochen …

In einer Sache habe ich Emma jedenfalls nicht angelogen. Der Morgen nach dem Sommerfest meiner Mutter war eine absolute Katastrophe zwischen Lauren und mir, frostiger als der Winterbeginn. Ich gehe davon aus, sie wollte mir keine Vorhaltungen darüber machen, dass mir am Abend zuvor übel geworden war, doch ihr Schweigen barg mehr Missbilligung als jeder Vorwurf, den sie mir gegenüber hätte anbringen können. Natürlich ahnte sie nicht, dass weder Alkohol noch falsches Essen dazu geführt hatten, dass ich mich hatte übergeben müssen, sondern einzig die panische Angst davor, auf diesem Podium vor all den Menschen zu stehen und zu sprechen. Hätte sie das gewusst, wäre die Rückfahrt vermutlich noch um etliches eisiger verlaufen. Stille bestimmte den größten Teil der Fahrt, ab und an unterbrochen von Small Talk über die Musik im Radio oder das Arbeitspensum, das jeden von uns in der kommenden Woche erwartete.

Zu dem Zeitpunkt war ich mir nicht sicher, weshalb Lauren mir die verpatzte Feier derart übel nahm. Sie hatte sich sichtlich wohl gefühlt. Meine Mutter machte beim Frühstück Andeutungen darüber, dass sie einer der letzten Gäste gewesen war, gemeinsam mit dem bereits erwähnten Cellisten. Lauren war bei seiner Erwähnung rot geworden. Ich nehme an, sie wird ihn wiedersehen. Meine Mutter schien dasselbe zu denken, als sie mir unter hochgezogenen Augenbrauen einen Blick zuwarf.

Und dann rief ich Lauren gestern Abend an, um sie um ein Treffen zu bitten. Und sie erklärte am Telefon, dass dies nicht nötig sei, wir könnten auch hier und jetzt beschließen, dass wir womöglich nicht sonderlich gut zusammenpassten.

»Es ist ja nicht so, dass das Ganze nicht schon früher aufgefallen wäre«, sagte sie.

»Was meinst du mit *das Ganze*?«

»Na ja. Irgendetwas hat von Anfang an nicht gestimmt, oder? Dieses erste Mal, als ich bei dir übernachtet habe – du hast mich geradezu aus der Wohnung katapultiert.«

»Das war … Du weißt, dass ich arbeiten musste, das war meine Anfangszeit im Verlag, und ich hatte …«

»Du hattest es mit einem Mal sehr, sehr eilig, mich loszuwerden. Und ich kann nicht behaupten, dass das ein schönes Gefühl gewesen ist. Oder dass mir das je zuvor passiert wäre.«

Ich gebe zu, am liebsten hätte ich schon in diesem Moment wieder aufgelegt, bis zum Rand gefüllt mit heißem Schamgefühl. Doch wenn man sich solch schmerzliche Wahrheiten einbrockt, muss man wohl auch ertragen können, damit konfrontiert zu werden, richtig? »Es tut mir leid«, sagte ich also. »Ich wollte dich nicht verletzen. Ehrlich nicht.«

»Sag mir nur eins: Diese Emma – ist sie diejenige, weshalb du keine Beziehung mit jemand anderem möchtest?«

»Was?« *Scheiße.* »Nein. Natürlich nicht. Emma hat gar nichts damit zu tun.«

Schweigen. Oder besser: Eisige Stille. Ich bin der letzte Vollidiot, richtig? »Emma und ich, wir sind ... Wir ...«

Mehr Schweigen. Diesmal tödlich.

»Ich hab gesehen, wie sie dir nachgelaufen ist. Nachdem dir übel geworden war. Hast du dich nicht gefragt, weshalb *sie* es war, die dir den Schweiß vom Gesicht getupft hat? Nun. Sie war schneller. Das heißt nicht, dass ich nicht da gewesen wäre. Und ich bin nicht blind.«

»Lauren ...«

»Du hättest wenigstens den Anstand haben können, mir die Wahrheit zu sagen.«

»Aber es ist nichts zwischen Emma und mir! Es war nichts. Und sie ist verlobt. Und ...«

Da hatte Lauren die Verbindung längst getrennt.

Pünktlich um 19 Uhr läutet es an der Tür. Ich öffne. Jemand poltert die Holztreppe nach oben, in schweren, enthusiastischen Schritten, die mich an ein Trampeltier erinnern und automatisch meine Laune heben.

Es ist nie schön, sich von jemandem zu trennen. Auch dann nicht, wenn man kaum zusammen war. Auch dann nicht, wenn der andere von Anfang an nicht richtig zu einem gepasst hat. Und dennoch verspüre ich Erleichterung darüber, dass die Geschichte mit Lauren vorbei ist; Erleichterung, und nichts sonst.

Ich wünschte, es wäre anders. Ich wünschte, ich würde ihr ein kleines bisschen mehr Respekt erweisen können. Doch wenn ich Emma nur ansehe … Sie steht vor mir, sie sieht bezaubernd aus, und ich fühle, wie sich alles in mir zu ihr hinsehnt, wie sie sich in mich und meine Umgebung einfügt, als wäre sie das letzte Puzzleteil, das noch gefehlt hat.

»Mr. Carlton.«

»Miss Brook.«

Sie grinst. Hat die Hände hinter dem Rücken verschränkt und wippt auf ihren Fußballen. Sie trägt ein dunkelblaues, geblümtes Kleid mit einem schmalen Gürtel und weiß-gelbe Sneaker.

»Darf ich mich vielmals für die Einladung zum Essen bedanken? Eine kleine Aufmerksamkeit.« Sie streckt mir die rechte Hand entgegen.

»Du hast mir Blumen mitgebracht?«

»Was hätte ich dir sonst mitbringen sollen? Schokolade? Du isst kein ungesundes Zeugs. Raki? Du verträgst keinen Schnaps.«

»Was ist gegen die gute, simple Flasche Wein einzuwenden?«

Emma reißt die Augen auf, dann schiebt sie sich an mir vorbei in die Wohnung. »Du bist so unkreativ, Jamie Carlton! Ich hoffe, das spiegelt sich nicht in unserem Abendessen wider.«

Ich liebe es, Emma hierzuhaben. Sie spaziert durch meine Wohnung, als gehörte sie ihr, inspiziert jeden Winkel, als hätte ich sie zu einer Hausführung eingeladen.

»Du hast jede Menge Bücher.« Ihre Finger gleiten über die Buchrücken in meinem Regal. »H. D. Lawrence. Dickens. Yeats. Wow. Ich bin beeindruckt.«

»Ich sortiere sie nach Erscheinungsjahr. Die moderneren Romane stehen dort drüben, neben dem Fenster.«

»Selbstverständlich sortierst du deine Bücher.«

»Was ist dagegen einzuwenden?«

»Nichts. Außer, dass es typisch ist für einen Kontrollfreak wie dich.«

»Ich bin kein …«, beginne ich, doch Emma lehnt inzwischen an dem Balken, der die Mitte meines Wohnzimmers markiert, und sieht mich herausfordernd an. Sie ist entwaffnend. Und gerade deshalb brandgefährlich, fürchte ich.

»Du hast eine wirklich schöne Wohnung.«

»Danke.«

»Sie ist so ungefähr das genaue Gegenteil von dem alten Cottage, in dem wir wohnen. Lauter kleine Zimmer, enge Treppen. Hier ist alles so offen.«

»Es ist ein großer Raum«, rufe ich über die Schulter, während ich in Richtung Küchenbereich laufe, der eine der vier Ecken des Lofts markiert. »Nur das Bad ist separat.«

»Wo schläfst du?«

»Dort hinten.« Ich nicke in den entgegengesetzten Teil des Zimmers. »Hinter dem Paravent.«

»Hm.«

Sie macht keine Anstalten, sich meine Schlafstätte anzusehen, und ich frage mich unwillkürlich, ob ihr das ebenfalls zu gefährlich, zu heiß erscheint.

»Es riecht jedenfalls köstlich.«

»Das sind die Kartoffeln, sie sind bereits im Ofen.«

»Ich kann es kaum erwarten. Soll ich dir noch irgendwie zur Hand gehen?«

Die Stimme kommt näher. Ich halte den Atem an, in der gespannten Erwartung, dass ich nun allmählich nervös werden müsste, dass die Kälte in meinen Magen kriecht, wie so viele Male davor, doch es passiert nicht. Stattdessen poltert es hinter mir, ich schrecke aus meinen Gedanken hoch, und als ich mich umdrehe, sitzt Emma auf dem Boden vor der Kochinsel, neben einem der zwei Barhocker.

»Diese Hochstühle sind nicht so meins«, erklärt sie, während sie sich aufrappelt. In zwei Schritten bin ich bei ihr, um ihr im wahrsten Sinne unter die Arme zu greifen, bis sie wieder steht. Sie ist rot angelaufen und sie sieht zum Anbeißen aus. Meine Hände rutschen von ihren Ellbogen zur Taille.

»Sorry. Manchmal benehme ich mich wirklich wie eine Idiotin.«

Du kannst jetzt loslassen, Jamie.

Die Stimme in meinem Kopf klingt reichlich genervt, doch sie kann nichts ausrichten gegen die Tatsache, dass

Emma keine Anstalten macht, sich vor meiner Berührung zurückzuziehen. Also hebe ich sie hoch. In einer einzigen, fließenden Bewegung habe ich sie auf den Hocker gesetzt, wo sie einen erstaunten Laut von sich gibt, und ich so tue, als wäre es das Normalste der Welt, Emma Brook in meiner Küche auf einen Stuhl zu heben, oder besser noch – als wäre es gar nicht passiert.

Ich drehe ihr den Rücken zu, während ich auf der Anrichte die Blumen aus dem Papier wickle. Es ist ein hübscher, bunter Sommerblumenstrauß und nichts, was ich je zuvor von einer Frau geschenkt bekommen hätte. Ich greife in den obersten Hängeschrank, um die einzige Vase hervorzuziehen, die ich besitze.

»Du hast eine Vase?«

»Überrascht?«

»Lass mich überlegen. Hm, nein, nicht wirklich.«

Über die Schulter werfe ich Emma einen Blick zu. Sie hat es sich auf dem Barstuhl bequem gemacht, die Ellbogen auf die Tischplatte gestützt, das Kinn auf die Hände gelegt. Von der vorangegangenen Verlegenheit fehlt jede Spur, dafür lachen ihre Augen, die Lippen hat sie fest zusammengepresst, wie um sich ein echtes Lächeln zu verkneifen. Ich muss aufhören damit, mir vorzustellen, wie es wäre, wenn sie öfter dort säße, sagen wir … immer. Wenn ich zu diesem Anblick heimkommen würde, zu diesem Strahlen, in diese Geborgenheit, die Emma ausstrahlt. Ich muss aufhören damit, so zu fühlen, wie ich fühle. Eine Art von Sicherheit, von Ruhe, die ich normalerweise nicht empfinde, zumindest nicht ohne einen Betablocker. Es ist, als werfe Emma mit ihrem warmen Blick, ihrer schönen

Stimme, ihrer liebevollen Art ein Netz über mich, das mich einhüllt und gleichzeitig auffängt.

Ich wende mich wieder den Blumen zu. Ich sollte vermutlich heute auf Alkohol verzichten, wenn ich nicht will, dass ich irgendwann im Laufe des Abends ungeheuren, schmalzigen Quatsch von mir gebe.

»Was möchtest du trinken? Ich habe Weißwein, Rotwein, Bier. Ich glaube, es ist auch noch ein Rest Martini da, wenn du magst.« Tja. So viel zum Thema »ohne Alkohol«.

»Weißwein ist perfekt.«

»Okay.« Ich gehe zum Kühlschrank, hole die Flasche heraus, öffne sie. »Meine Mutter war der Meinung, selbst in einer Junggesellenbude dürften manche Dinge nicht fehlen. Vorhänge, Eggcoddler, eine Blumenvase.«

»Eggcoddler?«

»Diese Porzellanbecher? In denen du Eier zubereitest?«

»Ich weiß, was Eggcoddler sind. Ich frage mich nur, weshalb sie elementar für einen Haushalt sind.«

»Nun ... sie sind sehr englisch.«

»In der Tat.«

»Von Harrods.«

Emma, die gerade dabei war, den Wein zu probieren, prustet den Schluck zurück ins Glas.

»Das kommt davon«, erkläre ich, »wenn man versucht, allein zu trinken.« Ich halte ihr mein eigenes Glas zum Anstoßen entgegen.

»Sorry. Und *cheers.* Hmm.«

»Gut?«

»Sehr. Kann ich sie sehen?«

»Wen?«

»Diese Eggcoddler?«

Ich erwidere nichts, sehe Emma stattdessen ernst an, und sie bricht in Gelächter aus. »Klang das sehr anzüglich?«

»In der Tat.«

Sie lacht lauter.

Ich liebe es, sie hierzuhaben.

»Deine Mutter ist eine sehr beeindruckende Frau«, erklärt Emma, während sie mit dem Sparschäler eine Salatgurke malträtiert. Ich sage *malträtiert,* und das nicht umsonst: Sie drückt zu fest auf, hält die Gurke ganz falsch, und wenn sie so weitermacht, wird nicht viel davon für den Salat übrig bleiben.

»Hast du schon mal eine Gurke geschält?«

»Hee, nicht frech werden!«

»Ich meine nur. Es sieht irgendwie nicht danach aus.«

Emma wirft mir einen Blick zu. Ich hebe abwehrend die Hände.

»Kümmer du dich um … keine Ahnung, was du da tust. Okay?«

»Ich fülle die Champignons.«

Sie sieht von ihrem Gurkenmassaker auf. »Du füllst die Champignons.«

»Das sagte ich doch gerade.«

»Aber … womit? Champignons sind doch so klein?«

Ich nutze die willkommene Gelegenheit, sie anzustarren, während ich mich gleichzeitig mit aller Gewalt davon abhalte, zu ihr zu laufen und sie in meine Arme zu ziehen.

»Emma Brook, du bist …« Ich schüttle den Kopf. Die Gedanken gleich mit. »Lass dich überraschen, okay? Ich verspreche, es wird dir schmecken.«

»Davon gehe ich aus, Carlton.«

Sie zerhackstückelt die Gurke. Als sie damit fertig ist, sagt sie: »Jedenfalls, deine Mum – habt ihr ein gutes Verhältnis?«

»Ja. Ich denke schon. Wir telefonieren regelmäßig, und ich besuche sie, so oft ich kann.«

»Deine Eltern leben in London?«

»In London und auf Mellington Manor, ja.«

»Sie sehen sehr harmonisch aus, finde ich. Es ist schön, wenn eine Ehe so lange so glücklich ist wie die deiner Eltern. Ich meine, offenbar. Nicht, dass ich mir ein Urteil erlauben dürfte von dem einen Nachmittag, den ich sie zusammen erlebt habe.«

»Aber es stimmt. Die beiden sind wirklich sehr innig. Ich denke nicht, dass der eine wüsste, was er ohne den anderen anfangen sollte.«

»Bei meinen Eltern ist es ähnlich. Obwohl es bei ihnen zu Hause nicht wirklich idyllisch zugeht. Eher wild. Meine Mutter ist sehr extrovertiert. Und mein Vater lässt sie.«

»Hattest du eine glückliche Kindheit?«

»Sehr glücklich, allerdings. Dadurch, dass ich das absolute Wunschkind war, mit dem niemand mehr gerechnet hat, hatte ich es vermutlich schöner als viele andere Kinder.«

»Ein Wunschkind also, ja?« Ich werfe ihr einen Blick zu.

»Sieht man mir das etwa nicht an?«

»Doch. Das sieht man in der Tat.«

Ich bereite die Füllung zu, Gorgonzola, Knoblauch, ein paar sehr klein gehackte Walnussstückchen. Anschließend gebe ich die Crème in eine Spritztülle und trage diese sowie die Form mit den Champignons zu Emma an die Kücheninsel.

»Ich zeige dir, wie man sie füllt.«

»Mit diesem … Dings.« Sie deutet auf den Spritzbeutel. »Du hast ein … ein … Dings im Haus? Unglaublich.«

»Eine Spritztülle, exakt, die habe ich. Weil ich möchte, dass der Käse im Pilz landet und nicht daneben. Siehst du: So.«

Ich drücke einen Klecks Gorgonzola-Crème in einen Champignon, dann in den nächsten. Ich mache die ganze Reihe voll, und Emmas Augen folgen jeder meiner Bewegungen.

»Okay, jetzt du.«

»Lieber nicht.«

»Das – oder Zwiebeln schneiden.«

Wie erwartet verzieht die küchentechnisch offenbar völlig unbedarfte Emma das Gesicht und nimmt mir den Spritzbeutel aus der Hand. Ich betrachte sie eine Weile.

»Wenn du in dem Tempo weitermachst, sitzen wir morgen früh noch hier«, sage ich ihr.

»Fein. Dann kannst du mir gleich Frühstück machen.«

Ich halte den Atem an, eine Sekunde nur. Emma sieht zu mir auf und sofort wieder weg.

»Ich wünschte …«, beginne ich, und gleich darauf beiße ich mir geradezu auf die Lippen.

»Ja?«

Ich wünschte, wir hätten uns früher kennengelernt. Sehr viel früher. Ich wünschte, ich könnte dich von hinten umarmen, deine Hände führen, bei dem, was du gerade tust. Ich wünschte, ich könnte dann deinen Nacken küssen, erst ganz sacht, dann immer fordernder. Ich wünschte …

»Was?« Emma sieht mich fragend an. »Was wünschst du dir?«

Alles. *Alles.* »Dass du ein bisschen mehr Füllung in die Pilze gibst. Und ein bisschen weniger auf deine Finger.«

Als ich Emma Brook das erste Mal begegnet bin, hätte ich niemals gedacht, dass es kaum einen Monat später so sein würde: wir zwei in meiner Küche, lachend und leicht angetrunken, dicht nebeneinander auf zwei Barhockern, essend, redend, Blicke tauschend. Stöhnend.

Emma stöhnt, während sie kaut, und ich muss mich immens anstrengen, mich auf etwas anderes zu konzentrieren.

»O mein Gott. Was hast du mit den Kartoffeln gemacht? Ich hätte niemals gedacht, dass Kartoffeln so schmecken können.«

»Sie sind …« Ich räuspere mich. »Ähm … das nennt sich Hasselback-Kartoffeln. Oder … oder Fächerkartoffeln, einfacher gesagt.«

»Göttlich. Ernsthaft. Und diese Nussbutter dazu. Und die Birne.«

»Die ist karamellisiert.«

»Karamellisiert! Hmmm.«

Abrupt stehe ich auf und laufe einmal um die Kochinsel

herum, um gebührenden Abstand zwischen uns beide zu bringen. Ich frage mich, was passiert, wenn sie das Tiramisu kostet. Ich will es nicht wissen. Ehrlich nicht.

»Mehr Wein?«

»Unbedingt.«

»Perfekt.«

»Jamie?«

»Ja?«

»Sind diese Rezepte von dir?«

»Nicht in den Grundzügen, nein. Die Verfeinerungen, ja. Die Zusammenstellung auch.«

»Wird es diese Rezepte dann auch in eurer App geben?«

»Ich denke nicht, nein. Es ist zunächst einmal geplant, alle Rezepte aus allen Heften zu digitalisieren, um eine möglichst große Datenbank anzulegen.«

»Hm.«

Dieses Mal klingt der Laut weit weniger erotisch, weshalb ich mich mitsamt geöffneter Weinflasche wieder zurück auf meinen Platz wage. »Was *hm*?«

»Ich weiß nicht. Ich stelle mir gerade vor, wie du den lieben langen Tag aus zufällig generierten Zutaten neue Gerichte kreierst und sie in eure firmeneigene App einspeist. Das würde das Ganze noch ein bisschen exklusiver machen, oder?«

»Kann sein.« Ich sehe Emma an. »Darüber habe ich auch schon nachgedacht, ehrlich gesagt. Aber bei uns gibt es keine Testküche. Und … nun, ich bin in der Verlagsleitung. Und wir kaufen die Rezepte von extern ein.«

»Deine sind sicher besser.« Sie halbiert einen Pilz, schiebt die Gabel in ihren Mund, schließt die Augen.

»Ähm, ja. Tja.« Ich gieße Weißwein nach. Und ich bin beinah erleichtert, als mein Handy klingelt und ich die Gelegenheit bekomme, mich erneut von Emma zu distanzieren, ein wenig Abstand zwischen uns zu bringen.

»Es ist mein Vater. Entschuldige bitte kurz.«

Ich nehme das Gespräch an.

Später werde ich mir wünschen, ich hätte es nicht getan.

30

Emma

Dad? Ja. Ja, ich bin zu Hause, aber ich habe Besuch. Nein. Nein, sie ist … jemand anders. Was gibt es denn? Ist es wichtig? Okay.«

Jamie nickt mir zu, während er andeutet, sich für einen Moment zurückzuziehen, und ich nicke ebenfalls. Ich bin ohnehin beschäftigt. Mit diesem famosen Mahl, das mir dieser Mann hier gezaubert hat und in das ich mich am liebsten hineinlegen möchte, um von oben bis unten einzutauchen in köstliche Gorgonzola-Crème und herrlich karamellisierte Birne.

Ich meine, er kann was, ganz ohne Frage. Und mir ist klar, seine Familie besitzt eines der größten Verlagshäuser in Großbritannien, und er ist der einzige Erbe und er soll übernehmen *und* er hat das sogar studiert, doch ich frage mich, ganz ernsthaft, ob Jamie Carlton nicht besser in einer Küche aufgehoben wäre.

»Nein, Dad, ich weiß nicht, das ist vielleicht noch zu früh, ich brauche mehr Zeit. Auch Jackson ist bestimmt noch nicht so weit, und …«

Ich höre mit einem Ohr hin. Jamie wirkt leicht aufgebracht. Was schade ist, gemessen daran, wie unangestrengt und entspannt er bis eben war. In dieser Umgebung scheint er sich wirklich wohlzufühlen. Abgesehen davon, dass er richtig, richtig gut aussieht heute Abend, das dunkle Hemd bis zu den Ellbogen aufgekrempelt, ein Geschirrtuch im Hosenbund.

Ich denke an Tyler.

Schiebe den Gedanken von mir.

Überlege, wie viel ich in wie kurzer Zeit zunehmen würde, wäre ich mit einem Mann wie Jamie zusammen.

Tauche den Zeigefinger in die Füllung eines Champignons.

Erwäge, ob ich ohne ihn weiteressen oder anstandshalber auf ihn warten soll.

»Okay. Gut. War das alles?«

Mittlerweile klingt Jamies Stimme eisig. Ich lasse die Hand sinken und sehe zu ihm hinüber. Er steht mit dem Rücken zu mir in der Mitte des Raums, neben der Säule, Handy am Ohr, die andere Hand im Nacken.

»Ich muss das vorbereiten, Dad. Nein, ich bin nicht kompliziert, ich habe nur gern etwas Vorlaufzeit, wenn es um solche Termine geht. Ja. Ja, ich weiß, dass es vier Wochen sind … Dad. Lass uns jetzt Schluss machen, okay? Wir sehen uns morgen.«

Womit er das Handy vom Ohr nimmt, das Gespräch beendet und sich ansonsten nicht rührt, keinen Millimeter.

Ich warte, Weißweinglas in der Hand, während er immer noch dasteht, regungslos.

»Jamie?«

Er zuckt zusammen. Dann schiebt er das Telefon in die Gesäßtasche, fährt sich mit den Händen durch die Haare und atmet tief ein. Als er sich am Ende zu mir umdreht, schwant mir nichts Gutes.

»Mein Vater. Ich soll morgen einigen Investoren das Konzept zu unserer App erklären. Er hatte sie mir während des Sommerfests vorgestellt, ich dachte nur nicht …« Er schüttelt den Kopf. »Ich muss …«

»Geht es dir gut?« Er sieht nicht danach aus. All die Leichtigkeit und Entspanntheit sind aus seinem Gesicht verschwunden, stattdessen bildet sich Schweiß auf seiner Stirn. Ich verstehe das nicht. Wie kann ihn ein Anruf seines Vaters von jetzt auf gleich so aus dem Konzept bringen?

»Entschuldige mich einen Moment, ich bin gleich wieder da.«

Er geht in die Richtung, in der sich vermutlich das Badezimmer befindet. Und ich, einem spontanen Impuls folgend, springe von meinem Stuhl und laufe hinter ihm her. Vielleicht hat ihn doch etwas erwischt. Ich denke an die Szene im Haus seiner Eltern. Ein Virus oder ein grippaler Infekt vielleicht? Wobei er nicht erkältet wirkt, also womöglich eher eine Magen-Darm-Geschichte?

»Jamie?« Ich klopfe an die Badezimmertür, die einen Spalt aufsteht. »Ist alles in Ordnung?«

»Ja.«

Wasser läuft. Eine Schranktür klappt auf und zu. Ich schiebe die Tür ein Stück weiter auf. Und im selben Augenblick, in dem ich prüfend den Kopf hindurchstecke, fährt Jamie herum und starrt mich so erschrocken an, als hätte ich ihn dabei erwischt, wie er die Kronjuwelen mitgehen lässt. Nach wie vor steht Schweiß auf seiner Stirn, mittlerweile ist er zudem wieder leicht grün im Gesicht.

»Bist du sicher, dass du dir nicht irgendetwas eingefangen hast? Du siehst ziemlich exakt genauso schlimm aus wie Samstagabend.«

Es sollte ein Scherz sein, zumindest ein kleines bisschen komisch, doch Jamie verzieht keine Miene.

»Ich brauche nur eine Kopfschmerztablette. Ich kann sie gerade nicht finden.«

»Oh!« Ich mache die Tür noch weiter auf und bedeute Jamie, mir zu folgen. »Da kann ich helfen. Ich hab immer eine Tablette gegen Kopfschmerzen dabei. Schon allein wegen der Studiogäste. Die sind oftmals so nervös, dass sie anfangen, ad hoc eine stressbedingte Migräne zu entwickeln.« Ich bin halb wieder im Küchenbereich, wo ich meine Tasche über die Lehne des Hochstuhls gehängt habe. »Warte, ich hab's gleich.« Ich krame nach der Schachtel. Jamie ist mir nicht gefolgt.

»Gefunden!«, rufe ich, und als er nach wie vor nicht reagiert, laufe ich zurück ins Badezimmer, um sie ihm zu bringen. »Okay, hier, ich habe …«

Und dann ist er gekommen, der Moment, in dem mir zum ersten Mal bewusst wird, dass hier etwas ganz und gar nicht stimmt.

»Was tust du da?«

Jamie kniet auf dem Boden vor dem kleinen Schrank unterm Waschbocken; er hat nicht nur aus diesem, sondern auch aus dem Spiegelschrank darüber sämtlichen Inhalt herausgekramt, weshalb er nun von einem Durcheinander an Schachteln und Fläschchen, Putzutensilien plus Eimer, Toilettenpapierrollen und Taschentuchboxen, von Seifen, Duschen und Shampoo umringt ist. In dem kleinen Bad sieht es aus, als habe in den vergangenen zwei Minuten eine Bombe eingeschlagen, und eine Ahnung festigt sich in meinen Gedanken, die Ahnung, dass es hier nicht um Kopfschmerztabletten geht.

Weshalb mir kalt wird bei der Vorstellung, wie die Antwort auf meine nächste Frage lauten könnte. »Jamie? Was suchst du da?«

»Meine Tabletten.«

Er sieht mich nicht an, während er aufsteht und sich ein weiteres Mal dem Inhalt des Spiegelschränkchens widmet.

»Ich habe hier Kopfschmerztabletten, aber ich nehme mal an, die helfen dir nicht.«

Kopfschütteln. »Ich brauche meine eigenen Tabletten. Sie müssten hier sein. Sie sind immer hier drin. Eine Schachtel ist da immer noch drin.« Womit er sich an mir vorbeidrängt und das Loft einmal durchquert zu dem Garderobenständer, der neben der Eingangstür steht.

»Okay. Verstehe.« Ich laufe hinterher. »Ich kaufe auch immer dieselbe Marke, weil ich mir einbilde, dass keine andere mir hilft.« Also gut. So ganz habe ich die Hoffnung wohl noch nicht aufgegeben, womöglich gibt es eine einfache, harmlose Erklärung für Jamies Verhalten. Allein … er erstickt diesen winzigen Funken Hoffnung auf der Stelle im Keim, als er wie besessen beginnt, die Taschen seiner diversen Jacken zu durchsuchen und schließlich den Aktenkoffer, der neben der Garderobe auf dem Boden steht. Schweiß glitzert auf seiner Stirn.

»Shit!« Er ruft es sehr, sehr laut, bevor er sich ein weiteres Mal mit beiden Händen die Haare rauft. »Das darf doch nicht wahr sein. Wie kann das passieren? Gestern hatte ich noch …« Er schüttelt den Kopf. Vehement geradezu.

Ich bin in gebührendem Abstand von ihm stehen geblieben und frage mich, was um Himmels willen hier gerade passiert. Ich könnte mir vorstellen, das Essen ist nun vorbei.

»Jamie …«

Er wirft mir einen Blick zu, den ich tatsächlich lieber nicht erhalten hätte. Er sieht verschwitzt und verzweifelt aus und so, als würde er im nächsten Moment in Tränen ausbrechen. Er sagt: »Es tut mir leid, Emma, ich muss noch mal weg. Ich … Mir fehlt ein Medikament, das ich unbedingt bis morgen brauche, und wenn ich nicht gleich losziehe und es besorge, bekomme ich es vielleicht nicht mehr.«

»Was für ein Medikament ist das denn?« Ja, nennt mich selbstzerstörerisch, ich kann es nicht lassen. Ich kann nicht akzeptieren, dass der Mann, mit dem ich bis vor zehn Minuten noch flirtend an einem Tisch saß, sich plötzlich verhält wie das Negativ seiner selbst, wie ein Junkie auf der verzweifelten Suche nach Stoff. Und der gerade stumm den Kopf schüttelt, während er zurück zur Kücheninsel eilt, um meine Tasche von der Stuhllehne zu angeln. Er hält sie mir hin. »Es tut mir leid, Emma, ich muss jetzt wirklich los.«

Ich sehe die Tasche an, dann Jamie, und dann bin ich diejenige, die ungläubig den Kopf schüttelt, denn bitte – das kann unmöglich sein Ernst sein.

»Verbessere mich, wenn ich falschliege, aber irgendwie fühlt sich das hier gerade schwer nach Rauswurf an.«

»Emma, bitte …«

Ich warte. »Emma, bitte … was?«

»Ich würde es dir erklären, wenn ich könnte, aber ich kann nicht. Okay? Ich kann es nicht.«

Ich bin mir sicher, wenn er sich noch ein bisschen stärker die Haare rauft, werden am Ende nicht mehr viele davon übrig sein. »Was sind das für Medikamente, Jamie? Ich muss das jetzt wissen, denn du machst mir Angst. Von einer Sekunde zur anderen verhältst du dich wie ein Süchtiger auf Entzug, und … Nicht, dass ich sonderlich viel Erfahrung mit Süchtigen hätte, es ist mehr so die Vorstellung davon. Trotzdem. Ich wüsste gern, woran ich bin. Wenn unsere … unsere … Wenn *das hier* irgendwo hinführen soll, musst du mir sagen, was da eben passiert ist und was zur Hölle das für ein Medikament ist, das du so unbedingt zu brauchen scheinst.«

Kopfschütteln. Immer nur Kopfschütteln.

»Jamie …«

Und dann auf einmal: »Beziehung?« Für ein paar Sekunden steht er so still, als wäre er eingefroren. »Wolltest du das gerade sagen? Oh, nein, nein, nein. Das geht nicht. Wir haben keine Beziehung, Emma, wir haben … gegessen. Genau. Gegessen.«

Wir starren einander an. Ich habe keine Ahnung, wen ich da auf einmal vor mir habe. Gar keine.

»Geh jetzt bitte, Emma, okay? Das führt zu nichts. Ehrlich. Glaub mir. Das Ganze war eine bescheuerte Idee. Dass wir beide … dass eventuell irgendwas zwischen uns … vergiss es einfach, okay? Es ist besser so. Und … du kennst Tyler doch schon ewig, das muss etwas bedeuten, richtig? Er hat extra tanzen gelernt, verflucht noch mal.«

Jamie lacht, und ich zucke davor zurück, so bitter klingt es.

»Er hat für dich tanzen gelernt. Und sicher hängst du noch an ihm. Also wäre mein Vorschlag: Sag Ja zu Tyler, Emma. Sag Ja zu ihm. Er ist eine tolle Wahl! Glaub mir, du möchtest nicht mit jemandem wie mir eine Beziehung führen, ganz sicher nicht. Frag Lauren, frage alle, mit denen ich je zusammen war.«

Wieder dieses Lachen. Und dann leider noch ein bisschen mehr.

»Ich bin kein Typ für Beziehungen, wenigstens das kann ich dir mit Sicherheit sagen. Ich hab noch nie mit einer Frau zusammengewohnt und noch nie daran gedacht, eine zu heiraten. Insofern – gratuliere, Emma. Du wirst einen tollen Mann ehelichen. Und ich wünsche dir von Herzen Glück.«

Er geht an mir vorbei zur Tür und öffnet sie. Hält mir meine Tasche hin, mit einem erwartungsvollen Nicken.

Ich glaube das alles nicht. Ich kann es nicht glauben. Und ich habe nichts zu diesem verheerenden Blödsinn zu sagen, der mir gerade aufgetischt wurde, gar nichts. Außer vielleicht: »Dafür, dass du vorhin nicht reden wolltest, hast du es jetzt wahrlich übertrieben.«

31

Jamie

Sie ist nicht im Zug.

Donnerstag nicht und Freitag auch nicht.

Ich fühle mich furchtbar.

Ich kann nicht vergessen, wie sie mich angesehen hat, mit ihren großen, vertrauensvollen braunen Augen.

Wie die sich langsam, ganz allmählich, mit Tränen füllten, mit jedem Satz mehr.

Wie sie dagegen angekämpft hat, Atemzug um Atemzug, um sich auf keinen Fall eine Blöße zu geben.

Und ich – ich habe weiter gebohrt und weiter gestochen, mit jedem Wort, mit jeder Lüge. Ich habe genau dahin gezielt, wo es wehtut.

Weil sie begreifen musste, dass es unmöglich ist, dass es einfach nicht geht.

Was immer sich da zwischen uns entwickelt haben könnte, es hat keine Zukunft.

Einen Augenblick lang dachte ich vielleicht, es könnte funktionieren.

Die Zuversicht, die Emma ausstrahlt. Die Geborgenheit, die ich in ihrer Nähe empfinde.

Doch es hilft nichts. Es geht nicht. Ein Anruf, der Hauch einer Herausforderung, und die gesamte Fassade bricht in sich zusammen.

Sie soll nicht wegen mir nicht mit ihrem Zug fahren können.

Ab nächster Woche nehme ich den Wagen.

Suche mir eine Wohnung in London.

Am besten schreibe ich ihr gleich.

Jetzt.

Sofort.

JAMIE: Liebe Emma, bitte verzichte nicht meinetwegen auf deinen 5:18-Uhr-Zug. Ich fahre ab Montag auf anderem Wege nach London. Dein Jamie. PS: Es tut mir leid. Es tut mir alles wirklich sehr, sehr leid.

Die Nachricht wird gesendet, doch der zweite Haken will nicht auftauchen. Ich warte. Er erscheint nicht.

Ich warte, warte, warte.

Und die Kälte kriecht in meinen Magen, so eisig, ich friere von innen zu.

32

Emma

Der große Vorteil an dem Haus, das die Großeltern uns vermacht haben?

Es ist unglaublich zentral gelegen.

Der große Nachteil an dem Cottage?

Es ist so zentral gelegen, dass man sich manchmal wünschte, jemand würde einen einfach wegbeamen, von mir aus auf einen anderen Planeten.

»Emma?«

Hellhörig ist es auch noch, weshalb Amy eigentlich gar nicht so zu schreien bräuchte, wie sie es trotzdem tut. Womöglich versucht sie, den Geräuschpegel von draußen zu übertönen. Irgendjemand trommelt. Entweder das, oder die Party findet in meinem Kleinhirn statt.

»EMMA?«

Die Tür zu meinem Zimmer wird aufgestoßen, und in einer spontanen Glanzleistung meines Reaktionsvermögens ziehe ich die Bettdecke über den Kopf, bevor ich »Bin nicht da« zum Besten gebe.

»Genau.« Meine Schwester klingt nur mäßig überzeugt.

Die Matratze sinkt ein Stück nach unten, als sie sich neben mir ins Bett fallen lässt. Sie reißt an der Decke, doch ich lasse nicht los.

»Was ist mit dir, du faules Stück? Wieso liegst du noch im Bett?«

»Ich bin müde.«

»Unmöglich. Soweit ich mich erinnere, bist du gestern so gut wie gleich nach der Arbeit ins Bett und seither nicht mehr rausgekrochen.«

»Na, und?«

»Es ist fast elf, Baby Girl. Komm schon.«

Ich rühre mich nicht. Vielleicht, wenn ich noch ein bisschen länger einfach ruhig liegen bleibe, geht sie von allein wieder weg.

Oder auch nicht.

»EMMA!«

Sie brüllt schon wieder. Als Nächstes reißt sie so stark an der Bettdecke, dass sie mir aus den Händen rutscht.

»Aua! Das tat weh!«

»Da bist du selbst schuld. Stell dich nicht stur, dann … Um Himmels willen, wie siehst du denn aus?«

»Wie denn?«

»Versuch mal, die Augen zu öffnen, dann kannst du selbst nachsehen. Du siehst aus wie die faltige Großmutter eines Pandas. Ohne den Niedlichkeitsfaktor.«

»Na, herzlichen Dank.«

»Nicht dafür.«

Sie steht auf, deckt mich komplett ab, und ich bin froh, dass ich noch meine Klamotten von gestern anhabe, sonst wäre ich gezwungen, mich zu bewegen. So aber bleibe ich einfach liegen.

»Okay«, sagt Amy streng. »Was ist hier los? Du gehst spätnachmittags voll angezogen ins Bett, stehst am nächsten Vormittag nicht auf und schaffst es außerdem, trotz der hundertdreiundzwanzig Stunden, die du liegend verbracht hast, mehr Ringe unter den Augen zu haben als Prinz Charles.«

»Hmpf.«

»Ist es wegen Tyler?«

Ich antworte nicht.

»Wegen Jamie?«

Ich drücke die Augen ein wenig fester zu.

»Ist dir klar, dass wir in einer Viertelstunde losmüssen? Carly läuft im *Shack*-Wagen mit, und sie wird mich umbringen, wenn ich nicht rechtzeitig auftauche, um mir das anzusehen. Und dich auch.«

Schon bei »Carly läuft« entkam mir das erste Stöhnen, mittlerweile habe ich mich zumindest so weit aufgerappelt, dass ich im Bett sitze, anstatt zu liegen.

»O Gott, nein, Amy, nein«, jammere ich. »Ich kann heute nicht ausgehen. Ich bin zu … zu …« Ich habe keine Ahnung, was ich bin. Traurig, verwirrt, wütend, traurig, deprimiert, antriebslos, streitlustig, lethargisch, müde, traurig, alles auf einmal.

»Das hat *überhaupt* nichts mit Ausgehen zu tun. Es ist Brighton Pride!«

»Ich kann nicht. Okay?«

»Als hättest du eine Wahl!«

Eine Sekunde lang herrscht Schweigen, dann lässt sich Amy erneut aufs Bett fallen. »Sag mir, was los ist, und dann erfinde ich vielleicht eine Ausrede für dich.«

»Das ist Erpressung.«

»Ich weiß. Du kennst das.«

Was wahr ist. Amy hat immer Geschäfte dieser Art mit mir gemacht, schon als wir Kinder waren. Womöglich wusste sie damals bereits, dass es guttun kann, nicht alles in sich hineinzufressen, sondern seine Sorgen mit jemandem zu teilen. Jemand, dem man bedingungslos vertrauen kann. Jemand, der einen nie so enttäuschen würde, wie es andere getan haben.

Und dies ist der Augenblick, in dem sich die Tränen dann doch noch ihren Weg bahnen.

Seit Mittwochabend habe ich sie im Zaum gehalten, zu wütend war ich auf mich selbst und die Art, wie Jamie mich abserviert hat. Jetzt, in den starken Armen meiner heißgeliebten Schwester, gibt es mit einem Mal kein Halten mehr.

»Schhh.« Amy wiegt mich hin und her, als wäre ich ein Baby, nicht siebenundzwanzig Jahre alt. Ich lasse sie und weine, bis keine einzige Träne mehr übrig ist, und dann erzähle ich ihr von Jamie. Alles. Der Restaurantbesuch, die Einladung zum Essen. Wie der Abend begann, was dann passierte, wie er endete. Das mit den Medikamenten. Dass Jamie der Meinung ist, ich solle Tyler heiraten, weil er für mich tanzen gelernt hat.

Als ich am Ende angekommen bin, sagt Amy eine ganze

Weile lang nichts. Und dann: »Denkst du, er hat ein Drogenproblem?«

»Ich weiß nicht. Nein, das glaube ich eigentlich nicht. Ich meine, er ist furchtbar darauf erpicht, sich gesund zu ernähren, und oh, bloß kein Zucker und mäh, bloß kein ungesundes Fett.« Ich schniefe. Was weiß ich schon von Jamie Carlton? Ich habe ihn offenbar von Anfang an falsch eingeschätzt.

»Du sagst, er hat einen Anruf von seinem Vater bekommen, und danach war er völlig verändert?«

»Ja.«

»Weißt du, was sein Vater zu ihm gesagt hat?«

»Irgendetwas davon, dass er am nächsten Tag mit irgendwelchen Investoren über seine Koch-App sprechen soll.«

»Und er musste das noch am Abend vorbereiten?«

»Vermutlich.«

»Und dann eine Art Vortrag halten?«

»Vielleicht.«

»Und das hat ihn aufgeregt?«

»Möglich wär's.« Ich bin erschöpft. Ich habe zig Stunden im Bett verbracht, fühle mich aber, als hätte ich gerade einen Marathon absolviert.

»Hm. Vermutlich braucht er irgendwas, um runterzukommen.«

»Was könnte das sein?«

»Keine Ahnung. Ich bin keine Expertin in Sachen Medikamentenmissbrauch. Wir könnten Carly fragen. Sie hat in ihrem Studium schon mehr über Drogen gelernt, als gut für sie ist.«

»Ich weiß nicht. Ich meine, ich weiß nicht, ob ich das wirklich wissen möchte. Fest steht wohl erst mal nur, dass sich Jamie als jemand anders entpuppt hat, als ich dachte. Offenbar habe ich ihn falsch eingeschätzt. Völlig falsch.«

»Da lagen wir mit unserer Vermutung, er würde uns vergiften wollen, ja vielleicht doch nicht so daneben.«

»Ja. Vielleicht.«

»Ach, komm schon, Emma. Das war nicht ernst gemeint. Lächle doch mal.«

Ich versuche es, und Amy zieht skeptisch die Brauen nach oben.

»Und du hast seitdem nicht mehr mit ihm gesprochen?«

»Nein.«

»Auch nicht im Zug?«

»Ich hab die letzten beiden Tage einen früheren genommen.«

»Uuuh.« Amy verzieht das Gesicht. »Noch früher ist nachts, fährt da überhaupt einer? Und hat er versucht, dich auf dem Handy zu kontaktieren?«

»Keine Ahnung. Hab seine Nummer geblockt.«

»Das ist die erste gute Nachricht, die ich heute höre.«

Ich lächle müde. Amys Lächeln ist voller Mitleid.

»Was ist mit Tyler?«

Ich schüttle den Kopf.

»Okay. Dann mal los.« Meine Schwester hievt sich unter gespieltem Gestöhne von meiner Matratze und streckt mir die Hand entgegen.

»Amy, ich weiß wirklich nicht …«

»Aber ich weiß. Vor allem, was gut für dich ist. Komm

schon. Du willst doch meine Beziehung nicht gefährden, oder?«

»Was hast du überhaupt an?«

»Ich?« Sie dreht sich einmal im Kreis und bleibt dann mit dem Hintern vor mir stehen, um kräftig damit zu wackeln, was in diesen kurzen Shorts keinen Raum für Fantasie mehr lässt.

»Mjaaa …«, kommentiere ich vorsichtig. Es sind nicht nur die Shorts, denn abgesehen davon trägt Amy nichts als einen BH und ein wenig viel von ihrer Glitter-Crème, die nun allerdings schon zu einem Großteil an meiner Bettdecke haftet.

»Also, wir stylen dich ein bisschen auf, und …«

»Kommt nicht infrage.«

»Carly hat da so ein süßes Regenbogen-Kleid, das sie dir sicherlich …«

»Nein.«

»Oh, ich weiß. Das violette Tutu, das …«

»Und noch einmal: Nein.«

»Ich finde, wir sollten dir heute eine nette Frau suchen.«

Das allerdings bringt mich kurzzeitig aus dem Konzept.

»Eine Frau?«

»Bei deinem derzeitigen Männer-Chaos finde ich das durchaus angebracht.«

»Hm.«

»Hast du dich nie gefragt, ob du nicht besser hättest lesbisch werden sollen?«

»Um ehrlich zu sein, nein.«

Das heißt nicht, dass sie mich mit der Frage nicht ins Grübeln gebracht hätte.

Wir laufen Hand in Hand durch die Straßen, Amy in ihrem Nichts von Outfit, ich in einem langen, bunten Sommerkleid. Weil ich mich geweigert habe, es selbst zu tun, hat Amy mich geschminkt, weshalb ich nun aussehe wie eine Drag-Queen auf Speed. Ich verschlucke mich fast an dem Wort, schon beim Gedanken daran. Was auch immer Jamies Problem ist, es ist nicht meins und es betrifft mich nicht. Das hat er sehr deutlich gemacht, als er mich kurzerhand aus seiner Wohnung komplimentierte.

Brighton Pride ist eine der größten LGBT-Veranstaltungen in Großbritannien, sie generiert mehr als 500.000 Besucher an zwei Tagen und verwandelt unser kleines Küstenstädtchen regelmäßig am ersten Augustwochenende in ein kunterbuntes, laut trommelndes Tollhaus. Es geht um Gleichberechtigung und gegen die Diskriminierung von Lesben, Schwulen, Bisexuellen und Transgender, aber es geht auch um ein Gefühl der Zusammengehörigkeit, um Ausgelassenheit, Lebensfreude, und – sind wir mal ehrlich – darum, die größte Open-Air-Party im Umkreis von etlichen Kilometern zu feiern. Sie startet traditionsgemäß mit einem Festzug über die Strandpromenade und durch die Innenstadt, um schließlich in einem Festival im Preston Park zu münden. Stars wie die Pet Shop Boys und Britney Spears standen hier bereits auf der Bühne, in diesem Jahr wird Kylie Minogue erwartet. Ich leugne nicht, dass dieses Fest ein echtes Jahres-Highlight darstellt. Ich sage nur, dass ich schon mal fröhlicher und ausgelassener daran teilgenommen habe. Heute … heute schleiche ich mehr neben

Amy her, als dass ich laufe, die Gedanken weit, weit weg von dem Trubel, der uns umgibt.

Wir gehen bis zum Strand und bleiben in der Nähe des i360 stehen, der Aussichtsplattform, die üblicherweise mehr Touristen anzieht als Einheimische. Von hier aus hat man perfekte Sicht auf den ausgebrannten Pier, dessen Stahlgerippe wie ein Mahnmal aus dem Meer ragt. Normalerweise fasziniert mich der Anblick dieses Überbleibsels aus längst vergangener Zeit, heute beunruhigt er mich eher. Ich muss an die vielen Male denken, die Tyler und ich hier am Strand entlangspaziert sind, allein oder in Gruppen, beim Picknick oder zu zweit auf einer Decke, wild herumknutschend vor der untergehenden Sonne. Wenn man schon im Teenageralter zusammenkommt, gibt es kaum Erinnerungen, die man nicht teilt, kaum Dinge, die man nicht gemeinsam getan oder zusammen erlebt hat.

Ich kann mich an keinen einzigen Brighton Pride ohne Tyler erinnern. Und das, obwohl man ihn wahrlich nicht als einen Sprecher der LGBT-Gemeinschaft bezeichnen kann. Tyler ist nicht schwulen- oder lesbenfeindlich, das nicht. Im Speziellen lässt sich sogar sagen, er hat absolut nichts gegen homosexuelle Frauen – Männer in schwarzen Polizeijacken und Hotpants allerdings, die »Let it go« von einem mit Luftballons geschmückten Umzugswagen brüllen, jagen ihm schon ein wenig Angst ein. Männer, die ihm später im Tanzzelt »Geiles Schnittchen« ins Ohr wispern, ebenso. Ich muss beinahe lachen, als ich an sein entsetztes Gesicht denke, beziehungsweise an das Gesicht, das mit verzerrtem Lächeln sein Entsetzen zu verbergen versuchte. Ich hatte viel Spaß mit Tyler. Und ich hasse es, von ihm in der Vergangenheitsform zu denken.

»Da ist sie!«

»Um Himmels willen.« Für einen Augenblick vergesse ich Tyler, Jamie, meine eigene Misere und die Tatsache, dass mir eigentlich nicht zum Lachen zumute ist, und tue es trotzdem. »Amy! Wieso hast du Carly nicht davon abgehalten?«

»Wieso sollte ich? Sie wollte unbedingt mitlaufen, und in Rosa sieht sie zum Anbeißen aus.«

Ich lache lauter, während ich Carly zuwinke, die gemeinsam mit Samson vor dem Wagen der *Crab Shack* herspaziert, jeder von ihnen in ein rosafarbenes Krabbenkostüm gequetscht, jeder von ihnen einen Stab in der Hand, mit dem jeweils eine Schere der überdimensionierten Plastikkrabbe, die vorn über den Wagen ragt, navigiert wird. Die beiden sehen zum Anbeißen und gleichzeitig urkomisch aus, während auf Barny lediglich Letzteres zutrifft. Er thront auf dem Wagen wie ein zu heiß gebadetes Krustentier, das Kostüm an delikaten Stellen gefährlich eng, doch Barny wäre nicht Barny, wenn ihm das nicht vollkommen und aus tiefstem Herzen egal wäre.

»Das ist alles so …« Mir fällt kein passendes Adjektiv ein.

»Warte, bis du Mum und Dad siehst.«

Ich starre Amy entsetzt an. »Nein! Was haben sie diesmal angestellt?«

»Sie haben sich bereit erklärt, mit den Mädels aus der Pool-Dance-Gruppe eine Tanz-Performance zum Besten zu geben. Heute Abend. Auf dem Festivalgelände. In einem der Zelte.«

»Nein«, wiederhole ich, als würde das irgendetwas an der Tatsache ändern.

»Sie haben die Choreografie gemacht.«

Ich schlage die Hände vors Gesicht.

»Komm schon.«

»Ich will das nicht sehen.«

»Du kannst deine Eltern nicht verleugnen. Ich dagegen schon.«

»Uhg.« Ich gebe ein Stöhnen von mir, und Amy gackert wie eine Hyäne.

»Was muss ich sonst noch erleiden? Was?« Ich habe es in gespielter Verzweiflung ausgerufen, nichts ahnend, dass mich die Antwort auf diese Frage früher als geahnt ereilen würde, um mich umzuhauen. Endgültig.

Zunächst einmal trinken wir. Erst Amy und ich allein, von einer mobilen Cocktail-Bar zur nächsten taumelnd. Dann gemeinsam mit Carly vorm *Crab-Shack*-Truck. Später wird getanzt. Kylies Warm-up ist eine Sängerin mit arabischem Einschlag, die den Bauchtanz für die Massen kultiviert. Mir recht. Ich bin angeschickert genug, um tatsächlich Beweglichkeit in meinem Becken zu finden, und zu Amys allergrößter Freude mache ich enthusiastisch Gebrauch davon.

Die Pool-Dance-Performance meiner Eltern findet im Tanzzelt statt, begleitet von wummernden Techno-Beats und eingehüllt von sehr verdächtig riechendem Qualm (unter uns: Es riecht nach Gras. Nicht, dass ich in diesem Augenblick nicht dankbar gewesen wäre für diese Art Vernebelung, aber dennoch). Rose und Ben sind … Sagen wir einfach, die Menschen, die um uns herumstehen, zeigen sich durchaus beeindruckt davon, wie biegsam man bis ins hohe Alter noch sein kann.

Aaah. Diese Fremdscham. Ein nur allzu bekanntes Gefühl, wenn es um meine Eltern geht, aber was soll's. Amy, Carly und ich tanzen einfach weiter, so lange, bis ich meine Füße nicht mehr spüre, genauso wenig wie meine Einsamkeit. Natürlich sind dort Paare, die sich küssen, aneinander reiben, vor diversen Säulen Diverses treiben. Natürlich tut es weh, dabei zuzusehen, und sich zu zwingen, nicht an das zu denken, was ich irgendwann einmal mit Tyler hatte. Oder das, was ich mir erst vor Kurzem womöglich mit Jamie hätte vorstellen können.

Weitertrinken ist die heutige Devise. So lange, bis die ersten Regenbogenfahnen vor den Augen zu flackern beginnen wie ein Testbild.

Als wir es später zu dritt und mächtig schwankend ins Haus schaffen, dauert es eine Weile, bis wir bemerken, dass irgendetwas anders ist. Und dann noch ein paar Sekunden, bis klar wird, was: Das Festnetztelefon läutet.

»Huh«, macht Carly, während sie sich ein paarmal um die eigene Achse dreht auf der Suche nach dem Störenfried. »Wer ruft denn auf diesem alten Kasten an?«

»Eigentlich immer nur die Eltern, und die haben wir gerade noch gesehen«, gibt Amy zurück. Sie reißt die Küchenschränke auf, einen nach dem anderen, auf der Suche nach dem Telefon. Wenn ich nicht selbst vor der Couch herumkrabbeln würde, fände ich die Situation womöglich urkomisch.

»Carlys Eltern vielleicht«, murmle ich. Wo steckt das Ding bloß? »Findet ihr es nicht ohnehin ein bisschen antiquiert, ein Festnetztelefon zu besitzen, ich meine, wer hat das noch?« Ist zumindest das, was ich sagen wollte. Stattdessen klingt die Frage wohl eher wie: »Isn biss archiviert, so'n Festnest… son«, und dann gebe ich auf, ungefähr gleichzeitig mit dem Läuten. Für einige Sekunden herrscht Stille, dann nehmen drei angetrunkene Frauen ihre ungelenke Polterei durch die Wohnung auf.

»Auf dem Handy ist nichts!«, ruft Carly, und erst da geht mir auf, dass ich den gesamten Abend nicht auf mein Mobiltelefon gesehen habe. Vermutlich aus Angst. Einerseits bin ich froh, nichts von Tyler zu hören und mich der Situation nicht aufs Neue stellen zu müssen. Auf der anderen Seite *fürchte* ich, nichts von ihm zu hören. Und nun ist es offiziell. Ich bin schizophren! Und sturzbesoffen. Ich brauche mehrere Anläufe, das Handy in meiner Tasche zu finden, und dann noch ein paar, um das Display aufzuwecken.

Es befinden sich sage und schreibe vierzehn Nachrichten von Navin auf meinem Telefon, dazu sieben verpasste Anrufe. Mein erster Gedanke ist: Wir waren auf dem Pride verabredet, und ich habe das Treffen vergessen, was wahrlich schlimm genug wäre. Doch dann fällt mir ein, dass Navin vergangene Woche erzählt hatte, er müsse ausgerechnet am ersten Augustwochenende einem Freund beim Umzug helfen, und …

Tom.

Mit einem Schlag bin ich nüchtern. Nüchtern und kurz vorm Herzinfarkt.

Ich greife mir an die Brust.

Vierzehn Nachrichten, sieben verpasste Anrufe. Nichts auf der Mailbox.

Ich öffne den Chat.

NAVIN: *Hey. Bist du da?*

NAVIN: *Okay. Vermutlich nicht. Ich versuche es später.*

NAVIN: *Shit, Brighton Pride. Hatte ich völlig vergessen.*

NAVIN: *Wenn du zwischendurch aufs Handy schaust, ruf mich zurück, okay?*

NAVIN: *Ich vermute mal, du hörst es einfach nicht.*

NAVIN: *Scheiße, Emma, es tut mir leid. Ich wünschte, du würdest das von mir erfahren und nicht aus den Nachrichten.*

NAVIN: *Ruf mich an, egal wann du nach Hause kommst, ja?*

NAVIN: *Ich versuch's noch mal.*

NAVIN: *Ich nehm mal an, du bist immer noch nicht da, oder?*

NAVIN: *Okay, das scheint länger zu dauern. Eigentlich klar.*

NAVIN: *Emma, ich ... vergiss es.*

NAVIN: *Ruf mich einfach an.*

NAVIN: *Egal, wie spät.*

NAVIN: *Okay?*

»Emma? Was ist los? Du zitterst ja ... Emma!«

Ich sacke auf die Knie, Amy versucht, mich zu halten, doch sie schafft es nicht. Sie hat recht, ich zittere, und ich kann offensichtlich nicht damit aufhören. Das Telefon schlackert in meiner Hand, und Amy nimmt es an sich.

»Was ... Oh, verdammt. Die letzte Nachricht ist von ein Uhr dreißig. Sollen wir ihn anrufen?«

Wie spät ist es? Wie spät ist es? Wie spät ist es?

Die Frage dreht sich in meinem Kopf, doch ich schaffe es nicht, sie auszusprechen. Meinem Gefühl nach ist es viel später als ein Uhr dreißig; ein Uhr dreißig war es vermutlich vor zwei Stunden. Meinem Gefühl nach muss ich mich außerdem gleich übergeben.

Ich denke an den Tag, an dem Tom mir von seiner Krankheit erzählt hat, wie erschüttert ich war, am Boden zerstört. Und dann, mit den Wochen, die seither vergangen sind, verlor diese furchtbare Nachricht mehr und mehr ihre Tragweite, ich ließ mich davon blenden, wie viel besser es Tom zu gehen schien, wie viel unwahrscheinlicher es auf einmal war, dass er tatsächlich in naher Zukunft sterben würde. Wie kurzsichtig von mir! Und egoistisch, entsetzlich egoistisch! Statt mich um Tom zu kümmern, statt mich darauf vorzubereiten, dass genau so etwas geschehen könnte, exakt diese Nachricht mir einmal übermittelt werden würde, konzentrierte ich mich in den vergangenen Wochen einzig und allein auf mich – auf meine lächerlichen Befindlichkeiten, auf meine Unsicherheiten, meine vollkommen überzogenen Vorstellungen von … von allem. Ich war selbstbezogen, blind und dumm. Ich war …

»Emma.«

Von weit her dringt Amys Stimme in mein vernebeltes Bewusstsein.

»Wir wissen doch noch gar nicht, was los ist. Sollen wir Navin anrufen?«

»Amy!«

Carly ruft die Treppe herunter. Beinah bin ich erleichtert, dass ich dem Anruf bei Navin zumindest bisher entkommen bin – je länger sich die Bestätigung meiner schlimmsten Vermutung hinausschieben lässt, umso weniger bald ist sie wahr.

»Ich komme sofort wieder.«

Meine Schwester verlässt das Zimmer, und ich bleibe sitzen, auf dem Teppich, in der Mitte des Raums. Ich höre sie tuscheln. Höre, wie Amy einen Schrei unterdrückt, wie Carlys Stimme einen weinerlichen Ton annimmt.

»Ist es Tom?« Ich rapple mich auf und taumle in Richtung Tür. Ich bin mir sicher, die beiden flüstern, um mich nicht zu beunruhigen, und das beunruhigt mich noch viel, viel mehr.

»Ist er …« Am Treppengeländer bleibe ich stehen. Carly und Amy starren mich gleichermaßen schockiert und ängstlich an. Und dann höre ich ihn, den Nachrichtensprecher unseres Senders, der durch Carlys Zimmertür in den Flur zu uns dringt.

»… war mit dem Wagen auf der A25 zwischen Westerham und Limpsfield unterwegs. Wie die Polizei erklärt, handelte es sich vermutlich um einen Wildunfall. Bei dem Versuch, einem überquerenden Reh auszuweichen, verlor Katelyn Bollomey die Kontrolle über ihren Wagen und prallte frontal gegen einen Baum. Die beliebte Moderatorin der Sendung *Ten to Twelve* war den Angaben zufolge auf der Stelle tot.«

33

Jamie

Der Radiowecker erzählt mir die Nachricht zuerst, doch ich weiß sie nicht sofort einzusortieren. Moderatorin Katelyn Bollomey ist bei einem Wildunfall ums Leben gekommen, aber der Name sagt mir nichts. Ich strecke mich, reibe mir mit den Händen über das Gesicht. Denke an Emma und frage mich, was sie wohl gerade tut. Der Lärm von den Pride-Feiern war bis in die frühen Morgenstunden zu hören, und ich dachte daran, wie Amy und ihre Freundin Carly vermutlich die Nacht durchmachten, und natürlich dachte ich auch an Emma und ob sie dabei sein würde. Sie und Tyler, oder …

Ich wische die Gedanken weg. Ziehe Unterwäsche an, dann eine Sporthose, darüber ein Funktionshirt, binde die Laufschuhe zu. Es wird Zeit, sich mal wieder ein bisschen zu bewegen, beschließe ich, bevor ich mich an die Arbeit mache, denn Arbeit ist in jedem Fall besser, als den ganzen Sonntag über Emma nachzugrübeln.

Ich laufe den Brunswick Square hinunter, dann zur Promenade. Reichlich Partyleichen krabbeln mir entgegen, in Regenbogenfahnen gehüllt oder mit noch weniger Kleidung, mit verschmierten Gesichtern und einem Alkoholdunst, der mich beinah würgen lässt. Ich renne, den Blick aufs Meer gerichtet. Bis vor ein paar Wochen hätte ich es nicht für möglich gehalten, aber ich werde Brighton vermissen. Die quirlige Stadt, den Trubel, den Pier. Die Seeluft. Die Parks. Emma. Natürlich, Emma. Doch gerade, weil sie hier lebt, ist es umso elementarer für mich, endlich eine Wohnung in London zu suchen.

Eine halbe Stunde halte ich durch, mehr lässt meine momentane Kondition nicht zu. Auf dem Zahnfleisch komme ich zu Hause an, trinke einen halben Liter Wasser, stelle mich unter die Dusche. Trockne mich ab. Das Badradio dudelt. Wieder diese Nachricht: »Moderatorin Katelyn Bollomey ist bei einem Wildunfall ums Leben gekommen.«

Katelyn. Keine Ahnung, wer das sein soll. Doch dann …

Mit einem Mal beginnt mein Herz zu rasen. Ich binde mir das Handtuch um die Hüften, laufe quer durch die Wohnung zum Fernseher. Sicher gibt es eine ganze Reihe Moderatorinnen, die Katelyn heißen. Sicher muss Kit nicht zwangsläufig die Abkürzung für Katelyn sein; womöglich hat Kit gar nichts mit Kate oder Katherine oder Katrina zu tun, allerdings klingt es schon wie eine Koseform von irgendetwas mit K, wenn auch eine ungewöhnliche. Ich weiß nicht, vielleicht ist es Bauchgefühl. Vielleicht eine Vorahnung.

Ich schalte den Fernseher ein, suche den Sender, auf dem Emmas Show läuft.

Ein schwarzes Banner mit weißer Schrift schiebt sich über den unteren Rand des Bilds.

Der Sender trauert um seine Ten-to-Twelve-*Moderatorin Katelyn Bollomey, die in der Nacht zum Sonntag bei einem Autounfall ums Leben gekommen ist. Mehr zu dem tragischen Unfall in den Elf-Uhr-Nachrichten.*

Ich greife zu meinem Handy.

JAMIE: Ich habe es gerade erst gehört. Ich weiß nicht, was ich sagen soll. Kann ich irgendetwas für dich tun?

JAMIE: Emma? Bitte sprich mit mir. Ich würde dir gern beistehen, wenn ich kann.

Als ob. Ausgerechnet auf meinen Beistand wird sie gut und gern verzichten können.

Ich starre auf das Display. Ein Haken, keine zwei. Auch nicht bei der ersten Nachricht, die ich ihr Freitag geschickt habe. Entweder hat sie ihre Nummer geändert, oder sie hat mich blockiert.

Ich lege das Telefon beiseite. Es ist besser so, habe ich recht? Ich bin das Letzte, das sie jetzt braucht.

Mir ist klar, ich hatte ihr gesagt, ich würde nicht mehr mit dem Zug fahren, damit sie es tun kann. Doch sie hat die Nachricht nicht einmal gesehen. Und ich muss einfach wissen, ob es ihr gut geht.

Also fahre ich Montagmorgen wie gewohnt in den Verlag. Sie ist nicht im Zug. Hauptsächlich, um mich abzulenken, klappe ich den Laptop auf und nehme mir das Exposé vor, an dem ich seit ein paar Tagen arbeite – eine Präsentation für Dellencord, den Investor, mit dem mein Vater mich am Donnerstag zusammenbrachte. Meine ad hoc zusammengewürfelte Ausarbeitung war passabel und reichte aus, den Lebensmittelhersteller neugierig zu machen. Und wenn ich nicht darüber nachdenke, was mich dieses Erfolgserlebnis gekostet hat, nämlich Emmas Freundschaft, kann ich sogar ein bisschen von der freudigen Erregung nachempfinden, die sich allmählich von Abteilung zu Abteilung ausbreitet. Diese App ist eine wirklich gute Idee mit ungeheurem Potenzial, und wenn wir es richtig anstellen, ein Meilenstein in der Zukunft unseres Verlags.

Es ist Dienstag, von Emma keine Spur. Die Arbeit beschäftigt meine Gedanken, aber nur bis zu einem gewissen Grad, und sobald ich mich nicht konzentriere, schweifen sie ab und zurück zu ihr – wo sie sich wohl gerade aufhält, was sie tut, wie es ihr geht. Im Büro kommt mir die Idee, die Sendung einzuschalten, um zu sehen, wie bei *Ten to Twelve* mit der Situation umgegangen wird. Ich muss mich für die Sender-App anmelden, um die Show live zu streamen, also tue ich das.

Das Moderatoren-Duo ist ein anderes, das schwarze Banner verschwunden. Auf einem Sofa sitzt eine mittelalte Frau, deren Name laut Einblendung Therese ist und der eine Gärtnerei gehört. Sie gibt Tipps zur Rasenpflege im Allgemeinen und im August im Speziellen.

Es ist nicht verwunderlich, dass die Moderatoren ausgetauscht wurden – soweit ich mich erinnere, waren die Verstorbene und der männliche Talkmaster verheiratet, und sicher ist ihm gerade nicht danach, unverdrossen durch diese Sendung zu führen. Ich frage mich, ob er das überhaupt je wieder tun kann, oder ob die Erinnerungen an seine Frau und die gemeinsame Zeit zu überwältigend sein werden, um weiterzuarbeiten, selbst dann, wenn es länger zurückliegen wird.

Und ich frage mich, ob sie das ganze Team ausgetauscht haben oder nur die beiden Moderatoren, die im Mittelpunkt stehen. Arbeitet jeder Moderator mit seiner eigenen Crew? Oder wurden Emma und ihre Kollegen beurlaubt, um über den Schock hinwegzukommen?

Ich lasse die ganze Sendung laufen in der Hoffnung, einen flüchtigen Blick auf sie zu erhaschen, was mir selbstverständlich verwehrt bleibt.

Mittwoch.

Emma ist nicht im Zug.

Es fällt mir schwerer und schwerer, mich auf meine Arbeit zu konzentrieren. Ich sage mir immer wieder wie ein Mantra, dass es besser ist, wenn wir keinen Kontakt haben, besser für alle Beteiligten, vor allem aber für Emma, und dennoch kann ich nicht aufhören, an sie zu denken. Es ist fünfzehn Uhr, als mir klar wird, dass sich das vermutlich in den nächsten Tagen nicht ändern wird.

Ich öffne Emmas Kontakt auf meinem Handy, sehe auf die unleidigen Haken, die mir nach wie vor verdeutlichen, dass sie meine Nachrichten nicht gelesen hat.

Um sechzehn Uhr schiebe ich einen Termin vor und mache mich früher als je zuvor auf den Heimweg. Ich bin nicht sicher, wo mich das hinführt – nicht, bis ich vom Bahnhof Brighton den Weg ins *Crab Shack* einschlage. Wenn irgendjemand weiß, wo ich Emma finde, dann die Leute dort, nehme ich an.

Es ist erst halb sechs, als ich vor dem Pub ankomme, der um siebzehn Uhr öffnet, entsprechend leer ist es noch. Und hinter der Bar steht Barny, der Inhaber, den ich vom Karaoke-Abend kenne. Er nickt mir zu, als ich auf ihn zusteuere, doch seiner ausdruckslosen Miene kann ich nicht entnehmen, ob er mich wiedererkennt oder lediglich einen neuen Gast begrüßt. Seelenruhig steht er da und poliert Gläser, eins nach dem anderen.

»Hi.« Vor dem Tresen bleibe ich stehen, exakt zwischen zwei Barhockern. »Ich weiß nicht, ob Sie sich an mich erinnern – ich bin Jamie, ein Freund von Emma.«

Barny nickt. »Jup. Weißwein, nichts Gemischtes, Raki bisschen zu stark für dich. Kein Karaoke.«

»Ähm, ja. Ich schätze, so könnte man es wohl zusammenfassen.«

»Was kann ich dir Gutes tun, Jamie, Freund von Emma?«

Der Typ ist mir ein kleines bisschen unheimlich, muss ich gestehen. Er sieht aus wie ein Seebär, aber keiner der Kinderbuchklassiker-Sorte. Seine Augen sind klein und stechend, und er gibt sich keinerlei Mühe, sonderlich vertrauenerweckend zu wirken.

»Ich würde gern … Also, ich hab mich gefragt, ob Sie vielleicht wissen, wo ich Emma finden kann?«

Barny, der Bär, verzieht keine Miene. »Wieso weißt du nicht, wo du sie finden kannst? Deine *Freundin*?«

»Ich hab ihre Adresse nicht.«

»Dann ruf sie doch an.«

Okay. Jetzt nicht einschüchtern lassen. »Ich würde lieber persönlich mit ihr sprechen.«

Ein Mann taucht neben mir auf, schon etwas älter, und stellt drei leere Pint-Gläser auf dem Tresen ab. »Noch 'ne Runde, ja, Chef? Ich geh mal schnell …« Womit er in Richtung der Toiletten verschwindet. Der Typ sieht aus wie ein Stammgast, und mir schießt durch den Kopf, dass ich den Wirt nicht unbedingt um seinen Job beneide.

Ich wende mich ihm wieder zu. Er ist dabei, drei Pint-Gläser mit dunkelbraunem Ale zu füllen, und stellt eines nach dem anderen auf der Theke ab.

»Ich bedaure, Jamie, Freund von Emma, aber ich werde hier keine Adresse rausgeben.«

»Das finde ich super, ehrlich, toll, ich würde auch nicht wollen, dass …« Ich raufe mir die Haare. Es hat keinen Sinn, um den heißen Brei herumzureden, also schlage ich eine andere Taktik ein. »Sie haben sicher von dem Unfall gehört? Bei dem Katelyn Bollomey ums Leben gekommen ist?«

»Jup. Schlimme Sache.«

»Ich möchte einfach gern nach Emma sehen. Ich könnte mir vorstellen, dass es ihr gerade nicht so gut geht, und …

ich will nur sichergehen, dass ich ihr nicht irgendwie helfen kann.«

»Wie wäre es, wenn du sie anrufst?«

Ich unterdrücke ein Stöhnen.

»Du hast ihre Nummer nicht?«

»Ich habe ihre Nummer.«

»Dann ruf sie an.«

Okay. Gut. Andere Taktik. »Ist Carly zufällig da?«

Dem Blick, den Barny-Bär mir auf diese Frage hin zuwirft, ist nichts mehr hinzuzufügen. Also nicke ich zum Abschied, er tut dasselbe, und dann verlasse ich den Pub.

Was Barny nicht weiß – ich lehne keine zwei Meter von der Eingangstür entfernt an der Mauer und warte. Irgendwann wird Carly schon auftauchen.

34

Emma

In meiner Vorstellung sehe ich Kit hinterm Steuer, wie sie sich mit den Armen gegen das Lenkrad stemmt, die großen, blauen Augen weit aufgerissen. Das Reh blickt ihr entgegen, erschrocken, bewegungsunfähig, dem Tod geweiht. Ich betrachte die Entscheidung, vor die sie diese Szene stellt, stelle mir vor, dass sie sie nicht bewusst trifft, dass vielmehr die Entscheidung diejenige ist, die sie ausgewählt hat. Nicht weiterfahren, ausweichen. Bremsen, das Lenkrad herumreißen. Der Baum, der Aufprall. Das Geräusch. Ohrenbetäubend. Endgültig. Tot. Unmittelbar.

Ich frage mich, ob sie geschrien hat. Was sie gespürt hat. Ob sie zu perplex war, um irgendetwas zu fühlen.

Dann denke ich an Tom. Armer, armer Tom.

Wer hat es ihm gesagt? Wie hat er reagiert? War sein

erster Gedanke: Nein! Unmöglich. Nicht Kit! Nicht *meine Kit*! Wir haben vorhin erst telefoniert. Es ging ihr bestens. Sie wollte bei *Pilgrims* vorbeischauen, uns Pizza besorgen, bevor wir den Abend auf dem Sofa mit Netflix verbringen.

Ich stelle mir vor, wie Tom vor dem Schrank seiner Frau steht, wie er den Duft ihrer Kleidung in sich aufsaugt. Wie er auf die leere Seite des Bettes starrt. Wie er sich fragt: Wie kann das sein, wie konnte das passieren, das darf doch nicht wahr sein!

Wieso Kit?

Musste er sie identifizieren?

Mir wird kalt bei dem Gedanken, kalt und schlecht.

Wird Tom je darüber hinwegkommen? Oder würde sich das, was in seinem Körper saß und seine Lebenszeit fraß, jetzt nur noch mehr festbeißen, schneller von ihm zehren?

Und Kits Eltern? Was war mit ihnen? Wo waren sie? Hatte sie Geschwister? Ich habe keine Ahnung und bin versucht, auf dem Handy danach zu googeln, doch ich komme mir schäbig dabei vor.

Was wäre, wenn Amy, meine Schwester Amy, so unmittelbar und unvorhergesehen aus meinem Leben gerissen würde?

Oder … Tyler?

Tyler, den ich seit meiner Kindheit kenne. Und mit dem ich seit Tagen nicht gesprochen habe.

»Emma.«

Ich schrecke aus meinen Gedanken.

Meine Mutter steht im Türrahmen zu meinem Kinderzimmer, die Haare wirr wie immer, der Gesichtsausdruck voller Wärme und Mitgefühl. »Ich habe Abendbrot gemacht. Shepherd's Pie, den magst du doch so gern, oder? Fleischlos natürlich, mit Linsen. Ben und ich würden uns freuen, wenn du runterkämst, um mit uns zu essen. Aber ich bringe dir auch gern eine Portion hierher, wenn dir das lieber ist.«

Es ist der dritte Abend im Haus meiner Eltern, in meinem alten Zimmer, umgeben von all den Dingen, die mir auch heute noch ein Gefühl von Geborgenheit vermitteln. Das schmale Bett. Der mit Stoff überzogene Nachtkasten. Die kleine Lampe mit dem roten Schirm. Die alten Bücher. Sogar mein Schreibtisch. Alles wie immer. Alles noch da. Es war nicht geplant, dass ich hier länger bleibe als ein paar Stunden, doch manchmal, denke ich, muss man sich wohl einfach geschlagen geben. Weil es guttut, umsorgt zu werden. Weil es eine Erleichterung ist, den Kopf nicht immer oben halten zu müssen, sondern ihn einfach mal hängen zu lassen. Tyler, Jamie, Kit – das alles auf einmal war zu viel. Und meine Eltern … Ich bin so dankbar, dass ich sie habe. Hatte ich das schon erwähnt?

»Ich hab keinen richtigen Hunger, Mum.«

Und neuerdings nenne ich meine Mutter *Mum,* doch wenn ihr das in irgendeiner Weise seltsam oder unangebracht vorkommt, lässt sie es sich nicht anmerken.

»Du musst etwas essen, Liebling.«

Mum und Liebling, denke ich. Und wie sich das Leben von einem Tag auf den anderen um hundertachtzig Grad drehen kann. Und wie all die kleinen Problemchen und Nebensächlichkeiten mit einem Mal zu genau dem werden, was sie sind: klein und nebensächlich.

Sie haben uns freigestellt. Die komplette *Ten-to-Twelve-*

Crew, für eine ganze Woche, bis zur Trauerfeier. Die Show moderieren jetzt Hugh Chambers und Lea Shore, ein Team der *Morning Show,* die üblicherweise immer dann einsprangen, wenn Tom und Kit im Urlaub oder sonst wie unpässlich waren. Ich wünschte, sie hätten es nicht getan. Uns freigestellt, meine ich. Weil ich das Gefühl habe, die Situation allein nicht zu ertragen, weil ich mich gern anlehnen würde an Navin oder Daisy oder sonst wen, weil ich mich festhalten möchte an meiner Routine, weil ich gern so tun würde, als wäre all das nie passiert.

Es heißt, Tom habe einen Zusammenbruch erlitten. Man hat ihn gestern ins Krankenhaus eingeliefert, und dort wird er nach wie vor behandelt. Er will niemanden sehen, selbst seine Familie nicht. Und wenn ich nicht an Kit in diesem Auto denke, denke ich an Tom, wie er allein in der Klinik aus dem Fenster starrt und sich fragt, wie es sein kann, dass seine junge, gesunde, wunderbare Frau vor ihm gegangen ist.

»Emma?«

»Ja. Ich komme runter.«

Von oben nach unten betrachtet, besteht das Haus meiner Eltern aus einem Speicher, der allerhand Gerümpel beherbergt, drei Schlaf- und ein Badezimmer im ersten Stock, sowie im Erdgeschoss Küche, Esszimmer, Wohnzimmer und Gästetoilette. Es riecht nach Patschuli. In diesem Haus hat es schon immer nach dieser einzigartigen Mischung aus exotisch und muffig gerochen, und obwohl ich den Duft als Kind mehr als Gestank empfunden habe als alles andere, verströmt er heute für mich genau das

Gefühl von zu Hause, das mir im Cottage meiner Großeltern fehlt.

»Hi, Dad.«

Mein Vater blickt auf, als ich ins Esszimmer trete. Auch er verzieht keine Miene, weil ich mich in den vergangenen Tagen womöglich zurückentwickelt habe, zu einem Wesen, das eine Mum und einen Dad braucht, nicht eine Rose, einen Ben.

»Schön, dass du mit uns isst. Setz dich doch.«

Ich setze mich.

Es ist derselbe Stuhl, auf dem ich früher schon gesessen habe, der gelbe mit der geflochtenen Rückenlehne. Kein Möbelstück in diesem Zimmer passt zum anderen, auch die Stühle nicht. Die Einrichtung ist individuell, wenn man es positiv formuliert, wild zusammengewürfelt, wenn nicht, in jedem Fall aber bunt. Wild und bunt, wie meine Eltern es auch sind.

Wie konnten sie bloß so ein langweiliges, farbloses Kind wie mich bekommen? Amy passt viel besser in diese Familie, und sie wurde nicht hineingeboren.

Ich starre auf den Tisch, auf die blauen und roten Teller, die Platzdeckchen aus Bambus. Ich sehe auf, als meine Mutter die Pie-Form ins Zimmer trägt, und dann dabei zu, wie die Hand meines Vaters ihren Po streichelt, während sie sich halb über den Tisch beugt, um den Auflauf in der Mitte abzustellen. Einen Moment lang schmachten die zwei sich an, und ich verdrehe die Augen.

»Wirklich, Dad?«

»Was denn, Emma?« Mein Vater lächelt verschmitzt.

Ich schüttle den Kopf.

»Ich weiß genau, dir ist es peinlich, dass deine Mutter und ich uns nach wie vor begehrenswert finden, aber *ich* denke, dass dies geradezu fantastisch ist und absolut erstrebenswert.«

»Dad!«

»Ja, Kleines?«

Ich möchte nicht lachen, immerhin befinde ich mich in einer Trauerphase, dennoch stiehlt sich ein winziges Lächeln auf mein Gesicht. »Mich interessiert nicht, wie sehr ihr euch begehrt, okay? Macht das unter euch aus.«

»Oh, ja, das machen wir.« Meine Mutter sieht von mir zu meinem Vater und wieder zurück. »Und zwar so oft es uns möglich ist.«

»Uuugh.« In gespieltem Abscheu schüttle ich mich, doch diesmal muss ich wirklich lachen. »Ihr zwei seid … Lasst uns essen, okay? Mit vollem Mund kann niemand mehr gruselige Geschichten erzählen.«

»Die Geschichte unserer Liebe ist nicht gruselig. Und ich hoffe sehr, du wirst deinen Kindern später auch mal erzählen, wie wahnsinnig Mummy und Daddy sich verehren – und wie wild sie es nach wie vor treiben.«

»DAD!«

Wir lachen so sehr, am Ende habe ich Tränen in den Augen. Ich weiß nicht, ob es Bens Absicht war, meine Gedanken zu zerstreuen, aber ich nehme es an. Er betrachtet mich, als könnte es nichts Schöneres für ihn geben, als mich befreit lachen zu sehen – und mir fällt auf, wie lange ich es nicht mehr getan habe.

Mit Jamie zuletzt.

Mit Tyler schon ewig nicht mehr.

Meine Eltern lernten sich Ende der Siebzigerjahre in einem Ashram in Indien kennen. Ja, wo sonst, fragt man sich, nicht wahr? Solche Geschichten kann man sich nicht ausdenken. Oder vielleicht doch, immerhin wird in verhältnismäßig vielen Liebesromanen davon erzählt, wie zwei sich begegnen und auf den ersten Blick füreinander brennen, wie sie sich küssen, und das Kaminfeuer lodert, wie sie dann miteinander im Bett landen, und Feuerwerke knallen in die Nacht. So war es bei Rose und Ben, wenn man ihren Erzählungen glauben darf, und ja, ich persönlich glaube ihnen das zu einhundert Prozent. Es loderte und knallte so ziemlich vom ersten Moment an, und sosehr ich mich schon über ihre Körperlichkeit und die Ungezwungenheit, wie sie sie vor anderen ausleben, mokiert habe, so sehr freue ich mich für die beiden. Und so sehr beneide ich sie. Bei Tyler und mir hat es ein klein wenig mehr Anstrengung bedurft, um die Silvesterknaller loszuschießen – um im Bild zu bleiben.

Ich denke, eine Beziehung ist tatsächlich Arbeit, auch wenn meine Eltern die Ausnahme darstellen. Und ich denke auch, Tyler und ich haben das lange nicht mehr getan, wirklich daran gearbeitet, meine ich. Stattdessen haben wir uns durchgemogelt, uns selbst getäuscht in der Annahme, es werde schon alles wieder werden, wie es immer war, wenn wir nur lange genug darauf warteten.

Die Hoffnung stirbt zuletzt.

Aber am Ende tut sie es eben doch.

Ich bin zurück in tiefen, düsteren Gedanken, als es an der Tür läutet. Meine Mutter verlässt den Raum, und steht

Sekunden später wieder vor uns. »Es ist Tyler«, sagt sie. Als hätte ich ihn herbeigedacht.

»Was tust du hier?« Ich klinge mehr müde als verärgert, obwohl ich es bin, ehrlich gesagt. Tyler hat sich seit unserem Streit nicht mehr sehen lassen, verdammte anderthalb Wochen nicht.

»Hey, Baby, wie geht es dir? Ich bin so schnell zurückgekommen wie möglich.«

»So schnell wie möglich? Du hast vier Tage gebraucht, um es von Manchester nach Brighton zu schaffen? Was hat dich aufgehalten? Violet?«

Wir stehen in der Diele. Ich habe nicht vor, ihn hereinzubitten, doch Tyler macht nicht den Eindruck, als würde ihn das aufhalten. Nichtsdestotrotz sieht er nun aus, als hätte ich ihm eine Ohrfeige verpasst. Ich habe keine Lust, mich für den Satz zu entschuldigen, und ich tue es trotzdem. »Sorry. Das wollte ich eigentlich gar nicht sagen.« Nun ja.

»Schon gut.« Es wirkt nicht, als sei es gut, aber Tyler bemüht sich. »Es tut mir leid, dass ich jetzt erst herkommen konnte. Es gab Probleme mit einem Kunden, deshalb musste ich länger bleiben als die geplante Woche, und ja … Ich hab eine Nachricht geschickt.«

Das stimmt. Montagabend. Fast zwei Tage nach Kits Unfall.

TYLER: Tut mir so leid, Em, ich weiß, wie sehr du an ihr gehangen hast. Ich komme, sobald es geht. Halt die Ohren steif. XO.

»Halt die Ohren steif«, sage ich jetzt.

»Was?«

»Das hast du geschrieben. Halt die Ohren steif.«

»Ja, also …« Er sieht verwirrt aus, und ich kenne diesen Blick. Es ist das klassische Was-habe-ich-jetzt-wieder-gemacht-Emma-ich-meine-es-doch-nur-gut-Gesicht.

Ich schüttle den Kopf. »Okay, also, danke, dass du vorbeigeschaut hast.«

Zunächst wirkt er noch konsternierter – sofern das überhaupt möglich ist. Dann jedoch setzt Tyler seine andere Miene auf, die entschlossene, die, mit der er sicherlich auch seine Kunden um den Finger wickelt. Oder die Kolleginnen.

Er macht einen Schritt auf mich zu und zieht mich in seine Arme.

»Emma«, murmelt er in mein Ohr. »Emma, Emma, Emma.«

Ich versuche, ein Stück von ihm abzurücken, doch er lässt es nicht zu.

»Komm nach Hause.«

»Wie bitte?«

Mit einem Mal ist es mucksmäuschenstill. Niemand atmet mehr, keiner bewegt sich. Ich versuche erneut, mich aus der Umarmung zu befreien, und diesmal lässt er mich.

»Komm nach Hause«, wiederholt er.

»Ich bin zu Hause. Mehr zu Hause geht überhaupt nicht.«

»Du weißt, was ich meine. Nicht das Haus deiner Eltern. Nicht das Haus deiner Großeltern. Ich meine unser Zuhause. Unsere Wohnung.«

Ich sehe ihn an. Die vertrauten Züge, die hellblauen Augen, die wirren Locken, Tyler, mein Tyler. Er meint es tatsächlich ernst. »Das letzte Mal, als wir miteinander gesprochen haben, sagtest du, ich sollte am besten vergessen, dass ich dir je etwas bedeutet habe.«

Er hebt die Hand, berührt meine Wange, und ich zwinge mich dazu, nicht vor der Berührung zurückzuschrecken. »So habe ich das sicher nicht gesagt. Und das, was ich gesagt habe, war aus reinem Schock heraus. Ich konnte nicht damit umgehen, dass du meinen Antrag abgelehnt hast, und habe überreagiert. Aber inzwischen bin ich darüber weg … nicht …« – er hebt abwehrend die Hände, als er meinen irritierten Gesichtsausdruck bemerkt – »… nicht, dass ich darüber hinweg wäre, dass du mich nicht heiraten willst. Ich meinte, ich kann inzwischen nachvollziehen, warum du Nein gesagt hast. Es war nicht der richtige Augenblick, das weiß ich jetzt. Wir gehen es langsam an, nach der Geschichte mit … du weißt schon.«

»Violet.«

Er verzieht das Gesicht. »Komm nach Hause. Wir kriegen das hin, glaub mir. Lass mich dich trösten.«

Womit mir wieder einfällt, worum es hier ursprünglich ging, nämlich um mich – um meine Trauer, meinen Verlust, meinen Schmerz. Doch wie immer hat Tyler es auch diesmal geschafft, über sich zu reden, um sich zu kreisen, um seine Befindlichkeiten, um das, was ihm wichtig ist.

Noch einmal mustere ich ihn – die helle Farbe seiner Augen, immer auch ein bisschen kühl, das jungenhafte Grinsen, das er selbst am unwiderstehlichsten findet. Die Locken, die Lippen, den einstudierten Hundeblick, den er mir gerade zuwirft. *Ich bin's doch, Ty, du kennst mich, Baby, wem könnte ich etwas zuleide tun?*

»Es geht nicht, Tyler.« Ich mache einen Schritt zurück. Es fühlt sich endgültig an. »Ich komme nicht mit in deine Wohnung.«

»*Meine* Wohnung? Baby, das ist unsere …«

»Nein. Nicht mehr. Das ist nicht mehr unsere Wohnung, seit du mit einer anderen geschlafen hast und ich ausgezogen bin. Und ich fürchte, sie wird es nie wieder sein.«

»Emma …«

Ich spüre, wie mir Tränen in die Augen schießen, von jetzt auf gleich, als hätte ich mich in den vergangenen Tagen nicht bereits leergeweint. Ich dachte, es sei ein Fehler gewesen, Tylers Antrag abzulehnen, genauso wie ich dachte, ich hätte ihn vermisst, seit er sich von mir zurückgezogen hat. Aber die Wahrheit ist, ich habe nicht ihn vermisst, nicht Tyler als Person. Ich habe die Zeit vermisst, in der wir glücklich waren, in der er mich glücklich machte, in der ich nichts anzweifeln musste, in der sich die Frage, ob ich Tyler vertraue oder nicht, gar nicht erst stellte.

Ich sehne mich zurück nach dieser alten Emma.

Doch es gibt sie nicht mehr.

»Tyler, wir sollten … Du hattest recht, es ist besser, wenn wir …«

Er schüttelt den Kopf. Er will es nicht hören, und es scheint unmöglich, es auszusprechen. Aber letztlich schaffe ich es doch.

»Ich denke, es ist vorbei, Ty. Wir können das nicht mehr kitten.«

Tyler gibt einen erstickten Laut von sich, und eine erste Träne löst sich aus meinem Augenwinkel. »Ich liebe dich, das weißt du, und das werde ich immer tun. Aber für eine Beziehung reicht es nicht mehr. Siehst du das nicht selbst, Tyler? Sag mir, dass du das auch siehst.«

»Nein, das sehe ich überhaupt nicht. Ich wäre wohl kaum hier, wenn ich es so sehen würde.«

»Ty.« Ich strecke die Hand nach ihm aus, und er zieht mich wieder in seine Arme. Ich halte ihn fest. Er klammert sich an mich.

»Ich denke, du bist hier, weil es schwer ist, sich nach so vielen Jahren loszulassen. Aber ich weiß, wenn wir nur ein bisschen Abstand zwischen uns bringen, werden wir beide zu dem Schluss kommen, dass es das Beste ist. Wir wollen unterschiedliche Dinge. Schon lange. Und mindestens genauso lange schon habe ich das Gefühl, dass wir uns voneinander wegbewegen, statt aufeinander zu. In kleinen Schritten, aber dennoch. Du hast dich in deinem Leben eingerichtet, und ich mich in meinem. Und über diese Zeit, über die vergangenen Monate, die wir schon nicht mehr wirklich zusammen sind, ist das Wir, das wir einmal waren, blasser und blasser geworden.«

Tyler vergräbt sein Gesicht in meinen Haaren, und ich fühle die Nässe, die seine Tränen dort hinterlassen. Ich bin mir ziemlich sicher, alles in allem ist dies der traurigste Moment in meinem Leben. Erst Kit, dann Tyler. Aber wir müssen das jetzt durchziehen, denn wenn wir es nicht tun, werden wir uns auch die nächsten zehn Jahre noch im Kreis drehen, anstatt vorwärtszukommen.

Ich wollte nie diejenige sein, die den Rest ihres Lebens

auf den Fehlern anderer herumreitet. Ich habe versucht zu vergessen, aber das hat nicht funktioniert. Tyler hat etwas getan, das sich nicht umkehren lässt, es lässt sich nicht zurücknehmen. Und ich frage mich, wieso ich so lange versucht habe, darüber hinwegzukommen. Andere Frauen hätten womöglich anders reagiert, hätten gesagt: Das war's, das war das Ende, es ist vorbei. Wieso habe ich mir solche Mühe gegeben, *die Tat* zu verdrängen? Weil es mir nicht wichtig genug war? Weil es mir nicht so sehr wehgetan hat, wie es mir hätte wehtun sollen? Konnte ich deshalb damit leben? Weil schon vorher etwas nicht so war, wie es hätte sein sollen?

»Okay.« Tyler atmet tief ein und aus, bevor er sich von mir löst und einen Schritt Abstand zwischen uns bringt. »Ich weiß, wann ich dich nicht umstimmen kann. Und wann es nichts nützt, dich anzuflehen, es dir noch mal zu überlegen. Aber Emma, wenn ein bisschen Zeit vergangen ist …«

»Es ist vermutlich besser, wenn wir uns erst mal nicht mehr sehen, oder? Bevor wir Freunde bleiben?«

Die Züge, die Augen, die Locken, die Lippen. Ich kann nicht glauben, was ich da tue.

Schweigen. Dann nickt er. Fährt sich durch die Haare. Nimmt mein Gesicht in seine Hände. Küsst mich. Ein letztes Mal. Und geht.

Tyler Natt, Liebe meines Lebens, einziger Mann, mit dem ich je Sex hatte, dreht sich um, öffnet die Tür und schließt sie hinter sich, ohne sich noch einmal umzusehen.

35

Emma

Es ist Samstag. Vier Tage liegen zwischen heute und dem Gespräch mit Tyler, vier Tage und unzählige Male, in denen mir aufging, was nun alles anders sein würde: Jegliche Routine – vorbei. Keine belanglosen Textnachrichten mehr, *Was machen wir heute? Sehen wir uns morgen? Hast du gelesen, sie wiederholen* Matrix? Keine Insider-Witze, keine Pub-Abende mit Freunden. Kein Streit darüber, ob man im Urlaub klettern gehen oder ans Meer fahren sollte. Niemand mehr, dem man Witziges, Ärgerliches oder einfach Alltägliches zuerst erzählt.

Nicht, dass Tyler und ich in den vergangenen Wochen derlei Pärchentum verstärkt ausgelebt hätten. Das haben wir nicht. Dafür gab es zu viele Missverständnisse, zu viel Streit, zu viele Unwegsamkeiten. Das heißt jedoch nicht, dass es nicht früher mal harmonisch zwischen uns gewesen wäre. Und aus diesem Grund wiegt der Verlust schwer, selbst wenn ich ihn höchstpersönlich herbeigeführt habe.

Bei einer Trennung leiden immer beide.

Dennoch bereue ich nicht, dass ich mich dazu durchgerungen habe. Auf eine Weise ist in dem Augenblick, in dem Tyler die Tür hinter sich schloss, auch eine Last von mir abgefallen.

Heute ist Samstag, und es ist Zeit, nach Hause zu fahren, beziehungsweise zu Amy und Carly, oder was man sonst so sein Zuhause nennt.

»Du kannst hierbleiben, wenn du möchtest«, bietet mein Vater an.

»Komm wieder, wenn du unsicher bist, wo du hinsollst, jetzt, nachdem Tyler und du …« Aus irgendeinem Grund bereitet es meiner Mutter Schwierigkeiten, tatsächlich zu glauben, dass wir uns getrennt haben.

Meinem Vater weniger. »… euch getrennt habt«, springt er ein.

»Ja.«

Ich schließe meine Mutter in die Arme. Seltsamerweise habe ich das Gefühl, dass sie gerade mehr Trost braucht als ich. Ich wusste, sie mag Tyler, aber mir war nicht klar, wie sehr sie an ihm hängt. Ich meine, als er mir den Antrag machte, wirkte meine Familie im Ganzen nicht sonderlich begeistert. Doch jetzt, wo es vorbei ist zwischen Tyler und mir, endgültig, meine ich, scheint der Kummer auf einmal groß. Vielleicht, weil auch die beiden ein Stück Normalität verlieren. Tyler gehörte die längste Zeit zu meinem Leben.

»Ich weiß, dass ich jederzeit wiederkommen kann.« Ich lasse meine Mutter los und umarme zum Abschied meinen Dad. »Und ich danke euch dafür.« Das tue ich wirklich. Meine Eltern sind die besten. Und ich weiß, würde ich tatsächlich wieder in ihr Haus ziehen wollen, würden sie sich genau richtig verhalten. Sie würden mir Freiraum geben, mich nicht bevormunden, und dennoch wäre ich in diesem Zimmer dort oben wieder das Kind, das ich mir nicht mehr erlauben möchte zu sein.

»Wir holen dich morgen früh um kurz nach acht ab, ja?«

Ich nicke. Morgen ist Kits Trauerfeier. Meine Eltern haben angeboten, mich zu begleiten, und ich bin ihnen einmal mehr dankbar, dass sie für mich da sein wollen.

»Ja. Bis morgen.«

»Amy? Carly?«

»In der Küche!«

Ich bugsiere den kleinen Koffer durch die Tür und lasse sie dann hinter mir zufallen. Die vertrauten Gerüche umgeben mich: Kaffee, altes Holz, die Süße der Zimtschnecken, die Carly zum Frühstück besorgt hat. Sie streckt den Kopf zur Küchentür heraus, Amys erscheint dahinter. Beide blicken besorgt drein, weshalb ich mich zu einem Lächeln zwinge.

»Schaut mich nicht so mitleidig an. Es geht mir schon besser.«

»Das ist gut.« Amy schiebt sich an Carly vorbei, um mich zu umarmen. »Das ist wirklich gut zu hören.«

Ich drücke sie an mich. Carly wirft sich über uns beide und drückt ebenfalls zu. Eine Weile bleiben wir so stehen, bevor wir uns wieder entknoten, eine nach der anderen.

»Willkommen zu Hause, kleine Schwester.«

»Danke schön.«

»Du kommst genau richtig, wir haben gerade das Frühstück fertig. Und du siehst aus, als solltest du essen. Da lässt man dich einmal eine Woche allein, und schon nimmst du zwei Kilo ab.«

»Kein Wunder bei dem Speiseplan eurer Eltern.« Carly verzieht das Gesicht. »War es schlimm?«

Ich lache. Es klingt blechern. »Nein. Sie waren sehr umsichtig. Es gab Milchreis, Pfannkuchen, Kartoffelbrei. Shepherd's Pie. Die ganzen Kindergerichte.«

»Mit echter Milch und Fleisch? Das glaube ich nie im Leben.«

»Mandelmilch. Und Linsen.«

»Aaah.«

Ich folge den beiden in die Küche, setze mich an den Tisch.

Vergangene Woche Samstag um dieselbe Zeit saß Amy an meinem Bett, um mich zu überreden, mich für den Brighton Pride fertigzumachen. Kit war noch am Leben. All die Sorgen, die mich vor einer Woche umtrieben, haben seither an Bedeutung verloren.

»Tyler und ich haben uns getrennt.« Ich verkünde es tonlos. Eine Feststellung, keine Emotion darin. Die Köpfe meiner Mitbewohnerinnen wirbeln herum.

»Ihr habt …«, beginnt meine Schwester, dann bricht sie

den Satz ab. Ich würde gern wissen, was sie denkt. Ist sie froh? Erleichtert? Oder tatsächlich bloß überrascht?

Carly fasst sich als Erste wieder. Sie quetscht sich neben mich auf die Eckbank und schlingt beide Arme um mich. »Das tut mir leid, Emma«, sagt sie. Und als sie ein Stück von mir abrückt: »Wie geht es dir?«

»Es geht mir gut. Es war meine Entscheidung. Und ich hoffe, es wird Tyler auch gut gehen damit.«

»Bist du sicher?« Amy betrachtet mich besorgt. »Ich meine, er war eine so lange Zeit Teil deines Lebens. Aus irgendeinem Grund war ich davon überzeugt, dass er das auch bleiben würde. Selbst nach dem vermasselten Antrag und der Szene danach. Vielleicht ... Ich weiß nicht. Wenn ein bisschen Gras über die Sache gewachsen ist?«

Ich starre Amy an, dann schaue ich auf meine Finger. Sie sehen so dünn und zerbrechlich aus. Vermutlich habe ich die zwei Kilo, die ich in dieser Woche abgenommen habe, an meinen Händen verloren. Ich kann jetzt nicht darüber nachdenken, dass diese Finger nie mehr durch Tylers Haare streifen werden. Dass sie nie mehr seine Haut berühren. Nie wieder über seine Brust streichen, nach seiner Hand greifen werden.

Mein Innerstes, es ist ein unerschöpflicher Brunnen an Tränen. Das wird mir in diesem Moment klar, als ich von meinen eigenen Entscheidungen der vergangenen Tage und von einer nie enden wollenden Trostlosigkeit überwältigt werde.

»Ach, Süße.« Amy tauscht den Platz mit Carly und legt einen Arm um meine Schulter.

Ich wische mir über die Augen.

»Das ist nie leicht. Auch nicht für den, der die Entscheidung trifft. Das heißt nicht, dass sie falsch war.«

»Wieso sagst du das? Gerade eben hast du noch behauptet, Tyler und ich würden wieder zusammenkommen, wenn erst Gras über die Sache gewachsen ist.«

»Das habe ich gesagt, weil ich dachte, es sei das, was du dir insgeheim wünschst.« Mit den Fingerspitzen schiebt sie die Tränen von meinen Wangen. »Jetzt glaube ich, wenn du noch das kleinste bisschen Hoffnung hättest, dass ihr wieder zusammenkommt, wärst du nur halb so traurig, wie du es bist.«

»Ich bin traurig, weil wir es nicht geschafft haben. Von der Jugendliebe in eine gemeinsame Zukunft. Für den Rest unserer Tage. Du weißt schon.«

»Ich weiß.«

»Und ich bin traurig, weil sich meine Gefühle verändert haben, ohne, dass ich es wollte. Ich hab es nicht mal bemerkt. Nicht … sofort. Es ist einfach passiert. Ich konnte nichts dagegen tun. Ich hätte … hätte ich gewusst, wie ich es aufhalten soll …«

Ich plappere und plappere, und Amy sagt nichts.

Ich blinzle sie an. »Was?«

»Ich denke, er hat seinen Teil dazu beigetragen, dass sich deine Gefühle verändert haben. Meinst du nicht?« Amy seufzt. Dann drückt sie mich an sich. Dann tauscht sie einen Blick mit Carly, der mir nicht entgeht.

»Was?« Ich sehe von einer zur anderen. Amy starrt Carly an, und die beißt sich auf die Unterlippe.

»*Was?*« Ich rücke von meiner Schwester ab. »Gibt es sonst noch etwas über Tyler, das ich wissen müsste? Hat er …«

»Nein, nichts mit Tyler.« Amy sieht mich an. Und dann sagt sie: »Okay. Erzähl's ihr, Carly.«

Und Carly erzählt es mir.

»Also gut, nur, um das noch mal zusammenzufassen: Jamie Carlton hat am Mittwochabend vor dem *Crab Shack* auf dich gewartet, um dich abzupassen, als du zu deiner Schicht kamst.«

Carly nickt.

»Und er wollte meine Adresse? Um mich zu besuchen. Um zu sehen, wie es mir geht?«

»Er sagte, er könne dich telefonisch nicht erreichen, und wollte deshalb persönlich bei dir nachfragen, ob er irgendetwas für dich tun kann. Weil er das mit …«

Ich hebe die Hand, und Carly klappt den Mund zu. »Und du hast ihm gesagt, das machst du nicht.«

»Nun ja …«

»Sie hat mich angerufen«, springt Amy ein, »und ich habe ihr erklärt, sie soll ihm auf keinen Fall die Adresse unserer Eltern geben. Weil du gerade ganz andere Probleme hast als ihn, der dir ja immerhin zu verstehen gegeben hat, dass du dich lieber deinem Verlobten zuwenden solltest. Anstatt ihm.«

»Und dann hat er gesagt …« Ich sehe Carly abwartend an.

Für einen Augenblick wirkt es so, als frage sie sich, in welchem Film sie gerade feststeckt, weil sie das alles doch schon einmal erzählt hat, aber schließlich erwidert sie: »Er hat gesagt, er versteht das. Er wollte dich wirklich sehr dringend sehen, aber er könne nachvollziehen, weshalb das mit der Adresse ein Problem für mich wäre. Und dann …«

»Und dann?«

»Dann ging er in den Pub, pflanzte sich an einen Tisch neben dem Eingang und bestellte sich ein Wasser.«

Ich starre Carly an. Dann Amy. »Okaaay. Das mit dem Wasser war nun in der Tat eine eher überflüssige Information, aber danke. Ich fürchte, er ist ein bisschen heikel, was seine Ernährung angeht. Bier … keine Ahnung, ob er das überhaupt trinkt. Wein, ja, das habe ich schon gesehen, aber im Pub? Im *Crab Shack* noch dazu?« Ich schüttle den Kopf. »Vielleicht sollte Barny grüne Smoothies auf die Karte setzen, dann würde Mr. James Carlton sicher …«

»Emma?«

»Ja?«

»Das ist noch nicht alles.«

»Nein?«

Amy schüttelt den Kopf.

Und Carly sagt: »Seither war er jeden Abend im *Crab Shack*. Barny sperrt auf, und da steht er, setzt sich an den Tisch neben der Tür, bestellt Wasser. Hat seinen Laptop dabei. Arbeitet. Einmal orderte er ein Krabben-Sandwich, doch dann wollte er *den Küchenchef* sprechen, um ihm ein paar Verbesserungsvorschläge zu machen, und du kennst Barny – der fand das überhaupt nicht witzig. Also nichts zu essen mehr für Mr Carlton in diesem Etablissement.«

Carly bedenkt mich mit einer Trauermiene, die nicht echt ist, und all das ist so komisch, und ich würde zu gern lachen, wenn ich nicht nach wie vor so abgrundtief traurig wäre. »Warum macht er das? Kommt jeden Abend, sitzt an dem Tisch neben der Tür?«

»Das ist ziemlich leicht zu erraten«, sagt Amy, »und ich habe ihn dennoch gefragt. Er sagte, es mache ihm nichts aus, auf dich zu warten.«

Ich schüttle ratlos den Kopf. Alle drei sehen wir uns an, Verständnislosigkeit steht uns ins Gesicht geschrieben.

»Die Nacht vor dem Brighton Pride«, fragt Carly, »da hat er dich quasi vor die Tür gesetzt?«

»Yep.«

»Und dir erklärt, du seist bei Tyler besser aufgehoben?«

»Jawohl.«

»Nun. Inzwischen hat er es sich offensichtlich anders überlegt.«

Ich zucke die Schultern. Ich hab keine Ahnung, was ich von alldem halten soll. Ich habe bloß das Gefühl, ich kann mich gerade nicht auch noch damit befassen.

»Und du hast seine Nummer geblockt, nehme ich an?«

»Yep.«

»Wäre es vielleicht an der Zeit, daran irgendetwas zu ändern?«

36

Jamie

Wenn ich etwas festgestellt habe im Verlauf dieser Woche, dann, dass sich in einem Pub weit besser arbeiten lässt, als ich es mir je hätte vorstellen können. Die Menschen um mich herum? Stören nicht sonderlich, weil sie sich nicht im Entferntesten dafür interessieren, was ich hier tue. Die Geräuschkulisse? Scheint meine Konzentration zu schärfen, wer hätte das gedacht? Ich blende alles um mich herum aus, konsequenter als sonst, weil es mehr auszublenden gibt, und in der Folge bekomme ich in diesen Abendstunden im *Crab Shack* deutlich mehr weggeschafft als an den Vormittagen im Büro.

Vermutlich ist dies der einzige Grund, weshalb mein Vater bis jetzt noch keine Bemerkung dazu gemacht hat, dass ich an den vergangenen drei Nachmittagen bereits um sechzehn Uhr das Büro verlassen habe. Weil er an jedem einzelnen Abend gegen dreiundzwanzig Uhr eine E-Mail von mir bekam, in der er die deutlichen Fortschritte meiner Arbeit nachvollziehen konnte.

Alles vorbildlich also, was das Geschäftliche angeht. Im privaten Bereich? Nicht so sehr. Ich gebe zu, ich hatte nicht damit gerechnet, dass Emma eines Abends hier auftauchen würde. Gehofft hatte ich es vielleicht, mehr jedoch nicht, denn mir ist klar, sie hat gerade ganz andere Sorgen, als sich um einen Kerl zu kümmern, der ihr erst eine völlig verrückte Szene macht, um dann ziemlich penetrant zu versuchen, sie wieder für sich zu gewinnen. Sie wird nicht sonderlich scharf darauf sein, fürchte ich, denn sie ist nach wie vor nicht aufgetaucht.

Was ich mir allerdings schon erhofft hatte, war ein wenig Mitleid von Carly oder dem bärigen Barmann. Ich nahm an, wenn ich nur lange genug hier sitzen und Hartnäckigkeit sowie den unbedingten Willen unter Beweis stellen würde, Emma sehen zu wollen, hätte womöglich jemand Erbarmen mit mir und gäbe mir die Adresse. Aber: Fehlanzeige. Vermutlich ist es gar nicht so leicht, einem abgebrühten Kneipeninhaber und einer Frau, die Frauen bevorzugt, in meinem speziellen Fall den nötigen Sinn für Romantik zu entlocken.

Mittlerweile ist Samstag. Nach wie vor habe ich nichts von Emma gehört, und obwohl ich hier ruhig sitze und warte und den Anschein erwecke, als seien meine Geduld und Ausdauer grenzenlos, bin ich innerlich so unruhig, dass ich … ja, ich gebe es zu. Ich nehme augenblicklich mehr Medikamente, als ich sollte, aber es ist nicht so, dass ich mir der Problematik nicht bewusst wäre. Durch einen meiner allzu bekannten Anflüge von Panik ist es mir gelungen, Emma so sehr zu erschrecken, dass sie keinerlei Kontakt mehr zu mir haben möchte. Und wenn ich ganz ehrlich bin: Ich sitze zwar hier und warte und denke, ich muss wissen, wie es ihr geht, doch ich habe keine Ahnung, was ich ihr eigentlich sagen will.

Möchte ich sie um Verzeihung bitten? Ihr erklären, was mit mir los ist, ihr von meinen Angstzuständen und von den Betablockern erzählen? Allein der Gedanke daran lässt die Kälte in mir aufsteigen, weshalb ich ihn sofort beiseiteschiebe, rigoros.

Dennoch – ich könnte mich entschuldigen. Ihr sagen, dass die Geschichte mit Tyler … Dass er sicher nicht der Richtige für sie ist, wenn sie es nicht fühlt, dass ich nicht den Eindruck erwecken wollte, dass er … oder ich …

Ich raufe mir die Haare. Allein in Gedanken gelingt es mir, mich um Kopf und Kragen zu reden, das soll mir erst mal einer nachmachen.

Ich bin dabei, eine Tüte Walkers-Chips aufzureißen – das Sicherste, was man in diesem Laden verspeisen kann, selbst wenn sie die Arterien verstopfen –, als das Handy vor mir auf dem Tisch zu vibrieren beginnt.

Emma.

Mein Herz fängt an, wie wild zu klopfen, als ich über das Display wische, um ihre Nachricht abzurufen.

EMMA: Carly sagte mir, dass du womöglich mit mir sprechen möchtest. Ich will dir nur sagen, dass es mir gut geht. Den Umständen entsprechend. Kits Unfall hat uns alle sehr ge-

troffen, das Team war in der vergangenen Woche freigestellt. Schicksalsschläge dieser Art sind nie leicht zu verkraften, aber wir lernen, damit umzugehen. Danke, dass du dich nach mir erkundigt hast. Du musst nun nicht länger im Crab Shack auf mich warten. Beste Grüße, Emma.

Ich lese die Nachricht mehrmals, ein Dutzend Mal. Sie ist kühl und irgendwie kalkulierend und sie ist überhaupt nicht Emma.

Danke, dass du dich erkundigt hast.

Beste Grüße.

Du musst nun nicht länger auf mich warten.

Als ich die Zeilen beinah auswendig kann, geht mir auf, dass ich ihr womöglich antworten sollte, bevor sie meine Nummer erneut blockiert, weshalb ich hastig drauflostippe.

JAMIE: Hey. Es tut so gut, von dir zu hören. Und ich freue mich, dass es dir besser geht.

Hey? O mein Gott. *Freue mich, dass es dir besser geht?*

Ich atme tief ein. Versuche es noch einmal. Und bemerke, während ich das tue, dass die zwei Häkchen blau sind – sie liest mit. Wenn das keine Chance ist, habe ich nie eine gesehen.

JAMIE: Den Umständen entsprechend gut, meinte ich natürlich.
Ich muss gestehen, ich hatte gehofft, wir könnten uns unterhalten – also, persönlich, nicht via Textnachricht.
Hältst du das für möglich?

Ich starre auf das Display. Blaue Häkchen. Und oben steht: *Emma schreibt …*

Offenbar schreibt sie ewig. Doch als letztlich ihre Nachricht erscheint, besteht sie aus nicht mehr als fünf Worten.

EMMA: *Das wird nicht nötig sein.*

JAMIE: *Ich weiß, du hast zurzeit andere Sorgen, und ich möchte dich nicht zusätzlich bedrängen, aber es wäre wirklich schön, wenn wir das nicht so stehen lassen müssten … das von neulich Abend. Ich würde es dir gern erklären.*

EMMA: *Du willst mir erklären, was das für Kopfschmerzen sind, die du dauernd vorschiebst? Und was für Medikamente, denen du mitten in der Nacht hinterherjagen musst?*

Shit.

Ja. Ja, ich denke, ich will es ihr erklären. Ich bin mir nur nicht sicher, ob ich es kann.

Eine gefühlte Ewigkeit halte ich das Telefon in der Hand, ratlos, was ich Emma antworten soll.

Kann ich ihr wirklich all das sagen, was ich nie zuvor jemandem erzählt habe?

Ich bin nicht sicher, ob ich es über die Lippen bringe. Und selbst wenn? Zweifel nagen an mir, hartnäckig und mit spitzen Zähnen.

Das hat alles keinen Sinn, habe ich recht? Ich meine, ich schaffe es nicht, meiner Familie zu beichten, was mit mir los ist. Wie soll ich es dann Emma begreiflich machen? Dass ich einfach so bin, wie ich bin. Dass sich daran nie etwas ändern wird. Dass ich nicht in der Lage sein werde, der Mann zu sein, den sich eine Frau wünscht. Den eine Frau wie Emma verdient hat. Und dennoch, vielleicht, eben gerade weil es Emma ist …

JAMIE: *Ich würde dich wirklich gern sehen.*

EMMA: *Dann komm nach draußen.*

Sie steht tatsächlich vor der Tür. Emma Brook, die Frau mit dem breiten Grinsen, der Zahnlücke, den wärmsten Augen, in denen ich je versinken durfte. Sie sieht blass aus. Blass und dünner, und obwohl ich augenblicklich den Drang verspüre, sie mit zu mir zu nehmen, ihr einen gehaltvollen Smoothie zu kreieren, ein gesundes Frühstück, irgendetwas, um sie aufzupäppeln, schiebe ich den Gedanken energisch beiseite. Sie wäre wohl kaum begeistert von der Idee. Nicht, nachdem ich sie das letzte Mal, als sie bei mir zu Hause war, so gut wie rausgeschmissen habe.

»Hi.« Ich bleibe vor ihr stehen, unschlüssig, was ich mit meinen Händen tun soll. Darf ich sie umarmen? Sie an mich drücken, einen Moment nur, um ihr zu zeigen, dass ich da bin, dass ich für sie da sein möchte, wenn sie das will?

Ich mache einen ungelenken Schritt nach vorn, werfe meine Arme quasi um ihre Schultern und ziehe mich schon nach dem Bruchteil einer Sekunde wieder zurück. Ich schiebe die Hände in die Taschen meiner Jeans. Ich bin ein erbärmliches Exemplar von einem Mann, daran besteht absolut kein Zweifel.

»Ich hätte nicht damit gerechnet, dass du hier draußen bist.«

»Überraschung.« Von ihrem Grinsen keine Spur. Ein kleines Lächeln stattdessen. Müde. Gott, ich würde sie wirklich gern in die Arme schließen, mein ganzer Körper schreit danach. Ich vergrabe die Hände tiefer in den Taschen.

»Wie geht es dir?«

»Gut.« Sie verzieht das Gesicht. »Besser. Den Umständen entsprechend. Die Trauerfeier ist morgen.«

»Oh, das ... Es tut mir alles so leid, Emma. Das muss ein Schock für dich gewesen sein.«

»Ja. Das war es wohl.«

»Ich wollte dich schon früher fragen, ob ich irgendetwas für dich tun kann, aber ich hatte keine Gelegenheit dazu.«

Emma nickt.

Scheiße. Das kam völlig falsch rüber. »Das sollte nicht wie ein Vorwurf klingen. Damit wollte ich lediglich sagen ... ich hab an dich gedacht.«

Sie sieht mich an mit diesem entwaffnenden Blick, und noch nie in meinem Leben wollte ich jemanden so dringend küssen wie diese Frau in diesem Moment.

»Emma ...« Ich strecke eine Hand nach ihr aus. Wie ein absoluter Vollidiot.

»Gut, also, Jamie. Du wolltest mir etwas erklären?«

Sie rührt sich nicht.

Ich lasse die Hand sinken. »Wegen neulich Abend. Ich

wollte dir sagen, dass es mir leidtut. Ich bin … Ich weiß nicht. Der Anruf meines Vaters hat mich unter Druck gesetzt. Durch die Idee zu der App bin ich irgendwie noch mehr in den Fokus geraten, und … in diesem Moment war es irgendwie zu viel, schätze ich.«

»Das konnte ich sehen. Es wirkte wie eine Panikattacke.«

»Ja. Das … war es vermutlich.«

»Und? Hast du das öfter? Diese Anfälle von Panik?«

Ich nicke. Um genau zu sein, geht es gerade wieder los. Atmen, James. Atmen. »Seit meiner Kindheit. Ich … tue mich schwer, vor Leuten zu sprechen. Angstzustände. Schweißausbrüche. Das ganze Paket.« Ich versuche, das Gesagte mit einem Lachen abzumildern, das ganz sicher mehr wie eine Grimasse rüberkommt.

Emmas Blick ist verständnisvoll, er grenzt an Mitleid. War es das, was ich wollte? Ganz sicher nicht.

Ich mache eine Handbewegung. *Ach was,* soll das heißen, und für eine Sekunde frage ich mich, ob ich neuerdings unter die Schauspieler gegangen bin. Oder habe ich nicht schon immer geschauspielert, mein halbes Leben lang? Den Menschen, die mir nahestehen, erstklassiges Theater geboten? Den großartigen Jamie, den nichts erschüttern kann? Der nur leider ein paar Pillen einwerfen muss, um selbstsicher und kompetent zu wirken?

»Ähm …« Ich fange an zu schwitzen. Trotz der Kälte in meinem Inneren. Und Emma sieht es. Ihre Stirn legt sich in Falten, sie macht einen Schritt auf mich zu, legt ihre Hand auf meinen Arm.

»Das tut mir leid, Jamie. Danke, dass du es mir gesagt hast.«

Dieser Blick. Ich sehe woandershin.

»Aber … Wenn es dir immer schon so geht, müsste dein Vater dann nicht etwas mehr Rücksicht nehmen? Ich meine, er weiß doch sicher, wie viel er dir zumuten kann, ohne dich zu sehr zu belasten, oder?«

»Nein.« Verblüfft sehe ich wieder zu Emma. »Woher soll er das wissen?«

»Ich bin davon ausgegangen, dass deine Eltern Bescheid wissen. Du sagtest, du leidest schon seit deiner Kindheit an Angstzuständen und …«

»Ja, und ich habe das sehr gut im Griff. Ohne dass meine Eltern davon erfahren müssten. Ich meine, wie soll das funktionieren, der einzige Sohn und Erbe, mit einer Angstneurose? Ich habe das im Griff, die allermeiste Zeit, nur an dem Abend, als du bei mir warst, da hat es mich einfach überrascht. Das ist alles. Und dann habe ich vermutlich etwas überreagiert. Dafür wollte ich jetzt um Verzeihung bitten. Also: Entschuldige bitte.«

Schon während ich mich um Kopf und Kragen rede, merke ich, dass Emmas Blick sich verhärtet. Das war ein Fehler. Ein riesengroßer Fehler.

»Inwiefern hast du es im Griff?«, fragt sie.

»Vergiss es. Vergiss, dass ich dir davon erzählt habe. Ich hätte das nicht tun sollen. Ich wusste, das ist keine gute Idee. Es ist nie eine gute Idee, so etwas hinauszuposaunen.« Ich hebe die Hände. Schüttle den Kopf. Als habe sie mir eine Pistole auf die Brust gesetzt. Ich fühle mich, als sei ich kurz vorm Durchdrehen, und auf der anderen Seite packt mich einmal mehr riesige Angst. Was, wenn Emma irgendjemandem verrät, was ich ihr gerade gestanden habe? Was, wenn sie damit zu meinen Eltern geht? Zur Zeitung?

Erbe des Carlton-Verlags entpuppt sich als Psycho. Beinah-Freundin berichtet.

»Jamie …«

»Ich hoffe, ich kann mich darauf verlassen, dass dieses Gespräch hier unter uns bleibt.« Meine Stimme klingt kühl. So eisig wie der Eisklotz in meinem Magen. Die gleiche Kälte überzieht Emmas Augen, als sie mich jetzt ansieht. All die Wärme, verpufft. Das war ich. *Ich.*

»Diese Medikamente, von denen du gesprochen hast. Was sind das für Tabletten?«

Ich winke ab. Ich kann nicht noch mehr über mich preisgeben.

»Ich werde niemandem von dem Gespräch hier erzählen, aber ich will, dass du mir jetzt die Wahrheit sagst: Was sind das für Tabletten, Jamie?«

»Es sind Betablocker, okay? Ganz schlichte Betablocker. Viele nehmen die, wenn sie unter großem Stress viel Leistung erbringen müssen. Ärzte, Sängerinnen, Manager. Sie sind nicht gefährlich und sie machen nicht abhängig.«

»Warum hörst du dann nicht auf, sie zu nehmen?«

Ungläubig starre ich sie an. »Das sagte ich doch gerade: Sie sind ungefährlich. Und sie machen nicht abhängig. Und sie helfen mir in gewissen Situationen. Warum sollte ich dann damit aufhören?«

Ich starre Emma an. Und alles, was ich denken kann, ist: Das wollte ich nicht. Diese Härte in ihrem Blick. Dieses Unverständnis. Die Enttäuschung. Das Mitleid. Ich wollte mit ihr sprechen, es irgendwie wiedergutmachen. Mich ihr erklären. Eventuell … ganz vielleicht … auf etwas aufbauen, was schon einmal da war. Falls es noch nicht zu spät dafür ist.

Doch das ist es. Das sehe ich jetzt. Selbst, wenn es keinen Tyler gäbe. Es ist zu spät.

»Hast du mal an eine Therapie gedacht?«

»Okay.« Ich schnaube. »Wir lassen das Thema jetzt, in Ordnung? Es war verrückt, überhaupt davon anzufangen. Versprich mir, das zu vergessen. Versprichst du es?«

Wir stehen einander gegenüber.

Zwei Fremde, die sich in einem Zug kennenlernten.

»Ich verspreche es«, sagt sie schließlich. »Wenn du mir versprichst, mir keine Nachrichten mehr zu schreiben.«

Stille.

Wir zwei auf dieser Straße.

An derselben Ecke, an der Emma ihren Heiratsantrag bekam. Ich frage mich, ob sie ihn inzwischen angenommen hat. Ob das mit ein Grund ist, weshalb sie nichts mehr von mir wissen möchte.

Oder ob ich es ganz allein verbockt habe. Ich allein.

»Wie geht es Tyler?«

»Tyler geht es bestens. Danke.«

»Okay. Gut. Das ist … schön zu hören.«

»Ja.«

»Leb wohl, Emma.«

Ich drehe mich weg. Kann nicht länger hinsehen. Bin schon halb die Straße hinunter.

»Leb wohl, Jamie.«

37

Emma

Die Trauerfeier für Kit ist eine einzige Aneinanderreihung von Misstönen. Laute werden ausgestoßen, gequälte Ahs und Ohs, jemand schluchzt, jemand wimmert, ein anderer stöhnt. Womöglich liegt es an dem Umstand, dass die meisten Anwesenden in irgendeiner Art in der Öffentlichkeit tätig sind; vor der Kamera, dahinter. Vielleicht sind die Leute, die fürs Fernsehen arbeiten, expressiver in ihrer Art, Kummer auszudrücken. Wie auch immer, bei mir frisst er sich tief in die Eingeweide.

Der Sarg ist weiß und schlicht, die Blumen sind es auch. Die Trauergäste wurden gebeten, ebenfalls weiß zu tragen, weshalb ich nun, während der Pfarrer über Kits Jugend in Nottingham, ihre Schulzeit und Ausbildung sowie ihren Werdegang als TV–Moderatorin spricht, auf den Kaffeefleck starre, der meine helle Hose ziert. Ich sollte solche Farben nicht tragen. Aber – Kit hätte auch noch nicht sterben sollen, richtig? Am Eingang wurden Kärtchen verteilt, mit ihrem Foto darauf. Sie sieht so echt aus, so lebendig, so voller Selbstvertrauen und Stärke. Nach wie vor ist mir unbegreiflich, wie diese geballte Energie von einem Moment auf den anderen ausgelöscht werden konnte.

Bislang war es mir nicht möglich, mit Tom zu sprechen, doch ich nehme mir vor, es sobald wie möglich zu tun. Er sieht gefasst aus. Gefasster, als ich es mir vorstellte, nachdem ich von seinem Klinikaufenthalt gehört habe. Tapfer. Sein Kiefer mahlt, doch seine Augen sind klar und scharf. Ich bewundere ihn dafür, dass er diese Stärke zeigen kann, ich bin nicht sicher, ob ich es an seiner Stelle gekonnt hätte. Damit gerechnet habe ich nicht. Ich hätte eher geglaubt, dass er eingefallen, ausgemergelt, am Boden zerstört wirken würde.

Kits Bruder hält eine Rede.

Sie hatte also einen Bruder.

»Katelyn war immer die mutigere von uns beiden. Schon als Kind war sie diejenige, die den Eltern gegenüber behauptete, es sei der Nachbarsjunge gewesen, der mit dem Fußball das Fenster über der Eingangstür zerschossen habe. Sorry, Mum, Dad – ich war das. Aber Katelyn stellte sich vor mich, immer, auch als am nächsten Tag besagter Nachbarsjunge auf mich losging, weil er wegen der Geschichte Hausarrest bekommen hatte.«

Er ringt den Anwesenden zaghaftes Gelächter ab. Selbst Tom lächelt. Ich bin nicht sicher, was ich davon halte. Es ist ein seltsames Gefühl, bei einem Anlass wie diesem lachen zu müssen. So als wollte man Luft holen, obwohl der Kopf unter Wasser getaucht ist.

Ich sitze neben Navin. Kits Bruder, Joshua, spricht weiter, doch ich werde mich morgen nicht mehr daran erinnern können, was gesagt, worüber gelacht wurde, da bin ich mir sicher. Nur seine Schlussworte bleiben mir im Gedächtnis: »Das Leben mag sich radikal verändert haben. Die Erinnerungen aber tun es nicht.«

Ich verlasse die Kirche. Gebe Tom die Hand, als sei ich eine flüchtige Bekannte.

Er zieht mich in seine Arme.

Ich flüstere mein Beileid, und er lächelt auf mich herunter.

Und dies ist der Augenblick, in dem mir etwas klar wird: Es geht hier nicht um mich. Es geht nicht um mich, nicht um meine Gefühle, nicht um die Trauer, die ich empfinde. Die ganze letzte Woche habe ich mich fast ausschließlich um mich selbst und mein Elend gedreht, habe den Tod von Kit als Anlass genommen, mich darin zu suhlen – wenn man es hart ausdrücken möchte. Es ist, als sei das Unglück, das ihr widerfahren ist, nurmehr der Tropfen, der das Fass zum Überlaufen brachte, das Fass, prall gefüllt mit Mitleid für mich selbst. Wegen Tyler, wegen Jamie … O Gott, Jamie. Ich kann jetzt unmöglich an Jamie denken, an diesen letzten Blick, dieses letzte »Leb wohl«; nicht jetzt, nicht hier.

Tom. Er ist so ungeheuer tapfer, so unglaublich stark.

Und ich? Ich muss dringend etwas unternehmen, um aus diesem selbst gebuddelten Loch wieder ans Tageslicht zu klettern.

Ich folge dem Trauermarsch zum Grab.

Auf dem provisorischen Kreuz steht Katelyn Bollomey, 12.3.1974 bis 6.8.2022. Darüber ein Foto von ihr. Dasselbe wie auf der Trauerkarte.

»Ich frage mich, warum es Trauerfeier heißt«, sagt Navin. »Was haben Trauernde für einen Grund zu feiern?«

»Sie feiern den, der gestorben ist. Und das Leben.«

Wir sehen uns an. Lebendig sieht hier keiner aus, aber ich für meinen Teil habe ich vor, das in naher Zukunft zu ändern.

Schon morgen.

38

Jamie

Ich gehe zum Bahnhof, steige die Stufen zum Gleis hinauf, verstecke mich hinter einer der Werbetafeln.

Da ist Emma.

Sie hat die Haare auf ihrem Kopf zusammengesteckt, sie trägt schwarze Strümpfe und einen knielangen Jeansrock, dazu ein dunkles T-Shirt, den Namen einer Band vorn drauf.

Sie hält die Tüte mit dem Croissant in der einen, den Mitnahme-Cappuccino in der anderen Hand. Ihre überdimensionierte Umhängetasche schlägt ihr bei jedem Schritt gegen das Knie.

Alles ist wie immer.

Nichts hat sich geändert.

Nicht für sie.

Für mich dagegen …
Hier hat es angefangen.
Hier geht es jetzt zu Ende.

Sechs Wochen später ...

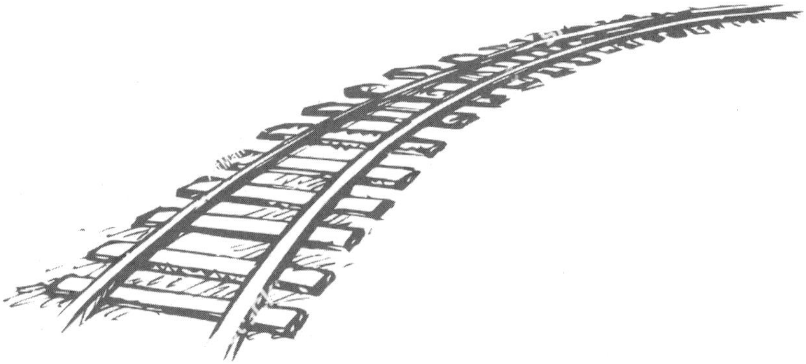

39

Jamie

Es ist Zeit für mich, Brighton hinter mir zu lassen. Sosehr ich mir in den vergangenen Wochen eingebildet habe, mein Leben hier zu lieben – das Meer, die Seeluft, die quirlige Beschaulichkeit –, so sehr schmerzt es mich an jedem Abend mehr, von London hierher zurückzukehren. Insbesondere an Freitagen. Ganz besonders, wenn ein langes, einsames Wochenende vor mir liegt.

Ich bin nicht oft hergekommen in den vergangenen Wochen. Den größten Teil der Zeit habe ich im Haus meiner Eltern gewohnt, da die beiden die meisten Tage auf Mellington Manor verbrachten. Meinem Vater macht es nichts aus zu pendeln, er hat schließlich einen Fahrer. Mich haben die Autofahrten von Brighton nach London so sehr ermüdet, dass ich es vorzog, gleich in der Nähe des Verlags zu bleiben.

Und ich sollte dort wohnen. Sollte meinen Kram packen, mir eine Bleibe in London suchen, ein für alle Mal einen Schlussstrich ziehen. Dass ich es noch nicht getan habe, ist reine Trägheit, nehme ich an. Das, und die Arbeit an der App, die all meine Zeit in Beschlag nimmt. Und ein kleines bisschen Sentimentalität vermutlich. Das allerdings nur, wenn ich sehr, sehr ehrlich zu mir bin.

Die App ist so gut wie startklar. Wie Jackson bereits andeutete, ist die Programmierung der kleinste Teil der Arbeit – der größte besteht darin, eine Datenbank zu befüllen, die dem Anspruch des Produkts gerecht wird. Wenn ich nur noch Marmelade zu Hause habe, Eier und ein bisschen Toast, soll das Suchergebnis möglichst nicht nur Marmeladentoast oder Käseomelette ergeben, sondern mindestens arme Ritter, wahlweise Bavesen.

Ich musste oft an Emma denken in den vergangenen Wochen. Im Allgemeinen, ja, aber auch bezüglich der Weiterentwicklung unserer Rezepte. Seit sie es das erste Mal in den Raum geworfen hat, träume ich davon, Gerichte zu entwickeln – raffinierte Rezepte aus belanglosen Zutaten, die oft als Rest im Kühl- oder Vorratsschrank zurückbleiben. Die Konzeption der App hat mir Spaß gemacht. Kochen aber bereitet mir unendlich mehr Freude. Wie gern würde ich meine Tage nur damit füllen, ganz ehrlich.

Nach langer Zeit bin ich an diesem Freitag mal wieder nach Brighton gekommen, hauptsächlich, um Wäsche zu tauschen. Es ist mittlerweile Ende September, der Sommer hat sich zugunsten eines reichlich kühlen Frühherbstes verabschiedet, die Sonne scheint, doch sie wärmt nicht mehr wirklich. Oder liegt es an mir? Ja, schätze ich. Es könnte genauso gut an mir liegen.

In London verbringe ich die meiste freie Zeit damit, nach Wohnungen zu suchen. Bislang war keine dabei, in der ich mir vorstellen konnte zu leben: Die Zimmer sind zu klein oder die Aussicht zu trostlos, die Gegend zu langweilig, die Küche inakzeptabel. In Brighton verbringe ich die freie Zeit damit, meine Wäsche für London zu waschen und mich zu fragen, ob es sinnvoll wäre, diese Wohnung hier zu behalten. Ich meine, sie ist in der Tat wunderschön. Nicht zu groß, aber großzügig durch den offenen, loftartigen Schnitt. Sie ist modern, dennoch gemütlich, zentral, aber nicht laut. Sie ist günstig, wenn auch eine unnötige Ausgabe für jemanden, der eigentlich lieber woanders leben möchte. Denn sosehr mir Brighton inzwischen auch gefällt – bin ich hier, denke ich an Emma. Mehr als sonst. Viel mehr. Ununterbrochen eigentlich.

Als ich an diesem Freitagabend den Wagen parke, ist es schon nach acht, und die Strecke zu meiner Wohnung kommt mir ewig vor, weil zu dieser Zeit in dieser Gegend einfach kein Parkplatz in der Nähe zu bekommen ist. Ich bin mittelmäßig gelaunt, wie üblich. Und ich habe Hunger. Zu viel, um mir jetzt noch Gedanken darüber zu machen, was ich kochen könnte, also beschließe ich, meinen früheren Kollegen im *Mirage* einen Besuch abzustatten und dort zu essen.

Ich nehme den Weg durch Kemptown, ich bin nicht sicher, warum. Also gut, wem mache ich etwas vor – die Strecke ist ein Umweg, doch sie führt am *Crab Shack* vorbei, und ich bin scheinbar Masochist. Oder einfach nur jemand, der die Hoffnung noch nicht ganz aufgegeben hat. Oder besser gesagt jemand, der die Hoffnung sehr wohl aufgegeben hat, und dennoch auf einen einzigen, weiteren Blick spekuliert, darauf, ihr zufällig über den Weg zu laufen, um vielleicht doch noch etwas wiedergutmachen zu können, etwas wiederherzustellen, zum Beispiel die Meinung, die Emma einmal von mir hatte. Die nicht so schlecht war, dachte ich zumindest. Und die nun nicht mehr zu rehabilitieren scheint.

Es ist beinah dunkel, aber noch nicht ganz, der Abend azurblau wie der Ozean, der am Ende der Straße den Horizont markiert. Ich sehe die erleuchteten Fenster des Pubs, die Spots, die das Schild anstrahlen, und ich höre Stimmen von Weitem, die typischen Freitagabend-Party-Geräusche. Ich trage einen Mantel über meinem dunkelgrauen Anzug und vergrabe die Hände in den Taschen. Es gibt sicher gar keinen Grund für Emma, vor dem Pub zu stehen, so sie überhaupt heute hier ist, und dennoch beginnt mein Herz, schneller zu schlagen, je näher ich der Straßenecke komme.

Ich bin ein absoluter Idiot.

»Ach, komm schon! Bleib noch ein bisschen. Die Band hat doch noch nicht mal angefangen.«

»Ich weiß nicht. Es fühlt sich komisch an mit all deinen Freunden da drin.«

»Was ist daran komisch? Du bist mit mir hier.«

»Ich weiß auch nicht. Hey …« Gekichere. »Lass das.« Mehr Gekicher. »Tyler …«

Bei dem Namen horche ich auf. Ich hab den Eingang der Kneipe fast erreicht, und nach ein paar weiteren Schritten sehe ich auch die Gesichter zu den Stimmen, beziehungsweise ein Gesicht: das einer rothaarigen, jungen Frau mit geschlossenen Augen und entrücktem Lächeln, die gerade von einem Mann mit blonden Locken an die Mauer gedrängt wird. Er hat seinen Oberschenkel zwischen ihre Beine geschoben und eine Hand an ihrem Hintern, während die andere gerade dabei ist, ihr ohnehin kurzes Glitzertop noch ein Stück höher zu schieben. Während der ganzen Zeit küsst er sie, beziehungsweise ihren Hals, ihr Dekolleté, die Brust …

Ich bin stehen geblieben. Wie festgefroren. Ich sehe den Mann nur von hinten, doch das kann unmöglich Tyler sein, richtig? Ich meine, Emmas Tyler? Der Typ, der ihr vor nicht mal zwei Monaten an ebendieser Stelle einen Antrag machte, in den sie einwilligte? Der sie schon einmal betrogen hat? Der sich Emmas Wert offenbar in keinster Weise bewusst war, in gar keiner? Und es nach wie vor nicht ist?

»Tyler, hör auf … Da ist jemand.«

»Hm?«

»Tyler! Da!«

Die Liebkoste, die Wangen inzwischen beinah so rot wie ihre Haare, schiebt ihren Liebkoser entschieden von sich. Erst dann hebt Tyler den Kopf und, nach zwei weiteren Sekunden, dreht er ihn in meine Richtung.

Er zieht fragend die Augenbrauen hoch, lässt seine Hände aber genau dort, wo sie die ganze Zeit schon übereifrig dabei gewesen sind, seine Begleitung zu begrabschen.

»Wo ist Emma?« Die Frage ist einfach so aus meinem Mund gefallen.

»Was?« Nun lässt Tyler zumindest eine Hand sinken, um sich ein Stück weiter in meine Richtung zu drehen. Die, mit der er eben dabei war, die Unterseite eines BHs zu erforschen.

Ich räuspere mich. Ich sollte einfach weitergehen, oder? Auf der anderen Seite … Es geht um Emma.

Ich wende mich der Rothaarigen zu. »Wissen Sie, dass er verlobt ist?«

»Wie bitte?« Sie blinzelt mich an.

»Er ist verlobt. Ich war dabei, als er vor nicht mal acht Wochen seiner Freundin Emma – seiner *langjährigen Freundin Emma*«, betone ich, »einen Antrag gemacht hat. In Form einer lächerlichen Tanzperformance übrigens, an ebendieser Stelle, genau hier, vor diesem Pub.«

Ich deute von der Straßenecke zum Eingang und nicke enthusiastisch. Noch während ich das tue, komme ich mir vor wie der allerletzte Knallcharge auf Erden. Geht es nicht auch ein bisschen stilvoller, Jamie-du-Trottel-Carlton? Etwas weniger aufgebracht? Etwas gelassener?

Gelassen. Nein, unmöglich. Dieses Arschloch von einem Mann ist dabei, eine absolut unglaubliche Frau zu betrügen – *ein zweites Mal,* soweit mir bekannt ist –, und er sieht nicht im Mindesten so aus, als würde es ihn in irgendeiner Weise belasten.

»Wer bist du, verdammte Scheiße?«, fragt Tyler. Er hat mittlerweile von dem Objekt seiner Begierde abgelassen und sich mir mit dem ganzen Körper zugewandt. Ich überlege, ob ich ihn schlagen könnte. Ich meine, ob ich eine Chance gegen ihn hätte, würden wir uns schlagen. Er ist nicht sehr muskulös, eher sehnig. Wie ein Läufer, nicht so der Boxertyp. Wie dem auch sei, ich habe mich noch nie geschlagen, also wäre es so oder so eine Herausforderung, egal, mit wem.

»Ich bin ein Freund von Emma.«

»Ach, wirklich? Ich kenne Emma, seit ich drei war, und dich hab ich in all der Zeit nie gesehen.«

»Tja. Du scheinst nicht alles zu wissen über deine *Verlobte.* Ich dagegen weiß ziemlich sicher, dass dies nicht das erste Mal ist, dass du sie betrügst.«

»Was? Tyler …«

»Sch.« Er macht eine abwinkende Geste. »Geh wieder rein, Suzi, okay? Ich komme gleich nach.«

»Geh lieber nach Hause, Suzi«, wende ich ein. »Am besten ohne den Scheißkerl hier.«

»Hey!«

Suzi eilt an uns vorbei ins Pub, während Tyler einen weiteren Schritt auf mich zumacht. Seine Miene verheißt nichts Gutes. Er ist sauer, und ich bereue nichts. Noch nie in meinem ganzen Leben habe ich mehr Lust verspürt, jemandem eine reinzuhauen, ich gebe es ehrlich zu. Habe ich jemals daran gedacht, einen Konflikt zu lösen, indem ich einem anderen die Faust ins Gesicht jage? Nein. Aber wahrscheinlich hat mich auch noch nie jemand so wütend gemacht wie er hier. Eine Frau wie Emma zu betrügen ist ein persönlicher Angriff auf mich.

»Was ist dein Problem?«

»Was mein Problem ist? *Mein* Problem ist, dass *du* hier draußen an einer Frau herumschraubst, obwohl zu Hause eine andere auf dich wartet, und zwar eine, die du in Kürze heiraten wirst.«

Tyler starrt mich an, mit gerunzelter Stirn und – jupp – geballten Fäusten. Er scheint zu überlegen. Ich frage mich, ob er nicht doch ein Schläger ist. Und im selben Augenblick, ob ich verrückt geworden bin. Weil ich es tatsächlich darauf anlegen würde, mich mit einem Typen zu prügeln, und zwar um eine Frau, die mich vermutlich nie wieder sehen will.

»Wie war noch mal dein Name?«

»Was?«

»Woher kennst du Emma?«

»Das geht dich überhaupt nichts an.«

»Okay, aber *dich* geht es etwas an, wenn ich …« Er wedelt mit einer Hand in der Luft herum, als wisse er selbst nicht genau, wie er es benennen soll, was er hier draußen treibt.

»Ich finde, Emma hat ein Recht darauf zu erfahren, dass du sie hintergehst. Schon wieder.«

Und einmal mehr betrachtet Tyler, der Scheißkerl, mich, als habe er keine Ahnung, was er mit mir anfangen soll. Immerhin sieht es nicht so aus, als würde er sofort zuschlagen wollen, und obwohl ich nicht weiß, ob ich darüber froh oder doch lieber enttäuscht sein soll, beruhigt sich mein Herzschlag allmählich wieder.

»Fein«, sagt er schließlich.

»Fein?«

»Du willst, dass Emma erfährt, dass Suzi und ich hier draußen geknutscht haben? Erzähl's ihr.«

»Was?«

»Erzähl's ihr. Sie ist da drin.«

Er nickt zur Eingangstür, und in dem Moment, als ich seinem Blick folge, tritt Emma auf die Straße, und für eine Sekunde (oder zwei oder drei) bleibt mir die Luft weg.

Sie trägt ein dunkelgrünes Kleid aus Wolle mit kurzen Ärmeln, dazu schwarze Strümpfe und Chelsea-Boots. Ihre Haare sind offen und kommen mir ein ganzes Stück kürzer vor als das letzte Mal, als ich sie sah, sie reichen ihr gerade bis zur Schulter. Der Pony ist dafür etwas länger als sonst. Und, lieber Gott, sie sieht zum Anbeißen aus.

»Emma«, bringe ich gerade so hervor, als ich mich von meinem ersten Schock erholt habe.

»Was ist denn hier los?« Sie sieht von Tyler zu mir und wieder zurück. »Suzi sagte, es sei jemand vorbeigekommen und habe Streit angefangen. Jamie?«

Und schon hat mich der Schock wieder. Nicht nur ist Emma hier, sie ist zudem nicht halb so ahnungslos, wie ich dachte. Sie kennt Suzi sogar.

»*Er* streitet«, sagt Tyler. »Und ich dachte, bevor ich diesen edlen Anzug ruiniere, überlasse ich es lieber dir, die Sache zu klären.« Womit er mir einen letzten, langen Blick zuwirft und sich schließlich in Bewegung setzt, auf Emma zu, ihr einen Kuss auf die Wange drückt und im Pub verschwindet.

Emma sieht zu mir, während sie mit der Hand über ihre Wange wischt, was ich stirnrunzelnd, verwirrt und absolut ahnungslos zur Kenntnis nehme.

»Emma«, wiederhole ich schließlich.

»Jamie.« Sie verschränkt die Arme vor der Brust. Sie wirkt so distanziert, dass es mir aufs Neue das Herz bricht.

Was auch immer ich gerade an dieser Straßenecke beobachtet habe, ich hätte gar nicht erst herkommen sollen. Ich hätte auf direktem Weg nach Hause gehen und mich mit Weiß-der-Himmel-was beschäftigen sollen, anstatt dem scheinbar unüberwindbaren Drang nachzugeben, Emma nicht aus meinem Leben zu lassen.

»Er …« *Hat eine andere geküsst.* Scheiße. Und jetzt komme ich mir wie ein absoluter Volltrottel vor. Wie in der Schule – schlimmer, im Kindergarten. Shit. Lass das einfach nicht wahr sein. Ich fahre mir mit der Hand durch die Haare, reiße ein bisschen daran. Am allerliebsten würde ich auf der Stelle kehrtmachen und wegrennen, doch diesem Bedürfnis werde ich nicht auch noch nachgeben.

»Was machst du hier?«

Ich sehe sie an. Sie klingt nicht mehr ganz so kalt, aber immer noch viel zu nüchtern, um mir ein gutes Gefühl zu vermitteln.

»Ich bin zufällig vorbeigekommen.« Meine Stimme klingt rau. Ich räuspere mich. »Da hab ich … ähm, Tyler gesehen, wie er … wie er …«

»Wie er Suzi geküsst hat?«

»Ja.«

Sie wirkt nicht überrascht. Mit ziemlicher Sicherheit sehe ich in diesem Augenblick perplexer aus als sie.

»Tja. So ist Tyler eben. Wenn er sich in etwas verrennt, dann kopfüber. Die zwei kennen sich noch nicht wirklich lange. Ich glaube, nicht mal eine Woche, ehrlich gesagt.«

»Was … wieso … Ich dachte, ihr seid wieder zusammen? Ihr seid verlobt? Das letzte Mal, als wir uns gesehen haben, da hast du gesagt …« Ich starre Emma an. Dann schüttle ich den Kopf. Was hatte sie noch gleich gesagt, das mich annehmen ließ, die beiden seien wieder ein Paar?

Emma reibt sich über die Arme. »Es wird allmählich kalt, ich gehe wieder rein, okay? Es war … nett, dich mal wieder zu sehen.«

»Nein! Nein, nein, nein, warte, Emma!« Ich rufe es, als wäre sie schon halb im Pub verschwunden, dabei hat sie sich keinen Millimeter wegbewegt. Ich ziehe sie ein Stück zur Seite, um die Straßenecke, weg von der Eingangstür und aus dem Licht der Spots. »Du und Tyler … Ich dachte, du und Tyler …«

»*Was tust du hier, Jamie?*« Sie öffnet die Arme. Unter all dem Eis sehe ich jetzt deutlich den Schmerz in ihrem Blick, den eindeutigen Hinweis darauf, wie sehr ich sie verletzt habe. »Das mit Tyler und mir hat nichts mit dir zu tun, rein gar nichts. Nicht, ob wir noch ein Paar sind oder nicht, ob wir verlobt sind, verheiratet oder bereits geschieden. Nicht, ob wir trotz all der widrigen Umstände und nur um der guten alten Zeiten willen versuchen, eine Freundschaft aufrechtzuerhalten. Und das, obwohl Tyler in einer Art Übersprunghandlung dazu neigt, die Hälfte der weiblichen Bevölkerung Brightons zu vögeln. Vermutlich noch vor Halloween.« Sie reibt sich die Stirn.

Mein Hirn signalisiert lediglich eins: *Freunde. Kein Paar mehr. Freunde.* Aus irgendeinem Grund rauscht es in meinen Ohren. Es ist, als wirbelten diese neuen Informationen in meinem Kopf herum, ohne Halt zu finden – ich kann sie nicht verankern. Emma ist nicht mehr mit

Tyler zusammen, aber genau so wenig wie den Gedankensturm in meinem Hirn lässt sich diese Tatsache halten. Das, was Emma mir gerade erzählt, hat keine Bedeutung für mich. Richtig? Es ändert nichts daran, dass ich sie verloren habe, weil ich alles falsch gemacht habe, was man falsch machen kann. Was wäre geschehen, wenn ich auch nur eine Sekunde lang außerhalb meiner Komfortzone gedacht hätte? Das frage ich mich. Was, wenn ich auch nur einen Gedanken daran verschwendet hätte, dass alles auch anders verlaufen könnte? Die Sache mit Emma? Mein Leben?

»Es hat nichts mit uns zu tun«, sagt sie.

Ja. Das glaube ich ihr. Die Trennung von ihrem zur Untreue neigenden Freund hat sie ganz allein bewerkstelligt, *sie* hat die Kraft dazu aufgebracht, sie ganz allein.

Können Menschen sich ändern?

Können sie ... über sich hinauswachsen? Vielleicht. Ja, bestimmt. Ich bin mir nur nicht sicher, ob *ich* es kann.

»Also gut.« Tiefe Traurigkeit. In ihrer Stimme. Und auch in ihren Augen. »Ich werde dann mal wieder ...« Ein Kopfnicken in Richtung Eingangstür. »Es war schön, dich zu sehen, Jamie. Wirklich.«

»Darf ich ... Darf ich dir einen Abschiedskuss geben?«

»Was?«

Zumindest sieht sie jetzt nicht mehr traurig aus. Eher so, als würde sie an meinem Verstand zweifeln. Was ich ihr ehrlich gesagt nicht verübeln kann, ich weiß selbst nicht genau, wo das gerade herkam. Es ist einfach so aus mir herausgeplatzt. Aber zurücknehmen will ich es auch nicht.

»Ich würde dich gern zum Abschied küssen, Emma.«

Mein Herz klopft wie wild, es ist kurz davor, aus mir herauszuspringen.

»Also, ehrlich …«

»Hättest du dich von mir küssen lassen, damals, als ich für dich gekocht habe?«

Große Augen, fassungsloser Blick.

»Könnten wir einen Moment lang so tun, als wäre alles, was danach passiert ist, nie geschehen? Mein Vater hat nie angerufen, ich bin nie in Panik geraten, habe dir nie gesagt, dass du mit Tyler besser dran bist als mit mir?«

»Jamie …«

Ich gehe einen Schritt auf sie zu, greife nach ihrer Hand. Vermutlich kann sie diesen irrsinnigen Herzschlag durch meine Fingerspitzen spüren.

»Schließ die Augen.«

»Nein.«

»Bitte.«

»Jamie …«

»Mir zuliebe.«

Sie ringt mit sich, ich kann es sehen. Doch dann schließt Emma die Augen.

Ich atme tief ein. »Wir sind da, wo wir damals waren, lehnen an der Kochinsel, sprechen über Spritztüllen. Du machst einen Scherz darüber, dass ich dir auch noch Frühstück zubereiten sollte, und dann fragst du mich, was ich mir wünsche. Und ich sage dir … Ich sage dir, ich wünschte, ich wäre ein besserer Mann. Ich wünschte, ich wäre gut genug für dich. Ich wünschte, ich wäre genau der, den du gerade brauchst. Ich wünschte, ich könnte mit dir zusammen sein, Emma.«

Wir stehen still, ganz still.

Aus dem Pub dringt Gelächter, das Klirren von Gläsern, irgendjemand ist vor die Tür getreten, um eine Zigarette zu rauchen.

Emma und ich befinden uns in unserer eigenen, kleinen Blase.

Sie öffnet die Augen. »Das wünschte ich mir auch. Aber es geht nicht.«

»Ich weiß.«

»Ich habe mich gerade erst von Tyler getrennt. Wir waren fast zehn Jahre zusammen. Ich will mich nicht noch einmal auf jemanden einlassen, dem ich nicht trauen kann, auch wenn die Gründe andere sind.«

»Ich weiß.« Ich halte nach wie vor Emmas Hand. Sie sieht mich nach wie vor traurig an. Doch schließlich hebt sie den anderen Arm, greift meinen Nacken und zieht mich näher zu sich heran.

Und dann küsst sie mich.

Sehr sanft, sehr flüchtig, doch ich, der ich ohnehin nur noch über den Bruchteil meines Verstands verfüge, wie mir scheint, ziehe sie enger an mich und verleihe dem Kuss mehr Nachdruck.

Sie schmeckt genauso, wie sie duftet.

Süß, schokoladig, nach Emma. Nach mehr.

Als wir uns voneinander lösen, habe ich womöglich alles nur schlimmer gemacht.

Ich umfasse ihre Wange, wische eine Träne fort.

»Leb wohl, Jamie.«

»Auf Wiedersehen, Emma.«

Sechs Monate später ...

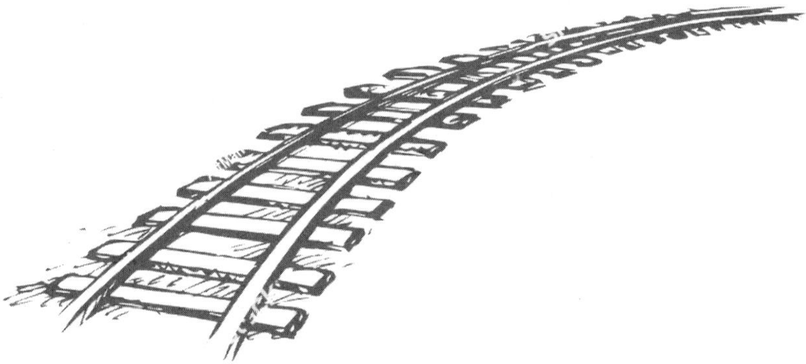

40

Emma

Guten Morgen, John.«

»Oh, dieser Morgen muss ja gut sein, wenn unsere Emma mal wieder im Sender vorbeischaut. Wie geht es dir, Mädchen? Schöne Weihnachten gehabt?«

»Es ist Mitte März. Ich kann mich kaum mehr an Weihnachten erinnern!«

»Ha! Das sollte auch nur ein dezenter Hinweis darauf sein, wie lange du dich hier nicht mehr hast blicken lassen. Komm mal her, Mädchen. Lass dich drücken.« Womit er hinter dem Tresen hervorgelaufen kommt – John, der kleine Mann Mitte sechzig, nie um einen frechen Morgengruß verlegen – und mich brüsk an seine Brust drückt. Beinah bin ich zu perplex, um zu reagieren. Dann klopfe ich ihm geistesgegenwärtig ein paar Mal sachte auf die

Schulter. Als er von mir ablässt, glitzern Tränen in seinen Augen. Bilde ich mir zumindest ein, denn schon im nächsten Moment hat er mit einer zackigen Handbewegung seine Krawatte zurechtgerückt und sich zurück an seinen angestammten Platz verzogen.

»Also, wollen doch mal sehen.« Er kramt in einer Schublade und zieht eines dieser Plastikschildchen hervor, die sich Besucher um den Hals hängen müssen, bevor sie durch die heilige Eingangstür in die heiligen Hallen des Senders treten dürfen. »Ich kann nicht glauben, dass ich dir einen Gästepass ausstellen muss.«

»Das müsstest du nicht, hättet ihr nicht diese lächerlichen Sicherheitsvorkehrungen.«

»Ja, schieb es nur auf unsere Sicherheitsmaßnahmen.« John tippt etwas in den Computer ein, Name und Ankunftszeit vermutlich, während er murmelt: »Selbstständigkeit. In diesen Zeiten.«

Er gibt mir den Ausweis.

»Danke, John.«

»Willkommen zu Hause, Emma.«

Ich winke ihm zu, bevor ich den Gästepass durch die Kontrollschranke ziehe, um einen neutralen Gesichtsausdruck bemüht, doch mir selbst gegenüber kann ich nicht so tun, als würde mir das hier leicht fallen. Es ist mehr als ungewohnt, nicht länger zum festen Team von *Ten to Twelve* zu gehören, stattdessen beim Portier um Einlass bitten zu müssen. Es ist, als würde man seinen Ex-Mann treffen, in dem Haus, das man zuvor gemeinsam bewohnt hat, und nun um ein Glas Wasser bitten, anstatt sich selbst eins zu holen.

Es ist ungewohnt und irgendwie befremdlich, und ich fühle mich nicht sonderlich wohl dabei. Zumindest nicht, bis ich durch den Flur gelaufen bin, die üblichen Begrüßungsrituale hinter mich gebracht und die Garderobe von Navin und mir betreten habe. Navins Garderobe, meine ich, beziehungsweise die von ihm und seiner neuen Kollegin, Fatma.

»Emmmaaa!« Navin brüllt quasi das Haus zusammen.

»Schscht!« Ich sehe ihn mahnend an, muss aber trotzdem lachen.

In einer theatralischen Geste wirft Navin Kamm und Bürste hinter sich und sich stattdessen mir an den Hals. »Aaah, ich hab dich so vermisst, Darling! Lass dich drücken. Hmm, wie du riechst! Wie meine gute, alte Emma!«

Immer noch lachend, schiebe ich ihn ein Stück von mir weg. »Hör auf damit, du Spinner. Du tust so, als hätten wir uns Jahre nicht gesehen, dabei ist es keine drei Monate her! Und ich bin nicht alt!«

Navin mustert mein Gesicht, fast so, als wollte er es auf Furchen und Falten untersuchen. »Du fehlst hier«, mault er schließlich.

»Ich bin ja nicht ganz aus der Welt.«

»Aber so gut wie.«

Er dreht ab und beginnt damit, seine Utensilien vom Boden aufzuheben, um seinen Arbeitsplatz vorzubereiten. In weniger als zehn Minuten werden die neuen Moderatorinnen hier sein, um sich für die Show herrichten zu lassen. Es sind zwei Frauen, beide Mitte dreißig, die von einer Nachmittags-Show in den Vormittag gewechselt haben. Sie heißen Betty Toola und Sarah Sharp, und sie machen den Job toll: sehr freundschaftlich und humorvoll, mitfühlend und empathisch, wenn es drauf ankommt, und weit actionreicher, als Kit und Tom die Show je gestaltet haben. Neuerdings gibt es die Rubrik *Wetten, Sarah (wahlweise Betty), dass du es nicht schaffst …*, bei der die zwei jedes Mal aufs Neue in hanebüchene Situationen gebracht werden, sei es, dass sie ohne Hände einen Pudding essen sollen, auf dem Einrad durchs Studio düsen oder sich gleich mit einem Profi-Skater in die Halfpipe stürzen. Nicht nur wegen ihrer Waghalsigkeit ist es den beiden gelungen, in sehr kurzer Zeit die Zuschauerzahlen, die nach Kits Tod und Toms Kündigung erst mal rapide nach unten gesunken waren, wieder auf ihr gewohntes Niveau zu heben.

»Bist du immer noch mit der Theaterproduktion beschäftigt?«, fragt Navin.

»Allerdings. Noch drei Wochen, dann läuft das Stück fürs Erste aus.«

»Und sitzt immer noch der heiße Typ aus *Game of Thrones* auf deinem Stuhl?«

»Allerdings, das tut er.«

»Aaah, ich beneide dich. Es gibt keine Worte dafür, wie sehr ich dich beneide.«

»Du weißt, dass du dich auch jederzeit selbstständig machen kannst, oder?«

Navin gibt einen abfälligen Laut von sich. »Ich bin nicht wie du – einfach ins kalte Wasser springen, allein beim Gedanken daran frieren mir die Eier ab!« Er schüttelt den Kopf. »Dazu braucht man den Mut einer Löwin, den habe ich nicht, da bleibe ich lieber im gemachten Nestchen.«

Den Mut einer Löwin. Ich weiß nicht. Ich fühle mich nicht wie ein Raubtier, nicht stark und unbesiegbar. Eher wie ein … Aal. Ich schlängle mich so durch. Versuche diese Höhle und jenen Felsvorsprung. Lass mich durchs Wasser gleiten, ohne wirklich zu wissen, wo ich hinwill. Das heißt nicht, dass ich unglücklich dabei wäre. Oder nicht weiß, was ich tue. Ich habe meinen festen Job bei *Ten to Twelve* gekündigt, weil es sich nach Kits Tod nicht mehr wie das Zuhause angefühlt hat, das es all die Jahre für mich gewesen ist. Tom ist nicht ins Studio zurückgekehrt. Mit den neuen Moderatorinnen hat sich ein Teil des Konzepts geändert. Alles war mit einem Mal anders als vorher, und plötzlich hatte auch ich das Bedürfnis, mich zu verändern, etwas Neues zu wagen, etwas, woran ich nie gedacht hatte und das mir plötzlich so naheliegend erschien.

Meinen Job – den Job, den ich so liebe – kann ich überall ausüben. Alles, was ich dazu brauche, ist ein Rollköfferchen voller Make-up und Menschen, die aus irgendeinem Grund geschminkt werden wollen. Ich muss nicht an einem Fleck bleiben, immer auf der Stelle treten. Genauso wenig musste ich bei Tyler bleiben, weil er meine erste Liebe war und der Einzige, mit dem ich je geschlafen hatte. Wenn ich mich von ihm trennen konnte, kann ich auch als selbstständige Visagistin arbeiten, für wen und wo auch immer ich will.

Zum Beispiel für das *Royal Shakespeare Theater,* in dem gerade eine äußerst moderne Fassung von *Wie es euch gefällt* gezeigt wird, mit besagtem Serien-Schnittchen in der Hauptrolle. Ich kann nicht gerade behaupten, dass ich dieses Engagement nicht genieße.

»Der größte Unterschied zu der Arbeit hier ist wohl, dass das Make-up um einiges aufwendiger ist – krasser, bunter, mehr. Und an den Frisuren hättest du deine wahre Freude. Ich spreche von Haartürmen! Lockenbergen!«

»Uuuh«, macht Navin.

»Die Beziehungen sind natürlich nicht so eng wie mit Tom oder … oder dem Rest der Crew.« Ich greife nach meinem Koffer und beginne damit, die wesentlichen Utensilien auf einen Beistelltisch zu räumen. Es tut immer noch weh, Kits Namen auszusprechen. Und die Tatsache, dass ich hier über keinen eigenen Kosmetikwagen mehr verfüge, weil ich nur noch dann bei *Ten to Twelve* einspringe, wenn meine Nachfolgerin Urlaub hat oder krank ist, sticht ebenfalls ein kleines bisschen. Selbst wenn ich die Entscheidung, dass ich gegangen bin, auf keinen Fall bereue.

»Wie geht es Tom?«, fragt Navin. »Hast du etwas von ihm gehört?«

»Ja, tatsächlich. Ich habe erst letzte Woche eine Sprachnachricht von ihm bekommen. Er ist mittlerweile von Bali nach Mauritius gereist. Hier.« Ich ziehe mein Handy aus der Handtasche und rufe Toms Whatsapp-Kontakt auf. »Das ist sein neues Profilfoto.«

Ich halte es Navin hin. Es zeigt einen sonnengebräunten Tom in knallgelben Bermuda-Shorts an einem tropischen Strand, Kokosnuss-Cocktail in der einen, Zigarre in der anderen Hand. Nur wer den Mann auf dem Foto besser kennt, wird noch die Traurigkeit erkennen, die in seinem freundlichen Lächeln mitschwingt.

»Es geht ihm also gut?«

»Den Umständen entsprechend, denke ich. Es hilft ihm,

dass er die Show hinter sich gelassen hat. Und dass er die Orte besucht, die Kit immer schon bereisen wollte.«

Navin gibt mir das Telefon zurück. Einige Sekunden lang sehen wir einander schweigend an. Dann schwingt die Tür auf, und mit einem Schwall aus Energie rauscht Sarah in den Raum, dicht gefolgt von Betty. Die beiden unterhalten sich lautstark, augenblicklich werden wir in das Geschnatter mit einbezogen, und es besteht keine Gelegenheit mehr, in Sentimentalitäten zu schwelgen.

»Der erste Gast muss gleich da sein«, sagt Betty, während sie im Spiegel ihre Frisur prüft. Navin hat aus ihrem dichten, blonden Haar einen seitlichen Fischgrät-Zopf geflochten, der absolut spektakulär aussieht.

»Wer kommt denn heute?« Ich nehme Sarah den Umhang ab. Sie hat kinnlange rote Haare, mit denen Navin nie lange beschäftigt ist, dafür aber eine äußerst empfindliche Haut, die ein wenig mehr Fingerspitzengefühl erfordert.

»Du machst das echt toll«, lobt sie mich, im selben Augenblick, in dem Betty erwidert: »Oh, da muss ich nachsehen. Irgendein App-Entwickler.«

»Danke, Sarah.«

»Ehrlich, an manchen Tagen finde ich es schlimm, dass du nicht bei uns geblieben bist. An anderen Tagen schlimmer.«

Ich muss lachen. Sarah gibt mir einen Kuss auf die Wange, während Betty sie beinah schon aus dem Raum zerrt.

»Komm mit. Wir müssen uns vorbereiten. Heute bin ich planlos wie selten.«

»Diese zwei.« Navin schüttelt den Kopf, als die Tür hinter den Moderatorinnen ins Schloss fällt. »›Erfrischend chaotisch‹ hat mal einer in der Presse geschrieben. So kann man es natürlich auch ausdrücken.«

»Ich finde sie toll. Insbesondere Sarah.«

»Ja, ist klar. Weil sie dich jedes Mal über den grünen Klee lobt, wenn du kommst.«

»Hihi.«

»Hehe. Lass das mal nicht Fatma hören.«

»Wie läuft es mit Fatma?«

»Eigentlich sehr gut. Sie ist vielleicht ein bisschen zu bunt für Sarahs Geschmack, aber ich komme gut mit ihr klar.«

»Sie ist noch sehr jung«, sage ich. Fatma ist neunzehn und gerade erst mit ihrer Ausbildung fertig geworden.

»Ich sagte doch, du wirst alt.«

»Und du wirst immer frecher!« Ich drohe ihm mit einem Röhrchen Wimperntusche, doch Navin grinst nur. Und dann drückt er mich, kurz und fest.

»Es ist schön, dass du hier bist.«

»Ja, das finde ich auch.«

»Da fällt mir ein: Du weißt wirklich nicht, wer heute kommt?«

»Ich?« Überrascht sehe ich ihn an. »Woher soll ich das wissen? Was hat Betty gleich wieder gesagt? Ich hab's nicht verstanden, glaube ich.«

»Ist ja seltsam. Soweit ich weiß, hat Fatma heute frei, weil der Studiogast explizit nach dir gefragt hat.«

»Wirklich?« Navin und ich mustern einander stirnrunzelnd. »Ich habe ehrlich keine Ahnung. Vielleicht ist es jemand, den ich schon früher mal geschminkt habe.«

»Ja. Kann sein.« Er überlegt einen Augenblick. »Ah! Ein App-Entwickler. Das war's, oder?«

Bevor diese Information, die bei näherer Betrachtung so einiges Licht auf die Sache geworfen hätte, es sich in meinem Hirn gemütlich machen kann, wird abermals die Tür aufgerissen.

»Und hier ist unsere Maske. Emma und Navin werden sich um Sie kümmern, ich hole Sie dann später wieder ab.«

»Vielen Dank, Daisy.«

Erschrocken drehe ich mich um. Erstarre auf der Stelle.

»Emma, Navin – das ist Mr. Carlton. Er ist unser heutiger Studiogast. Mr. Carlton, das sind Emma, eine unserer Visagistinnen, und Navin. Er wird sich um Ihre Haare kümmern.«

»Hallo.« Jamie lächelt uns an. »Was meine Haare angeht, weiß ich nicht so recht, ob da noch was zu retten ist.«

41

Jamie

Ich bin nicht sicher, was ich mir vorgestellt habe, aber Emma jetzt wiederzusehen, nach all den Monaten, wirkt sich wie ein Schock auf meinen gesamten Körper aus: Mit einem Mal rast mein Herz, die Hände werden klamm, der Mund trocken. Ich sehe Emma an, die ihrerseits erstarrt. Es wirkt nicht so, als habe sie mit mir gerechnet. Also hat man sie vermutlich nicht darüber informiert, dass ich explizit nach ihr gefragt hatte. Ich weiß nicht mal mehr, warum. Womöglich handelte es sich um so eine Art siebten Sinn, dass Emma nicht mehr bei *Ten to Twelve* sein könnte. Keine Ahnung. Doch nach all dem Drama, dem Tod der Moderatorin, der Trennung von Tyler, war die Vorstellung, dass Emma einfach so weitermachen würde wie bisher, nicht sehr naheliegend. Also fragte ich nach dem Namen der Visagistin, und dann gab ich vor, unbedingt von Emma Brook geschminkt werden zu wollen, woraufhin man mir erklärte, Emma sei nur noch selten im Sender, könne aber sicher für diesen Tag gebucht werden.

Ich hielt das für eine grandiose Idee. Nach all der Zeit würde ich ihr hier wiederbegegnen. Ich würde mich ihr erklären, und dann würde ich ihr beweisen, wie viel in der Zwischenzeit passiert war. Und was all das mit ihr zu tun hatte.

Jetzt, hier, in diesem beengten Raum, in dem offenbar alle Studiogäste zur Maske hereingeführt werden, bin ich mir auf einmal nicht mehr so sicher. Emma wirkt nicht sonderlich begeistert darüber, mich zu sehen – eher entgeistert. Ihr Kollege, den die Produzentin als Navin vorgestellt hat, blickt interessiert von ihr zu mir und wieder zurück, schließlich räuspert er sich. Was Emma wiederum aus ihrer Schockstarre reißt.

»Navin! Ähm, das ist James Carlton. Äh … Erbe des Carlton-Verlags. Er lebt in Brighton, wie ich. *Früher* sind wir oft gemeinsam Zug gefahren. Er kocht. Hat mir dann und wann etwas zu essen mitgebracht.«

Erkenntnis flackert auf in Navins Blick, weshalb meine Verwunderung über die seltsame Vorstellung keine Sekunde lang anhält. Sie war einzig und allein dazu gedacht, ihren Kollegen ins Bild zu setzen, so viel ist klar. Offenbar weiß er von mir. Womöglich hat Emma ihm erzählt, was für ein Idiot ich gewesen bin. Als was für ein Trottel ich mich entpuppt habe.

»Oh.« Er mustert mich ungeniert. »Ah.« Dann klopft er sich ab, als würde er irgendetwas an seinem Körper suchen, zuckt schließlich mit den Schultern und geht zur Tür. »Ich muss mal eben … wohin. Ruf mich, Emma, wenn ich mit den Haaren anfangen soll.« Dann ist er weg.

Und das Einrasten des Türschlosses klingt auf einmal wie das Entsichern einer Pistole. Was an Emmas abweisender Miene liegen könnte. Absolut könnte es das.

»Was hat das zu bedeuten, Jamie?«

»Hey, Emma.« Ich gehe einen Schritt auf sie zu, woraufhin sie zurückweicht. Das hab ich allein mir selbst zuzuschreiben, richtig? Das letzte Mal, als Emma mich sah, sagte ich ihr, dass ich nicht gut genug für sie sei, bevor ich sie küsste und schließlich weglief, wie der elende Feigling, der ich nun mal bin, und der sich anschließend nie wieder bei ihr meldete.

Aber ich habe nicht »Leb wohl« gesagt. Ich sagte »Auf Wiedersehen«.

Ich frage mich, ob sie den Unterschied bemerkt hat. Womöglich nicht.

»Wieso bist du hier? Und wieso hast du explizit nach mir verlangt? Ich arbeite nicht mehr hier. Man hat mich heute extra gebucht, und ich hatte keine Ahnung, dass dies auf den fragwürdigen Wunsch eines unserer Gäste geschah. Hätte ich geahnt, dass du das bist, wäre ich nicht gekommen. Das ist dir klar, oder?«

»Ähm, ja. Du hast es gerade sehr deutlich gemacht.«

»Setz dich.«

»Emma …«

»Setz dich da auf den Stuhl, wir müssen mit dem Makeup beginnen.«

»Ich bin mir nicht sicher …«

»Setz dich.«

Ich setze mich.

Mit der Energie eines Feldwebels schlägt Emma einen schwarzen Friseurumhang auseinander, bevor sie ihn mir über die Brust wirft. Ich weiß nicht, weshalb sie in diesem Maße wütend ist. Und obwohl ich gar nicht genau sagen kann, was ich mir von dieser ersten Begegnung erhofft hatte, mit diesem Zorn hatte ich nicht gerechnet.

»Es tut mir leid«, versuche ich es.

Emma bindet den Überwurf an der Rückseite meines Halses zusammen, nur einen Hauch zu fest. »Was genau? Dass du mich heute herbestellt hast, oder dass du nach all der Zeit wieder auftauchst, um alte Wunden aufzubrechen?«

Sie fängt an, auf dem kleinen Beistelltisch zwischen Tuben und Tiegeln herumzuwühlen, und ich beobachte sie im Spiegel. Alte Wunden. Es versetzt mir einen Stich, dass Emma unsere Freundschaft oder was auch immer es war, das wir im vergangenen Sommer hatten, als nicht mehr als eine alte Wunde in Erinnerung hat. Es versetzt mir einen Stich und stimmt mich absurderweise in gleichem Maße hoffnungsvoll. Wenn es nach wie vor wehtut, sind die Gefühle womöglich nicht komplett ausgelöscht. Und vielleicht, ganz vielleicht, gibt es noch eine Chance für uns.

»Beides«, erwidere ich schließlich.

»Ah, da musstest du aber wirklich lange überlegen.« Sie beugt sich über mich und beginnt, mein Gesicht mit einem feuchten Schwamm zu bearbeiten. Es fühlt sich nicht wirklich unangenehm an, lediglich ein bisschen brutal.

»Was …«

»Ein Reinigungsserum. Um die Fettschicht auf der Haut abzutragen.«

»Oh. Okay.«

»Mund zu. Das Zeug schmeckt nicht wirklich gut.« Schweigend traktiert Emma mein Gesicht. Wenn ich mir aussuchen könnte, sie sechs weitere Monate nicht zu sehen oder für immer diese relativ unsensible Gesichtsbehandlung über mich ergehen lassen zu müssen, ich würde Letzteres wählen. Wie ich ihren Geruch vermisst habe. Süß, schokoladig, Emma.

Als sie von mir ablässt, sage ich: »Ich bin hier, um unsere App vorzustellen.«

Schweigen.

»Die Koch-App, du weißt schon. Die, über die wir so oft gesprochen haben. Deren Idee du mitbegründet hast. Die App, mit der man wahllos den Inhalt seines Kühlschranks …«

»Ich weiß, welche App gemeint ist.« Ungeduldig beginnt sie damit, mich abzupudern, und ich werfe einen Blick in den Spiegel. Ich habe ehrlich Angst, dass sie mir eine knallrote Gesichtsfarbe verpasst oder sonst etwas anstellt, doch im Augenblick sehe ich noch ziemlich normal aus.

»Wie kommt es, dass du die App vorstellst?«

»Es … Es gehört zu meiner Therapie.«

Der Puderschwamm schwebt über meiner Stirn. Mindestens drei Sekunden lang. Dann fährt Emma mit ihrer Arbeit fort.

»Du machst eine Therapie?«

»Ja.«

»Seit wann?«

»Seit Ende September.«

»Warum?«

Im Spiegel suche ich Emmas Blick. »Du weißt, warum.«

Wir sehen uns an, und ich spüre, das war die falsche Antwort, noch bevor sich Emmas Ausdruck verhärtet und sie den Schwamm auf den Tisch wirft. »Wir sind hier fertig.«

»Emma.«

Sie reißt den Umhang auf, was mich einen erstickten Laut ausstoßen lässt. Keine Ahnung, wie drei Worte sie erneut so verärgern konnten, doch es ist eindeutig gelungen.

»Ich habe die Therapie angefangen, weil ich …«

»Ich kann das jetzt nicht.« Sie hält sich die Ohren zu. Wahrhaftig.

»Ich wollte …«

»Nein, Jamie.« Und damit reißt sie die Tür zuerst auf, knallt sie dann hinter sich zu, und nurmehr dumpf höre ich sie rufen: »Er gehört dir, Navin!«

Ich denke, es hätte schlimmer kommen können. Emma hat mich nicht mit Lidschatten bemalt und Navin keine Zöpfchen in meine Haare geflochten, obwohl diese Föhnfrisur, die er mir verpasst hat, nicht unbedingt meinem Geschmack entspricht. Nichtsdestotrotz atme ich auf, als ich den Garderobenraum verlassen darf, obwohl mich im Anschluss weit Grauenvolleres erwartet.

Es ist wahr, was ich Emma sagte: Ich habe Ende September mit der Therapie begonnen, kurz nachdem ich sie vor dem *Crab Shack* getroffen hatte, und mit dem festen Willen, etwas in meinem Leben zu verändern, weil ich endlich eingesehen hatte, dass es so nicht ging. Ich konnte nicht auf ewig meine Ängste vor Menschen verstecken, die mir nahestehen, weil ich wirkliche Nähe so niemals würde zulassen können. Ich hätte niemals meinen Job in einer Weise ausüben können, dass er mich nicht unglücklich machte. Ich wäre niemals gut genug gewesen für eine Frau wie Emma.

Ich sage nicht, dass mir die Therapie leichtfällt. Das Gegenteil ist der Fall. Allein der Umstand, mich eine Stunde lang nur auf mich und meine Probleme konzentrieren zu müssen, dreht mir regelmäßig den Magen um, lässt Angstschweiß auf meiner Stirn perlen. Es ist mir unangenehm, dass eine arme Frau, die unglücklicherweise zu meiner Therapeutin auserkoren wurde, sich zweimal die Woche mein postpubertäres Gequake darüber anhören muss, dass ich mir in Situationen, die andere Menschen ganz selbstverständlich, vermutlich sogar mit Witz und Charme bewältigen, beinahe in die Hosen mache.

Es gibt einen Namen dafür. Den hat Mel, so heißt die Unglückliche, mir explizit genannt: Glossophobie. Und dann hat sie mir zu verstehen gegeben, dass sie diejenige sein wird, die meine Probleme ernst nimmt und nicht etwa albern findet, so wie ich es tue. Und dass sie daran arbeiten werde, bis ich es ähnlich sähe wie sie.

Tja.

Sie ist toll. Mel. Sie bereitet mich darauf vor, schwierige Situationen zu meistern, gemeinsam erarbeiten wir Strategien, wie ich bestimmte Angstszenarios besser bewältige, wie ich sie anders bewerte, um damit klarzukommen. Das Gespräch mit meinen Eltern beispielsweise wäre ohne die wochenlange Vorbereitung in dieser Form nicht möglich gewesen. Und obwohl es das Ergebnis nicht rechtfertigt, war diese Unterhaltung die schlimmste, die ich bis dato geführt habe – wobei ich natürlich noch nicht weiß, wie die Geschichte mit Emma ausgehen wird.

»Es ist deine Entscheidung«, hatte Mel zu mir gesagt, »aber in dieser ersten Phase, in der du versuchst, über dich hinauszuwachsen und dich deinen tiefsten Ängsten zu stellen, kann es nur von Vorteil sein, jemanden auf deiner Seite zu haben, der es gut mit dir meint und dich in allem, was auf dich zukommt, unterstützt. Zumal dein Vater mit dir arbeitet. Du solltest ihn einweihen.«

Ich dachte an Emma in diesem Augenblick. Wie gern hätte ich *sie* an meiner Seite gehabt. Am Ende aber nickte ich lediglich und beschloss, dass es auch meine Entscheidung gewesen war, mir eine Therapeutin zu suchen. Also musste ich alles, was danach kam, wohl ebenfalls auf meine Kappe nehmen. Und so kam es, dass ich meinen Eltern an einem regnerischen Nachmittag im November bei Scones und Tee erklärte, dass ihr Sohn nicht halb so bewundernswert ist, wie die zwei es beinahe dreißig Jahre lang geglaubt haben.

Ich weiß nicht, was ich erwartet hatte. Bestimmt nicht, dass meine Eltern erbleichen, sich vor Enttäuschung winden oder mich spontan enterben. Erwartet hätte ich allerdings auch nicht, dass mein Vater den Arm um mich legte und mir erklärte, dass die einzig völlig ahnungslose Person im Raum offenbar ich war.

»Ich bin sehr froh, dass du endlich offen mit uns sprichst. Deine Mutter und ich, wir haben schon mehr als einmal darüber gerätselt, was dich wohl bedrückt und warum du offenbar glaubst, es uns nicht erzählen zu können. Eine Zeit lang dachten wir, du seist vielleicht homosexuell ...«

»Ja, also ... nein. Das war es nicht.«

»Ich hoffe, du weißt, dass das für uns völlig in Ordnung gewesen wäre.«

»Ich denke schon. Ja.«

»Wir sind nicht blind«, mischte sich Mum ein.

»Insbesondere deine Mutter nicht.«

»Das ist wahr.« Woraufhin sie meine Hand nahm und unsere Finger miteinander verschränkte, so, wie sie es früher oft getan hatte, wenn ich mich als Kind Dinge nicht traute und bei ihr Zuflucht suchte. Wenn Fremde kamen. Mich einer ihrer Bekannten ansprach, mit dem ich nicht reden wollte. Die Erinnerung daran war ganz plötzlich da, tauchte auf wie aus dem Nichts. Natürlich hatte Mum eine Ahnung gehabt, sie war meine Mutter. Und natürlich habe ich durch meinen mit Scheuklappen gerahmten Tunnelblick subtile Anzeichen dafür einfach übersehen. So wie mein Vater offenbar ebenfalls beide Augen zudrückte, wenn es um Anzeichen dafür ging, dass mit mir etwas nicht stimmte. Er machte sich Vorwürfe, dass er nicht früher darauf gedrängt hatte, dass ich mich ihm öffne. Wollte wissen, ob und inwieweit mich die Arbeit im Verlag belaste. Ob ich lieber etwas anderes tun wollte – kochen, beispielsweise. »Was immer dich glücklich macht«, betonte er.

Und ich antwortete, nein, ich wolle in jedem Fall versuchen, meiner Aufgabe im Familienunternehmen gerecht zu werden. Weil ich nur dann glücklich sein würde, wenn ich mir nicht mehr länger selbst im Weg stand.

»Was auch immer wir für dich tun können, werden wir tun«, sagte Mum.

Wie erwähnt, ich weiß nicht, was ich erwartet hatte. Aber ich weiß, dass sich in diesem Augenblick jeder Zweifel, den ich je gehegt hatte – an den beiden oder dem, was sie mir auferlegten –, in Luft auflöste. Da hängt kein Damoklesschwert über mir, es ist keine Bürde, einziger Sohn von Beth und Will Carlton zu sein, im Gegenteil. Von den Privilegien, die ich als Heranwachsender genoss, einmal abgesehen, ist es eine Ehre an sich, und natürlich eine Chance.

Ich bin lange noch nicht fertig mit meiner Therapie – um ehrlich zu sein, frage ich mich, wann ich je auf Mels Beistand werde verzichten können –, aber eins habe ich in diesen vielen Sitzungen bisher auf jeden Fall gelernt: Nur ein völlig verkorkster, verzogener Arsch weint darüber, in eine Familie hineingeboren zu sein, die nicht nur etwas wirklich Großartiges aufgebaut hat, sondern auch noch in sich intakt ist. Und nur ein völlig hirnloser, bemitleidenswerter Idiot lässt so eine wundervolle Frau wie Emma von dannen ziehen.

Die Produzentin ist mit einem Mal wieder an meiner Seite. Sie führt mich von dem Raum, in dem sich die Maske befindet, durch den langen Flur und über ein paar Treppen in die riesige Halle, in der die Studiokulisse aufgebaut ist. Für einen Moment bleiben wir stehen, weil Daisy mit einem mit Headset ausgestatteten Kollegen spricht, und ich betrachte das Bühnenbild. Es wirkt kleiner als im Fernsehen, aber das ist vermutlich bei den allermeisten Dingen so. Darüber hinaus sieht es genauso aus wie damals, als Tom und Kit Bollomey die Show moderierten, was mir seltsamerweise einen Stich versetzt, obwohl ich die beiden nicht einmal kannte.

Die Kulisse ist in mehrere Bereiche aufgeteilt – in der einen steht das überdimensionierte blaue Sofa, auf dem die Moderatorinnen die Interviews führen, vor einer Fake-Fensterkulisse, hinter der die Skyline von London aufragt. Es gibt eine Art Basteltisch, soweit ich das sehen kann, eine mit Sternzeichen und Lichterketten verzierte Holzbude, einen Lesesessel samt Stehlampe und eine Kochecke, die wirkt wie aus einem Kücheneinrichtungskatalog. Ich habe keine Gelegenheit, einen näheren Blick auf die Ausstattung zu werfen, denn Daisy hat mich beim Arm genommen und in die andere Richtung geschoben.

»Wir positionieren uns hier, okay?«, flüstert sie, und erst jetzt fällt mir auf, dass die Live-Sendung ja bereits läuft, dass oben auf den zwei Kameras, die die Wahrsagerbude umkreisen, eine rote Lampe leuchtet. Auf einmal bin ich sehr, sehr glücklich, dass mich kein spontaner Hustenanfall oder Lachkrampf ereilt hat, auch wenn das schon wirklich lange nicht mehr vorgekommen ist. Und ebenfalls von jetzt auf gleich ist mir wieder ziemlich flau im Magen.

»In zwei Minuten ist es so weit«, wispert Daisy mir zu. »Betty und Sarah werden Sie ankündigen, und in dem Augenblick, in dem sie Sie auf die Bühne bitten, gehen

Sie von links hoch, sehen Sie?« Sie deutet in Richtung einer schmalen Showtreppe, die auf die Plattform mit dem Sofa führt.

Kälte kriecht mir in den Körper. Ich schließe die Augen und wende eine der Atemtechniken an, die Mel mir beigebracht hat, während ich mir vorstelle, wie ich bereits auf diesem Sofa sitze, wie ich lächle, wie ich sympathisch, souverän, gelassen auf Fragen antworte.

»Wir sind gespannt, ob es diesem Mann tatsächlich gelingen wird, uns zum Kochen zu bringen.«

»Du meinst, ob er es schafft, dass man unser Gekochtes danach auch genießen kann?«

»Sagen wir essen, Sarah, damit wäre ich schon zufrieden.«

»Wie dem auch sei, begrüßen Sie mit uns ganz herzlich James Carlton vom gleichnamigen Carlton-Verlag, der uns heute erklären wird, wie wir aus zufällig zusammengewürfelten Zutaten eine fantastische Mahlzeit zaubern können!«

»Jetzt!«

Die Produzentin tippt mir auf die Schulter, und ich setze mich in Bewegung. Ganz kurz streift mich der Gedanke, dass ich verrückt bin, dies hier zu tun: ein Interview, live, vor einem Millionenpublikum, als würden die im Studio Herumwuselnden nicht schon ausreichen, um mich in Angst und Schrecken zu versetzen. Doch dann denke ich an Emma, an ihre großen, enttäuschten Augen, ihre warmen, weichen Lippen, die ich unbedingt noch einmal küssen möchte, und wenn es das Letzte wäre, was ich je täte, und dann atme ich tief ein und setze ein Lächeln auf. Es fühlt sich instabil an, aber immerhin, es ist da.

»James, wie großartig, dass Sie heute den Weg zu uns gefunden haben, um uns Ihre fantastische App vorzustellen. ›Have A Look What To Cook!‹ Mein Gott, das klingt vielversprechend! Wie wäre es, wenn Sie uns zunächst mal erklären, worum es sich bei dieser Anwendung handelt, und wie Sie auf die Idee gekommen sind?«

»Hi.« Ja, klar, hi. Gerade so kann ich verhindern, das Gesicht zu verziehen. Und auf einmal kommt mir ein furchtbarer Gedanke: Ist Emma hier irgendwo im Studio? Sieht sie uns zu? Sieht sie mich auf der Bühne herumstammeln und ergötzt sich daran?

Mir wird kalt.

Einatmen. Ausatmen.

Und das Ganze ein kleines bisschen schneller, wenn möglich.

»Jamie«, sage ich. »Nennen Sie mich Jamie, wenn Sie möchten.« Und dann beginne ich zu erklären, was es mit »Have A Look What To Cook« auf sich hat, wie die App funktioniert, wem sie nützt. »Das Neue daran ist sicher auch, dass wir nicht nur die Rezepte aus sämtlichen unserer Publikationen in dieser App zusammengefasst haben, sondern eigene Gerichte kreieren, ganz nah an den Bedürfnissen derer, für die die App gemacht wurde.«

»Also für Leute wie mich«, wirft Betty ein, »die selbst ein hart gekochtes Ei anbrennen lassen.«

»Exakt. Bisher kannte ich nur jemanden, der Rührei anbrennen ließ, aber ja … für genau solche Härtefälle wie diese.«

Emma. Ich versuche zu erspüren, ob sie die Anspielung verstanden hat, doch das ist natürlich Blödsinn. Allerdings wage ich es auch nicht, mich vor laufender Kamera umzusehen, als würde ich jemanden suchen.

»Und wie genau«, hakt Sarah nach, »kann nun eine untalentierte Köchin wie Betty von dieser Anwendung profitieren?«

»Sarah tut gern so, als würde sie sich in der Küche besser anstellen als ich, aber ich kann Ihnen versichern, liebe Zuschauerinnen und Zuschauer – das ist nicht der Fall.«

»Oh, Betty, pass auf, dass ich hier nicht eine Challenge ausrufe. Wetten, dass Sarah Sharp besser kochen kann als Betty Toola?«

»Das ist eine fantastische Idee, Sarah! Und Jamie hier wird unserer Juror.«

»Armer Jamie.«

»In der Tat. Armer Jamie.«

Es läuft gut bisher, oder? Weder bin ich in Schweiß ausgebrochen, noch habe ich mich auf die Polster übergeben, und ja, mir ist klar, zwei Drittel der Show bestreiten die Damen, aber für meine Verhältnisse ist es doch eine krasse Situation, in der ich mich dennoch gut halte.

»Also, Jamie.« Sarah wendet sich mir zu. »Wie genau funktioniert diese App denn nun?«

»Im Kern ist es eine Art Rezeptgenerator«, beginne ich, und dann erzähle ich die Geschichte von dem halb leeren Kühlschrank und den paar Utensilien im Vorratsschrank, und wie ich aus diesen wenigen Zutaten dennoch etwas anderes kochen kann als Omelette und Restepfanne.

»Als wir damit begannen, die App zu kreieren, wollten wir uns vor allem dadurch von bereits existierenden Anwendungen dieser Art absetzen, dass wir die Qualität der Rezepte anheben – der Zufallsgenerator soll nicht die einfachsten Speisen ausspucken, sondern raffinierte, die dennoch leicht zuzubereiten sind, dazu eine große Auswahl bieten und möglichst keinen Frust schüren.«

Betty und Sarah lachen.

Ich lächle erleichtert.

»Wie sind Sie auf die Idee zu dieser App gekommen?«

»Nun. Die Sache mit dem angebrannten Rührei, die ich vorhin erwähnte … Also, eine Freundin erzählte mir, dass es ihr so erginge, und durch eine ganze Reihe Gespräche ist letztlich die Idee entstanden.«

»Eine Freundin?«

Ich öffne den Mund. Schließe ihn wieder. Betty und Sarah tauschen einen Blick, und der Gedanke, dass es bisher doch ganz gut gelaufen sei, er sinkt in meinen Magen und verwandelt sich dort in giftgrünes Hush-Slush-Gebräu.

»Oooh, Betty, ist dir aufgefallen, was mir aufgefallen ist?« Sarah setzt ein absolut selbstgefälliges Grinsen auf.

»Jaaa, Sarah, das ist es.«

Die beiden sehen aus wie die kleinen Schwestern des Jokers, und ich bereue auf einen Schlag, dass ich mich wegen Emma auf *diese* Couch gesetzt habe und nicht auf die eines seriöseren Nachrichtenmagazins.

»Ich glaube aber, Jamie möchte das nicht vertiefen«, sagt Sarah schließlich. »Also reden wir nachher noch kurz darüber, wie Sie zum Kochen gekommen sind, bevor wir in unsere gemütliche Küche wechseln, wo Sie uns Ihr Talent und auch die Funktionstüchtigkeit Ihrer App beweisen können.«

»Und Sie, liebe Zuschauerinnen und Zuschauer, bestimmen heute, was gekocht wird, indem Sie frei nach Wahl Zutaten aus unserem Vorratsschrank aussuchen. In etwa zehn Minuten, nach der Werbung.«

»Cut«, ruft jemand, und wie aufs Stichwort stehen Betty und Sarah vom Sofa auf. Ich erhebe mich ebenfalls.

»Tut mir leid«, sagt Betty. »Ich hoffe, Sie nehmen uns das bisschen Shakern nicht übel. Wir sind inzwischen schon berühmt bis berüchtigt für unsere unprätentiöse Art. Ich hoffe, damit können Sie leben.«

»Ja«, sage ich. Was offenbar nicht sehr überzeugend klingt, denn Sarah wirft mir einen prüfenden Blick zu. »Emma!«, ruft sie. »Kommst du, um Mr. Carltons Maske aufzufrischen?«

Einatmen, zwei, drei, vier.

»Bin schon hier.«

Ausatmen, fünf, sechs, sieben, acht.

»Du wirkst nervös.« Schon zum zweiten Mal an diesem Tag tupft Emma mit einem Schwamm über mein Gesicht. Und auch diesmal sieht sie nicht sehr glücklich darüber aus.

»Das bin ich.«

»Aber nicht so sehr, dass du losrennen und dir Pillen besorgen musst?«

Der Zynismus in Emmas Worten ist nicht zu überhören, und dennoch – was würde ich jetzt gerade für ein paar Betablocker geben. »Ich arbeite daran, dass es so weit nicht mehr kommt.«

»Hm.«

»Emma …«

»Nicht jetzt.«

»Okay.«

»Du machst es dennoch gut, klar? Ich denke nicht, dass jemand, der dich nicht kennt, überhaupt merkt, dass du nervös bist.«

»Nein?« Es hat nicht wie ein Kompliment geklungen, eher wie eine missmutige Feststellung, und dennoch …

»Halt still.«

»Okay.«

»Alles klar. So wird es gehen.«

»Emma …«

»Nicht hier.«

Der Rest der Sendung verläuft ohne weitere Zwischenfälle, was vermutlich in erster Linie daran liegt, dass ich mich in einer Küche weitaus sicherer fühle als auf diesem blauen Sofa zwischen zwei Boulevard-Talkmasterinnen. Drei Zuschauerinnen haben die Möglichkeit, anzurufen und aus einem extra präparierten Vorrats- und/oder Kühlschrank je drei Zutaten auszuwählen, die wir vor laufender Kamera in die App eingeben, um eine Vorspeise, ein Hauptgericht und ein Dessert zu ermitteln, die ich im Verlauf der Sendung zubereiten werde.

Es gibt gefülltes Gemüse, Pfannenpizza mit sautierter Gurke und einen Zitrusmarmeladen-Pudding.

Ich bin nicht wenig stolz auf unsere App.

Während der ganzen Zeit, in der ich in der Show-Küche stehe, sitzt mir quasi ein Kameramann auf der Schulter, und obwohl ich diesen Umstand bei Weitem nicht gewöhnt bin und darüber hinaus befremdlich finde, ist er nicht halb so schlimm wie die Werbepausen, in denen Emma mit verschlossener Miene auf mich zukommt, um mir immer mehr Puder ins Gesicht zu tupfen.

Sie hat kein weiteres Wort mit mir gesprochen.

Das muss sich unbedingt und möglichst bald ändern.

42

Emma

Als ich am frühen Nachmittag den Sender verlasse, bin ich nicht nur mit den Nerven am Ende, sondern auch auf der Hut: Jamie ist erst vor knapp einer Stunde gegangen, das hat John mir verraten, also unmittelbar, nachdem sein glorreicher Auftritt als *Charming Cook der Nation* beendet war, und dennoch fürchte ich, er wird mich womöglich gleich am Ärmel ziehen oder an der nächsten Straßenecke plötzlich aus dem Gebüsch springen. Überraschung!

Nichts dergleichen geschieht. Und doch habe ich so eine Ahnung, dass dies nicht die letzte Begegnung mit Jamie-was-ist-nur-auf-einmal-in-ihn-gefahren-Carlton gewesen ist.

Ich bin nicht sicher, was das heute war. Ich weiß nur,

es kann kein Zufall gewesen sein. Jamie ist mit der Vorstellung seiner App zu *Ten to Twelve* gekommen, weil er wusste, es ist die Show, bei der ich arbeite. Warum sonst hätte er explizit darauf bestehen sollen, dass ich heute da bin, um ihn zu schminken? Die Frage ist nur: Was bezweckt er damit?

Tja, Emma, das wüsstest du, wärst du nicht aus der Garderobe geflohen wie eine Maus auf der Flucht.

Ich schleppe den Kosmetik-Trolley die Treppen zur U-Bahn hinunter, in Gedanken nach wie vor im Studio. Wie er da saß, auf dem Sofa neben Betty und Sarah, in diesem sündhaft teuren kohlegrauen Maßanzug, mit diesem scheuen, rätselhaften Lächeln auf den Lippen. Am liebsten wäre ich hingelaufen und hätte das getan, was ich mir in der Garderobe gerade so verkneifen konnte: ihm einen Penis auf die Stirn gemalt. Er hat eine großartige Figur gemacht, eloquent, kompetent, nicht überbordend selbstbewusst, aber souverän genug. Die Sache mit der *Freundin*? Nun ja. Die hat ihn für ein paar Sekunden aus dem Tritt gebracht – mich übrigens auch. Aber ich glaube nicht, dass jemand, der nicht von Jamies Angstneurose weiß, bemerkt hat, dass ihm das Interview schwergefallen ist. Und nur wer wirklich gut auf seine Gesichtszüge geachtet hat, dem dürfte aufgefallen sein, dass ein großer Teil der Anspannung von Jamie abfiel, als er vom Sofa in die Show-Küche wechseln durfte.

Nach wie vor bin ich sehr, sehr ärgerlich auf den Mann. Ich meine, er taucht hier auf, urplötzlich und Monate, nachdem ich ihn zuletzt gesehen habe, und er bringt alles wieder durcheinander, alles, alles, alles. Mein Vorhaben, den Namen James Carlton für immer zu vergessen? Zunichtegemacht. Meine Absicht, nie wieder an ihn oder unsere gemeinsame Zeit zu denken? Adieu, leb wohl, auf Wiedersehen! Der Augenblick, in dem er sein Jackett auszog, das Hemd bis zum Ellbogen hochkrempelte und sich daranmachte, Zwiebeln zu schneiden wie … wie eine Maschine?

Ich schwöre, nie in meinem Leben habe ich etwas Erotischeres gesehen. Sollte es die unbefleckte Empfängnis tatsächlich geben, hat sie mich in diesem Augenblick ganz sicher ereilt.

Was stimmt nicht mit mir?

Die U-Bahn rumpelt in Richtung Victoria Station, und mit einem Mal gesellen sich zu dieser frischen, schmerzhaft angenehmen Erinnerung noch eine ganze Reihe anderer hinzu. Hier hat alles angefangen, richtig? Also, nicht direkt hier, aber doch nicht wirklich weit entfernt davon.

Vergangenes Jahr um diese Zeit kannte ich Jamie Carlton noch gar nicht, später war er der Fremde im Zug, der sich erdreistete, meinen angestammten Sitzplatz zu belegen, über meine Essgewohnheiten die Nase zu rümpfen, meinen Verstand infrage zu stellen. Und schon ein paar Wochen später war er es nicht mehr. Da war er auf einmal zu dem Mensch geworden, mit dem ich mich über manches viel besser unterhalten konnte als mit jedem anderen in meinem Umfeld, der Mensch, der für mich gekocht, mich getröstet und mir den richtigen Rat zur richtigen Zeit gegeben hat. Er war zu einem Freund geworden. Und dann, ich bin nicht sicher, vielleicht ein bisschen mehr.

Bis er von jetzt auf gleich gar nichts mehr war.

Es ist immer wieder erstaunlich, wie sehr man sich in Menschen irren kann, wenn man sie nur nach dem ersten Eindruck beurteilt. Bei Jamie in seinen ordentlich gebügelten Anzügen, mit dieser spießigen Frisur und der, ja, sagen wir es nur, überwiegend verklemmten, humorlosen Art, wäre ich nie auf die Idee gekommen, wie viel mehr dahinterstecken könnte. Viel Gutes, ja – aber eben auch Negatives. Der Tablettenmissbrauch. Die Art, wie er sich selbst etwas vormachte, und damit auch allen anderen.

Die Trennung von Tyler war hart. Die Tatsache, dass ich auch Jamie aufgeben musste, traf mich noch ein bisschen härter, und ich habe mich schon genug deshalb gegrämt, mir Vorwürfe gemacht und Tyler gegenüber und unserer langjährigen Beziehung wegen fürchterliche Gewissensbisse gehabt.

Womit wir beim Kern meines Gedankengangs angekommen wären: Ich habe hart daran gearbeitet, Jamie zu vergessen, mich damit abzufinden, dass das, was vor einem dreiviertel Jahr äußerst vielversprechend begann, nur um kurze Zeit später in ein Fiasko zu münden, ein für alle Mal vorbei ist und der Vergangenheit angehört.

Amen.

Ich bin eine Frau der klaren Prinzipien. Neuerdings.

Und ich kann es nicht ausstehen, wenn jemand daherkommt und sie einfach über den Haufen rennt. So wie Jamie Carlton das heute getan hat. Indem er sich einfach so wieder in mein Leben schob. Für ein paar Stunden nur, aber dennoch.

Ich hätte mich in dich verlieben können, James Carlton. Doch jetzt ist es zu spät dafür.

Im Bahnhof kaufe ich mir einen Kaffee mit Croissant, und beides landet beinah auf meinem Mantel, als ich versuche, samt Trolley in den Zug zu steigen.

Ich bin so unglaublich schlecht gelaunt. Unterschwellig aggressiv. Und so unsagbar verwirrt. Und so …

»Kann ich dir behilflich sein?«

»Scheiße.«

»Nein, Jamie. Aber es geschieht mir vermutlich recht, dass du meinen Namen vergessen hast. Darf ich?«

Ich starre Jamie an, während er mir den Kosmetik-Trolley aus der Hand nimmt und dann die Tüte mit dem Croissant, sodass ich nurmehr den Cappuccino transportieren muss.

Er geht zurück in den Waggon, wo er offenbar herkam, und steuert die Plätze an, die wir üblicherweise besetzt haben. Als wäre es das Normalste der Welt. Als lägen nicht etwa acht Monate zwischen jetzt und dem Tag, an dem wir dies das letzte Mal so unbefangen getan haben.

Das geht nicht, denke ich. Er kann hier nicht einfach auftauchen und so tun, als wäre nie etwas passiert, und sich auf demselben Platz breitmachen und womöglich anknüpfen wollen, als wäre nie etwas geschehen, und ich wiederhole mich. Es geht nicht.

Ich sage ihm das.

»Was machst du hier, Jamie? So funktioniert das nicht. Du kannst nicht einfach mein Croissant beschlagnahmen, meinen Platz einnehmen und denken, wir machen da weiter, wo wir aufgehört haben. Das ist unmöglich. Verstehst du?«

»Du denkst als Erstes an dein Croissant.«

»Bitte? Äh, nein. Du verwirrst mich. Du willst nur ablenken von …«

Er hat meinen Trolley ins Kofferfach über die Sitze gehoben, den Tisch am Fenster heruntergeklappt, mein Croissant darauf abgelegt und wartet nun, dass ich durchrutsche.

»Jamie …«

»Der Zug ist schon angefahren. Ja, du könntest dich woanders hinsetzen, doch ich mache dich darauf aufmerksam, dass ich dir in jedem Fall folgen werde, und sollte der Platz neben dir besetzt sein, werde ich wen auch immer davon überzeugen, mit mir zu tauschen, weil ich wirklich dringend mit dir sprechen muss.«

Ich starre ihn ungläubig an. Die Frage lautet mittlerweile nicht nur, was mit mir los ist, sondern was um Himmels willen in *ihn* gefahren ist.

»Ich habe einen Freund.« *Was?* Das ist vermutlich das Dümmste, was aus mir hätte herausplatzen können. Weil es automatisch impliziert, dass dies für Jamie eine Rolle spielen könnte.

»Wirklich?« Jamie zieht die Augenbrauen hoch. »Wer ist es?«

»Er ist … Er ist … Du kennst ihn nicht. Ein Schauspieler. Völlig unbedeutend. Ich hab ihn am Theater kennengelernt.«

»Am Theater?«

»Ja, ich, äh, arbeite mittlerweile freiberuflich. Unter anderem am Theater.«

»Ah, ja. Ja, das hatte ich gehört.«

Ich runzle die Stirn. »Wo …«

»Aber den Namen kennt man nicht?«

»Nein.«

Er sieht nicht gerade beeindruckt aus. Allerdings auch nicht beunruhigt. Ich laufe ein kleines bisschen rot an. Vermutlich wäre es Jamie völlig egal, wenn ich einen Freund hätte, denn darum geht es ihm nicht, richtig? Ist das gut? Möchte ich, dass es in unserem Gespräch darum geht? Oder ist es mir lieber, die schlafenden Hunde in Ruhe weiterschnarchen zu lassen?

Ich schäle mich aus meinem Mantel. Jamie verstaut ihn neben meinem Koffer. Dann rutsche ich in den Sitz, auf den Fensterplatz, und sehe hinaus. Der Bahnhof zieht an mir vorbei, und ich komme mir vor wie in einem surrealen Parallel-Universum.

»Wie lange seid ihr denn schon zusammen?«

Mein Kopf schnellt herum. »Was? Wer? Ähm …drei … Monate?«

»Fragst du mich das? Ich weiß es nämlich nicht.«

»Ich … drei Monate. Genau.«

»Und? Wie ist er so, dein neuer Freund?«

Ganz allmählich beschleicht mich ein merkwürdiges Gefühl. Was ist nur los mit Jamie James Carlton, Stockfisch und Smoothie-Verzehrer, Mann ohne jeglichen Humor, der sicher seine Socken bügelt? Irgendetwas muss passiert sein in der Zeit, die wir uns nicht gesehen haben, und es hat womöglich Teile seines Hirns verletzt.

»Er ist sehr nett. Natürlich.«

»Natürlich.« Jamie nimmt etwas aus einer Papiertüte, die er unter seinem Sitz hervorgezogen hat. Einen Becher. Er reicht ihn mir.

»Ein Smoothie? Du hast mir einen Smoothie mitgebracht?«

»Spinat, Apfel, Sellerie. Ich hatte so eine Ahnung, dass sich deine guten Vorsätze, dich gesünder zu ernähren, in Luft aufgelöst haben, nachdem ich … nachdem wir uns so lange nicht gesehen haben.« Er wirft einen vielsagenden Blick auf mein übliches Gedeck aus Cappuccino und Croissant und lächelt schief. Was mich für eine Sekunde aus dem Konzept bringt.

Ich räuspere mich. »Ich hatte niemals gute Vorsätze, mich gesünder zu ernähren.«

»Also nett, ja?«

»Was?«

»Dein Freund.«

»Oh. Ja. Sehr.« Ich sauge an dem Strohhalm, dickflüssige, grüne, nicht eben wohlschmeckende Masse erfüllt meinen Mund.

»Bäh, dieser Sellerie.«

»Ist ziemlich gesund.«

»Schmeckt auch so.«

»Emma?«

»Hm?«

»Ich weiß, dass du keinen Freund hast.«

Vor lauter Schreck fällt mir beinah der Becher aus der Hand. Jamie reagiert blitzschnell, nimmt ihn an sich und trinkt. Mit meinem Strohhalm.

Ich starre auf seine Lippen.

Nicht gut.

Gar nicht gut.

»Wovon sprichst du?«, frage ich schließlich matt.

»Davon, dass ich im *Crab Shack* war. Und Carly gefragt habe, ob …« Er fährt sich durch die Haare. Ich liebe seine Haare. Mist. »… ob du inzwischen wieder mit jemandem zusammen bist. Oder …«

Schweigen. Langes, langes Schweigen.

»Oder?«

»Oder ob es womöglich noch eine Chance gibt für …«

Über den Strohhalm meines Smoothies hinweg sieht Jamie mich an, und vorübergehend setzt meine Atmung aus. Er wirkt unglücklich und so voller Hoffnung und unsicher und zum Anbeißen, alles auf einmal, und ein »Ich kann das jetzt nicht« liegt mir auf der Zunge, doch die Frage ist – wann dann?

»Ich wollte dich auf keinen Fall verletzen. Das tut mir am allermeisten leid.«

Ich rege mich nicht. In den nächsten Minuten werden wir sehen, wie lange ein Mensch ohne Sauerstoff auskommen kann.

»Es gibt so einiges, was ich in meinem Leben bereue, aber die Tatsache, dich damals aus meiner Wohnung geschoben zu haben, werde ich mir nie verzeihen.«

Einatmen. Okay. Besser.

»Was ist damit, dass du mich geküsst und dann stehen gelassen hast? Bereust du das auch?«

»Nur den einen Teil.«

»Welchen?«

Jamie lächelt. Ganz flüchtig nur. »Ich bereue nicht, dich geküsst zu haben. Ich wünschte nur, ich hätte dich danach nicht sofort wieder loslassen müssen.«

»Aber das musstest du.«

Diesmal ist es Jamie, der tief Luft holt. »Wenn ich dir jetzt noch einmal von meiner Therapie erzähle, läufst du dann wieder davon?«

»Auf jeden Fall. In diese Richtung.« Ich weise nach rechts. »Da komme ich ein Stückchen weiter, als wenn ich es links den Gang runter versuche, denn da ist der Zug zu Ende.« Ich verziehe das Gesicht, und Jamie hebt die Hand und fährt mit dem Daumen meine Unterlippe nach, was mich einmal mehr in komatöse Schockstarre verfallen lässt. Was auch immer das für eine Therapie war, denke ich, sie hat scheinbar angeschlagen und dabei irgendetwas zum Schwingen gebracht.

Jamie lässt von meiner Lippe ab. Es sieht aus, als müsse er sich sammeln.

»In der Woche, nachdem wir uns das letzte Mal gesehen haben, habe ich mir eine Therapeutin gesucht. Sie heißt Mel. Wir arbeiten jetzt seit einem halben Jahr zusammen.«

»Und du hast ihr alles erzählt? Von deinen Ängsten? Den Tabletten?«

Jamie nickt.

»Und dein Vater?«

»Meine Eltern wissen es beide.« Er schüttelt den Kopf, als könnte er diese Tatsache selbst am wenigsten glauben. »Es sieht so aus, als hätten sie es schon viel länger gewusst, als ich dachte. Oder zumindest geahnt.«

»Deine Eltern sind tolle Menschen.«

»Ja. So wie du.«

»Ach Gott. Das war eine Vorlage …«

»Vielleicht. Aber es ist auch wahr. Emma …«

Mein Herz beginnt zu rasen. Nach allem, was heute

Vormittag geschehen ist, und nach dem, wie sich das Gespräch gerade entwickelt, müsste mir eigentlich klar sein, worauf es hinausläuft, und trotzdem fühle ich mich, als sei ein Wüstenwind durch meinen Kopf gefegt und habe all meine Gehirnzellen durcheinandergewirbelt.

»Ich nehme nicht an, dass du mich bitten willst, eine Verzichtserklärung zu unterschreiben?«

»Was?«

»Na ja, nachdem du heute im Live-Fernsehen offiziell behauptet hast, die Idee zu deiner App ginge auf das Gespräch mit einer Freundin zurück?«

Jamie betrachtet mich, eine Mischung aus Fassungslosigkeit und Bewunderung im Blick. »Nein«, sagt er verdattert. »Ich wollte dich nicht bitten, eine Verzichtserklärung zu unterschreiben. Im Gegenteil.«

»Im Gegenteil? Was genau ist das Gegenteil davon?«

»Okay, das war nicht das, worüber ich im Moment eigentlich mit dir sprechen wollte, aber, wo wir schon dabei sind …« Er steht auf, zieht seinen Aktenkoffer von der Gepäckablage, setzt sich wieder, öffnet ihn. »Ich habe dich als Mitbegründerin eintragen lassen.« Er kramt einen Stapel Papiere hervor, der höchst offiziell aussieht. »Hier, siehst du? Da steht es. Du wirst als Teilhaberin geführt, somit stehen dir fünfzig Prozent der Einnahmen zu.«

Nun bin ich diejenige, die entgeistert dreinblickt. »Aber … ich hab doch überhaupt nichts getan.«

»Ohne dich gäbe es diese App aber nicht. Und ohne dich hätte ich sie kaum heute live im Fernsehen vorstellen können.«

»Das ist verrückt.«

»Verrückter, als …« Er stockt. Dann packt er die Papiere zurück in den Koffer, stellt ihn auf den Boden und scheint sich für eine geschlagene Minute zu sammeln, bevor er mir wieder in die Augen sieht. »Verrückter, als dass du mir noch eine Chance gibst?«

Ich fürchte, nun halten wir beide die Luft an.

»Jamie …«

»Okay, Emma, warte.« Er hebt die Hand.

»Du weißt überhaupt nicht, was ich sagen wollte!«

»Nein, aber … Gott, ich würde dich am liebsten küssen, jetzt gleich, hier, sofort und auf der Stelle, aber mehr noch möchte ich, dass du darüber nachdenkst. Ich will, dass du dir sicher bist. Genauso sicher, wie ich es bin.«

Im Moment weiß ich nicht mal genau, wie ich heiße, geschweige denn irgendetwas darüber hinaus. Und der Tag hatte so harmlos angefangen.

»Ich hab noch nie um eine Frau gekämpft, aber diesmal möchte ich es tun. Ich habe noch nie versucht, einen anderen Menschen in mein Leben zu lassen, aber im Augenblick gibt es nichts, was ich mir mehr wünsche. Ich habe mir noch nie vorstellen können, morgens mit jemandem aufzuwachen und ihn nicht mehr gehen lassen zu wollen. Ich wollte noch nie so dringend mit jemandem zusammen sein, Emma, wie ich mir das mit dir wünsche.«

»Oh. Ähm. Wow.«

Jamie steht auf.

»Was … nein! So meinte ich das nicht!«

Ich stehe ebenfalls schon halb, woraufhin sich Jamie zu mir beugt und mir einen sanften Kuss auf die Lippen drückt. »Ich möchte, dass du darüber nachdenkst, okay?

Ob du dir all das auch vorstellen kannst. Mir ist klar, dass es viel verlangt ist, mit jemandem eine Beziehung einzugehen, der so viel Ballast mit sich herumschleppt. Aber ich habe ein halbes Jahr Vorsprung. Ich habe wirklich hart an mir gearbeitet. Und ich will es unbedingt. Wenn du es auch willst.«

»Ich denke ...«

Er legt einen Finger auf meine Lippen. »... darüber nach?«

»Okay.«

»Okay. Auf Wiedersehen, Emma.«

»Auf Wiedersehen, Jamie.«

Er nimmt seine Jacke, seinen Aktenkoffer und geht den Gang hinunter in den nächsten Waggon.

Als der Zug am Bahnhof von Brighton einfährt, lasse ich mir Zeit mit dem Aussteigen, um Jamie einen Vorsprung zu geben. Er möchte, dass ich darüber nachdenke, also werde ich das tun – sobald ich meine Gedanken einigermaßen sortiert habe. Ich muss mit Carly reden. Was um Himmels willen sie dazu veranlasst hat, Jamie zu sagen, es wäre okay, wenn ... wenn ... ja, was? Er mich aufs Neue völlig durcheinanderbringt? Mich ins Chaos stürzt? Hervorkramt, was ich nach gar nicht so leichten Monaten endlich hinter mir gelassen hatte?

Ich straffe die Schultern und steuere auf den Ausgang zu. Mein Handy brummt.

JAMIE: Sieh in deiner Manteltasche nach.

Ich bleibe stehen. Halte mit der einen Hand das Telefon, während die andere den Griff meines Trolleys umklammert, bevor ich in die Manteltasche greife. Ich ziehe einen Schlüssel hervor. Einen einzelnen Schlüssel, mit einem Anhänger in Form eines Eisenbahnwaggons.

3 Eastern Terrace. Wann immer dir danach ist.

43

Jamie

Seit elf Tagen habe ich nichts von Emma gehört, und ich kann nicht behaupten, dass mich das nicht nervös macht. Wieder und wieder gehe ich in Gedanken das Gespräch durch, das wir geführt haben – was ich ihr gesagt, wie ich mich verhalten habe, was ich getan oder nicht getan habe. Bestimmt hätte einiges besser laufen können. Sonst wäre Emma nicht im ersten Impuls vor mir weggerannt. Dann habe ich sie quasi gefangen gehalten in dem Zug, ihr keine andere Wahl gelassen, als mich anzuhören. Ob das klug war oder zu meinem endgültigen Niedergang beigetragen hat, wird sich womöglich noch zeigen, doch im Augenblick sehe ich meine Chancen, Emma zurückgewonnen zu haben, von Minute zu Minute schwinden. Vielleicht habe ich sie zu sehr unter Druck gesetzt? Vielleicht habe ich durch diese dämlichen Vertragsunterlagen den Eindruck erweckt, als wollte ich sie auf diese Art an mich binden?

Es ist Freitagabend. Draußen regnet und stürmt es, weshalb ich beschlossen habe, eine Cottage Pie zu machen, um davon gegebenenfalls am Wochenende noch zu essen und möglichst nicht mehr rauszumüssen. Ich verwende Steel Cut Hafer statt Hackfleisch und gebe Pastinaken zu der Kartoffelhaube. Darüber hinaus soll es ganz das Wohlfühlgericht werden, das es immer schon war.

BBC läuft im Hintergrund. Ich schneide das Suppengemüse in kleine Würfel und versuche, mich zu entspannen.

Ein Gläschen Wein zum Kochen?

Immer eine gute Idee.

Ich bin dabei, eine Flasche Côtes du Rhône zu entkorken, als ich über die Musik hinweg höre, wie sich ein Schlüssel im Schloss dreht. Und von jetzt auf gleich hört mein Herz auf zu schlagen.

Das von Emma auch, denke ich.

Sie steht da, mitten in meiner neuen Küche, die Haare vom Wind zerzaust, der dunkelgelbe Mantel glitzernd vor Nässe.

»Sorry!« Sie sagt es atemlos, die Augen weit aufgerissen. »Ich hab erst überlegt, dir vorher eine Nachricht zu schicken, doch dann wiederum dachte ich, das führt die Tatsache ad absurdum, dass du mir den Schlüssel gegeben hast, also …« Sie hält besagten Schlüssel hoch, den ich im Zug in ihre Manteltasche gesteckt habe, lässt dann den Arm wieder sinken. »Ich hätte außerdem nicht gedacht, dass ich sofort in der Küche stehen würde, wenn ich zur Haustür hereinkomme.«

»Ja! Nein!« *Toll, Jamie.* Ich räuspere mich. »Ich meine – Wahnsinn. Ich bin froh, dass du da bist. Es ist fantastisch, dich hier zu sehen.« Ich wische mir die Hände an der Kochschürze ab, die ich um meine Hüften geschlungen habe, und werfe dann, als mir urplötzlich klar wird, wie peinlich dieses Outfit ist, die Schürze schnell von mir.

Emma verzieht keine Miene.

Ich gehe um die Kochinsel herum und bleibe einige Schritte vor ihr stehen.

»Du bist umgezogen.« Sie sieht viel zu ernst drein. »In ein ... Haus?«

»Ich hab's gekauft.«

»Du hast ein Haus gekauft. In Brighton.«

Ich nicke, obwohl die Fragen eher wie Feststellungen klangen und gar keiner Antwort zu bedürfen scheinen.

Emma bleibt reglos stehen, nur der Kopf bewegt sich leicht, während sie sich in dem großen Raum umsieht, der Eingangsbereich, Wohnküche und, nach hinten raus, Wintergarten ist, alles in einem.

»Die ganze Grundfläche ist ein Raum, zumindest im Erdgeschoss«, erkläre ich ihr, nachdem sie nach wie vor schweigt. »Oben« – ich deute auf die offene Treppe rechts von ihr – »gibt es zwei Räume und ein großes Bad, und ganz oben ist dann eine Art Loft, das mir momentan als Arbeitszimmer dient.«

Ich klappe den Mund zu.

Eine Art Erkenntnis flackert in Emmas Blick.

Hätte ich nicht sagen sollen, dass mir das Loft *momen-*

tan als Arbeitszimmer dient? Denkt sie jetzt, in bin darauf aus, so schnell wie möglich Kinder in die Welt zu setzen, und das vorzugsweise mit ihr? Obwohl sie noch nicht einmal den Hauch einer Andeutung gemacht hat, weshalb sie hier ist? Möchte sie mit mir zusammen sein? Oder mir lediglich den Schlüssel zurückbringen?

»Ich hatte mir diesen Moment irgendwie anders vorgestellt.« Ich fahre mir mit der Hand durch die Haare. Seit ich versuche, gegen Nervosität keine Tabletten mehr einzuschmeißen, bin ich groß in diesen Verlegenheitsgesten. Shit.

»Wie hattest du ihn dir denn vorgestellt?«

»Ich weiß nicht.« Ich lasse von meinen Haaren ab und deute stattdessen auf den Schlüssel in ihrer Hand. »Vielleicht hatte ich gehofft, du sperrst die Tür auf und ... keine Ahnung. Rufst ›Liebling, ich bin zu Hause‹ oder so etwas. Wie in diesen amerikanischen Schnulzen-Filmen, auf die du so stehst.«

»Hey!« Sie lächelt jetzt. Zum ersten Mal, seit sie durch die Tür gekommen ist. »Was weißt du über die Filme, die ich bevorzuge?«

»Liege ich richtig?«

»Womöglich?«

Wir stehen uns lächelnd, aber schweigend gegenüber, und ich debattiere mit mir selbst, ob ich ihr den Mantel abnehmen soll oder nicht, weil sie vielleicht gar nicht bleiben möchte, da sagt Emma: »Hat dir deine alte Wohnung nicht mehr gefallen?«

»Sie ist zu klein geworden. Und ich wollte etwas näher ans Meer. Die Aussicht ist wirklich schön, besonders vom ersten Stock aus. Es hat etwas Beruhigendes. Insbesondere nachts, wenn man in der Stille das Rauschen hören kann.«

»Und du wolltest dich vergrößern?«

»Möchtest du vielleicht deinen Mantel ablegen? Er ist ganz nass.«

»Oh! Ja! Natürlich. Entschuldigung.« Hastig zieht sie den Mantel aus und reicht ihn mir, und ich hänge ihn an einen der Haken neben der Eingangstür. »Ich wollte nicht deine Küche volltropfen. Dieser Boden ist wunderschön. Soll ich die Schuhe ausziehen?«

»Nein! Nein, wirklich nicht. Das ist Eichenparkett, sehr strapazierfähig. Gott, ich klinge wie ein Immobilienmakler.«

»Und ich, als hätte ich mich noch nie in meinem Leben mit einem Mann unterhalten.«

»Nein, es ist …« Die Wahrheit ist, ich weiß nicht, was los ist. Ich bin nervös, unsicher und verwirrt, alles gleichermaßen.

Wir fangen beide an zu lachen und hören gleichzeitig wieder damit auf.

»Das ist mein erster freier Abend, seit wir uns zuletzt gesehen haben. Deshalb bin ich nicht früher gekommen. Die Vorstellungen am Theater … sie sind nun mal abends.«

»Oh! Klar, ich verstehe.« Gut. Das ist gut. Richtig? »Willst du … Sollen wir uns setzen? Ich meine, anstatt hier herumzustehen?«

»Ja. Sicher.«

Emma setzt sich in Bewegung, und ich führe sie in den Raum, mir wohl bewusst, dass ich nicht mehr lange die Nerven behalten werde.

»Wow«, sagt sie. »Das ist eine Küche.«

»Ähm, ja. Sie ist quasi das Kernstück.« Ich reibe mir den Nacken.

»Modern. Und gemütlich. Und keine Hochstühle mehr.« Mit dem Kopf deutet Emma auf den großzügigen Holztisch mit den sechs Polstersesseln drum herum.

»Nein.« Meine Stimme klingt auf einmal rau. »Emma.« Ich nehme ihre Hand, und sie dreht sich bereitwillig zu mir. »Ich halte das nicht länger aus.«

»Ich auch nicht.« Sie greift nach meiner anderen Hand und sieht mich mit großen Augen an.

»Wieso hast du mir deinen Haustürschlüssel gegeben?«

»Weil es so ist, wie ich dir im Zug gesagt habe: Es gab bisher niemanden, mit dem ich es ernsthaft versuchen wollte, doch dann kamst du. Und ich dachte, wenn ich je mit jemandem leben will, dann mit dir, und deshalb der Schlüssel. Und das Haus – die Wohnung war nicht gut geschnitten für zwei. Falls man irgendwann auch mal seine Privatsphäre haben möchte. In drei bis fünf Jahren. Oder später.«

Ihre Lippen zucken, ein kleines bisschen nur. »Du machst Scherze.«

»Manchmal tue ich das.«

Sie sieht mich an, so lange, als würde sie mein Gesicht zeichnen wollen. Dann sagt sie: »Daran könnte ich mich gewöhnen.«

»Wirklich?« In Emmas Augen suche ich nach einer Antwort. Will sie dem hier tatsächlich eine Chance geben? Will sie noch einmal versuchen, mir zu vertrauen?

»Du hast ein Haus in Brighton gekauft, obwohl du eigentlich nach London ziehen wolltest?«

»Ja.«

»Wegen mir?«

»Ja.«

»Das ist verrückt.«

Ich überlege, drei ganze Sekunden lang. »Nein.«

Emma schüttelt den Kopf. Dann, auf einmal, blitzt etwas auf in ihren Augen, und sie lässt mich stehen, läuft in Richtung Eingangstür und reißt ihren Mantel vom Haken.

»Was ...« Komplett verwirrt sehe ich ihr zu. »Emma ...«

Da ist sie bereits aus der Tür und hat sie hinter sich zugeschlagen.

Ich fürchte, einige ziemlich hastige Herzschläge lang bin ich kurz davor, in Tränen auszubrechen. Was um Himmels willen ist gerade passiert? Was habe ich gesagt? Was falsch gema...

Ein Schlüssel dreht sich im Schloss, die Tür fliegt auf. Emma schlüpft aus ihrem Mantel, wirft ihn grob in Richtung Garderobe und ruft: »Liebling, ich bin zu Hause!« Bevor sie, genauso eilig, wie sie zuvor hinausgerannt ist, auf mich zukommt und mir die Arme um den Nacken schlingt.

Ich erwidere die Umarmung, als sei es das Natürlichste auf der Welt. Ich drücke Emma fest an mich, kein Luftzug passt mehr zwischen uns, und dann vergrabe ich mein Gesicht in ihren Haaren.

»Ich hab dich schrecklich vermisst«, murmle ich.

»Ich dich auch.«

»Danke, dass du mir noch eine Chance gibst.«

»Versau es nicht, Carlton.«

»Auf keinen Fall, Brook.«

Sie hebt den Kopf, und ich küsse sie, als hinge mein Leben davon ab. Als hätte ich noch nie geküsst und nun nicht vor, je wieder damit aufzuhören. Als sei Emma zu küssen das Einzige, das in diesem Augenblick Sinn ergibt.

Als wir nach vielen langen Minuten damit aufhören, um Luft zu holen, taumeln wir beide ein bisschen.

»Wow«, haucht sie.

»Hmmm.« Mit der Nase fahre ich ihre Wange entlang. Sie riecht so verdammt gut, besser hat nie ein Mensch gerochen.

»Jamie?«

»Hm?«

»Denkst du, man kann in dieser Küche auch andere Dinge tun als kochen?«

Benebelt hebe ich den Kopf. »Was sollte man in dieser Küche denn anderes … oh!«

Emma ist dabei, mir das Hemd aufzuknöpfen. Heute ist definitiv der beste Tag seit langer, langer Zeit. Sie fährt mit den Lippen über meine Brust, und Gänsehaut breitet sich aus, überall dort, wo mich ihr Mund berührt.

»Woran hast du gedacht?«, bringe ich hervor – gerade noch so.

»Ich weiß nicht«, murmelt sie gegen meine Haut. »Der Tisch da drüben sieht ziemlich stabil aus.«

»Du meinst den Tisch da, direkt unter dem Fenster?«

»Hm.«

»Ohne dass wir je daran gegessen hätten?«

Ich spüre ihr Kichern, bevor ich es höre. Sie hebt den

Kopf und lacht mich an. »James Carlton, du bist der süßeste biederste Kerl, den ich je kennengelernt habe.«

»Wirklich?«

»Oh, ja. Der ordentlichste, konservativste, herzerwärmendste von allen.«

»Und trotzdem liebst du mich?«

Mit einem Schlag ist Emmas Lächeln verschwunden, und ich höre auf zu atmen. *Shit.* Warum um Himmels willen fange ich *damit* an? Es ist mir einfach rausgerutscht. Ich öffne den Mund. »Emma …«

»Ja.«

Und schließe ihn wieder.

»Gerade deswegen liebe ich dich, James Carlton. Ich denke, das wusste ich schon seit jenem unpassendsten aller Momente – dem von Tylers Antrag –, als sich über seinen Kopf hinweg unsere Blicke trafen und du mich ansahst, als habe man dir dein liebstes Küchenutensil entrissen.«

Trotz der absoluten Ernsthaftigkeit der Situation zucken meine Lippen. »Ich liebe dich auch, Emma Brook. Und das vermutlich schon, seit du mich das erste Mal angegrinst hast, mit dieser ungeheuerlichen Zahnlücke.«

»Wirklich?«

»Ja.«

»Meine Zahnlücke?«

»Hm.«

»Ich kann da durchpfeifen.«

»Tatsächlich?«

»Nein.«

Wir lachen uns an. Dann küsse ich sie wieder. Fahre

mit der Zungenspitze die Lücke zwischen ihren Zähnen entlang. »Mmmh … Und jetzt …« – ich verschränke die Arme hinter Emmas Rücken, unterhalb ihres Hinterns, um genau zu sein, und hebe sie an – »… zurück zu dieser Sache mit dem Tisch.«

»Den jungfräulichen Tisch meinst du, an dem noch nie jemand gegessen hat?«

Ich trage sie das kurze Stück und setze sie auf dem Holz ab. »Genau den.«

»Fühlt sich toll an.« Sie streicht mit den Händen über die Platte, während sie mir ein Lächeln zuwirft, das womöglich anzüglich aussehen soll, jedoch einfach nur zum Anbeißen ist.

»Ist eine Maßanfertigung.«

»Natürlich ist es das.«

Sie zieht mein offenes Hemd aus der Hose, während ich meine Hände unter ihren dünnen Pullover gleiten lasse. Schon küssen wir uns wieder. Gegen ihre Lippen murmle ich: »Zeigen wir den Nachbarn, womit sie es in Zukunft zu tun bekommen.«

»Smoothies zum Frühstück, Sex zum Dessert. Sicher, dass jeder davon wissen soll, Mister?«

»Oh, ja. Absolut jeder soll wissen, wie glücklich ich dich mache, mit jeder Mahlzeit des Tages.«

»Wie du es *versuchst.*«

»Wie ich es *tue.*«

»Gott, du bist von dir eingenommen. Und so draufgängerisch auf einmal.«

»Yep. Völlig von Sinnen.« Ich hebe den Kopf und betrachte Emma, die Frau, mit der ich mir all das vorstellen kann, was ich mir zuvor mit niemandem hätte ausmalen können. Es stimmt, ich bin von Sinnen. Komplett vernarrt in dieses warme Lächeln, den Schalk in ihren Augen, die Art, wie sie mich ansieht.

»Und weißt du was, Emma Brook?«

»Was, Jamie Carlton?«

Mein Gott, ich liebe ihre Stimme. Doch ich sage: »Das Verrückteste, das ich je getan habe, werde ich erst noch tun. Mit dir.«

Danksagung

Ich danke Ihnen, liebe Leserin und lieber Leser, dass Sie sich aus der Flut an Neuerscheinungen für dieses Buch entschieden haben. Ich hoffe, Sie hatten Freude daran. Ich hoffe auch, Sie haben sich ein bisschen verliebt in Emma, Jamie und in Brighton. Ich liebe diese Stadt ganz genauso, wie Emma es tut – das hat mich allerdings nicht daran gehindert, mich nicht immer genau an den Stadtplan zu halten, wenn Sie verstehen, was ich meine. Zum Beispiel gibt es selbstverständlich das British Airways i360 und den Brighton Palace Pier, allerdings sollte man nicht auf die Idee kommen, im *Mirage* essen zu wollen oder im *Il Diavolo,* denn beide sind erfunden, und auch das *Crab Shack* habe ich der Stadt sozusagen angedichtet. Das nur für den Fall. Nicht, dass Sie losziehen und ich am Ende Beschwerde-E-Mails bekomme.

Also: Ihnen gilt mein herzlicher Dank fürs Lesen, und darüber hinaus gibt es noch einige andere Menschen, ohne die dieses Buch vermutlich nicht in dieser Form erschienen wäre, und das sind:

Anoukh Foerg, Diana Keller, Gisela Klemt, Nikola Hotel, Julia Olbrich und selbstverständlich und wie immer mein Lieblings-blö. DANKE!

Liebe Leserinnen und Leser,
ihr liebt Bücher und verbringt eure Freizeit am liebsten zwischen den Seiten? Wir auch! Wir zeigen euch unsere liebsten Neuerscheinungen, führen euch hinter die Verlagskulissen und geben euch ganz besondere Einblicke bei unseren AutorInnen zu Hause. Lasst euch inspirieren, wir freuen uns auf euch.
Euer
Blanvalet Verlag
blanvalet.de
@blanvalet.verlag
/blanvalet